KNAUR

Über die Autorin:
Claudia Wuttke lebt mit ihrer Familie in Hamburg. *Weitewelt* ist ihr zweiter Roman.

Claudia Wuttke

Weitewelt

Roman

KNAUR

Besuchen Sie uns im Internet:
www.knaur.de

FSC
www.fsc.org
MIX
Papier aus verantwortungsvollen Quellen
FSC® C083411

Originalausgabe April 2018
Knaur Taschenbuch

Ein Imprint der Verlagsgruppe
Droemer Knaur GmbH & Co. KG, München

Covergestaltung: ZERO Werbeagentur, München
Coverabbildung: FinePic / Shutterstock
Abbildung im Innenteil: Miguel Garcia Saavedra /
Shutterstock.com
Satz: Daniela Schulz
Druck und Bindung: CPI books GmbH, Leck
ISBN 978-3-426-52077-2

2 4 5 3 1

Für Emma.
Bis zum Mond und zurück hoch 2
und dann immer plus 1.

1

Es gibt Situationen, da kommt man weder vor noch zurück. Und in so einer steckte ich gerade. Gas geben half nicht, denn der Unterboden meines Ford Fiesta hatte bereits so stark aufgesetzt, dass es ziemlich verdächtig roch. Selbst hier drinnen. Dabei wollte ich nur den Wagen über mir vor einem Dachschaden bewahren. Ich hatte den unteren Teil eines Hebebühnenparkplatzes in einer Tiefgarage gemietet und wegen des Wagens über mir die Rampe nicht richtig hochgefahren. Also hing ich nun auf dem Absatz von fünfzehn Zentimetern mit meinem Wagen fest. Ich wäre ja gerne ausgestiegen, aber das ging nicht mehr. Als hätte sich auch die ganze Elektronik aufgehängt, reagierte mein Auto auf gar nichts mehr. Selbst der mechanische Türöffner war blockiert. Und meinen Scheibenhammer hatte ich neulich mit in die Wohnung genommen, um ein Bild aufzuhängen. Ich besitze sonst nicht so viel Werkzeug.

So hing ich also quer gestellt auf dem Mittelboden meines schicken, schwarzen, auf Raten gekauften Ford zwei Stockwerke tief unter der Erde und vergeigte gerade die unwiederbringliche Chance, beruflich mal so richtig einen Schritt weiter zu kommen. Denn heute war der Tag des amerikanischen Investors! Heute war der Tag meiner Präsentation. Der Tag, der alles hätte verändern sollen.

In meiner Verzweiflung griff ich in die Frühstücksdose meiner Tochter, die ich an diesem Morgen leider in meiner Tasche vergessen hatte. Machte nichts, in letzter Zeit aß sie

sowieso grundsätzlich das, was Phoebe in ihrer Dose hatte. Und die war wirklich ein schlechter Esser.
Meine Tochter ist übrigens vier und heißt Romy.
Ich bin einundvierzig, eine Zahl, die man immer ausschreiben sollte, und heiße Annabel. Annabel Wiesengrund. So wie der Philosoph mit zweitem Vornamen: Theodor Wiesengrund Adorno. Darauf war ich lange Zeit irgendwie stolz, bis ich merkte, dass der zweite Vorname einer Persönlichkeit, die sowieso keiner kannte oder aber vergessen hatte, auch nicht mehr bedeutete als der Nachname eines gewöhnlichen Menschen. Was dann wieder ganz gut zu mir passte: Entweder man kannte mich nicht, oder man vergaß mich ganz schnell wieder.
Ich kaute auf dem Salamibrot herum, von dem ich mich wunderte, dass ich es meiner Tochter hatte zumuten wollen, und überlegte. Die Uhr im Display des Cockpits zeigte 8:53. Wäre ich nicht in diese fatale Schräglage geraten, hätte ich meinen Arbeitsplatz durchaus noch pünktlich betreten können. Ich hätte meinen Kolleginnen aus dem Callcenter zuwinken können, um dann lächelnd beschwingt in meiner Zelle zu verschwinden, den PC anzuschalten, mir die Kopfhörer aufzusetzen und auf das kleine elektronische Board zu schauen: Rot bedeutete, der Anschluss des Kollegen war besetzt, Grün, der Kollege war frei. Grünes Blinklicht hieß: Du bist die Nächste!
So aber war das Einzige, was grün blinkte, das Digitaldisplay meiner Uhr, die inzwischen auf 9:03 stand, und ich pendelte noch immer in meinem Auto auf und ab, ohne dass jemand gekommen wäre, um mich zu retten.
Ich zog mein Handy aus der Tasche und sah schon an den nicht vorhandenen Netzbalken, dass ich wirklich tief gesunken war. Das zweite Untergeschoss machte einfach kein Empfänger mehr mit.

Na ja, was soll's?, dachte ich. Ich war ein Fachmann für ausweglose Situationen. Und warum hätte ich mir einbilden sollen, dass ausgerechnet heute, an dem Tag, auf den ich seit locker sechs Wochen hingearbeitet hatte, die Dinge mal so liefen, wie ich sie mir vorstellte? Nimm's mit Humor, sagte ich mir und schaukelte vor Begeisterung vor und zurück, bis ich merkte, dass mein noch recht neues Gefährt Anstalten machte mitzuschaukeln.

Es war, wie gesagt, der Tag des amerikanischen Investors. Es war der Tag, an dem endlich auch mal mein Geschäftsbereich, der für die U18, die unter 18-Jährigen, im Brennpunkt des Interesses stehen würde. Jetzt, um genau zu sein, vor fünf Minuten, hätte ich beginnen sollen, meine PowerPoint-Präsentation auf den Beamer zu spielen, um meinem Chef und dem amerikanischen Investor beweisen zu können, dass auch jugendfreie Produkte eine Chance auf dem Weltmarkt hatten. Einrollbare Trinkflaschen aus BPA-freiem Silikon für Kinder, hergestellt in Solingen! Das hatte die Welt noch nicht gesehen! Quietschbunt. Orange mit grünem Verschluss. Pink mit blauem Verschluss. Gott, waren die süß! Ich hatte sie an Romys viertem Geburtstag den Kids in die Tütchen mitgegeben. Ich konnte die Anrufe der begeisterten Mütter danach kaum zählen. Drei bestimmt.

Lange und hart hatte ich dafür gearbeitet, der globalisierten Welt zu beweisen, dass mit pinkfarbenen Schleifchen versehene Strings, Dildos in Bananen- oder Gurkenform oder simple Lackleibchen nicht besser in das Konzept eines modernen Unternehmens passten als aufrichtige Solinger Knautschflaschen. Lange genug hatte ich unter den mitleidigen Blicken von Bärbel, Katrin und Kerstin gelitten, die meinten, mit ihrer 18-Uhr-Schicht und den daraus re-

sultierenden Erfolgsprämien etwas Besonderes zu sein. Arrogante Wohlstandssingles waren das.
Ich hatte nur auf meinen Tag gewartet. Und dieser Tag wäre heute gewesen. Montag, 11. März.
Schade eigentlich.
Ich kramte in meiner Tasche nach einer Nagelfeile, denn bei dem wilden Einparkmanöver war mir leider der Nagel meines rechten Zeigefingers abgebrochen. Das beruhigend sägende Geräusch erfüllte mich mit einer gewissen Genugtuung: Endlich konnte ich mir auch mal während meiner Arbeitszeit die Nägel feilen – so wie BKK, Bärbel, Katrin und Kerstin.
Ich war gerade bei einer sympathischen Rundung angekommen, als mich ein unangenehmes Hupgeräusch aus den Gedanken riss.
Sicher, irgendwann musste das ja passieren. Ein Touareg wollte an mir vorbei in seine Parklücke. Allein, was sollte ich tun? Ich konnte doch nichts dafür, dass die Autos immer protziger und die Tiefgaragendurchfahrten immer schmaler wurden. Das war das Gesetz der Ökonomie: Viel Geld provozierte viele Autos, und viele Autos provozierten das Verlangen nach viel Platz, den es eben aber leider nicht gab. Jedenfalls nicht, wenn etwas dazwischenkam. So wie jetzt mein Ford.
Ich hatte mich schon oft gefragt, wozu so ein betriebswirtschaftliches Studium im Kern gut war. Während sich mir mit meinem gesunden Menschenverstand durchaus ohne die acht Semester erschloss, wie die Welt funktionierte, wussten die Ökonomen nicht, wer Adorno war, geschweige denn, was das W. seines zweiten Vornamens bedeutete. Dass die trotzdem schneller mehr Geld verdienten, als ich es jemals tun würde, war Teil dieses logischen Systems. Das hatte ich

im Grundkurs Philosophie auch erklärt bekommen, den die nie gemacht hatten. Vielleicht lag es daran. Aber ehe ich noch weiter diesen nicht gerade hilfreichen Gedanken nachhängen konnte, wurde ich von einem lauten Klopfen gegen das Fahrerfenster unterbrochen.

»Woll… … her… overnach…?«

Rein akustisch folgte noch ein bisschen mehr, aber die Scheibe war von dem Atem dieses ziemlich großen und ziemlich kräftigen Mannes so beschlagen, dass ich ihm leider nicht weiter von den Lippen ablesen konnte, und ohne diese Hilfe war er kaum zu verstehen. Ich beugte mich nach vorne und klopfte meinerseits von innen gegen die Frontscheibe, um Blickkontakt aufzunehmen. Der Mann hatte verstanden und sah mich wütend an, wobei er seine Schultern mit ausgebreiteten Armen fragend hochzog. Genau das jedoch fiel auch mir nur als Zeichen meiner Ratlosigkeit ein, und ich nehme an, von außen betrachtet sahen wir ziemlich merkwürdig aus, wie wir beide synchron mit den Schultern auf und ab zuckten.

»ICH STECKE HIER FEST!«, rief ich dann sehr laut, und mein Mund machte die entsprechend ausgeprägten Bewegungen dazu. Aber der Mann, der offenbar nicht so gut im Lippenlesen war wie ich, hielt sich nur seinen Zeigefinger ans Ohr und schaute weg. So laut war es doch auch wieder nicht, dachte ich noch, bis ich das schmale Kabel erkannte, das ihm vom Ohr bis unter den Hemdkragen reichte. Das wiederum faszinierte mich. Vielleicht war er ein VIP-Chauffeur, ein Bodyguard, ein Killer, ein Mafioso. Vielleicht würde er mich hier gleich liquidieren, in der spärlich beleuchteten Tiefgarage, UG 2, einfach erschießen. Ich sah schon die Schlagzeile in der Zeitung von morgen vor mir:

Frau am helllichten Tag hingerichtet!

Je tiefer ich in den Artikel einstieg, desto weniger gefiel er mir allerdings. Wenn das wirklich passierte, wer würde Romy dann vom Kindergarten abholen? Und ich hatte ihr versprochen, an diesem Tag noch mit ihr auf einen Ponyhof zum Reiten zu fahren. Eigentlich zur Feier des Tages, wegen meiner erfolgreichen Präsentation. Aber gut. So oder so hasste ich es, Versprechen zu brechen. Erst recht, wenn sie Romy betrafen. Und erst recht, wenn sie die Freizeitaktivitäten mit Romy betrafen, von denen es ohnehin nur so wenige gab. Ich war nun mal keine Perlen-Paula, die ihre Kinder nur aus Jux und Tollerei in die Fremdbetreuung gab, damit sie endlich mal ungestört zur professionellen Zahnreinigung konnte. Oder um sich mit einer Freundin in einem schicken Straßencafé zum Sekttrinken zu treffen. Ich war eine verantwortungsbewusste, hart arbeitende alleinerziehende Mutter, die keine Freundin hatte und das Schicksal gern auf sich nahm, abends schnaubend und wiehernd durch die Wohnung zu traben, weil ihre juchzende Tochter eben gerade in der Fohlen-Pferd-Phase war. Ich sage nicht, dass ich dieses Schicksal *liebte.* Ich sage nur: Ich nahm es gerne auf mich. Wenn mich schon der Vater unserer gemeinsam gezeugten Tochter so ziemlich genau drei Minuten vor der Geburt grußlos verlassen und die automatische Tür des Kreißsaals sich just in dem Augenblick schnurrend wieder geschlossen hatte, als ich mit einer letzten, finalen Presswehe *meinem* Kind das Leben schenkte, hatte ich etwas aufzufangen, wenn nicht wiedergutzumachen. Ich komme jetzt nicht mit so was wie: Romy sollte es eines Tages besser haben! Denn summa summarum hatte ich es eigentlich ganz gut getroffen: Meine Eltern hatten sich zwar kurz vor Romys Geburt getrennt, aber ich hatte von beiden ganz gute Anteile mitbekommen: Meine Mutter liebte ihre Selbstverwirklichung und probierte

auch mit ihren siebzig plus noch gern neue Dinge aus. Was wiederum bedeutete, dass ich ziemlich früh auf eigenen Beinen stehen musste.
Und mein Vater liebte fürsorgliche Verbindlichkeit, Stetigkeit und einen sicheren Hafen. Weshalb unser Kontakt seit der Trennung trotzdem nicht über die obligatorischen Weihnachtskarten und Geburtstagsgrüße hinausreichte, war mir in dem Moment gar nicht so ganz klar. Irgendwie fühlte ich mich ihm gegenüber schuldiger als meiner Mutter. Vielleicht weil er so wenig falsch machte … Ich würde darüber nachdenken müssen.
Die Uni brachte ich, zwar nur mit Ach und Krach, aber immerhin zu Ende und fand den Weg in ein geregeltes Berufsleben. Und alle Versuche, mein Leben auch mal mit einem Therapeuten nachhaltig zu verändern, schlugen fehl. Entweder war ich ein wirklich hoffnungsloser Fall. Oder ich war einfach hoffnungslos normal. Ich tendierte zu Letzterem. Und mindestens genauso gut wie ich sollte es nun auch Romy haben. Nur dass dazu seit dem Einsetzen meiner letzten Wehe mindestens fünfzig naturgegebene Prozent fehlten. Was ich als Herausforderung begriff.
Ich musste also kämpfen. Und das tat ich!
In Windeseile suchte ich in meiner Handtasche nach einem Zettel, wobei ich sehr genau darauf achtete, dass die Taschenöffnung zum Fenster zeigte, nicht dass der Mann mich doch noch erschoss, weil er dachte, ich würde eine Waffe ziehen. Keinesfalls wollte ich wegen falsch verstandener Notwehr mein Leben und meine Tochter verlieren.
Ich fand einen zerknitterten Abholschein der Reinigung, der mich an ein vor acht Wochen abgegebenes Kostüm erinnerte, das mir jetzt allerdings auch egal war. Auf die Rückseite schrieb ich drei Ziffern: 110.

Ich hoffte, dass der Bodyguard schlau genug war, sie zu verstehen. Ich presste die Nummer gegen die Frontscheibe und klopfte erneut. Mir kam es vor, als ob die Luft im Wageninneren langsam schon stickig würde, und allein aus diesem Grund fand ich die Idee mit der Polizei ganz clever.

Der VIP-Mafioso gab mir mit einer abwehrenden Handbewegung zu verstehen, dass er noch mit seinem Knopf im Ohr beschäftigt war, um sich dann aber doch stirnrunzelnd zu mir umzuwenden. Wer je *Shrek II* gesehen hat, weiß in etwa, was ich meine, wenn ich sage, dass ich versuchte, in dem Moment auszusehen wie der Gestiefelte Kater, als er vor Shrek dem Oger stand und um sein Leben bettelte. Für alle anderen: Ich versuchte extrem verknautscht, demütig und sehr, sehr mitleiderregend zu ihm aufzuschauen.

Ob er mich verstanden oder einfach die Ausweglosigkeit seiner eigenen Situation begriffen hatte, kann ich bis heute nicht sagen. Zumindest aber zeigte er nun doch ein gewisses Maß an hektischer Betriebsamkeit. In meine Richtung machte sich das durch Kopfschütteln und wiederholte beschwichtigende Handbewegungen bemerkbar. In Richtung seines Wagens war das Nicken häufiger zu beobachten als das Kopfschütteln, und erst jetzt wurde mir klar, dass der Touareg-Fahrer nicht allein war. Durch die geschlossenen Scheiben kommunizierte er mit einem Mann im Fond des Wagens, den ich kaum erkennen konnte. Wenn überhaupt, würde ich das, was ich sah, mit groß umschreiben: große Nase, große Augen, große Ohren. Warum die beiden weiter offenbar über den Knopf im Ohr miteinander sprachen, anstatt einfach die Fenster runterzulassen, verstand ich auch nicht. Vielleicht hatten sie ja ein ähnliches Problem wie ich? So langsam wollte ich wirklich hier raus. Es war inzwischen fast zehn. Wenn ich wenigstens die Polizei anrufen könnte!

Ich sah Lutz, meinen Chef, schon vor mir, wie er nur wenige Meter über mir tobend den Flur auf und ab lief, Christine, die Sekretärin, zum hundertsten Mal aufforderte, mich auf allen vorhandenen Nummern anzurufen. Und wie sie ihm zum hundertsten Mal leider sagen musste, dass nach dem dritten Klingeln überall der Anrufbeantworter ansprang. Ich würde viel zu tun haben, all diese Nachrichten zu löschen, wenn ich denn endlich mal wieder in die Handy-Empfangszone geriet. *Wenn* ich denn jemals wieder so weit kommen würde …
Meine Hoffnung erstarb, als der VIP-Chauffeur just in diesem Moment in seinen Wagen stieg, kurz und bereits mit dem Rücken zu mir in meine Richtung winkte, um dann mit quietschenden Reifen zurückzusetzen und davonzubrausen. Ich meinte noch den erstaunten Ausdruck im Gesicht eines Mannes auf der Rückbank erhascht zu haben, aber das half mir auch nicht weiter.
Ich war wieder allein. Ich wusste immer noch nicht weiter. Ich war isoliert von meinem ganzen bisherigen Leben und konnte nur hoffen, dass Romy nicht plötzlich einen schlimmen Durchfall bekäme und niemand da wäre, um sich um sie zu kümmern. An meine Präsentation und damit an meinen Job wollte ich gar nicht mehr denken. War eh alles im Eimer.
Ich griff erneut zu dem Salamibrot, biss mit Widerwillen ein zweites Mal hinein und merkte erst jetzt, wie ich nach all den durchgearbeiteten Nächten total müde wurde. Darüber nickte ich dann auch ein.
Von mir aus hätte der Traum noch länger andauern können: Romy und ich galoppierten über eine Wiese und sahen uns dabei lachend an. Sie war auf einem kleinen Pony unterwegs, das statt Beinen Kufen hatte wie ein Schaukelpferd.

Unermüdlich trieb sie es an und rief dabei: »Vorwärts, Kyra, vorwärts.« Sie hatte so einen glücklichen Blick, als sie mich ansah. Und ich war es auch, denn ich saß auf einem prachtvollen schwarz-weiß gescheckten Pintohengst. Ein echtes Rassetier! Ich parierte ihn, so gut ich konnte, denn ich wollte meine Tochter gewinnen lassen, aber gleichzeitig genoss ich auch die Kraft des Pferdes, das nur eins wollte: losgelassen werden!

Wahrscheinlich hatte Pinto mich abgeworfen, denn ich erwachte in einer denkbar ungünstigen Position, halb nach links gekippt durch die plötzlich offene Fahrertür. Und ein unangenehm grelles Licht blendete mich. Was sollte das? Ich blinzelte, konnte aber außer schemenhaft zuckendem Blaulicht nichts erkennen. Um mich zu orientieren, rieb ich mir die Augen.

Und dann hörte ich die Stimme: »Guten Tag. Wir sind angerufen worden. Sie behindern mit Ihrem Pkw die Tiefgarage. Können Sie sich ausweisen?«

Jetzt war ich ganz da und wusste nicht, ob ich lachen, weinen, nach Luft schnappen, den Mann umarmen oder ihn wüst beschimpfen sollte.

Auf dem Display meiner Uhr blinkte die grüne Zeitanzeige ein verlässliches 10:35 Uhr.

Ich war gerettet. Das war die gute Nachricht.

Man mag es kaum glauben, aber es dauerte weitere 2,5 Stunden, bis endlich all meine Angaben zu Protokoll genommen waren und vor allem ein tiefgaragentauglicher Abschleppwagen den Weg nach unten gefunden hatte, um mein Auto aus seiner Schieflage zu befreien. Die Aktion klang nicht gut, sie roch nicht gut. Und sie hörte sich auch nicht nach

billig an. Aber ich war um die späte Mittagszeit eines gewöhnlichen Hamburger Arbeitstages um die Erkenntnis reicher, dass die modernen Autos sich ganz gern mal selbst verschlossen, aber mit einem einfachen Druck auf die Fernbedienung auch wieder zu öffnen waren. Nicht anders hatte es auch der Polizist mit einem Universalgerät gemacht.
»Quie-quie, hat es gemacht, und die Kiste war offen«, hatte er mir strahlend erklärt und gleich noch zweimal quie-quie gemacht, um mir den Effekt zu zeigen.
Ich konnte das zu diesem Zeitpunkt schon gar nicht mehr würdigen. Das ganze Gerüst, das ich mir in viereinhalb Jahren mühsam aufgebaut hatte, war durch eine kleine, miese, selbstverschuldete Einparkpanne mal eben komplett den Bach runtergegangen.
Romys und mein Leben war getaktet durch mein Auskommen und meine Arbeitszeiten bei Lutz, sprich: Kommtech. Ich war die Callcenter-Vertriebsfrau der U18. Ich war nicht auf Karriere aus. Und ich verdiente auch nicht viel Geld. Aber ich hatte jemanden zu beschützen. Jemanden wohlgemerkt, der sich um Strom, Gas, Fernwärme und die Fruchtzwerge-Preise nicht scherte.
Und dann kam dieses Angebot des amerikanischen Investors – ich kannte noch nicht einmal seinen Namen. Ich nannte ihn immer nur Mr. Big.
Lutz war ganz aufgeregt auf mich zugekommen und wollte, dass ich einiges vorbereitete. Unsere Chance, sagte er, auf dem amerikanischen Markt Fuß zu fassen. Unsere Chance, mit seinen weltweiten Exklusivvertriebsrechten richtig Reibach zu machen.
Und genau so hatte ich es gemacht. Ich hatte so viele Zahlen, so viele Argumente zusammengetragen. Ich hatte das Ganze abends, wenn Romy schlief, so oft durchgespielt. Ich

hatte mir eine Bühne gebaut, den aus der Firma geliehenen Beamer angeschlossen und mir sogar zweimal für 150 Euro einen Präsentationscoach geleistet. Ich war so vorbereitet wie auf sonst nichts in meinem Leben. Und dann das …

Am liebsten wäre ich noch einmal draußen an die Alster gegangen, um richtig tief Luft zu schnappen, und hätte die Enten gefüttert. Hätte mir überlegt, wie ich meine Angst, meinen Job zu verlieren, freundlich-souverän kompensierte, hätte über Strategien nachgedacht, wie ich diesen Fauxpas vielleicht doch noch wiedergutmachen könnte. Aber mir war klar, dass meine Situation keinen weiteren Verzug zuließ. Ich hatte einen Kloß im Hals und Pudding in den Beinen. Ich war enttäuscht und wütend wegen meiner Schusseligkeit, ich hatte Angst um Romy und unsere Zukunft, ich bedauerte, dass ich meine sozialen Kontakte in den vergangenen Jahren so vernachlässigt hatte, dass ich noch nicht mal wusste, wen ich anrufen könnte, jetzt, da mein Handy wieder Empfang hatte. Aber all das nützte nichts. Etwas Schreckliches war passiert, und dem würde ich mich stellen müssen.

2

Als sich die Fahrstuhltüren im 6. Stock des schicken Bürogebäudes in der Hamburger City öffneten und ich als Erstes in Christines grinsendes Püppchengesicht blickte, wurde mir schlagartig wieder bewusst, dass der wahre Feind nicht immer hinter verschlossenen Türen saß, sondern manchmal auch davor. Christine war nämlich nicht nur der private Vorzimmerdrachen von Lutz, sondern vor allem auch der manikürte *best friend* von BKK. Und als solcher kam sie mir dann auch.

»Na, Annabel. Das hast du ja gut hingekriegt heute Morgen, hm?«, säuselte sie in ihrem Blonde-Macht-Modus. »Egal, macht ja nichts. Solche Amerikaner sind ja bekannt für ihre Geduld, und wenn man ihnen erklärte, dass deutsche Frauen einfach nicht einparken können, würden sie das schon verstehen.« Sie beömmelte sich geradezu über ihren schlechten Scherz. Klar. Es war ja auch meine Existenz, die gerade nachhaltig ruiniert worden war. Nicht ihre.

»Ach, Christinchen«, erwiderte ich innerlich kollabierend, äußerlich hoffentlich nur zitternd. »Jeder erfüllte Traum ist eine geplatzte Illusion. Das wirst du nicht kennen. Hat was mit Zielen zu tun.«

Ich versuchte, eine bedeutsame Miene aufzusetzen. »Ist Lutz allein?«

»Ich weiß nicht, ob er …«

Da öffnete sich auch schon die Tür zum Zentrum der Macht, und Lutz machte eine einladende Bewegung in meine Richtung.

»Ist schon gut, Chris. Hi, Anna, komm rein.« Ton neutral. Emotionen unter Kontrolle. Lutz wusste, wie er andere unter Druck setzte.
Ich nickte Christine gnädig zu und betrat mit dem letzten Rest Selbstbehauptung aufrecht Lutz' Büro. Einmal drinnen, änderte sich alles an meiner Haltung, als würde man Dominosteine einfach umfallen sehen.
»Na, Annabel«, hob er an und ließ sich dabei auf seinen Chefsessel sinken, die Beine gespreizt, die Hände im Schritt, wie er es immer tat, wenn er absolut Herr der Lage war. »Hätte besser laufen können, oder?«
Ich versank gebückt auf der Ledercouch und hatte keine Kraft mehr, darüber nachzudenken, ob ich diese Gesprächseröffnung demütigend oder freundlich finden sollte. Er hätte mir ja auch gleich meine Papiere geben können. Vorsorglich zog ich ein Taschentuch aus meinem Jackett und zerknibbelte es nervös.
»Hmh«, machte ich nur. *Jetzt bloß nicht heulen.*
Schweigen.
Ich sah ihn an. »Und jetzt?«
Weiter Schweigen.
»Na, wie lief es denn?«, fragte ich zaghaft, und räusperte mich.
»Gut«, sagte Lutz schließlich aufgeräumt. »Sehr gut sogar.«
Jetzt setzte ich mich auch gerade hin. »Es lief *sehr gut?*«
»Ja«, erwiderte er fast schon gut gelaunt. »Wir sind weiter im Gespräch.«
»Aber ihr hattet meine Präsentation doch gar nicht.« Ich war ein bisschen verwirrt. Wozu bereitete ich mich denn mühsam und auf eigene Kosten auf so einen Tag vor, wenn es am Ende gar nicht nötig war?
»Na ja, Annabel, ein bisschen was kann ich als Geschäfts-

führer von Kommtech ja auch zum Geschäft beisteuern, meinst du nicht?« Ein Augenzwinkern. Ich entschied mich langsam für Demütigung, und das missfiel mir. »Und in Sachen Vertrieb machst du mir, mit Verlaub, vielleicht auch nichts vor.«

Ich dachte nach. An die Tiefgarage vorhin, an meine Panik. Was ich alles vorhatte in meinem Leben und letztlich immer wieder verschoben hatte. Wegen des Jobs. Und jetzt lernte ich, dass ich eigentlich auch ein bisschen überflüssig war, wenn es um die ganz großen Dinge ging, zu denen ich glaubte, Wesentliches beigetragen zu haben.

»Okay«, sagte ich, inzwischen auch etwas sicherer, weil ich nicht mehr glaubte, dass Lutz mich noch rausschmeißen würde. »Wie seid ihr denn verblieben?«

»Es wird ein Folgetreffen geben«, antwortete Lutz nur vage. »Und wir schicken ihm deine Präsentation.«

»Okay«, sagte ich wieder. »Gibst du mir seine Mailadresse?«

Lutz grinste mich an, stand auf und fasste mich an die Schulter. »Lass mal. Sag Christine, wo die Datei liegt. Sie erledigt das für dich.« Er ließ mich wieder los und wanderte zu einem halbhohen Lackregal, auf dem er sich abstützte. »Und ich mache dir einen Vorschlag: Nimm zwei Wochen Urlaub, kümmere dich um dein Auto und um deine Tochter. Mach es dir einfach mal schön, und dann reden wir weiter.«

War das jetzt doch ein Rausschmiss? »Lutz«, fragte ich entsprechend ernst. »Bin ich freigestellt? Willst du mich feuern?«

Erstaunt sah er mich an. »Annabel, wie kommst du darauf? Ganz und gar nicht. Ich sagte doch: Der Termin lief super. Ich denke nur, du könntest eine Auszeit gebrauchen, wir treiben derweil das Geschäft mit Adam Fern weiter voran, und dann schauen wir, wo wir in zwei Wochen stehen.«

Irgendetwas an dem Duktus gefiel mir nicht. Gefiel mir überhaupt nicht. Wollte Lutz sich jetzt mein Projekt komplett zu eigen machen, oder was? Andererseits war ich ja ohnehin nicht umsatzbeteiligt. Was also sollte das?

Da ich auf diese Frage keine Antwort finden würde, dachte ich über den Urlaub nach. Im vergangenen Jahr hatte ich tatsächlich zehn Tage verfallen lassen, weil ich so viel zu tun und die Kita keine Schließzeiten hatte. Jetzt war das erste Quartal rum, und ich hatte auch dieses Jahr noch keine Pläne für Romys und meine freie Zeit geschmiedet. Warum also nicht dieses Malheur zum Anlass nehmen? Mir waren doch heute da unten in dem havarierten Auto so viele Dinge durch den Kopf gegangen, die ich alle längst hätte mal tun wollen: alte Kontakte wieder beleben, meinen Vater anrufen, mit Romy reiten gehen … Etwas für uns tun?

Einen kurzen Augenblick fragte ich mich, welchen Anteil die Fremd- und welchen die Eigenbestimmung in meinem Leben eigentlich ausmachten. Und wie ich das eigentlich fand. Aber da war die Antwort auch schon da.

»Bist du sicher, Lutz, dass das in Ordnung wäre? Zwei Wochen Urlaub, und danach sehen wir weiter?«

»Das ist absolut in Ordnung, Annabel«, erwiderte er und streckte mir seine rechte Hand entgegen.

Ich glaubte ihm und schlug ein.

Lutz und ich, wir waren schon ein komisches Gespann, immer irgendwie im Ring, aber am Ende doch auch vertraut. Und deswegen drehte ich mich, die Tür zum Vorzimmer schon geöffnet, nochmals zu ihm um. »Ist es okay, wenn Christine den Urlaubsantrag ausfüllt und ihr die Formalitäten regelt?«

Er rollte kopfschüttelnd mit den Augen. »Chris, hast du gehört?«

Natürlich hatte sie gehört – was für eine Frage?
Lutz nickte mir zum Abschied noch einmal zu, und ich verließ das Büro, ohne mich noch einmal umzudrehen. Christines Blicke brannten mir förmlich im Rücken, als ich den Aufzug nach unten betrat. Während sich die Türen hinter mir schlossen, dachte ich nur, dass der Weg abwärts manchmal der eindeutig bessere sein konnte als der nach oben: Ich wusste noch nicht, was mich erwarten würde, aber ich spürte, dass sich etwas verändern würde. Ich freute mich auf Romy und auf unsere Zeit. Die erste Woche, das beschloss ich bei mir, sollte zunächst mir gehören, die zweite auf jeden Fall uns beiden.
Und so begann mein neues Leben.

Die evangelische Kindertagesstätte lag mitten in der Stadt in einem ziemlich unaufregenden 60er-Jahre-Gebäude. Wirklich sensationell an ihr war der Dachgarten im siebten Stock mit einem spektakulären Blick über die Stadt, fast bis hin zu den Landungsbrücken, wo wir wohnten.
Romy abzuholen war schon immer etwas sehr Besonderes für mich gewesen, vielleicht sogar das Schönste, was wir teilten. Sosehr die Kids ihren Tag auch genießen mochten und sich morgens schon fast genervt von dem Geherze und Geküsse abwandten, so wichtig war es doch, dass sie abends nicht einfach vergessen wurden. Dass jemand kam, dem sie in die Arme fliegen konnten.
Und wie Romy flog! Mit so viel Schwung, dass sie mich neulich mal so umgeworfen hatte, dass ich gegen eines der Kinderwaschbecken prallte und am Hinterkopf mit drei Stichen genäht werden musste.
Aber das war egal. Ebenso egal wie die Auseinandersetzungen, die auf die schönsten Momente folgten: Romy, die sich

die Schuhe nicht anziehen will, obwohl es draußen regnet. Die sich im Badezimmer versteckt, obwohl ich im absoluten Halteverbot stehe. Die zu Hause noch die Simpsons gucken will, obwohl sie das schon gestern und vorgestern getan hat. Ein Nein hieß Stress. Und ein Ja hieß alarmierendes pädagogisches Fehlverhalten. Damit war der Zauber ganz schnell vorbei, und ich merkte wieder, wie müde ich war.

An diesem Tag war alles anders.

»Wir fahren heute mit dem Bus nach Hause!«, verkündete ich, als ich mich aus der Umarmung meiner Tochter gelöst hatte.

»Mit dem Bus?«

»Genau. Mamas Auto ist kaputt. Das muss erst repariert werden.«

»Oh«, machte Romy. »Ist das beim Doktor? Hat das Husten?«

Ich liebte diese Fragen.

»So ähnlich. Der Boden hat ein Loch. Eventuell.«

Eventuell ist keine Aussage für eine Viereinhalbjährige.

»Dann müssen wir ein Pflaster kaufen. Damit es wieder gesund wird.«

Der Vorschlag leuchtete mir ein, und durch den Kauf von Kinderpflastern in der Apotheke nebenan und der Fahrt mit dem Bus kamen wir tatsächlich an der Diskussion mit dem Fernsehen vorbei.

Nicht aber an der Frage nach dem Ponyhof, was mir zum Glück schon vorher klar gewesen war. Niemand sollte denken, Kinder in diesem Alter würden ein einmal gegebenes und interessantes Versprechen vergessen. Ich bot ihr also an, länger als sonst auf meinem Rücken zu reiten, da wir ohne Auto ja schlecht zu den Ponys fahren konnten. Das eine nahm sie großzügig an, weil ihr das andere irgendwie

einleuchtete. Und so fielen mir nach diesem Tag selbst schon fast die Augen zu, als ich Romy um halb acht in den Schlaf sang.
»Mama«, sagte sie nach dem Gutenachtkuss.
»Hmmm?«, brummte ich.
»Phoebe wurde heute von ihrem Papa abgeholt.«
Etwas in mir zog sich – wie immer bei diesem Wort – schmerzhaft zusammen, und sofort war ich wieder hellwach. Ich wollte es nicht zulassen, ich wollte dem unsichtbaren Dritten in unserem Haushalt keinen Platz einräumen und versuchte jedes Mal, wenn das magische Wort fiel, ihm keine weitere Bedeutung beizumessen. Ich wollte nicht, dass die Lämpchen Schuld!, Unzulänglichkeit!, Versagen! so grell aufblitzten, und ich wollte auch die Sehnsucht und das Vermissen in Romys Stimme nicht hören. Aber es passierte. Jedes Mal und immer wieder.
»Echt? Aber Phoebe wird ja öfter von ihrem Papa abgeholt, oder?«
»Ja«, sagte sie gewichtig. »Und von ihrer Mama.«
»Genau, so wie du.«
»Ja, ich werde auch immer von meiner Mama abgeholt.«
»Genau. Und jetzt schlaf. Es ist spät. Ich hab dich lieb.«
»Ich dich auch, Mama.«
Mehr kam nicht. Es kam eigentlich nie mehr, denn Romy kannte ihren Vater ja nicht. Aber irgendwann würde mehr kommen. Das wusste ich. Und ich war dankbar, dass es noch nicht so weit war.
Müde rieb ich mir die Augen, stand auf und ging in die Küche. Lustlos sah ich auf den Stapel Post, den ich seit zwei Tagen nicht aufgemacht hatte. Meistens war es sowieso nur Werbung. Ich nahm ihn mit in unser Wohn-/Ess-/Spielzimmer und warf ihn achtlos auf den Tisch vor der Couch.

Die könnte auch mal neu gepolstert werden, dachte ich wie jeden Abend, wenn ich die entscheidenden zwanzig Zentimeter zu tief darin versank. Sie war noch von meiner Oma. Ich hatte mir mal einen Kostenvoranschlag geben lassen und danach das Projekt fürs Erste wieder verworfen. Ich hatte keine achthundert Luxuseuro. Davon abgesehen hätte ich auch nicht gewusst, wann ich mir hätte Stoff aussuchen und das Sofa zur Polsterei fahren sollen. Vielleicht jetzt im Urlaub, schoss es mir durch den Kopf. Dabei fiel mir ein, dass tatsächlich zwei freie Wochen vor mir lagen. Mir fiel allerdings auch der Grund dafür wieder ein: Summa summarum würden durch meine Aktion heute mehr als vierhundert Euro fällig. Allein der Spezial-Abschleppwagen würde schon rund dreihundert kosten, so hatte man mir gesagt. Und dass die Werkstatt auf meinen Gestiefelten-Kater-Blick reinfallen würde, glaubte ich auch nicht.

Ich hatte schon vor anderthalb Jahren gewusst, dass die Idee mit dem Auto ziemlich daneben war. Ich brauchte es eigentlich nicht. Aber es war der einzige Luxus, den ich mir nicht versagen wollte. Wenn schon kein Ausgehen mit Freunden oder ein Dinner mit einem Mann, dann wenigstens das. Ich weiß nicht, wie viele Monatskarten ich schon von den Falsch-Parken-Tickets hätte kaufen können. Viele vermutlich. Aber jeder Mensch hat ein Recht auf Freiheit, und deswegen war mir dieser zu 0,4 Prozent finanzierte Grundausstattungs-Ford eben wichtig. Ich wollte nicht zu den motzenden Frauen gehören, die ihre nörgelnden Kinder für einen Ausflug in den Heidepark am langen Arm die drei Stufen in den Regionalzug hievten und den Eingang blockierten, während ihnen von der abgewetzten Reisetasche leider der Henkel riss.

Ich setzte meine Tochter lieber entspannt in den Flohmarkt-

Kindersitz von 2011, schaltete meinen Lieblingsradiosender ein – ich hatte eh nur den einen –, und schnurrte locker los. Von außen betrachtet wirkten wir wie eine glückliche Familie mit Winnie-Puuh-Sonnenschutz. Und das war wichtig. Mir wichtig!

Ich schloss für einen Moment die Augen und ließ den Tag noch einmal Revue passieren. Das ging insofern relativ schnell, als die ersten Stunden vor allem von meiner Blödheit bestimmt gewesen waren, und an die wollte ich nicht denken. Ich kannte mich ja.

Wenn es etwas Positives gab, dann Lutz' Reaktion. Ich war zu aufgeregt gewesen, als dass sie mich in dem Moment erstaunt hätte. Aber im Nachhinein war sie doch einen Gedanken wert.

Ich arbeitete jetzt seit fast vier Jahren bei Kommtech. Die Anzeige las ich, als Romy etwa sechs Monate alt war und mir klar wurde, dass ich von ihrem Vater nichts zu erwarten hatte und vom Staat nicht länger etwas bekommen wollte. Ich wollte arbeiten. Und Romy sollte etwas anderes sehen als immer nur mich. Da fand ich die Anzeige: Vertriebsassistent/in im Telefonmarketing gesucht. Ich hatte früher schon in vielen Gelegenheitsjobs gearbeitet, letztlich weil ich nie richtig gewusst hatte, was ich denn nun wollte. Ein paar Bürojobs waren auch dabei gewesen, allerdings noch keiner im Vertrieb. Irgendwie interessierte mich das. Ich rief an, stellte mich vor und bekam den Job. In erster Linie sicher, weil er miserabel bezahlt war. In zweiter Linie aber auch, weil Lutz nicht nur ein Geizkragen, sondern auch ein ganz guter Menschenkenner war. Er hatte meine Situation erkannt und sofort gewusst, dass ich alles dafür geben würde, den Job zu behalten. Und deswegen hatte er mich genommen – trotz Kind ohne Vater. So viel Weisheit besitzt nicht jeder. Dass ich darüber hinaus sogar so etwas wie Sympathie für ihn empfand, obwohl ich ihm nie etwas von mir erzählt habe, geschweige denn Unterstützung einforderte, lag an Situationen wie heute: Ich war vor Scham fast im Boden versunken, und er sprach von einem super Termin und meinte, der Urlaub würde mir guttun. Wenn auch auf eine bestimmt nicht uneigennützige Art – er wollte weiter an dem Deal arbeiten, und ich nahm einfach den Urlaub, der mir ohnehin zustand – sorgte er doch in gewisser Weise für mich.

Andere würden wahrscheinlich sagen, ich hätte mich mal wieder um den kleinen Finger wickeln lassen. Aber ich war ja nicht andere. Ich war Annabel dankbar Wiesengrund. Und ich hatte auch nicht andere. Ich hatte Romy.

Deswegen freute ich mich so auf die freien Tage.

Und plötzlich wusste ich auch, was ich damit anfangen würde! Aufgeregt ging ich zu meinem Telefontischchen, auf dem bestimmt schon seit zwei Monaten ein Zettel lag: Tante Gretchen – und dann die Telefonnummer: fünf Stellen Vorwahl, drei Stellen Hauptanschluss. Dass es so was im Westen noch gab!

Meine Mutter – meine esoterisch veranlagte, männermordende, geschiedene Mutter – hatte mir die Geschichte von Tante Gretchen erst vor ein paar Monaten erzählt, als sie selbst mal wieder in einer Clearing-Phase war und etwas ausmistete. Und ich konnte sie noch immer nicht fassen. Vor allem konnte ich nicht fassen, dass eine so wunderbare Geschichte so viele Jahre nicht erzählt worden war. Obwohl sie letztlich vieles von uns erklärte.

Ich mache es kurz:

Meine Großeltern kamen wie so viele Menschen dieser Generation aus Schlesien. Aus Breslau, um genau zu sein. Und wie so viele Menschen ihrer Generation hatten sie gegen Ende des 2. Weltkrieges Angst vor dem Feind aus dem Osten und Angst um ihre Kinder. Noch mehr Angst hatten sie allerdings um ihr Hab und Gut. So kam es, dass auch meine Großeltern meine damals sechsjährige Mutter und ihren jüngeren Bruder in das nahe gelegene Schweinitz schickten. Zu Tante Gretchen, die keine echte Tante war und mit ihren 17 Jahren auch gar nicht wie eine wirkte, aber für die Kinder eben als solche fungierte. Dort lebten sie eine Weile, bis auch Schweinitz nicht mehr sicher schien. Also wurde weiter evakuiert. Noch weiter nach Westen. Somit fanden sich im Frühjahr 1944 Tante Gretchen, meine Mutter und ihr Bruder ziemlich verängstigt auf einem vollkommen überladenen Wehrmachts-Lkw wieder, bis ein deutscher Soldat entschied, dass mit so viel Übergewicht niemand heil im Westen ankommen würde. Da meine Mutter und ihr Bruder in seinen Augen ohnehin schon Waisen waren, befahl er ihnen, von der Ladefläche zu krabbeln und allein in Schweinitz zu bleiben. Ihm schien das vielleicht konsequent. Nicht aber Tante Gretchen. Mutig hatte sie sich erhoben, den Soldaten mit welchen Worten auch immer beschimpft und ihn so lange bei seiner germanischen Ehre gepackt, bis er klein beigab und meine Mutter und ihr Bruder auf dem Treck reisen durften. Und wenn Tante Gretchen schon nicht das Leben meiner Mutter und meines Onkels gerettet haben sollte, so hat sie ihr Schicksal – und damit auch meins – doch nachhaltig beeinflusst.

Diese Geschichte erfuhr ich also erst jüngst, weil auch jüngst erst die Pseudo-Urne meiner Großmutter (die Hab und Gut irgendwann doch aufgeben und ebenfalls in den Westen flüchten musste) mit ein paar persönlichen Dingen wie Transitscheinen, Eintrittskarten für Lichtspiele und Briefen

Opfer des Clearings wurde. Das Einzige, was meine Mutter davon aufbewahrte, war ein altes abgegriffenes Foto.
Auf dessen Rückseite stand: Tante Gretchen, 1984, und eine Adresse in Seedorf-Weitewelt, Schleswig Holstein. Das wiederum lag Luftlinie keine 70 Kilometer nördlich von mir entfernt.
Meine Mutter hatte nach dem Fotofund zweimal bei Tante Gretchen angerufen. Von daher wusste ich, dass sie noch lebte, wenngleich wohl schon ein wenig vergesslich. Gesehen aber hatte sie sie seit dem Krieg, der noch durch mehrere Stationen der Flucht gekennzeichnet war, nicht mehr. Also konnte ich es sein, die ihr dankbar den Blumenstrauß überreichte, den sie sich bei der Rettung eines sechs Jahre alten Mädchens und ihres zwei Jahre jüngeren Bruders vor gut siebzig Jahren verdient hatte. War das nicht irre?
Ich freute mich. Ich hatte einen Plan. Ich würde Gutes tun und vielleicht etwas über meine Mutter erfahren, über mich, über unser verworrenes Verhältnis, über ein Stück Geschichte. Und ich war neugierig auf diese alte Dame, die vor so langer Zeit so viel Mut bewiesen hatte. Mein Schicksal würde eine Wendung nehmen, von der ich heute Morgen, als ich die verfluchte Brotdose in meiner Tasche vergessen hatte, nicht im Entferntesten etwas geahnt hatte. Ja, nach der ich mich auch noch gar nicht weiter gesehnt hatte.
Ich überlegte kurz, ob ich zur Feier des Tages eine Flasche Rotwein öffnen sollte. Ich muss dazu sagen, dass ich seit dem Kreißsaal-Erlebnis mit Romys Vater so gut wie keinen Alkohol mehr getrunken habe. Ich kam besser ohne ihn klar, wie mir die wenigen Male danach deutlich gezeigt hatten. Und je mehr Zeit verstrich, desto weniger Lust hatte ich, mit einer Essig-Vergiftung mit dem zwei Jahre alten Penny-Fusel meine Nachtruhe zu opfern. Aber heute war ja nun

wirklich ein besonderer Tag. Und morgen hatte ich Urlaub. Zu Tante Gretchen konnte ich ohnehin erst fahren, wenn ich mein Auto wieder hatte.
Beschwingt nahm ich also den Stapel Post erneut zur Hand und wollte schauen, ob eins der Werbeblättchen mir so viel Anreiz auf Gesellschaft bot, dass ich Lust bekäme, ein Glas mit ihm zu teilen. Vielleicht war ja eins mit einem Ratespiel oder einer Consumer-Befragung dabei. Die waren mir die liebsten.
Ich blätterte die Umschläge einzeln durch und überschlug ein Versandhausmailing, ein Billigkreditmailing und ein Telefongesellschaftsmailing. Und dann starrte ich auf den blauen Stempelaufdruck oben links in der Ecke: *Anwaltskanzlei Seegers & Partner.*
Das Zittern fing an, noch bevor ich den Umschlag genauer ins Visier genommen hatte. Eine Anwaltskanzlei verschickte keine Werbesendungen. Und wenn, dann wären sie nicht gestempelt, sondern gedruckt.
Es hatte eine Zeit gegeben, da war ich jedes Mal mit klopfendem Herzen zum Briefkasten gegangen. Es hatte eine Zeit gegeben, in der ich durchaus von einer diffusen Angst erfüllt war, die ich damals nicht hätte definieren können und der ich auch nie auf den Grund gegangen bin. Jetzt holte sie mich wieder ein. Und jetzt musste ich ihr auch nicht mehr auf den Grund gehen, denn ich spürte instinktiv, was mir dieser Brief sagen wollte. Zu präsent waren mir plötzlich wieder all die Tage, in denen ich die letzten Meter zu Romys Kita förmlich rannte, weil ich mir einbildete, jemand anderes hätte vor mir da sein und mir mein Kind nehmen wollen. Ich wusste wieder sehr genau, was es hieß, beim Klingeln des Telefons zusammenzuzucken, weil ich einen Anruf fürchtete, der mir alles kaputt machen könnte, wofür ich gekämpft hatte.

Ich ahnte, was in dem Brief stand. Ich hatte nur vergessen, dass es jemals so weit kommen könnte.
Ich riss den Umschlag auf und überflog die Zeilen, die vor meinen Augen verschwammen.
Er wollte das geteilte Sorgerecht.
Thomas, der Mann, bei dem ich ein paar schwerwiegende Monate lang anständigen Sex mit Liebe verwechselt und der mich im Moment der Geburt schmählich im Stich gelassen hatte, meinte nach viereinhalb Jahren, die ICH meine Tochter in endlosen Nächten durch die Wohnung getragen, ihr in delirierendem Schlafentzug die Blähungen aus dem Bauch massiert, ihr so oft Schlaflieder vorgesungen hatte, dass ich darüber plötzlich den Text vergaß, dieser Mensch glaubte, dass ich als Vollzeit berufstätige Mutter meinem Erziehungsauftrag nicht gerecht würde?
Dass er sich als notorisch fauler Gelegenheitsarbeiter eine nette Gratisgeldquelle versprach, stand natürlich nicht in dem Antrag. Aber ich war mir sicher, dass genau das dahinter steckte, denn er war ja nicht doof. Nur faul. Das wusste ich nun. In der kurzen Zeit unseres Miteinanders hatte es immer wieder dringende Angelegenheiten gegeben, für die er mein Geld zwingend gebraucht hatte. Immer sollte ich es sofort zurückbekommen. Nie ist es passiert. Am Anfang hatte ich noch leise darum gebeten – er hatte eine Autorität, die einen schon mal leise werden ließ –, aber dann hagelte es Vorwürfe und Beleidigungen. Zur Versöhnung lud er mich zu einem schicken Italiener ein, den letztlich auch ich zu bezahlen hatte, weil ich ja arbeitete und er schließlich Opfer des nicht vorhandenen Sozialstaates war. So gesehen konnte ich froh sein, dass er mich verließ. Ich hätte vermutlich deutlich länger dafür gebraucht, worauf ich nicht stolz bin. Aber geblieben war die Angst, dass er irgendwann noch

mal auf mich zurückgreifen würde. Deswegen hatte ich mich vor so einem Brief gefürchtet. Und deswegen wusste ich, was er sich ausrechnete: mindestens 350 Euro Unterhalt für Romy. Das war wenig für Menschen wie Lutz. Und geradezu eine Beleidigung für Romy. Aber für mich war es mein Leben. Und für Thomas garantiert ein Alfa Romeo auf Raten.

Und den erstritt er sich mit Lügen: Ich las von regelmäßigen Kontaktaufnahmeversuchen, die ich jedes Mal unterbunden hätte. Von Briefen, die er im Kampf um seine Tochter geschrieben und die ich nie beantwortet hätte. Von Geschenken, die er seiner Tochter machte und die postwendend zurückkamen.

Ich muss dazu sagen, dass Thomas tatsächlich einmal anrief, als Romy etwa sechs Monate alt war. Es war nachts um zwei, und er klang sehr betrunken. Er lallte etwas davon, dass es ihm »leidtäte«, und ich hörte Musik im Hintergrund und das Gegiggel einer Frau, die offenbar mehr Lust hatte, ihr eigenes Abenteuer mit ihm zu erleben, anstatt sich mit seinen Altlasten auseinanderzusetzen. So hörte ich eine Weile sein »Es tut mir so leid, es tut mir so leid«, unterbrochen von »Nu hau doch mal ab, nu hau doch mal ab«. Und dann hörte ich einen Rums und sein sattes »Sooh«. Deswegen versuchte ich ihm zu erklären, dass es schon spät sei und er doch bitte morgen wieder anrufen solle – was er nie getan hat.

Und ein Geschenk gab es auch mal. Das stimmt. Eine Woche nach Romys zweitem Geburtstag schickte er einen Strampler in Größe 72. Und der passte, egal, wie unterentwickelt ein Kind auch sein mochte, in dem Alter etwa so gut wie ein Eierwärmer auf ein Elefantenohr.

Damit ich an seinen Absichten auch keinen Zweifel hegen konnte, stand in dem Schreiben ein Termin: Mittwoch,

04.05., Familiengericht Hamburg-Mitte, Sievekingplatz 1, 10.40 Uhr. Anhörung.
Das war in gut sechs Wochen.
Zum ersten Mal bedauerte ich, nach diesem Kreißsaalabgang weder jemals auf Unterhalt geklagt noch sonst etwas getan zu haben, das den Umgang mit diesem Idioten ein für alle Mal unterbunden hätte. Ich wollte einfach nur nichts mehr mit ihm zu tun haben. Ein Fehler, wie sich gerade zeigte.
Ich nahm die Flasche Wein und überlegte. Dann stellte ich sie wieder weg, zog mich um, putzte mir die Zähne und ging zu Romy. Im gelblichen Schein ihrer schwimmenden Fische-Nachtlampe betrachtete ich mein schlafendes Kind. Ihr Mund stand halb offen, und sie hielt ihren Schmusehasen fest umklammert. Es war einer von vier identischen, die ich angeschafft hatte, als wir den damals ersten und einzigen verloren hatten. Das Drama wollte ich nicht wieder erleben.
Ich hob sie vorsichtig hoch und trug sie in mein Bett. Sie grunzte ein bisschen und murmelte dann: »Der Junge hat sich aufgelöst«, bevor sie wieder in das Reich ihrer Träume entschwand.
Ich gab ihr einen flüchtigen Kuss und deckte sie mit meiner Decke zu. Einen kleinen Zipfel nahm ich für mich, denn an irgendetwas musste ich mich ja klammern.

Am nächsten Morgen wachte ich noch vor dem Weckerklingeln merklich ausgekühlt und mit dumpfem Kopfschmerz auf. Romy lag inzwischen quer auf Bett und Decke. Ich hatte mich irgendwie um sie herumgewunden.
Mit offenen Augen lauschte ich den Geräuschen von der Straße und dem Atem meiner Tochter. Wenn das schmerzhafte Pochen hinter der Stirn nicht gewesen wäre, hätte ich

diesen Moment gern länger ausgekostet, denn die Nahtstelle zwischen Wachen und Schlafen hatte etwas angenehm Taubes. Der gestrige Tag lag hinter einem wie ein früheres Leben, und die Erinnerung hatte sich noch nicht wieder scharf ins Bewusstsein geschnitten. Das sollte sich allerdings ändern, als ich doch aufstand und in der Küche ein Glas Wasser für ein Aspirin holte. Auf dem Weg zurück fiel mein Blick auf den Tisch mit der Post, und plötzlich war alles wieder da, glasklar und messerscharf: die Panne in der Tiefgarage, die verpatzte Präsentation, das Warten, der Polizist, Lutz und schließlich der blaue Stempel. Nun fing auch mein Herz wieder an zu rasen, und wenn ich mir eins nicht leisten konnte, dann Kontrollverlust. Oder Schlimmeres. Also tat ich das einzig Vernünftige in meiner Situation: Ich nahm den Brief mit spitzen Fingern und stopfte ihn unter das Sofakissen. Aus den Augen, aus dem Sinn. So einfach war das! Ein kleines bisschen ruhiger schluckte ich zwei Tabletten und beschloss dann, meinen ersten Urlaubstag so gut gelaunt wie geplant anzugehen. Das klappte inklusive Romy die Zähne putzen, anziehen, Kakao trinken, ohne zu kleckern, und auf Anhieb die richtigen Schuhe für sie aussuchen bis auf einen kleinen Zwischenfall beim Aussteigen aus dem Bus auch ganz prima.

Ich sage es nur ungern, aber es war eben ein *Rollstuhlfahrer,* der schneller die herabgelassene Busrampe hinaufwollte, als wir herunterkamen. Aber raus hat nun mal Vorrang vor rein. Und einen gewissen Respekt vor allem, was sich hob und senkte, möge man mir nach der Episode vom Vortag verzeihen. Jedenfalls juckelte der Mann mit seinem Elektroroller so unverschämt rücksichtslos in den Bus, dass er Romy fast über den Fuß gefahren wäre. Ich riss sie zur Seite und murmelte »Penner«. Das hörte niemand außer Romy. Die

rief fröhlich: »Fahr doch, du Penner. Ist doch grün.« Ich sah mich entschuldigend um, hatte jedoch nicht das Gefühl, dass mir irgendjemand verzieh. Also hüpften wir aus dem Bus, und ich spielte sofort »Ein Hut, ein Stock, ein Regenschirm« mit ihr, um mich von den bohrenden Blicken aus den Fenstern abzulenken. Als der verfluchte Bus endlich weg war, sagte ich zu ihr: »Der war wirklich blöd, der Mann.«
»Ja, der war wirklich blöd.«
Und so begann ein rundum schöner Tag noch einmal. Ich war den Wolken davongelaufen.

3

Die ersten Tage vergingen wie im Flug. Ich hatte mich selbst von allen Pflichten entbunden und war erstaunt, wie schnell ich damit bestens klarkam. Stundenlang saß ich in Cafés, las mich durch alle Zeitungen und wunderte mich dabei, dass es so viele gab. Ich putzte unsere 2 1/2- Zimmer-Wohnung mit Hingabe, und als selbst die Fugen mit der Zahnbürste ausgekratzt waren, strich ich die Küche lavendelfarben, weil ich schon immer mal einen Raum lavendelfarben streichen wollte. Selbst wenn es nicht besonders gleichmäßig wurde, passte es doch zu den weißen Einbaumöbeln und den zwar schon alten, aber immer noch ganz hübschen schwarz-weißen Schachbrettfliesen.

Romys Kommentar hätte ich mir überschwänglicher vorgestellt: »Mama, die Wände sind ja ganz schmutzig. Die haben gekleckert.« Aber ich ignorierte ihn. Bis sie auf die Anrichte krabbelte und mit der Spülbürste sauber machen wollte. Darauf folgte mein Versuch, sie nachhaltig über individuelle Schönheit im Besonderen und Kunst im Allgemeinen aufzuklären. Sie schien es nicht wirklich zu verstehen, als sie dann aber am nächsten Morgen fragte: »Mama, ist das schön mit den bekleckerten Wänden?«, war ich zufrieden.

Das Wohnzimmer mied ich weitgehend, denn als ich mich einmal unbesonnen auf das Sofa sinken ließ, schien mir Sie-wissen-schon-was förmlich den Hintern zu verbrennen. Nicht dass ich die Sache wirklich jemals vergessen hätte. Die Sache, die mir meine Tochter streitig machen wollte. Aber da ich wusste, dass ich in vorübergehender Verdrängung ganz gut sein konnte, verdrängte ich einfach vorübergehend. Und kniff abends, wenn ich mich ins Bett legte, die Augen so fest zu, dass ich alles sah, nur keine Horrorszenarien mehr.

Nach drei Tagen des Müßiggangs rief ich dann aber immerhin endlich mal in der Werkstatt an, denn der erste Strauß für Tante Gretchen verwelkte bereits in meiner Vase. »Ihr Wagen ist fertig. Sie können ihn abholen«, beschied mich ein Herr Heintze.

»Wie, fertig? Totalschaden, oder was?«, fragte ich nach, weil ich immer mit dem Schlimmsten rechnete.

Ich hörte einen Moment nichts.

»Gibt es noch etwas Schlimmeres als Totalschaden? Ja, so sagen Sie doch was. Die Situation ist auch so schon unangenehm genug«, erklärte ich plötzlich panisch und wollte einfach nicht begreifen, dass Menschen in Serviceberufen die Grundregeln der Kommunikation nicht beherrschten. Fast hätte ich ihm zur Erklärung meine ganze Geschichte aufgetischt. Aber das hätte bei Herrn Heintze auch nichts gebracht.

»Äh … nein. Ich meinte: Er ist fertig repariert. Er steht auf dem Hof.«

Erleichtert atmete ich auf. »Ja, warum sagen Sie das denn nicht gleich?«, fragte ich kopfschüttelnd.

Die Frage nach der Rechnung schenkte ich mir, denn wer weiß, auf welche Ideen Herr Heintze gekommen wäre, wenn ich ein laxes »Und was kostet mich der Spaß?« zum Besten gegeben hätte.

Ne ne, lieber Auge in Auge mit solchen Leuten.

Und tatsächlich bediente mich eine Stunde später Herr Heintze, der mich allerdings die ganze Zeit sehr merkwürdig musterte.

Er ging mit mir auf den Hof zu meinem Wagen, den ich auch sofort als meinen erkannte. Er sah genauso aus wie beim letzten Mal, als ich eingestiegen war. Beruhigt atmete ich auf.
»Also, der ist jetzt wieder in Ordnung«, sagte Herr Heintze.
»Ja.« Ich lächelte ihn unverbindlich an. »Das sehe ich.«
Herr Heintze wurde immer verlegener. »Nun ja, der Schaden war ja auch nicht gerade überirdisch, also, ich meine, er betraf ja nicht die äußere Karosserie, sondern eher den Unterboden.«
Ich erinnerte mich an meine Schräglage und musste zugeben, dass Herr Heintze womöglich recht hatte. »Ja, natürlich, davon reden wir ja«, versuchte ich meinen kleinen Lapsus zu überspielen. »Was wurde denn gemacht?«
Diese Frage gab Herrn Heintze seine Sicherheit zurück. »Nun ja, also, der Auspuff hat einen mitgekriegt. Den mussten wir austauschen. Und der Unterboden hatte einen etwa fünfzig Zentimeter langen Riss. Das mussten wir schweißen …«
Ab dem fünften Punkt hörte ich auf, mir das Ganze in Euro vorzustellen, und ab dem achten hörte ich sowieso nicht mehr zu.
Als er schließlich, zufrieden mit sich und seiner Sorgfalt, am Ende angekommen war, hatte ich gerade noch Puste für das eine: »Und was kostet das?«
Wenn ich mir jetzt erneut die Beflissenheit in Erinnerung rufe, mit der Herr Heintze seine schwarze Klappmappe aus Kunstleder öffnete, um einen makellosen DIN-A4-Zettel vorsichtig herauszunehmen, hätte ich eigentlich schon viel früher ahnen müssen, dass er allein auf diesen Moment gewartet hatte. Ich weiß nicht, warum er so stolz war. Aber er war stolz.

»1164 Euro.«
Ich schluckte.
»Zuzüglich Mehrwertsteuer.«
»Das ist ja wirklich fast geschenkt«, säuselte ich, während in meiner Tasche ein Messer aufklappte. Für dieses Geld müsste ich drei Jahre lang aus den öffentlichen Verkehrsmitteln gar nicht mehr aussteigen, so eine Allround-Monatskarte wäre das.
Strahlend sah Herr Heintze mich an. Er fand offenbar, dass unsere Kommunikation endlich da war, wo sie sein sollte. Schwingenden Schrittes marschierte er in Richtung Autohaus und Kasse, wo er meine Scheckkarte gegen meinen Autoschlüssel tauschen wollte. Wie ich mich dabei fühlte, war ihm offensichtlich egal. Mir nicht, denn ich fand es unfair, dass er nichts von sich geben musste, ich aber nur mein Eigentum gegen mein Eigentum eintauschen sollte.
Diese Demütigung wollte ich nicht ohne Weiteres auf mir sitzen lassen. Wahrscheinlich fragte ich ihn deshalb auf halber Strecke zum Büro: »Haben Sie eine Ahnung davon, wie schwer es ist, Kinder alleine großzuziehen? Und wie teuer?«
»Na ja …« Herr Heintze wurde fast rot. Er lief aber auch schnell. Wollte schnell seine Rechnung einbuchen. »Ich habe leider keine Kinder.«
»Entschuldigung, Herr Heintze, Sie machen nur Ihren Job, aber für meine Tochter und mich sind Ihre 1164 Euro ein echtes Vermögen. Nur dass Sie das auch mal gehört haben.«
»Also, das tut mir leid, aber der Schaden war schon …«, versuchte er es auf die fachmännische Art, aber ich unterbrach ihn. »Ist schon gut, Sie können nichts dafür, es war meine Schuld, und Urlaub auf Balkonien ist ja auch ganz schön.«
Der arme Mann hatte es vielleicht nicht verdient, aber ich war wütend. Und wenn man wütend war, musste man sich

Luft verschaffen. Da hatte Ella, meine Mutter, schon ganz recht. Sollte mir die Bank doch auch noch ihre hohen Dispokreditzinsen belasten. Es gab die marktwirtschaftlichen Gegebenheiten, und es gab die menschliche Würde. Das eine musste ich wohl so hinnehmen, das andere hatte ich soeben wiederhergestellt. Und genau deswegen ging ich am Abend mit Romy zum Portugiesen um die Ecke.

Sie fand es toll. Und ich irgendwann auch. Mit meiner Tochter essen gehen zu können war ungefähr ebenso wichtig wie ein Auto mit Winnie-Puuh-Sonnenschutz.

Die zweite mutige Tat in dieser Woche war mein Anruf bei Lutz. Ich hatte mir zwar vorgenommen, den blauen *Seegers & Partner*-Stempel einstweilen zu ignorieren. Aber einstweilen war jetzt vorbei. Und Lutz war der Einzige, von dem ich wusste, dass er eine ganze Menge Anwälte kannte. Ich hoffte, auch einen, der für mich in Frage kam.

»Kommtech, Christine Sulzer, guten Tag.«

Es war Christine, klar, wer auch sonst. Lutz ging so gut wie nie selbst ans Telefon. Trotzdem hatte ich gehofft, ich hätte ausnahmsweise mal Glück, denn schon dabei, wie Christine sich meldete, hatte man zwingend das Gefühl, ganz und gar unerwünscht zu sein. Was in meinem Fall ganz sicher auch stimmte.

Trotzdem fragte ich mich, warum ich mit den Mädels bei Kommtech nie wirklich warm geworden war, denn ich hielt mich eigentlich für zivilisiert und höflich genug, um nicht groß anzuecken. Ich brachte alle paar Wochen ein neues Pfund Kaffee mit, wenn der alte zur Neige ging, fragte, ob ich jemandem etwas mitbringen dürfte, wenn ich mal zum Bäcker ging, machte meinen Job und sah eigentlich auch nicht so aus, dass man sich spontan von mir abwenden musste. Ich war wie mein Name: ganz und gar durchschnittlich.

1,63 groß, mittelschlank, dunkelblonde lockige Haare bis über die Schultern, seit geraumer Zeit gesträhnt. Ich trug keine schnell riechenden Polyesterpullover, hatte kurze, saubere Fingernägel und verschlief auch nicht dreimal die Woche. Ich trank nicht. Ich rauchte nicht. In stillen Momenten hatte ich mich schon gefragt, ob es genau das war, was die anderen so nervte: Egal, wie lange sie suchten, sie fanden keinen Grund, vernünftig über mich zu tratschen. Und ich fand keinen Anlass, mal eine echt heiße Geschichte über mich zu erzählen. Es gab einfach keine. Ich würde mich ja auch gern mal in der Pause hinsetzen und sagen: »Mann, bin ich fertig, das war vielleicht 'ne Nacht.« Aber was sollte ich tun? Die Art von Nächten, die mich wirklich fertigmachten, weil Romy keinen Schlaf fand oder ich mich mit Schuldgefühlen plagte, fanden sowohl Christine als auch die Ü18er einfach langweilig. Und deshalb behielt ich sie für mich.

»Äh, hallo, Christine, ich bin's, Annabel. Ist Lutz da?«

Schweigen.

»Christine?«

»Was willst du denn? Du hast doch Urlaub. Lutz ist beschäftigt.«

Natürlich. Lutz war immer beschäftigt. Aber dieses »beschäftigt« klang danach, als wäre er just zusätzlich mit dem beschäftigt, was ich vergeigt hatte.

»Ich weiß, aber ich müsste ihn sprechen. Es ist wichtig«, setzte ich noch hinzu.

Es folgte ein etwas lauteres Schweigen. Ich spürte, dass Christine nachdachte. Was sie durchaus konnte.

»Was ist denn so wichtig, dass ich ihn stören sollte?«, fragte sie schließlich, neugierig, bereit zur Solidarisierung.

»Es tut mir leid, aber das ist privat«, traute ich mich zu sagen. Ich wusste ja selbst nicht, wie ich Lutz mein Anliegen

vortragen sollte. Geschweige denn, wie ich Christine davon überzeugen konnte.
Es passierte das, was immer passierte, wenn es denn mal solche Situationen gab: Sie signalisierte mir, dass ich wieder eine Chance verpatzt hatte, sie mir zur Freundin zu machen, aber wagte es auch nicht, mich abzuwimmeln. Insofern war sie vielleicht einfach doch eine Sekretärin. Sie entschied nicht, sie machte bloß.
Es dauerte eine Weile, bis ich Lutz an der Strippe hatte.
»Hey, Anna. Wie geht's? Langweilst du dich schon oder hat deine Tochter einen Neuen, zu dem sie Papa sagt?«
Ups. Da war er wieder, dieser doppelgesichtige Boss. Ich schluckte.
Worauf Lutz anspielte, war für mich eine Belanglosigkeit gewesen. Ich hatte Romy kürzlich einmal mit zu Kommtech genommen. Die Kita schloss aufgrund einer Betriebsversammlung um 14.00 Uhr, und ich wollte noch etwas arbeiten. Also lud ich sie hinter meinem Drehstuhl ab, bombardierte sie mit Zetteln und Stiften und hoffte, über ein Kleinkindgequake im Hintergrund Bonuspunkte bei meinen Telefonpartnern zu sammeln. Irgendwann war Lutz an meinem Arbeitsplatz aufgetaucht. Er war freundlich zu Romy. Stellte ihr Fragen, die bei Männern schrecklich unglaubwürdig klangen, machte Dutzi-Dutzi, dass mir die Haare zu Berge standen. Romy aber drehte sich zu mir, als ich gerade mit einem Eisenwarenhändler aus Leipzig im Gespräch war, und fragte mich: »Ist das Papa?«
Ich war so perplex, dass ich dem Händler aus Leipzig auf die Gratis-Mustersendung noch 2 Prozent Skonto gewährte, bevor ich auflegte.
Danach nahm ich Romy sehr innig in den Arm und flüsterte ihr Worte ins Ohr, die mir noch heute peinlich sind vor

Lutz. Ihn bat ich mit den Augen, den Raum zu verlassen, was er auch tat.
Um ehrlich zu sein: Ich verstehe bis heute nicht, was Lutz wirklich denkt oder fühlt. Oder dachte oder fühlte in dem Moment. Allein: Irgendwas hat er richtig gemacht.
Warum er mich in meinem Anruf heute nun ausgerechnet darauf aufmerksam machte, noch bevor ich etwas sagte, mögen andere verstehen. Ich weiß nur: Romy sagt zu allen Männern Papa.
Meine Achillesferse.
Die ich seit viereinhalb Jahren mit Wundsalbe einschmiere.
»Nein, hat sie nicht, Lutz. Ich rufe aus einem anderen Grund an. Oder aus demselben.« Ich verhaspelte mich und setzte noch einmal neu an. »Ich brauche deine Hilfe«, sagte ich so fest und entschieden, wie es mir bei eingetrockneter Kehle möglich war. Und um meine Not zu unterstreichen, schob ich noch ein »wirklich« hinterher.
Ich hörte, wie sein Sessel knarzte. Vermutlich machte er es sich gerade ein bisschen gemütlich, während ich kerzengerade auf die äußerste Kante meines Holzstuhls rutschte.
Dann aber hörte ich ein ernstes: »Was gibt's denn?«
Ich erklärte ihm die Situation so knapp, klar und emotionslos, wie ich konnte. Und tatsächlich unterbrach er mich kein einziges Mal. Am Ende stellte er ein paar Fragen zu Thomas, kommentierte meine Antwort mit einem wiederholten »Arschloch« und gab mir schließlich die Nummer einer Bekannten und »besten Familienrechtlerin Hamburgs«. Es war zum Glück niemand aus der Kanzlei Seegers.
»Hast du eine Rechtsschutzversicherung?«
Ich verneinte und dachte gleichzeitig, dass die beste Familienrechtlerin wohl nicht zwingend die billigste war.
»Okay, dann gib mir deine Telefonnummer. Die brauche

ich ohnehin noch. Ich rede mit ihr. Sie schuldet mir einen kleinen Gefallen. Und dann wird sie sich bei dir melden.«
Ich schluckte. Das war doch wirklich wieder nett, oder nicht? Ich gab ihm die Nummer von Handy und Festnetz, und erst dann stieß mir dieser eine Satz auf.
»Wieso brauchst du die ohnehin noch?«
»Wen?«
»Meine Nummer.«
»Ach so. Für Adam.«
»Wer ist denn Adam?« Wollte Lutz mich jetzt verkuppeln, oder was?
»Adam Fern.«
»Adam Fön?«
»Anna! Adam Fern. Unser amerikanischer Freund. Er ist ein paar Wochen in Deutschland und Europa unterwegs und wollte sich noch einmal mit dir unterhalten. Remember? Präsentation und so? Unsere Knautschflaschen?«
»Mr. Big?« Ich staunte nicht schlecht. »Was will der denn von mir?«
»Offenbar hat ihm deine Präsentation gefallen. Ich sagte ja, dass wir sie ihm geben werden.«
Innerlich pfiff ich laut durch die Zähne. In echt konnte ich das leider nicht.
Ich hatte es ja gestern schon vermutet, und nun machte es auf einmal wirklich Sinn: Niemals hätte er Mr. Big meine Präsentation gegeben oder mir mehr davon erzählt, wenn es sich hätte vermeiden lassen. Immerhin war er der Inhaber der weltweiten Vertriebsrechte für die Knautschis, nicht ich. Nur leider konnte er außer »Hello«, »goodbye« und »one beer, please« kein Englisch. Im Gegensatz zu mir. Ich konnte ganze Präsentationen auf Englisch vorbereiten. Die ich ihm dann wieder rückübersetzte. Mein Vorteil. *Seine* Achillesferse.

Und vielleicht hätte mir noch etwas auffallen können an dieser Sache: dass die ganze Präsentation nicht nur auf Englisch war, sondern dass ich sie überhaupt auch inhaltlich ziemlich alleine entwickelt hatte. Ich hatte mein Studium mit Schwerpunkt Marketing- und Eventkommunikation vielleicht nicht gut zu Ende gebracht, aber ich hatte immerhin eins. Lutz nicht. Der konnte verkaufen, connecten, Leute anquatschen, »Deals einstielen« – Mann, wie oft musste ich das hören, dass er wieder einen geilen Ü18-Deal »eingestielt« hatte. Aber richtig in den Markt bringen konnte er den dann auch nicht. Wie bei so manchen unglaublich männlichen Machern war nach dem *Einstielen* Schluss.
Ich sammelte mich ein wenig und kam zurück auf das Telefonat. »Ach, echt?«, und in diesem Moment war ich wirklich freudig überrascht. Normalerweise hielt ich mich in solchen Situationen gern an den Satz meiner Mutter, die meinte, wenn man etwas wirklich gut kann, darf man auch dazu stehen. Da ich selbst fand, dass es nicht viel gab, das ich wirklich gut konnte, stand ich zu dem Wenigen umso mehr. Das fand ich wieder gerecht.
Aber in den letzten Tagen hatten sich meine Koordinaten doch etwas verschoben. Ich brauchte plötzlich etwas, das ich lange nicht vermisst hatte: Freunde, und wenn nicht die, so doch mindestens Wohlgesinnte.
Nachdem ich mich erneut bei Lutz für seine Unterstützung bedankt hatte, legten wir auf, und ich war zum ersten Mal seit der Tiefgarage wieder etwas entspannter. Ich hatte das beruhigende Gefühl, dass jemand mich bei meiner Sorge um Romy professionell unterstützen und wie in einem anständigen Justizthriller dafür sorgen würde, dass nichts und niemand uns trennte. Frau Dr. Andrea Barrett, die beste Familienanwältin der Stadt, würde mich schon bald anrufen.

Ich würde ihr erzählen, dass Thomas' Anliegen eine Farce war, und sie würde es dem Gericht klarmachen.
Und ich freute mich, dass ich meinen Coach vielleicht doch nicht umsonst bezahlt hätte. Mr. Big wollte auch mit mir sprechen.
Dieses gute Gefühl musste ich unbedingt mit jemandem teilen. Also machte ich mich am Freitag, dem letzten Tag in meiner Urlaubsplanung ohne Romy, endlich auf zu Tante Gretchen. Wenn sie da war und mir aufmachte, hatte ich Glück. War sie nicht da, hätte ich wenigstens einen netten Ausflug nach Weitewelt gemacht. Das klang doch gut.

4

Ich hatte mich lange gewundert, warum der Teil Deutschlands zwischen Ostsee, Kiel und Hamburg eigentlich Holsteinische Schweiz heißt. Hier gibt es nämlich so ziemlich alles: weite Felder, stellenweise dichte Wälder und insgesamt auch viel Wasser. Aber Berge sucht man wirklich vergeblich. Bis ich lernte, dass es in Deutschland rund achtzig weitere Schweizen gibt, die mit der eigentlichen Schweiz nichts zu tun haben, denn letztendlich stammt der Begriff aus der Romantik und meint eigentlich nichts weiter als »schöne Landschaft«, die im besten Falle auch noch hügelig ist. Und so gesehen stimmte es. Selbst jetzt, an einem durchschnittlichen Märztag mit gleichförmiger Wolkendecke, hinter der man aufgrund der milchigen Farbe die Sonne erahnen konnte, hatte dieser dünn besiedelte Landstrich mit seinen alten Bauernhöfen, an denen man im Straßenverkauf Kartoffeln, Eier und Mettwurst erstehen konnte, den kurvigen Alleen, auf denen sich besser kein Schwerlasttransporter verirren sollte, den friedlich grasenden Galloway-Rindern und den noch munter schnatternden Gänsen etwas unglaublich Märchenhaftes. Einen ähnlich verzauberten Klang hatten auch die Ortsnamen: Aukamp, Heidmoor, Liedkathen oder eben: Weitewelt.

Außer einem frischen Blumenstrauß für fünfzehn Euro hatte ich auf jegliche sonstige Vorbereitung meines Besuches verzichtet. Von meiner Mutter wusste ich so essenzielle Dinge wie, dass Tante Gretchen noch lebte, dass sie einen Enkel hatte, der allerdings schon vor Jahren in den USA bei einem

Unfall ums Leben gekommen war, und dass sie es offenbar zu einem gewissen Wohlstand gebracht hatte, zumindest aber, dass Tante Gretchens verstorbener Mann Musikprofessor gewesen war und sie in einem dem Hörensagen nach stattlichen Haus lebte.
Mehr dachte ich nicht wissen zu müssen, was ein echter Fehler war, wie mir später klar wurde, was mir aber in dem Moment, als ich durch diese puderzuckrige Stille schnurrte, mehr als egal war. Wenn der Weg das Ziel sein sollte, so war es dieser Weg mehr als jeder andere. Ich konnte gar nicht langsam genug fahren, um mich hier an einer erhabenen Eiche, die als Grenze zwischen vier Weiden links von mir in prächtiger Breite auftauchte, zu ergötzen, oder rechts von mir die Bussarde zu bewundern, die auf einem Pfahl saßen und nach Mäusen spähten. Ich kannte den Frieden gar nicht mehr, den die blanke Natur ausstrahlen konnte, wenn man sich ihr denn mal wieder näherte.
In meiner Wohnung spürte ich alle fünf Minuten das Rattern der U-Bahn, nachts alle zehn. Wenn ich von Stille redete, meinte ich die, die sich über den an- und abschwellenden Verkehr am Fischmarkt legte, der nie ganz zur Ruhe kam. Tagsüber hörte ich Mütter mit ihren Kindern oder Hunden schimpfen, nachts die Betrunkenen grölen. Machte ich das Fenster auf, bildete ich mir ein, den Bierdunst aus der Kneipe *Zum Anker* aus dem Erdgeschoss zu riechen oder diesen Kochfleischgeruch in der Nase zu haben, der angeblich von den Kaffeeröstereien im Hafen kam. Von dem Rumpeln und Pumpeln von dort ganz abgesehen. Wenn es wirklich mal keine Autos gab, dann war es der Containerhafen, der mir verlässlich bestätigte, dass ich noch immer in Hamburg lebte.
Nicht dass mich das störte. Ich lebte ja gern in der Stadt. Es

führte nur zu diesem urbanen Tinnitus, diesem Grundrauschen, das man besonders gut dann hörte, wenn es plötzlich weg war. Kriechstress, nannte man das. Diese nie endenwollenden Töne, die nicht wehtaten, aber einen langsam doch aushöhlten von innen. Die einen überreagieren ließen wegen eines zu langsamen Rollstuhlfahrers in einem Hamburger Linienbus. Wie gemein war das. Wie verachtend. Ich schämte mich. Wie schnell konnten Gefühle und Gedanken sich drehen, nur weil man den Kompass neu kalibrierte.
So schön ich diese naturverbundenen und einsichtigen Überlegungen aber auch fand, lange konnte ich mich ihnen nicht hingeben, als sich etwa drei Kilometer vor meinem Ziel das Navi verabschiedete. Statt auf Straßen fuhr ich dem Display nach nur noch durch Nadelwälder, was nicht der Realität entsprach.
Mit Argusaugen und dem Kinn auf Lenkradhöhe, wie ich es nur noch von meiner Großmutter kannte, bevor sie nach dem dritten ausradierten Zaun endlich den Führerschein abgab, fuhr ich im gefühlten Schneckentempo weiter, um keinen versteckten Abzweig zu verpassen, und entdeckte tatsächlich schon bald das verwitterte, ehemals gelbe Ortseingangsschild von Weitewelt. Erleichtert atmete ich auf.
Auf das Schild folgte eine Kurve, über der sich scheinbar jahrhundertealte Buchen majestätisch über der Straße zu verneigen schienen, rechts eine Hofeinfahrt zu einem verlassenen roten Backsteinhaus, das nach allem aussah, aber nicht nach »stattlich«. Links sah ich dann einen kleinen Waldweg, an dem mich eine geschnitzte Landschaftskarte über mögliche Wanderrouten informierte – und danach folgte bereits das mit grünem Flugmoos überzogene, ehemals gelbe Ortsausgangsschild von Weitewelt. Ich fuhr noch etwa einen halben Kilometer weiter, aber als sich die Land-

schaft wieder lichtete, sah ich auch nur zwei Höfe, die in einer kleinen Talsohle standen und in denen ich nicht Tante Gretchen und den ehemaligen Musikprofessor vermutete.
Ich drehte um und fuhr denselben Weg zurück, schaute nach rechts und links, ob ich irgendetwas übersehen hatte, doch bevor mein Auge sich an einem möglichen Indiz festhalten konnte, war ich auch in der anderen Richtung schon wieder raus aus Weitewelt.
Ich wurde ein wenig ungehalten. Ich hatte mich darauf eingerichtet, dass Tante Gretchen möglicherweise nicht da war und ich ihr meinen Strauß mit einem lieben Gruß vor die Tür legen musste. Ich hatte mich allerdings nicht darauf eingerichtet, dass ich Tante Gretchen nicht fand! Diese Art von Pech-gehabt-Geschichten mochten zwar zu mir, nicht aber zu meinen Fantasien passen. Selbst wenn der Weg das Ziel sein sollte, hatte ich nicht vor, meinen Weg kurz vor dem Ziel abzubrechen.
War ich vorher froh, dass mir kein Auto oder kein Radfahrer begegnete, wünschte ich mir jetzt einen herbei. Fand ich die Landschaft eben noch idyllisch, erschien sie mir jetzt trostlos und gottverlassen. Wie schnell sich doch alles ändern konnte mit den Gedanken und Gefühlen …
Ich fuhr noch etwa dreimal hin und her durch Weitewelt, bis ich mich entschloss, auf dem Parkplatz mit dem Wanderschild zu halten, um wenigstens meinen Plan C umzusetzen: Auch ohne Ziel musste ein Ausflug in diese Region mit einem Wald- und Wiesenspaziergang gekrönt werden, und dazu lud man mich hier ja wohl gerade ein.
Ich bog auf den Parkplatz ab, der von zwei riesigen Rhododendronbüschen gesäumt war, die ich vorher komischerweise gar nicht wahrgenommen hatte und die mir nun bestimmt gleich noch den Lack zerkratzen würden.

Und dann sah ich es zwischen den Sträuchern und Bäumen hervorlugen: ein weißes Haus am Ende einer verträumten, kopfsteingepflasterten Zufahrt. Wow! Das musste es sein: Tante Gretchens Zuhause oder auch, es gab für mich auf der Stelle keinen anderen Namen: das Palais Weitewelt.
Ich quetschte mich durch den schmalen Spalt zwischen Rhododendron und Fahrertür nach draußen. Neben den zwei Spazierwegen, die hinter der Wanderkarte tatsächlich in ein kleines Wäldchen führten, eröffnete sich rechts daneben eine halb mit Moos bewachsene Zufahrt, die sich nach einer kurzen Passage zwischen hohen Bäumen hindurch zu beiden Seiten öffnete und den Blick freigab auf etwas, das weder eine Stadtvilla noch ein Liebesschloss noch ein fürstlicher Landsitz war, aber von alldem etwas hatte. Vor mir lag ein ehemals weiß gestrichenes Gebäude mit zwei Stockwerken, zwei Türmchen rechts und links, einem kleinen Erker über der Tür, die man auch Portal nennen konnte, gedeckt mit schwarzen Schindeln. Dieses Haus hatte etwas ebenso so Großzügiges wie Zierliches. Es war filigran und gleichzeitig doch wie eine Trutzburg. Es verstrahlte eine Kraft, der ich mich vor lauter Ehrfurcht kaum nähern konnte, und gleichzeitig eine Wärme, die mich magisch anzog. Vor mir lag ein von Menschen aus Stein gemauertes Etwas, das ich noch nie gesehen hatte und bei dem ich mich sofort zu Hause fühlte.
Ich fragte mich, wie ich dieses Schlösschen so gar nicht hatte wahrnehmen können bei meinen Fahrten hin und zurück durch dieses nicht existente Örtchen, und wünschte mir zum ersten Mal, dass Romy bei mir wäre. Sie hätte mir schon gezeigt, ob ich jetzt doch halluzinierte oder ob sie auch der Meinung war, dass wir die reale Welt gerade durch eine unsichtbare Tür verlassen hatten.

Aber der amerikanische Briefkasten sprach eine ganz deutliche Sprache: *Weitewelt 3* war mit roter Schrift auf das silberne Gehäuse gemalt, das auf einem schiefen Holzpfahl neben der Zufahrt in den Boden gerammt war.
Und so hatte es ja auch auf der Rückseite des Fotos von Tante Gretchen gestanden: 23823 Seedorf, Weitewelt 3.
Tante Gretchen, ist das dein Zuhause?
Ich hoffte es inständig, denn *vor* diesem Haus wollte ich keine Blumen liegen lassen.
Vor diesem Haus wollte ich gar nichts lassen. Ich wollte in dieses Gebäude eintreten und es mir umlegen wie Romy ihr Handtuch, wenn sie mal wieder heiraten spielte.
Ich wollte aus Gründen, die ich nicht verstand, dass sich mir diese Tür öffnete. Ich ertappte mich dabei, wie ich zum ersten Mal ein klein wenig anders über die alte, einsame Tante Gretchen nachdachte, die schmerzlich alle die Menschen überlebt hatte, die sie bestimmt sehr liebte, und die jetzt selbst vielleicht schon gar keine wahre Freude am Leben mehr empfand … Ich dachte, in diesem Haus wohnte viel Freude. Ich dachte, hier ist Liebe zu Hause.
Ich war unendlich nervös, als ich klingelte, und kam mir fast vor wie ein Eindringling. Aber ich klingelte. Es war so eine schöne Messingklingel mit einem kleinen Knopf in der Mitte, bei dem rundherum alles schon schwarz angelaufen war, nur der Knopf selbst nicht. Das gefiel mir. Vielleicht bekam Tante Gretchen ja immer noch andauernd unangemeldeten Besuch.
Ich wartete eine Weile und stellte mir vor, wie eine zwanzigjährige Frau mit strahlend roten Lippen und Wasserwelle mich einlud, näherzutreten, wie lachendes Stimmengewirr im Hintergrund mir anzeigte, dass schon andere Gäste sich hier zu einer Soiree versammelt hatten.

Ich weiß nicht, warum ich mich immer wieder solchen Hirngespinsten hingab, aber als sich die Tür dann wirklich öffnete, dachte ich nicht mehr nur, dass ich mich besser hätte informieren sollen über die Frau, die meiner Mutter und deren Bruder das Leben gerettet hatte – ich wusste, es war ein kapitaler Fehler gewesen, es nicht getan zu haben.
Es ging schon damit los, dass ein Schlüssel zweimal im Schloss gedreht werden musste, bevor überhaupt etwas passieren konnte.
Das mag nicht ungewöhnlich erscheinen, denn alte Menschen hielten ihre Türen auch am helllichten Tag durchweg versperrt. Dass Tante Gretchen für mich kein normaler alter Mensch war, sondern eine vitale Heldin der Geschichte, war Teil meines Problems. Richtig schlimm aber war das, was nun folgte.
»Michael? Hast du die Zeitung mitgebracht?«, fragte eine gebeugte Frau mit zittriger Stimme gedehnt durch den schmalen Türspalt, mit dem sie es der äußeren Welt gestattete, als Luftzug in ihre innere einzudringen.
Ich hatte das Gefühl, die verfluchten Blumen müssten jetzt und hier sofort verwelken. Meine Kehle wurde trocken. Sollte ich doch noch umdrehen? Wenn der harte Aufprall auf dem Boden der Realität ein Geräusch hätte machen können, dann hätte man den Rums jetzt wahrscheinlich bis nach Hamburg gehört. Tante Gretchen war nicht der Mythos Heldin aus meiner Fantasie. Sie war eine mir völlig fremde und offensichtlich auch verwirrte alte Dame. Und ich hatte keinen Schimmer, wie ich mit ihr und der Situation umgehen sollte.
»Guten Tag, Mein Name ist Annabel Wiesengrund, die Tochter von Ella Wiesengrund, Ella May«, korrigierte ich, denn Tante Gretchen kannte ja höchstens den Mädchen-

namen meiner Mutter. »Ich soll Sie herzlich grüßen. Meine Mutter hat viel von Ihnen erzählt.«
Ich hielt den Strauß demonstrativ in den Spalt.
Tante Gretchen öffnete die Tür, hustete ein bisschen, nahm mir das Gerbera-Hagebutten-Gemisch ab und zog sich bei noch immer geöffneter Tür schon wieder in Richtung Wohnraum zurück.
»Kindchen, haben Sie lieben Dank«, sagte sie im Weggehen, »aber ich kenne Ihre Mutti nicht, und sagen Sie ihr doch bitte, dass ich keinen Besuch mehr empfangen kann.«
Ich stand einfach da, hilflos und über alle Maßen schockiert. Sie, ein Gespenst von einem Menschen, gebückt, winzig, zart, mit schlotterndem Hausanzug um die dünnen Knochen, ahnte gar nicht, welcher Geschichte ich eigentlich entsprungen war. Der kurze Moment, in dem ich ihre Augen hatte sehen können, erzählte von ihrer einstigen Schönheit: grau mit einem Hauch ins Blau-Grünliche. Aber sie hatten schon vor längerer Zeit aufgehört zu funkeln. Es waren lebendige Augen. Doch sie verfehlten ihr Ziel. Zumindest das, welches man auf Erden kennt.
So drehte sie mir also bei offener Tür den Rücken zu und schlurfte zurück in den Wohnraum, den Strauß noch in den Händen.
Aus einem ziemlich beknackten Impuls heraus folgte ich ihr.

Als ich etwa eine Viertelstunde nach dem Türöffnen an der Spüle stand, um Wasser in die Vase zu füllen, die ich dort gefunden hatte, wo ich sie auch bei meiner Mutter gesucht hätte: in der dritten Tür von rechts im Wohnzimmerschrank, versuchte ich mir vorzustellen, wie diese Tante Gretchen damals, vor über sechzig Jahren, wohl mit dem deutschen

Wehrmachtssoldaten verhandelt haben musste. Ich war mir sicher, dass sie eine sehr energische und sehr überzeugende Frau gewesen sein musste. Eine Frau, die es schaffte, dass man ihr nicht nur zuhörte, sondern der man auch Respekt bewies. Und das nicht, weil sie eine Uniform getragen hätte oder besonders groß gewesen wäre (als sie mir öffnete, schaute sie in gebückter Haltung noch deutlich zu mir auf). Man tat es, weil in dieser kleinen zarten Person eine solche Kraft steckte, eine so tiefe menschliche Überzeugung, dass man ihr schlicht nicht widerstehen konnte.

Das Problem war, dass sie all das längst verloren hatte und es in ihr nur noch wie ein lange nicht mehr geträumter Traum zu existieren schien. Was hatte ich mir nur dabei gedacht, als ich mich zu dieser Reise aufmachte? Wie hatte ich mir nur einbilden können, eine Vergangenheit zu finden, die glorreich ins Jetzt strahlte? Sechzig Jahre nach einem Marsch durch Eis und Schnee, ohne Eltern und mit einem Feind im Nacken, den ich mir vorstellte wie eine Voodoo-Puppe aus dem Souvenir-Shop: Der Russe kommt!

Was war ich naiv! Was wohl Tante Gretchen über die Schönheit der Holsteinischen Schweiz dachte?

Das Wasser war längst über den Rand der Vase gelaufen, als ich Tante Gretchen wieder rufen hörte. »Michael, bist du das? Und sag deiner Mutti, dass ich keinen Besuch mehr empfangen kann. Es tut mir sehr leid.« Darauf folgte ein längerer Hustenanfall, und ich drehte den Hahn weiter auf, damit ich das Geräusch nicht länger hören musste. Es gab viele Formen von Kriechstress.

Ich hatte wahrlich keine Erfahrung mit demenzkranken Menschen, aber viel Erfahrung brauchte man auch nicht, um die Symptome zu erkennen. Tante Gretchen hatte keine

Ahnung, wer ich war, denn sie erinnerte sich nicht mehr an die junge Ella, meine Mutter, und den kleinen Helmut. Mit immer neuen Worten und anderen Stichworten hatte ich ihr die Geschichte bestimmt fünfmal erzählt, hatte versucht, Details einzubauen, die irgendetwas tief in ihrem Gehirn zum Schwingen bringen sollten. Vergeblich. Sie hatte, vielleicht aus Höflichkeit, wahrscheinlich eher aus geistiger Abwesenheit, eine wildfremde Person in ihr Haus gelassen, das nicht so aussah, als würde hier mal jemand nach dem Rechten sehen. Und den Blumenstrauß hatte sie direkt in dem Moment vergessen, als er ihr auf dem Weg von der Tür in ihren Sessel aus den kraftlosen Händen geglitten und zu Boden gefallen war. Denn das kam auch noch dazu: Wenn nicht Lungenentzündung, so hatte Tante Gretchen ganz sicher eine schwere Bronchitis.

Eine leichte Panik stieg in mir auf. Vielleicht sollte ich einen Arzt rufen. Ich ging zurück ins Wohnzimmer, wo Tante Gretchen mit geschwollenen Augen und einer dicken roten Nase in einem abgenutzten Sessel kauerte und sich zum wiederholten Mal mit einem Taschentuch schnäuzte, mit dem sie bereits verwachsen zu sein schien.

Dann hustete sie wieder.

»Kindchen. Ich möchte Sie jetzt bitten zu gehen. Ich kenne Sie doch gar nicht. Und sagen Sie Ihrer Mutti, dass ich keinen Besuch mehr empfangen kann. Es tut mir sehr leid.«

Ich nahm ihre Hand, die sie mir nicht entzog. Ich war mir allerdings nicht sicher, ob sie den Kontakt überhaupt spürte.

»Haben Sie einen Arzt? Kann ich einen Arzt anrufen?«, fragte ich laut.

Aus flackernden Augen, die dennoch nicht mich anzusehen schienen, richtete sie ihren Blick auf mich. Kurz fragend. Kurz suchend. Dann war sie wieder weg.

»Kindchen, quälen Sie mich doch nicht. Wo ist denn Michael?« Sie löste ihre Hand aus meiner, tastete damit die Luft ab und legte sie sich über die Augen. »Und sagen Sie Ihrer Mutti, dass ich keinen Besuch mehr empfangen kann. Es tut mir sehr leid.«

Ich drehte mich weg, weil ich zum einen die Blumen endlich in das Wasser stellen wollte, das sie zum kurzfristigen Überleben brauchten. Zum anderen aber, weil ich mir dieses ganze Elend nicht mehr anschauen konnte. Ich wünschte, ich säße auf meinem Sofa in St. Pauli und der Anwaltsbrief würde mir den Hintern verbrennen. Das wäre allemal leichter zu ertragen.

Und dann hustete Tante Gretchen wieder. Und atmete gurgelnd ein. Und atmete gurgelnd aus und röchelnd wieder ein. Ich begriff, dass sie keine Luft mehr bekam, und drehte mich zu ihr um. Ich wollte ihr helfen, aber womit? Auf den Rücken klopfen wäre wohl nicht das Richtige. Und dann atmete sie einmal seufzend aus. Und nicht mehr ein.

Ich stand da, die Blumen in der Hand, und dachte so unsinnige Sachen wie: »Wie gewonnen so zerronnen.« Und: »Ob Romy die Nudeln geschmeckt haben? Freitags gibt es doch immer Spaghetti.« Und: »Habe ich eigentlich mein Auto abgeschlossen?« Und: »Meine Mutter hat immer gesagt, dass man zu seinen Stärken auch stehen muss.«

Und dann drückte ich die Blumen in die Vase und sank mit leerem Kopf einfach an Tante Gretchens kraftlos neben dem Sessel baumelnder Hand vorbei auf den Boden. Tante Gretchen war gestorben. Ich, eine vollkommen Fremde, war dabei gewesen. Und was sollte ich jetzt tun? Ich weiß nicht, wie lange ich dort hockte und vor mich hin starrte. Irgendwann aber signalisierte mir meine innere Uhr, dass ich Romy nicht in der Kita hängen lassen durfte und die Polizei mir sicher noch viele Fragen stellen wollte. Denn natürlich musste ich die wohl anrufen. Ich war doch jetzt dafür verantwortlich, dass Tante Gretchens letzter Weg ein würdiger würde. Ich konnte sie doch nicht einfach allein tot hier liegen lassen. Noch während ich die 110 in das Tastentelefon eintippte, fragte ich mich, wer Michael war. Und wie lange Tante Gretchen schon auf Besuch gewartet hatte, um nicht alleine zu sterben.

»Polizeistation Seedorf, guten Tag«, hörte ich eine männliche Stimme.
»Guten Tag.« Mir fiel wieder auf, dass ich nicht wusste, was ich sagen sollte.
»Guten Tag, wer spricht denn da bitte?«
»Ach so, Entschuldigung, Wiesengrund. Annabel Wiesengrund.« Wenn der Mann mich weiter so direkte Sachen fragte, könnte es klappen.
»Frau Wiesengrund, das ist der Polizeinotruf, was kann ich für Sie tun?« Der Mann wirkte schon etwas ungehalten. Irgendwie hatte ich in letzter Zeit kein Glück mit fremden Männern am Telefon. Wie gut, dass ich Urlaub hatte und der Polizeistation Seedorf keine amerikanischen Blubberflaschen und Faltdosen verkaufen musste.
»Ja, also wissen Sie, es ist jemand gestorben, und ich weiß nicht, was ich jetzt machen soll.«
»Wer ist gestorben?«
»Tante Gretchen.«
»Wer?«
Wie peinlich. Ich hatte tatsächlich Tante Gretchens Nachnamen vergessen!
»Die Bewohnerin des Hauses Weitewelt Nummer 3.«
»Frau Sandmüller?« Wahnsinn! Der Polizist kannte Tante

Gretchen. »Wie ist sie denn gestorben? Und wer sind Sie eigentlich?« Das klang ja schon fast wie ein Verhör. Mir wurde etwas mulmig. Ich glaubte nicht, dass mich eine Anklage wegen Mordes beim Familiengericht begünstigen würde.
»Hören Sie. Ich weiß nicht, wie sie gestorben ist. Ich bin ja kein Arzt. Aber sie war sehr erkältet und hatte starken Husten. Und dann hat sie einfach aufgehört zu atmen. Wie man eben so stirbt, wenn man aufhört zu atmen.«
»Sind Sie eine Verwandte?«
Ich überlegte. »Nein, ich … ich bin …« Die ersten Schweißtröpfchen sammelten sich schon wieder auf meiner Stirn. Ich neigte nicht zum Lügen, aber ich hatte instinktiv das Gefühl, dass mich die wahre Geschichte in ernsthafte Schwierigkeiten bringen könnte: Frau, die keiner kennt, taucht nach sechzig Jahren bei einer alten, alleinstehenden Frau mit Grundbesitz auf und gibt sich als Tochter einer anderen Frau aus, die auch niemand kennt. Die Grundbesitzerin stirbt. Klang komisch, oder? Ich sammelte mich. »Ich bin die Pflegerin.«
Kurzes Schweigen. »Ich wusste gar nicht, dass Frau Sandmüller eine Pflegerin hat.«
»Na, wussten Sie denn, dass Tante Gretchen krank war?«
»Nein«, kam es zögerlich.
»Na, sehen Sie«, sagte ich triumphierend. Ging doch. »Und ich bin ja auch erst seit Montag im Dienst«, fügte ich beschwichtigend hinzu.
»Hm«, machte er. »Und warum nennen Sie sie Tante Gretchen?«
»Weil sie mich Schwester Annabel nannte.« Das kam spontan und schien mir logisch. Ich war stolz auf mich. Der Polizist schien sich auch nicht weiter darüber zu wundern.
»Hören Sie«, fuhr ich dann fort. »Ich muss zurück nach

Hamburg. Wir können gern später weiterreden, aber ich würde doch kurz klären wollen, was … was wir jetzt mit Tante Gretchen machen.«
Der Polizist wurde sofort sehr professionell. »Wenn Sie noch eine Viertelstunde warten, schicke ich einen Arzt. Der kümmert sich dann um alles Weitere. Gibt es Verwandte, die man informieren könnte?«
»Ich weiß es nicht genau, aber ich glaube nicht«, erwiderte ich.
Wieder ein »Hmm«. Dann: »Könnten Sie eventuell vor Ort bleiben, bis die Formalitäten geregelt sind?«
Ich überlegte einen Moment. »Wie lange dauert das denn in etwa?«
»Nun, ich schätze, eine Woche.«
Mir war es nicht ganz geheuer, neben der anwesenden Toten darüber nachzudenken, ob ich meine zweite Urlaubswoche mit Romy im Palais Weitewelt verbringen sollte, denn ein bisschen was von Nestbeschmutzung hatte es ja schon. Und von Hausbesetzung. Ich dachte an die schöne Klingel. Andererseits waren die Toten tot und sollten in Frieden ruhen. Und dafür würde ich ja sorgen. Nach reiflicher Überlegung kam ich also zu dem Schluss, dass wir beide etwas davon hatten, wenn ich mich noch etwas länger um Tante Gretchen kümmern würde. Und ein Kind würde diesem Haus auch guttun. Da kam endlich mal wieder etwas Leben in die Bude!
»Okay«, sagte ich schließlich. »Ich schaue, ob sich eine Woche einrichten lässt.«
»Gut. Dann vielen Dank und auf Wiederhören. Ich komme dieser Tage noch einmal auf Sie zu.«

Der Arzt war tatsächlich schnell vor Ort und stellte ebenso schnell den Totenschein aus. Nach einem kurzen Gespräch, in dem ich die Sache mit der Pflegerin wohlweislich aussparte, und einer kurzen Untersuchung schrieb er als Todesursache »natürliches Herzversagen« ins Protokoll, was mich schon mal beruhigte. Das mit der Mordanklage würde jetzt nicht mehr so ohne Weiteres gehen.

Ich zog den Schlüssel aus der Tür, an dem ein Anhänger mit der Golden Gate Bridge baumelte, und steckte ihn mir in die Tasche. Auch dieser Griff war mir unbehaglich, aber es ging nun mal nicht anders.

Auf dem Weg nach Hamburg schossen mir tausend Fragen durch den Kopf, aber ich war zu müde und zu erschöpft, um auch nur eine von ihnen festhalten zu können. Bevor ich Romy um fünf abholte, hatte ich noch Zeit, nach Hause zu fahren und schnell eine Tasche mit Sachen für uns sowie ein paar Lebensmittel aus dem Kühlschrank einzupacken. Es war verrückt. Es war alles viel zu verrückt. Ich hatte ein schlechtes Gewissen, aber irgendwie freute ich mich trotzdem.

Ich nahm mir vor, noch am selben Abend mit meiner Mutter zu telefonieren. Sie würde die ganze Geschichte zwar noch weniger verstehen, aber sie kannte wenigstens die Hintergründe. Die Sache mit Thomas würde ich ihr nicht erzählen. Sie würde durchdrehen vor Horrorszenarien. Das wäre doch mal so richtig nach ihrem Geschmack. Nachdem mein Vater sie vor dem dritten Versuch, endlich mal ein gesellschaftsfreies Dasein zu führen und ihr den Kauf eines baufälligen, denkmalgeschützten Restehofs im Wendland zu finanzieren, sitzen gelassen hatte, hatte sie ihr ganz eigenes Männerbild entwickelt. Ich denke, immerhin hat er Yogaausbildung auf Ibiza und Weltumsegelung noch mitgemacht. Aber an dem Punkt kamen wir nie zusammen. Darum sparten wir ihn auch geflissentlich aus.

Der Anrufbeantworter signalisierte mir, dass Frau Dr. Barrett leider nicht angerufen hatte. Ich hoffte inständig, dass Lutz sich schon bei ihr gemeldet hatte. Es brannte mir wie verrückt unter den Nägeln, aber an einem Freitagnachmittag erreichte ich in einer Kanzlei sowieso niemanden mehr. Ich beschloss, ihr bis Dienstag Zeit zu geben. Das erinnerte mich an das Schreiben von *Seegers & Partner,* das ich angewidert unter dem Kissen hervorzog und auch noch schnell in die Tasche stopfte. Dann fuhr ich los. Erst Romy holen und dann zum zweiten Mal an diesem Tag nach Weitewelt. Ich gab Gas und brauste mit 65 Stundenkilometern den Baumwall an der Elbe entlang. Erstaunlich, dass das um diese Uhrzeit ging. Auch die Stadt konnte gnädig sein.

5

Romy fand es von Anfang an toll bei Tante Gretchen. Zumindest nachdem sie in etwa verstanden hatte, was sie zu erwarten hatte. Und das kam ungefähr so:

Sie: »Mama, fahren wir nicht nach Hause?«

Ich: »Nein, mein Schatz, wir fahren in ein großes Haus.«

Sie: »Huh. In ein HAUS?«

Ich: »Ja.«

Sie: »Warum?«

Ich: »Weil wir da Urlaub machen.«

Sie: »Huh. URLAUB?«

Ich: »Ja.«

Sie: »Warum?«

Ich: »Weil das Spaß macht. Wir können da verstecken spielen. Und toben. Und Ausflüge zum See machen, spazieren gehen.«

Sie: »Mama, können wir da toben?«

Ich: »Ja.«

Sie: »In dem Haus?«

Ich: »Ja.«

Sie: »Können wir da auch schlafen?«

»Genau«, sagte ich.

»Genau«, sagte sie.

»Mama?«

»Ja?«

»Ist dein Auto wieder gesund?«

»Ganz gesund.«

»Können wir dann auch reiten in dem Haus?«

Ich überlegte kurz. »In dem Haus wohl nicht. Aber vielleicht gibt es in der Nähe ja einen Ponyhof.«
Darauf verstummte sie und guckte zufrieden aus dem Fenster. Ungefähr fünf Minuten. Dann war sie eingeschlafen.
Als wir in Weitewelt angekommen waren, brachte ich schnell die Sachen in das Haus, das mir, obwohl ich es doch überhaupt nicht kannte, erschreckend vertraut schien, und weckte anschließend Romy.
Zum ehrfürchtigen Staunen war sie noch zu klein, aber selbst sie fand, dass dieses Haus »wirklich sehr groß« sei. Als ich dann ein zweites Mal durch die Diele schritt, die, wie ich erst jetzt bewusst wahrnahm, mit dicken Perserteppichen ausgelegt war, und eine Stufe hinab in den großzügigen Wohnraum trat, sagte sie noch: »Hier riecht's wie bei Oma.« Für sie war wohl auch das ein gutes Zeichen. Ich dachte, dass es zumindest nicht nach Tod und Verwesung roch. Aber wie auch? Die lebende Tante Gretchen war ja bis vor Kurzem hier zu Hause gewesen, und die tote hatte man schnell abgeholt. Wie gut, dass ich da gewesen bin, dachte ich und erstickte jedes Schuldgefühl im Keim.
Verstohlen sah ich zu dem Sessel hinüber. Er stand noch an demselben Fleck wie am Nachmittag. Die braun-beige karierte Decke, in die sie sich vermutlich immer gehüllt hatte, lag auch noch da, eingesessen und an manchen Stellen etwas abgeschabt. Einer spontanen Eingebung folgend nahm ich sie ab, fühlte kurz, ob sie noch warm war, legte sie zusammen und beschloss, einen Platz irgendwo im Keller dafür zu finden. Dann drehte ich den Sessel mehr in Richtung Eichentisch, und schon ging es mir besser.
Romy fragte ich, ob wir jetzt zusammen einen Schatz suchen wollten. Das musste ich nicht zweimal fragen.
So also eroberten wir uns gemeinsam das Erdgeschoss vom

Palais Weitewelt, das mich an anderen Stellen in Verzückung versetzte als Romy, aber am Ende waren wir doch beide mehr oder weniger punktgleich.
Zwar war mein erster Eindruck nicht ganz falsch, dass dieses Haus ebenso lange – zu lange – auf Fürsorge hatte warten müssen wie Tante Gretchen selbst, und alles, was wir sahen, wirkte eine Spur zu gebraucht: Die Bodendielen im Wohnzimmer waren teilweise durchgebogen und stumpf. In den bis zu fünf Millimeter breiten Ritzen bröselte der Fugenkitt. Da helfen Legosteine, dachte ich bei mir, weil ich das tatsächlich mal gelesen hatte. Tapeten schälten sich an den Ecken von den Wänden. Ich meinte auch, feuchte Flecken an den Wänden zu entdecken. Und dennoch verstrahlte das Gebäude an sich eine Behaglichkeit und Kultur, die an bessere Zeiten, wenn nicht an einen glücklichen Glanz, erinnerte. So war beispielsweise das Thema Musik in jedem der, wie ich später insgesamt zählte, sieben Zimmer spürbar. Als Erstes fiel mein Blick auf einen Flügel, den Tante Gretchen von ihrem Sessel aus immer betrachtet haben musste, denn von dort sah man ihn am besten. Er stand in einer Art Separee, das den Wohn- vom Essbereich über zwei Stufen trennte. Sehr zur Freude von Romy, die sowohl die schiefen Töne des Flügels als auch das Gehopse auf den Stufen sofort liebte. Ich fand es eher beeindruckend, dass der Flügel rechts neben einem wunderschön gedrechselten Esstisch stand, der den Blick auf ein großes Erkerfenster zuließ, hinter dem ich in der Dunkelheit nur eine große Wiese entdecken konnte. An der rechten Außenwand vor dem Flügel war zudem ein gemauerter Kamin. Er war sauber. Tante Gretchen hatte ihn wohl lange nicht benutzt. Aber trotzdem fiel mir jetzt wieder ein, dass ich den unverkennbaren leichten Aschegeruch in der Nase gehabt hatte, als ich das Haus zum ersten Mal betrat.

Nachdem ich mich lange genug in dem mir vermeintlich bekannten Terrain herumgedrückt hatte, musste ich mich entscheiden, ob ich weiter meinem schlechten Gewissen als Hausbesetzerin Gehör schenken oder vielleicht doch nach einem passenden Bett für meine gähnende Tochter und mich suchen sollte. Ganz ehrlich: Im Dunkeln durch ein sehr, sehr großes Haus zu gehen, das man nicht kennt und in dem gerade jemand gestorben war, machte auch mir keinen Spaß. Aber was sollte ich tun? Ich hatte schließlich der Polizei Seedorf zugesagt, bei den Formalitäten zu helfen. Da stand ich nun im Wort. Aber das war nicht das Einzige, was mich antrieb: Ich hatte diesen Besuch ja auch geplant, um einen Menschen kennenzulernen, der mehr mit meinem Leben zu tun hatte, als ich lange gewusst hatte. Und diese Neugier auf Tante Gretchen und ihre Familie war mit ihrem Scheiden nicht erloschen. Im Gegenteil: Ich fühlte mich ihr verbundener und auch verpflichteter als noch an diesem Morgen. Also ging ich weiter. Mit Romy. Auf Schatzsuche.

Ich überlegte, ob ich erst zurück in die Diele gehen sollte, von der eine geschwungene Holztreppe in die obere Etage führte, oder meinem Impuls nachgeben, um mich nach links einem schmalen Flur zuzuwenden, der mich zum Erker führen müsste.

Lange überlegte ich nicht.

Es war erstaunlich, wie sich selbst innerhalb eines Hauses die Landschaft so ändern konnte.

Hinter dem vergleichsweise typischen Altbau-Wohnzimmer eröffnete sich so etwas wie ein mit Terrakotta-Fliesen ausgelegter Patio, von dem gleich rechts eine Küche abging, die so groß war, dass allein darin eine Einliegerwohnung Platz gehabt hätte. Sie war, ebenso wie der Rest, lange nicht mehr gepflegt worden – die Kacheln waren schmierig und teilweise an den Ecken abgestoßen, einzelne Staubfäden zogen sich an den Decken entlang, die Schubladen ließen sich nur unter energischem Rütteln öffnen, und dennoch: Nichts an diesem Ort wirkte feindselig oder kalt. Hier wie in dem ganzen Haus hatte einfach vor der Zeit das fröhliche Leben aufgehört. Warum auch immer. Ich entdeckte wieder ein Detail, das ich mindestens ebenso mochte wie den Klingelknopf: Gegenüber der Tür und über dem Fenster nach draußen zur Wiese hin hing eine tellergroße alte, schlichte 50er-Jahre-Uhr mit taubenblauer Porzellaneinfassung, die noch einen Sekundenzeiger hatte und recht laut tickte. Manche Menschen hassen tickende Uhren, weil es ihnen unheimlich ist oder auf ihre Vergänglichkeit hinweist. Ich gehörte zu denen, die tickende, große Uhren liebten. Mich erinnerten sie an die Großmutter, die ich nie hatte. Und an den dampfenden Kakao mit der Haut obendrauf. Für mich waren sie also ein guter Grund zum Träumen. Und gute Gründe zum Träumen sollte man nicht hassen.

Weiter geradeaus sah man gen Westen die Rundungen des Erkers, der von drinnen viel mächtiger und größer wirkte als von außen und mit wendeltreppenartig aufsteigenden Fenstern versehen war. Es musste herrlich sein, von dort aus das Abendlicht einfallen zu sehen. Auch auf den Zwischenebenen gingen rechts und links nochmals zwei Türen ab. Dieses Haus war wirklich gigantisch. Ich ging zunächst in den Raum rechts, und egal, was ich noch sehen würde, mir schien dies das Herzstück des Hauses zu sein. Das Zimmer war nicht groß, fünfzehn Quadratmeter vielleicht, aber mit seinen Rundungen und den angepassten, bis unter die Decke vollgestopften Bücherwänden, mit dem an den Kanten abgewetzten Sekretär auf den stumpfen rötlichen Fliesen und dem alten Grammophon auf einem antiken Beistelltisch atmete hier ein Geist, den man vielleicht sogar bis vor die Haustür gespürt hatte, als ich mich instinktiv entschloss, diesen Ort erst mal nicht wieder zu verlassen. Obwohl die Bücher überwogen, war es für mich das Musikzimmer. Vielleicht ein Ort langsamer Walzer, zarter Küsse, fürsorglicher Tassen Tee, der Freude über eine neue Komposition. Ich versuchte mir Gretchen vorzustellen, wie sie sich über die Schultern eines Mannes beugte, der ihr abwesend, aber doch liebevoll den Handrücken küsste und ihr eine Melodie vorsummte. *Hör mal …* Sie nickte, ihre schönen Augen geschlossen.

Ich wusste ja nichts weiter über sie, aber ich war mir sicher, dass sie nicht alleine alt geworden war. Das war einfach nicht vorstellbar.

Was für mich nicht ins Bild passte, war der Rollstuhl mitten im Raum. Es war wie mit Tante Gretchens Sessel: In einem friedvollen, glücklichen Haus haben Krankheit und Tod keinen Platz. Aber was wusste ich schon von glücklichen Häusern? Ich dachte an meine Mutter und fragte mich, ob sie jemals aufgehört hatte, ein Mensch auf der Flucht zu sein. Mich beschlich der Gedanke, dass dieses Haus mehr mit mir zu tun haben könnte, als ich mir je hätte träumen lassen.

Wer hatte wohl in diesem Rollstuhl gesessen und bis wann und warum nicht mehr, und was war geschehen, als derjenige nicht mehr darin gesessen hatte? Und ich überlegte kurz, ob ich das Parkett einmal aufbrechen müsste, um mich zu vergewissern, dass in den kommenden Nächten auch wirklich keine gequälten Seelen Romys und meinen Schlaf stören würden. Aber wenn ich erst einmal damit anfing, wäre ich so verängstigt, dass ich ohnehin kein Auge mehr zutun würde. Also ließ ich es, beschloss aber, bei dem Polizisten in Seedorf dieser Tage mal ein paar Nachforschungen anzustellen, wer hier am Schluss eigentlich gelebt hatte außer Tante Gretchen.

Erstaunlicherweise sagte Romy, just als sie in den Rollstuhl sprang und ihn in Bewegung setzen wollte, verschwörerisch: »Mama, da kommt jetzt gleich ein Geist.«

Ich sagte: »Genau. Und deswegen zähle ich leise bis drei. Und bei drei sind wir hier raus und schließen ihn hier drinnen ein.«

Die Tür gegenüber vom Musikzimmer führte in einen ähnlich gebogenen Schlafraum mit separatem Gäste-WC. An den Wänden hingen in Glas gerahmte Noten, ansonsten war die Einrichtung eher spärlich, aber immer noch hinreichend: ein Doppelbett, ein Schrank, noch ein kleiner Tisch mit einer Lade – ich setzte mich auf die Bettkante und gähnte –, ein Stuhl davor, ein Fenster, eine Lampe, drei Steckdosen, viele Rauten auf der Tapete …

Letzteres nahm ich schon nur noch im Halbschlaf wahr, da ich mich, ebenso wie Romy, inzwischen der Länge nach auf dem Bett ausgestreckt hatte. Mir war egal, wie lange die dicke Daunendecke schon bezogen vergeblich auf einen Körper wartete, der sie belebte und ihr damit auch dem Muff der Jahre entzog. Es war mir so egal! Obwohl das Bad nebenan war, wurden weder Zähne geputzt noch Hände gewaschen. Ich schälte Romy aus ihrer Hose und packte sie unter die Decke. Ich zog mir noch ein bisschen mehr aus und packte mich unter die zweite Decke. Noch bevor ich mich darüber ärgern konnte, dass ich meine Mutter nicht angerufen, die Margarine und den Käse nicht in den Kühlschrank gestellt und das andere Stockwerk nicht inspiziert hatte, schlief ich ein.

»Mama, wer ist der Mann? Ist das Papa?«
Verschlafen versuchte ich, Romys Stimme in meinen Traum zu integrieren. Es war Sonntag früh. Den Samstag hatten wir doch noch mal in Hamburg verbracht, da ich selten doof gepackt hatte und mich noch mal vergewissern wollte, ob Frau Dr. Barrett angerufen hatte. Hatte sie natürlich nicht.
»Romy, da ist kein Mann, komm, wir haben Urlaub. Wir müssen noch nicht aufstehen«, murmelte ich benommen.
Putzmunter warf sich Romy quer über mich. Manchmal half es, und sie bekam ihren Willen, manchmal nicht. An diesem Tag nicht. Ich blinzelte kurz und sah, dass es draußen noch stockdunkel war.
»Romy, es ist viel zu früh. Ich will noch schlafen.« Ich zog mir die Decke etwas weiter über den Kopf und streckte die Beine aus. Ich hatte lange kein so gemütliches Gefühl gehabt.
»Aber ich will einen Kakao«, maulte sie.
»Geh in die Küche und spiel ein bisschen. Ich komme gleich und mache dir dann einen.«
»Na gut«, meinte sie. »Dann frage ich den Mann.«
Im Halbdämmern hörte ich das Tapsen ihrer Füße auf den Fliesen und darauf die bekannte Tonlage ihrer Stimme. Worte erkannte ich nicht, dafür war sie zu weit weg, aber vermutlich kannte ich den Text sowieso auswendig, denn mit Rollenspielen konnte sie sich sehr zu meiner Freude schon ganz gut allein beschäftigen. Ich tippte darauf, dass sie einer Prinzessin, einer Fledermaus oder einem Fohlen-Pferd das Frühstück machte. Und so nickte ich wieder ein … bis Romy erneut vor meinem Bett stand: »Komm doch mal mit, Mama, der Mann hat mir einen Kakao gemacht.«
»Ganz super, Romy. Dann frag ihn doch bitte, ob er für mich nicht einen Kaffee hätte.«

»Okay.« Und weg war sie.
Das machte mich jetzt doch stutzig. Sie war ja ein fantasiebegabtes Kind, aber es kam doch eher selten vor, dass sie einen unsichtbaren Dritten um einen Gefallen bat. Und noch seltener, dass sie meinte, er würde ihr auch erfüllt werden. Mein Herz fing heftig an zu klopfen. Nicht zuletzt, weil ich aus der Küche ein komisches Geräusch hörte, so ein gurgelndes. Wenn ich es nicht besser gewusst hätte, hätte ich eine Kaffeemaschine zu hören vermeint. *OGottoGottoGott,* in welchen Albtraum war ich bloß geraten? Eine Vierjährige konnte keinen Kaffee kochen. Das konnte sie einfach nicht. Und jetzt roch ich es auch noch. Nicht unangenehm, aber *unmöglich!* Ich zog mir die Decke vom Kopf und sah nach draußen. Die Dämmerung setzte langsam ein.
»ROMY!«, schrie ich panisch. »Romy, komm sofort her.«
»Gleich, Mama.«
»Nein, nicht gleich. SOFORT!«
Ich setzte mich im Bett auf und dachte mit rasendem Puls fieberhaft nach. Meine Tochter trank in der Küche Kakao mit jemandem, der möglicherweise kein Gespenst war. Thomas!, schoss es mir durch den Kopf. Ja, Thomas musste über Lutz oder die Anwältin Frau Dr. Barrett oder wen auch immer herausgefunden haben, wohin ich mich zurückgezogen hatte. Er wollte Romy entführen. Er wollte den 4. Mai gar nicht mehr abwarten, sondern sie direkt mitnehmen und mich dann erpressen. O Gott. Mein Handy! Wo war mein Handy? Ich müsste wieder die Polizei anrufen. Meine Tochter und ich waren in Gefahr. Es lag noch in meiner Tasche, erinnerte ich mich. Und die stand im Wohnzimmer. Mist. Ich könnte über die kleine Terrasse fliehen und Hilfe holen, aber in dem Kaff würde ich so schnell gar keine Hilfe finden, und dann wäre Romy vielleicht schon weg. Nein, das Risiko war zu groß.

Und es konnte ja auch sein, dass es gar nicht Thomas war, sondern jemand noch viel Schlimmeres. Ein Irrer, ein Soziopath, der Mafioso aus der Tiefgarage. Was weiß ich? Ich stieß einen Fluch aus, aber mit dem Schicksal hadern konnte ich später. Dafür war jetzt keine Zeit.
Mit einem Satz sprang ich aus dem Bett und rannte, nur in Unterhose und Hemd, in Richtung Küche. Auf halber Strecke stieß ich mit Romy zusammen, die tatsächlich einen Becher Kakao in der Hand hielt, dessen Inhalt sich nun über mein Hemd und meine Beine ergoss. Darauf fing sie an zu schreien. Logisch. Ich ging in die Hocke und nahm sie tröstend in die Arme, als wären es die letzten 20 Sekunden in einem amerikanischen Serienmörder-Blockbuster. »Shh, mein Schatz, alles ist gut, Mama ist ja da. Alles ist gut. Du musst jetzt keine Angst mehr haben. Niemand tut dir etwas. Mama ist da.«
Ganz und gar angstfrei machte Romy sich los. »Ej, ich krieg keine Luft mehr.«
»'tschuldigung.«
»Schon gut. Der Mann kann mir ja einen neuen Kakao machen.«
Ich nahm mein Kind bei den Schultern und sah ihr fest in die Augen, genau so, wie man es meiner Meinung nach in einer entscheidenden Situation tun musste.
»Welcher Mann, Romy?«
Sie zuckte mit den Schultern. »Weiß nicht. Papa vielleicht?« Mit einer einladenden Handbewegung gab sie mir ein Zeichen. »Komm.«
Langsam stand ich auf. Sternchen tanzten vor meinen Augen, als ich, die kleine Hand meiner Tochter in meiner eigenen, gen Küche wankte. Kurz vor der Tür blieb ich noch einmal stehen. »Und du meinst wirklich, da ist jemand?«
Der Kaffeeduft war nun nicht mehr zu ignorieren.

Romy drückte ihre Arme in die Hüften und sah mich streng von unten an: »Mama. Das sag ich doch.«
Okay. Ich straffte die Schultern. Der Kakao klebte mir unangenehm am Körper und ziepte ein bisschen an den Stellen, wo er sich verkrustet hatte. Vielleicht hätte ich mir wenigstens noch etwas überziehen sollen, aber ein Zurück gab es nun nicht mehr.
Ich trat in den Raum und schrie. Aber nicht lange, jedenfalls nicht lange laut, da ich auf Romy Rücksicht nehmen musste, die sich verängstigt die Ohren zuhielt. Stumm schrie ich noch eine ganze Weile, was sich nach außen jedoch nur durch den geöffneten Mund und ein irres Starren bemerkbar machte.
»Guten Morgen, ich wollte Sie nicht stören. Nehmen Sie Milch und Zucker?«
Ich starrte noch ein bisschen weiter, nicht zuletzt, weil ich das, was ich da anstarrte, gar nicht so hässlich fand: In Tante Gretchens Küche saß ein braungebrannter, sportlicher Mann mit dunkelbraunem, leicht gewelltem Haar, das mal wieder einen Schnitt vertragen konnte. Ich schätzte ihn auf Ende dreißig. Und sein Akzent war eindeutig amerikanisch.
»Hallo?« Auf meiner Augenhöhe wischte er mit der Hand hin und her durch die Luft. Fast hätte ich zurückgewunken.
Nun drehte sich der Mann zu Romy: »Ist deine Mom immer so, wenn sie in fremde Häuser einbricht und erwischt wird?«, fragte er mit einem Augenzwinkern.
»Was?« Romy war definitiv keine große Hilfe.
»Ich bin nicht eingebrochen«, hauchte ich schließlich. »Wer sind Sie?«
»Ahh, na guck mal, geht doch. Vielleicht versuchen wir es dann gleich noch mal von vorne: Wie trinken Sie Ihren Kaffee?«

»Mit Milch«, hauchte ich schon etwas fester. Auch spürte ich, wie meine Arme und Beine langsam wieder durchblutet wurden.
»Ich trinke Kakao«, mischte sich Romy ein. »Mama hat meinen Becher kaputt geschmissen.«
»Ja, das habe ich gehört«, sagte der Mann. Und wieder an mich gerichtet: »Vielleicht erklären Sie mir besser, wer *Sie* sind.«
»Das geht Sie gar nichts an. Was machen Sie hier? Das Haus gehört Tante Gretchen.«
Eindringlich sah er mich an. Keine Interpretation möglich. Er hatte dunkelbraune Augen. Fast schwarz.
»Sie haben nicht zufällig gehört, dass ... Frau Sandmüller vorgestern gestorben ist?«
»Nein, das habe ich zufällig nicht *gehört*. Das habe ich zufällig *gesehen*. Ich war nämlich dabei!« Als ich merkte, wie meine Worte klingen mussten, lief ich puterrot an. »Also ich, also ich ... ich habe Tante Gretchen besucht, weil sie, weil sie ...« Ich konnte die Geschichte einfach nicht erzählen. Sie klang noch immer falsch. Und ich wollte nicht schon wieder lügen. »Kann ich mal meinen Kaffee haben?«
Fordernd sah er mich an.
»Bitte!«, setzte ich hinzu. Er hatte ja recht. Zauberwörter sind Zauberwörter. »Und nun sagen Sie mir endlich, wer Sie sind!«
»David«, sagte er und stand auf, um mir die Hand zu geben und den Kaffee zu bringen. Über Kreuz nahm ich beides.
»Ich bin ein Freund der Familie«, sagte er mit einem offenen Lächeln. Ich entspannte mich ein wenig. So ein an sich freundlicher Mensch konnte kein Serienmörder oder Entführer sein. Und wenn doch, dann durften mein Glauben an die Welt und meine Hoffnung auf das Gute im Menschen auch zu Recht mit mir sterben.

»Wissen Sie, besser hätte ich es auch nicht ausdrücken können, denn genau das bin ich auch: eine Freundin der Familie.«

Skeptisch musterte er mich. Halb bekleidet, wie ich war, fühlte ich mich unter diesem Blick ziemlich unwohl. Ich musste mir gleich mal was überziehen.

»Ach ja«, sagte er. »Und wieso habe ich Sie dann noch nie gesehen oder etwas von Ihnen gehört?«

»Ich habe Sie ja auch noch nie gesehen!«, konterte ich.

»Ich denke, das ist etwas anderes.«

»Warum?«, bohrte ich nach.

»Weil ich ein wirklich sehr enger Freund der Familie bin. So eng, dass man mich umgehend von … Gretes Tod informiert hat und ich immerhin direkt aus San Francisco hierhergekommen bin.«

Ach, das war ja interessant. Ich dachte an den Schlüsselanhänger. »Aber dabei waren Sie nicht. Dabei war ich.«

»Ja, und das bedaure ich auch.«

Es lag eine Ernsthaftigkeit in seiner Stimme, auf die ich einfach nicht einsteigen konnte. Dafür war ich zu unsicher. Ich neigte in Situationen wie dieser eher zur Flapsigkeit. Ein Umstand, auf den ich nicht stolz war. »Wieso bedauern Sie das? Seien Sie doch froh, dass sie nicht allein gestorben ist.«

Einen Moment lang sah er mich etwas irritiert an. Dann ging ihm wohl ein Licht auf. »Das meine ich nicht. Ich bedaure, dass ich nicht hier war, als sie starb.«

»Ach so.«

»Wie ist sie denn gestorben?«, fragte er darauf einlenkend.

Ich erinnerte mich, wie dieser letzte lange Atemzug geklungen hatte. Beklemmend einerseits, wenn man merkt, dass das Leben aus einem Körper weicht. Trotzdem hatte es auch

etwas Schönes gehabt. Ja, es stimmte, Tante Gretchen war wirklich friedlich eingeschlafen.
»Friedlich, eigentlich. Sie hatte einen Hustenanfall. Ich glaube, sie war ziemlich krank. Und dann hat sie einfach aufgehört zu atmen.«
David nickte kurz und wandte sich dann ab. »Ich glaube, Sie sollten sich etwas anziehen. Sie frieren.«
Ich wurde rot. Das war jetzt peinlich. Aber es stimmte ja. Mir war wirklich kalt. Ich griff nach Romys Hand. Bei allem, was recht war, aber sicher ist sicher.
»Wie heißen Sie denn nun eigentlich?«, wollte er dann wissen.
Ich überlegte kurz. Wahrheit oder Lüge? »Annabel«, sagte ich schließlich. »Annabel Wiesengrund.«
»Wie der Philosoph?«
Ich lächelte. Genau.
»Mama«, unterbrach Romy meine Gedanken, die um die Frage kreisten, ob David die Frankfurter Schule kannte. Während des Krieges hatte es sie ja auch kurzfristig nach Amerika ins Exil verschlagen.
»Ja?«
»Ist das nun Papa?«
»Nein, Schatz. Das ist natürlich nicht Papa.«
»Warum?«
»Na, weil er es eben nicht ist. Darum. Ich kenne den Mann nicht.«
»Ach so«, sagte sie. Und zum ersten Mal klang dieses »Ach so« wie »schade«. Ich nahm mir vor, zunächst einmal nett zu diesem merkwürdigen David zu sein.

6

Gibt es hier in der Nähe einen Ponyhof?«

Wir saßen jetzt schon seit etwa einer Stunde in der Küche, als wäre es das Natürlichste auf der Welt, tranken genüsslich unseren Kaffee, genossen das Ticken der Uhr und teilten uns zu dritt die Reste an Lebensmitteln, die ich gestern in die Tüte gepackt hatte. Wirklich lecker war das nicht mehr. Der Käse war an den Außenseiten hart und dunkelgelb geworden, weil ich ihn nicht in den Kühlschrank gelegt hatte. Da es leider auch nicht mehr so viel war, dass man die Stellen hätte einfach wegschneiden können, mussten wir auf ausgetrocknetem Käse und pappigem Knäckebrot herumkauen. Romy hatte es da noch am besten: Sie bekam eine Kindermilchschnitte und einen Mini-Babybel. Überhaupt wirkte sie alarmierend ausgeglichen.

»Ein Ponyhof?« David überlegte.

»Ja, ja, Ponyhof, Ponyhof«, rief Romy dazwischen.

»Ich glaube, in Majenfelde gibt es einen Reitstall. Das ist etwa sechs Kilometer von hier.«

»Gehen wir reiten, Mama? Bitte!« Mit großen Augen sah sie mich an. Dann wandte sie sich mit großen Augen an David. »Mamas Auto war nämlich krank, und jetzt ist es wieder gesund.«

Da David den Zusammenhang von Reiten und kaputtem Auto nicht kannte, musste ich ihn ihm erklären, ohne dabei zu sehr ins Detail zu gehen. Gleichzeitig wollte ich das Majenfelde-Stichwort nicht aus den Augen verlieren und merkte dabei, wie anstrengend so eine Dreieckskommunikation doch war. Zu zweit war es wirklich leichter! Diese Erkenntnis beruhigte mich einerseits, denn wir *waren* ja zum Glück zu zweit und saßen nur temporär am Tisch mit einem männlichen Dritten. Gleichzeitig aber war es auch mal ganz schön, den Tisch und die Gespräche mit einem Erwachsenen zu teilen. Und sich Rat holen zu können. Und sei es nur wegen des Weges nach Majenfelde von einem merkwürdigen Amerikaner, der erstaunlich gut Deutsch sprach. Irgendwas passte da nicht. Irgendwas passte da ganz und gar nicht. Und dennoch spürte ich nicht den geringsten Impuls, etwas an der Situation zu ändern.

Ich beruhigte zunächst Romy und versprach ihr einen Ausflug für den Nachmittag. »Wie gut kennen Sie die Sandmüllers wirklich?«, fragte ich daraufhin David. »Haben Sie Lust, mir etwas von ihnen zu erzählen?«

David sah mich an. Da war es wieder, dieses Aufrichtige und Wehmütige in seinem Blick.

»Gern.« Er machte eine Pause. »Aber dafür muss ich erst wissen, wer Sie sind.«

Ich seufzte. Ich konnte einem zweitklassigen Herrn Heintze gemeine Fragen stellen. Ich konnte Lutz – manchmal – auflaufen lassen. Bei Thomas konnte ich brüllen, wenn es nötig war. Und einen Polizisten aus Seedorf konnte ich kurzfristig belügen. Bei diesem Menschen hier hielt ich es für besser, die Wahrheit zu sagen. Und so erzählte ich ihm von meiner Mutter und der Flucht, von meiner Panne und dem Urlaub, von meinem Entschluss, Tante Gretchen kennenzulernen, von meiner Faszination, als ich hier ankam, vom meinem Schock, als ich die alte Dame so krank vorfand, und wie sie dann schließlich starb, als ich ihr die Blumen hinstellen wollte. Ich zeigte David das Foto von Tante Gretchen, das meine Mutter bei meiner Oma gefunden hatte. Mit der

Adresse hinten drauf. Als ich es David gab, blickte ich zum ersten Mal wieder auf.

Er hatte die ganze Zeit schweigend zugehört. »Das ist ja mal eine verrückte Geschichte«, sagte er schließlich. »So was habe ich echt noch nie gehört.«

Kunststück, dachte ich nur. Es passierte ja auch nicht alle naselang.

»Wer ist eigentlich Michael?«, fragte ich nach einer Weile in die Stille hinein.

»Michael?« David horchte auf. »Wieso?«

Ich erzählte ihm auch noch diesen Teil: dass Tante Gretchen nach ihm gefragt hatte.

David sah zur Seite. »Interessant …«, meinte er nur.

Und dann begann er, seine Geschichte zu erzählen. David war 42 Jahre alt und hatte Michael, Tante Gretchens Enkel, wie ich erfuhr, vor 20 Jahren in den USA kennengelernt. Michael war bei seinen Großeltern in Weitewelt aufgewachsen, nachdem seine Eltern schon früh bei einem Autounfall ums Leben gekommen waren. David studierte damals an der Yale University Musik, und Michael kam als Stipendiat für ein Gastsemester ebenfalls dorthin. Er trat damit in die Fußstapfen seines Großvaters, wollte aber, anders als dieser, kein Orchestermusiker werden, sondern Musikproduzent. Dass die USA dafür der richtige Ort waren, merkte er schnell. Ähnliche Pläne hatte auch David, dessen Deutschkenntnisse übrigens auf ein zweisprachiges Internat zurückzuführen waren. Er hatte auch mal ein Semester in Frankfurt studiert, was vielleicht auch sein Wissen um die Frankfurter Schule erklärte. Jedenfalls freundeten die beiden sich an und beschlossen, ihr Ziel gemeinsam weiterzuverfolgen. Da Michael in Yale keinen Studienplatz bekam, wechselten sie zusammen an ein College in Santa Barbara, Kalifornien. Für ihre Pläne war das definitiv der bessere Ort. Sie fingen an, Musik zu machen, bekamen erste kleine Jingle-Aufträge. Michael schien, so erzählte es mir David, eher der kreative Hitzkopf zu sein, David der diplomatische Verhandler. Das passte gut zusammen. Sie verschmolzen zu einem Dream-Team.

Bis zu jenem verhängnisvollen Sommer 2004. Die beiden surften für ihr Leben gern, und die Wellen vor der kalifornischen Küste ließen für die beiden ehrgeizigen, vor Kraft strotzenden Männer keine Wünsche offen. Aber die Brandung war gefährlich. Das wussten beide. Wieder war es Michael, der immer aufs Ganze ging, der den Kampf gegen die Natur suchte und das Risiko liebte. Bis er von seinem Trip an jenem Julitag nicht mehr zurückkehrte. Rettungsmannschaften suchten tagelang nach seiner Leiche. David selbst schritt den Strand auf der Suche nach seinem Freund noch Wochen später kilometerweit ab. Doch er wurde nie gefunden. Das Meer oder die Haie darin hatten ihn verschlungen und wollten ihn offenbar nicht mehr hergeben. Michael wurde für tot erklärt.

In dieser schweren Zeit lernte David Michaels Großmutter, Tante Gretchen, kennen. Michaels Großvater, Walter Sandmüller, der ehemals durchaus erfolgreiche Orchesterpianist und Professor am Hamburger Konservatorium, saß damals nach einem schweren Schlaganfall bereits im Rollstuhl. Er konnte nicht mehr sprechen und war ab der Hüfte gelähmt. Für Grete, wie David Tante Gretchen nannte, war das natürlich doppelt hart. Ihr Mann lebte in einem Paralleluniversum. Ihr Sohn hatte sich dieser Welt ganz entzogen. Und so nahm sie David an, als wäre es ihr Enkelsohn, stützte sich auf ihn, weil sie sonst niemanden mehr hatte, mit dem sie das teilen konnte, was ihr Leben ausmachte: die Liebe zur Musik und zu ihrer Familie.

»In Weitewelt selbst war ich nur zweimal seitdem. Die Sandmüllers, obwohl sie so kultiviert und lebensfroh gewesen sind – vielleicht ja auch genau deswegen –, hatten es nie ganz leicht in Seedorf. Ich meine, wir reden hier vom tiefsten Schleswig-Holstein. Wir sind hier auf einem Dorf. Mit ganz festen Vorstellungen davon, wie man zu leben hat. Da passten ›Künstler‹ nicht gut rein. Sie sahen bei Weitem nicht aus wie Hippies, aber sie wurden wie solche behandelt. Grete und Walter waren den Seedorfern suspekt. Vielleicht hatten sie Angst vor ihnen, vielleicht beneideten sie sie auch ein bisschen. Grete konnte sich darüber immer königlich amüsieren. Aber es machte sie auch traurig, nun, da weder Walter noch Michael das gute Leben mit ihr teilen konnten. Ja, ich denke, Michaels Tod oder sein Verschwinden hatten ihr doch viel von ihrer Vitalität genommen. Man darf nicht vergessen, dass Grete damals auch schon siebenundsiebzig war …«

Gebannt hatte ich David zugehört, und es fiel mir schwer, den Kloß in meinem Hals hinunterzuschlucken. Ich dachte an Tante Gretchen und diesen einen winzigen Moment, den ich mit ihr geteilt hatte. Dachte an ihre Worte: *Ach Kindchen, und sag deiner Mutti …* Und auch die Frage fiel mir wieder ein: *Wo ist Michael?*

»Hat sie eigentlich sonst noch was über Michael gesagt?«, wollte David wissen, als hätte er meine Gedanken erraten.

»Nein, hat sie nicht. Sie hat ja ohnehin nicht viel gesagt. Nur das wenige eben sehr oft. Dass ich das Haus verlassen soll und dass sie meine Mutter nicht kennt. Aber das habe ich dir ja schon erzählt.«

David nickte; er wirkte so abwesend wie Tante Gretchen in ihren letzten Momenten. Wieder befiel mich dieses komi-

sche Gefühl, das ich in Davids Gegenwart nun schon mehrfach gespürt hatte. Irgendwas stimmte hier nicht.
»Hätte sie denn noch etwas sagen sollen?«, hakte ich nach. »Etwas, das nicht für meine Ohren bestimmt war?«
»Ich weiß nicht, wie du das siehst«, erwiderte er und sah mich dabei offen und fast ein bisschen hart an. »Aber ich hätte es schon bitter gefunden, wenn Grete sich im Angesicht des Todes von ihrem Sohn im Stich gelassen gefühlt hätte, weil sie nicht mehr wusste, dass es ihn seit elf Jahren nicht mehr gab. Ich stelle mir das ziemlich grausam vor.«
Ich schluckte. Da hatte er natürlich recht. Sofort nahm ich mir meine zweifelnden Gedanken übel.
»Wann hast du sie denn zum letzten Mal gesehen?«, fragte ich, um von der Situation abzulenken.
Er überlegte. »Vor sechs Monaten etwa. Swantje hatte mir erzählt, dass sie ziemlich rapide abbaute.«
Swantje? Wer war das denn jetzt schon wieder? »Swantje?« Ich versuchte, möglichst unbeteiligt zu klingen, konnte aber nicht verhindern, dass die zweite Silbe ziemlich schief nach oben rutschte.
»Swantje war ... eine gute Freundin von Michael, und sie ist meine Brücke nach Weitewelt. Sie arbeitet im Eutiner Krankenhaus und hat zuletzt ab und an mal nach Grete geguckt.«
In mir ergoss sich schon wieder eine Bilderflut: Swantje, Ärztin, wahrscheinlich lange blonde Haare, die sie hochsteckt, weil praktischer, wenn sie blutüberströmte Patienten zusammenflickt, opferbereit, verantwortungsbewusst und ein bisschen unordentlich zu Hause.
Ich erwischte mich dabei, dass ich tatsächlich ein bisschen eifersüchtig auf Swantje war. Ich wollte nicht, dass es so viele Menschen gab, die Tante Gretchen und dem Palais näher-

standen als ich gerade. Ich wollte, dass meine Verantwortung hier exklusiv blieb. Wenigstens für ein paar Tage.
»Tja«, sagte David dann. »Das ist also meine Geschichte, und ich denke, ihr solltet jetzt langsam aufbrechen. Ich hab auch noch ein paar Dinge zu erledigen.«
»Fahren wir jetzt zu den Ponys?«, fragte Romy freudestrahlend an David gewandt.
Es war doch immer wieder erstaunlich, wie intuitiv Kinder Vertrauen schenken konnten, und ich fragte mich, ob ich Romys Gespür folgen durfte.
»Ihr schon«, erwiderte er und mit Blick zu mir: »Sofern deine Mutter will. Ich sagte ja: Ich hab noch ein bisschen zu tun.«
»Ohhh«, machte sie, und man sah ihren Mundwinkeln deutlich an, dass sie noch überlegte, ob zwei Tränen helfen könnten.
Ich nickte Romy zu. »Na komm, zieh dir die Schuhe an.«
Ich stand auf und holte Mantel und Schal. »Sehen wir uns denn nachher noch? Ich habe mir das Haus noch gar nicht angeschaut. Vielleicht könntest du es mir zeigen?«, fragte ich.
Er fixierte mich eine Weile. »Da wir beide offenbar beschlossen haben, ein paar Tage in diesem alten Kasten …«
»… im Palais Weitewelt!«, unterbrach ich ihn.
»Was?«
»Das hier ist das Palais Weitewelt, kein alter Kasten.«
Er schüttelte den Kopf. »Wie auch immer. Da wir also beide hier sind, werden wir uns wohl oder übel auch wiedersehen. Und ich zeige dir gern das Haus. Dabei kannst du mir dann nämlich auch erzählen, was für ein edler Gesell der Vater deines Kindes ist, dass er dich und seine Tochter so unkonventionell durch die Gegend streunen lässt. Bei deinen

Fähigkeiten würde ich mir das an seiner Stelle dreimal überlegen.«
Das war jetzt eine ironische Spitze, und ich spürte, wie ich rot wurde. Von Thomas und dem anstehenden Prozess hatte ich ja noch gar nicht erzählt.
»Mama, was meint der Mann?«
»Romy, der Mann heißt David.«
»Was meint David?«
»Nichts, mein Schatz.«
Wenn ich jetzt eins nicht wollte, dann meine Beziehungspleite diskutieren.

Die Suche nach dem Ponyhof erwies sich als schwieriger als erwartet, denn tatsächlich gab es in Majendorf zwar ein großes Trakehner-Gestüt, aber eben genau das: Hier wurden Rassepferde gezüchtet, deren bloßer Anblick bestimmt schon einen Monatseinkauf bei Aldi wert war. Auf dem Hof selbst war niemand. Die Stallungen standen jedoch offen, also schlichen wir uns einfach hinein und genossen das satte Schnauben und Kauen der Tiere. Ich las Romy alle Namen der Pferde vor und erzählte ihr, wie alt sie waren und wie Vater und Mutter hießen. Laut den Etiketten und Medaillen stand hier viel Preisgekröntes rum. Und viel Verwöhntes, denn auf handgeschriebenen Tafeln waren an fast jeder Box Anweisungen zu lesen wie: »Excelsior darf Montag nicht auf die Weide!«, oder: »Pegasus keine Pellets, nur Heu!« Ich bekam schon wieder mein gemütliches Gefühl, bis mich eine Stimme scharf von hinten angiftete: »Wer sind Sie?«
Ich drehte mich um und sah in das Gesicht einer hageren Frau Mitte fünfzig. In der einen Hand hielt sie einen Striegel, in der anderen einen Apfel. Das sah ziemlich dämlich aus.

»Guten Tag«, grüßte ich betont beschwingt. »Wir sind auf der Suche nach dem berühmten Falabella-Gestüt. Meine Tochter hat dort ein Vorreiten.«
»*Was* suchen Sie?«, fragte die Frau unfreundlich, aber auch irritiert.
»Ja, kennen Sie das denn nicht? Deutschlands größte Falabella-Zucht. Mir wurde gesagt, sie sei in Majendorf. Aber hier gibt es ja wohl nur Trakehner.« Das *nur* zog ich despektierlich in die Länge.
»Nein, das kenne ich nicht. Was soll das denn sein?«
»Sie kennen keine Falabellas? Ach, du meine Güte! Komm Romy, hier sind wir falsch. Das ist nicht das Richtige für uns.«
Ich nahm meine Tochter an die Hand und ging entschiedenen Schrittes an der Frau vorbei gen Ausgang.
»Mama, ich will aber noch gucken.«
»Wir gucken auch noch, mein Schatz, wir gucken noch. Aber nicht hier. Wir werden an einem anderen Ort erwartet.« *Jetzt keine Szene bitte, Romy, keine Szene.*
Sie tat mir den Gefallen.
»Was sind denn Farabellos?«, rief mir die Frau nun ernsthaft verdutzt hinterher.
»Ganz ehrlich«, erwiderte ich im Weggehen, »wer die nicht kennt, hat keine Ahnung von Pferden.«
Noch während ich Romy im Auto anschnallte, die schon allein deswegen so friedfertig war, weil sie gleich wieder einschlafen wollte, grinste ich zufrieden vor mich hin. Manchmal war es eben doch gut, einem nörgelnden Kind nachzugeben und ihr an der Supermarktkasse so ein blödes Ponymagazin zu kaufen. In dem hatte ich nämlich von den kleinsten Ponys der Welt gelesen, berühmt für ihre große Intelligenz und Umgänglichkeit, die deswegen sogar schon

anstelle von Blindenhunden eingesetzt wurden. Außerdem hatten sie nur 17 Rippen statt 18. So viel Platz ist bei denen eben nicht, bei den berühmten Falabellas!
Da Romy wirklich einschlief, gondelte ich ziellos und gemächlich über die verlassenen, engen Alleen, machte hier mal einen Schlenker, weil mir der See so einladend aussah, und da mal einen, weil ich neugierig war, ob es außer Fünf-Häuser-Ortschaften auch noch Mini-Metropolen gab, in denen man eine Kirche, einen Marktplatz oder sonst eine Sehenswürdigkeit erhaschen konnte. Immer wieder war ich erstaunt über die Schilder, die nach Lübeck, Hamburg oder Kiel verwiesen, denn dieser ganze Erdenfleck war das, was dem Ende der Welt am nächsten zu kommen schien. Da wirkte die Nähe zu den großen Städten irgendwie unpassend.
Eutin, ein recht hübsches Städtchen mit eigenem See, wollte ich mir demnächst mal genauer anschauen. Ich fuhr weiter nördlich um den Plöner See herum über Bad Malente, Plön und Wankendorf. Hier fand ich zwar keinen Ponyhof, aber immerhin einen alten Gutshof, der Kutschfahrten anbot. Ich weckte Romy, die natürlich begeistert war, und eingehüllt in dicke Decken hielt ich meine Romy im Arm und genoss mit ihr die halbstündige Fahrt in dem Zweispänner. Der Kutscher erklärte uns, was man alles Schönes sehen könnte, wenn gerade nicht März war, doch ich konzentrierte mich nur auf den Dampf, der aus den Nüstern der beiden Kaltblüter kam, die klare Luft und die Wärme meiner Tochter. Mehr brauchte ich nicht. Nein. Niemand würde mir meine Tochter wegnehmen. Niemand. Ob mit oder ohne Frau Dr. Barrett.
Müde und erfüllt kamen wir gegen halb sechs wieder im Palais an. Ich hatte auf erleuchtete Fenster gehofft, doch das

Gebäude mit den Erkern und Giebeln lag dunkel vor uns. David war also noch nicht da. Wahrscheinlich hatte er sich mit Swantje viel zu erzählen …
Ich hatte große Lust, mir endlich das Obergeschoss anzuschauen, aber da ich David darum gebeten hatte, es mir zu zeigen, wollte ich nun auch nicht vorgreifen. Also saß ich da und überlegte. Um ehrlich zu sein, saß ich da und wartete. Das Beste, was mir in dieser Situation einfiel, war, Feuer im Kamin zu machen. Dafür konnte ich auch Romy begeistern. Ich nahm zwei der dicken Scheite und bat Romy, mir einige der kleineren Hölzer zu geben. Dann suchte ich Papier und fand in der Küche eine Ausgabe des San Francisco Chronicle. Streichhölzer gab es ebenfalls in der Küche, und so war die Sache eigentlich ganz einfach. Die beißende Rauchentwicklung, die Romy und mich mit tränenden Augen zum Husten brachte, hatte ich ebenfalls schnell im Griff, als ich einfach mal nach der Eisenkette im Kamin griff, die offenbar die Belüftung des Schornsteins regelte. Dadurch verbrannte das Holz zwar in null Komma nichts, und auch meine Hand zeigte kleine Brandbläschen, aber wir hatten gute Chancen zu überleben. Und so lange würde David ja wohl auch nicht mehr auf sich warten lassen.
Was stimmte.
Romy hörte den Schlüssel im Schloss zuerst und rannte zur Tür.
»Das Haus hat sich verbrannt, aber jetzt brennt es nicht mehr«, rief sie David aufgeregt zu.
»Wer hat sich verbrannt?«, fragte er. »Mein Gott. Was stinkt denn hier so?«
Drei große Holzscheite im Arm, ging ich ihm ebenfalls entgegen. »Ich habe den Kamin angemacht«, erklärte ich halb stolz, halb schuldbewusst.

»Das riecht man.« Er sah auf die Decke in meinen Händen, sagte aber nichts. »Ich habe Pizza mitgebracht.«
»Echt? Super! Bin gleich zurück.«
Ich hatte die verflixte Decke eigentlich endlich in den Keller räumen wollen, aber da ich immer noch nicht wusste, wo der zu finden war, öffnete ich einfach die Terrassentür neben unserem Schlafzimmer und legte sie nach draußen. Ich hätte sie ja unter unser Bett geschoben, aber das wäre, als wenn ich das tote Tante Gretchen unter mir begraben hätte. Als ich zurückkam, merkte ich schnell, dass ich der absolut überflüssige Teil unseres Trios war. Romy berichtete David mit funkelnden Augen von ihrem Tag. Und David hörte zu, stellte Fragen und schnitt dabei die Pizza. Ich stellte fest, wie schön es sein konnte, überflüssig zu sein. Obwohl ich auch ein bisschen beleidigt war: Ich hatte Romy noch nie teilen müssen. Und ich hatte noch nie gemerkt, wie gut es ihr dabei gehen konnte, mich herzugeben.
»Bringst du mich ins Bett?«, fragte sie dann auch zu meiner Überraschung an David gewandt, nachdem sie noch nicht mal ein halbes Stück ihrer Pizza Margherita geschafft hatte. Die Wärme des Kamins und das behagliche Knistern der Scheite hatten auch mich schläfrig werden lassen, aber ich hatte mir fest vorgenommen, David noch etwas Wichtiges von mir zu erzählen und vor allem mit ihm zu besprechen, wie es nun eigentlich weitergehen würde, hier, die nächsten Tage.
»Du möchtest, dass ich dich ins Bett bringe?«, fragte er.
Romy nickte heftig. »Und eine Geschichte vorlesen!«
»Eine Geschichte auch noch?« Er warf mir einen Blick zu, und ich nickte. Ich hatte zwei Bücher eingepackt.
»Willst du mit David das Drachenbuch lesen?«, mischte ich, die Überflüssige, mich ein.

»Au ja. Juchuh.«
»Na, dann los, Prinzessin«, sagte er, stand auf, machte die Arme breit, und schwupp!, sprang mein Kind in sie hinein. Er fiel nicht um und musste auch nicht mit drei Stichen genäht werden. Er fing sie einfach auf, warf sie sich über die Schulter und galoppierte ins Badezimmer, als hätte er seit viereinhalb Jahren nichts anderes gemacht. Verrückt!
Ich suchte das Buch aus der noch immer nicht ausgepackten Tasche und stellte mich vor die Badezimmertür. Romy erzählte ihm ihre Geschichten, wie sie sie sonst mir erzählte: von »Karus und Baktus«, die kämen, wenn man die Zähne nicht ordentlich putzte, von der Frau, die ihre Katze suchte, und von Julius, der sie in der Kita immer »Romy-Pomy« nannte. Es waren Romys Geschichten. Es waren Geschichten, die mir zeigten, dass ich David vertrauen durfte. Musste.
Ich legte das Buch aufs Bett und ging zurück in das Kaminzimmer. Nichts war in Ordnung, aber alles war gut!

David kam etwa eine Viertelstunde später. Auch er wirkte müde, aber das war ja kein Wunder, denn er hatte im Grunde zwei Tage nicht geschlafen.
»Sie ist süß«, sagte er.
Ein Impuls diktierte mir, sofort aufzuzählen, was alles nicht süß war an Romy, aber ich schenkte ihm kein Gehör. Stattdessen nickte ich. »Stimmt, ist sie.« Einen Moment blickte ich in die züngelnden Flammen. »Ich habe gesehen, dass du eine Flasche Wein mitgebracht hast. Hast du Lust, sie aufzumachen?«
Er sah mich an. Er sah mich irgendwie immer an. »Sure.«
»Ich trinke eigentlich nicht. Aber ich möchte dir gern etwas erzählen. Und du wolltest mir ja das Haus zeigen. Und wir

müssen auch besprechen, wie es weitergeht. Also, ich dachte jedenfalls, vielleicht können wir dazu ja ein Glas Wein trinken und ...«
David stand auf, kam auf mich zu, legte mir die Hand unter das Kinn und sagte: »Eins nach dem anderen, okay?«
Damit ging er in die Küche, öffnete eine Schublade, und ich hörte das ploppende Geräusch eines Korkens. Ach, was war das doch gemütlich! Am Arsch der Welt mit einem unbekannten Amerikaner Wein trinken. Sollte Romy doch zu ihm Papa sagen. Mir egal.

7

Wir fingen, ein Glas Wein in der Hand, mit der Hausbegehung an. Es dauerte nicht lange, bis wir oben alle fünf Zimmer gesehen hatten, aber vielleicht hätte man jemand anderen als David gebraucht, der als Freund der Familie nicht nur die Türen aufstieß und die Raumnummern aufzählte: »So, das ist der erste Raum, hier noch ein Zimmer, Nummer drei, dann …«, sondern mehr von den Geschichten kannte, die jeder Raum zu erzählen hatte. Der individuellen Gestaltung, angefangen von dem Treppchen hier, dem Erker da, dem gedrechselten Himmelbett und der kleinen Büchergalerie, entnahm man, dass hinter jeder dieser Türen ein Schicksal verborgen lag. Was sich allerdings auch zeigte, waren Wasserflecken und ein Muff, der nicht allein von der Einsamkeit des Hauses herrührte. Hier musste schleunigst etwas getan werden, das war selbst mir, einem Laien in Sachen Kernsanierung, nur allzu klar.

»Wo schläfst du?«, fragte ich ihn am Ende unseres Rundgangs.

»Im zweiten Zimmer.«

Er meinte den Raum mit Blick auf die Wiese hinten. Hier waren die Wände nur verputzt, und statt eines Erkers führte das Zimmer auf einen kleinen Balkon. Von dem aus aber gab es wiederum eine Außentreppe, die zur Büchergalerie führte.

»War das Michaels Zimmer, früher?«

»Nein«, sagte er. »Soweit ich weiß, war es eins der Zimmer, die Gaststudenten zur Verfügung gestellt wurden.«

»Hatten die Sandmüllers oft Besuch?«, wollte ich wissen und dachte an die glänzende Klingel.
»Was ich so hörte, früher schon«, antwortete David. Und nach einer kurzen Pause fügte er hinzu: »Aber das war ja alles vor meiner Zeit.«

Als wir wieder unten vor dem Kamin saßen, nippte ich zum ersten Mal an dem Glas. Immerhin: Bis hierhin hatte ich weder etwas verschüttet noch es in einem Zug geleert. Ich ruckelte mich auf dem Stuhl am Esszimmertisch zurecht und wollte gerade etwas sagen, als David mir zuvorkam: »Die Beerdigung ist am Mittwoch.«
Das überraschte mich. »So früh schon? Woher weißt du das?«
Statt auf meine Frage zu antworten, fuhr David fort: »Die Todesursache ist klar, die Leiche freigegeben. Worauf will man also noch warten?«
»Aber hat denn jemand den Sarg ausgesucht? Und wer organisiert das Ganze?« Nicht dass ich schon mal jemanden verantwortlich zu Grabe getragen hätte, aber ich dachte, dass irgendeiner ja das Lokal mieten und den Kuchen bezahlen musste, der bei Beerdigungen standesgemäß serviert wurde. Ein Bienenstich wäre doch nett. Und der Kaffee nur in Kännchen, so wie früher.
»Wer sollte das denn deiner Meinung nach tun?«, fragte David eine Spur zu provokant.
»Na ja …«, erwiderte ich.
»Siehst du!«
Einen Moment herrschte Stille.
»Die Regeln sind klar«, fuhr David schließlich fort. »Grete hatte keine lebenden Verwandten mehr. Somit ist der rechtmäßige Erbe der Fiskus. Bis das offiziell durch ist, vergeht

zwar noch eine Weile, da bestimmte Formalia eingehalten werden müssen. Aber dennoch: Die Gemeinde ist schon jetzt in der Pflicht, sich um Dinge wie eben die Beerdigung etc. zu kümmern. Den Platz im Familiengrab hat sie sich zu Lebzeiten gesichert. Um den Rest kümmert sich die Verwaltung. Die Behörde definiert den Standardsarg: Kiefer, nicht ausgeschlagen. Sie koordiniert die Termine, die Anzeige im Amtsblatt, zu der früher oder später übrigens auch die Ausschreibung des Hauses zählt, Kontoauflösung, Strom-, Wasser-, Versicherung-, Grundsteuerregularien. Wird alles von der Stadt geregelt.«

Das waren viele Informationen für mich. Zu viele.

»Warte mal«, unterbrach ich David. »Abgesehen davon, dass du dich ja erstaunlich gut auskennst im deutschen Verwaltungsrecht, frage ich mich, was du mir sagen willst? Der Polizist hat mich doch extra gebeten zu bleiben. Und jetzt sitzen wir hier übermorgen vielleicht im Dunkeln, und das Haus kommt unter den Hammer, oder was?«

David zuckte mit den Achseln. »Man muss sich nicht besonders gut auskennen, um logische Zusammenhänge zu verstehen. Das mag in den USA leichter sein als in Deutschland. Aber Michael hat sich auch immer so seine Gedanken um das Haus gemacht.« David überlegte kurz. »Und so wie du es skizzierst, würde ich sagen, ja, so ungefähr könnte es laufen. Vielleicht nicht direkt übermorgen, aber in ein paar Monaten …«

»Aber das geht doch nicht!«, rief ich empört und dachte noch daran, wie begeistert Romy die kirchenartige Wendeltreppe hinuntergerutscht war. »Wir brauchen einen Plan«, sagte ich entschieden.

»Einen Plan?«

»Ja, einen Plan. A plan, we need a plan«, wiederholte ich auf Englisch. Als würde es das besser machen.

»Einen Plan also …« David gähnte. »Du bist mir echt so ein Früchtchen. Weihe mich ein, wenn er dir eingefallen ist. Ich brauche jetzt vor allem ein Bett.« Er nahm sein Glas und trank noch einen Schluck. »Aber bevor ich gehe, verrätst du mir noch, vor wem du abgehauen bist und warum du dich hier versteckst.«

»Also jetzt aber mal halblang!«, protestierte ich.

Ich stand auf, ging zum Kamin, nahm einen Feuerhaken, nur um irgendetwas zu tun, und wedelte damit gefährlich in der Luft herum. Vielleicht hatte ich doch schon zu oft an dem Wein genippt.

»Erstens bin ich kein Stück abgehauen! Ich habe dir erzählt, welche komischen Zufälle mich just gestern hierher verschlagen haben. Und zweitens verstecke ich mich auch vor niemandem. Das hätte nämlich gar keinen Zweck, weil der einzige Mensch, vor dem ich Grund hätte, mich zu verstecken, mich schon gefunden hat.« Ich merkte, dass ich mich irgendwie in Ungereimtheiten verwickelte, und David schien das auch zu merken, zumindest zog er seine Brauen nach oben. Aber er schwieg, was mir auch recht war, denn ich wollte ja ohnehin von Thomas erzählen. Und das tat ich dann auch, so kurz und bündig es eben ging, da ich ihn in meine Sorge um Romy gar nicht weiter einweihen wollte.

»Und also habe ich am 4. Mai meinen Termin vor dem Familiengericht, und die Anwältin, die mich möglicherweise vertreten will, hat sich noch nicht gemeldet«, schloss ich. Ich merkte, dass ich ein bisschen den Boden unter den Füßen verlor.

David stieß einen leisen Pfiff aus. »Am 4. Mai? Das sind noch knapp acht Wochen. Nicht allzu viel Zeit.«

»Ach was!« Es half mir nicht wirklich, dass David rechnen konnte.

»Und was willst du jetzt tun?« Auch so eine Frage, die ich in letzter Zeit zu oft hörte.
Der Boden unter mir taute ab wie eine Eisscholle im Frühling. Die Scholle taute mir bis in die Augen. »David«, rief ich ein wenig zu laut. »Vielleicht kannst *du* es mir ja sagen! Bis vor einer Woche dachte ich noch, ich lebe mal einfach so weiter. Bis vor sechs Tagen dachte ich, ich mache wenigstens etwas Urlaub und überlege mir, wie ich die Autoreparatur finanziert bekomme. Bis vorgestern dachte ich, ich tue einfach mal was Gutes und besuche Tante Gretchen. Dann starb Tante Gretchen aber einfach. Und jetzt ist der Urlaub auch hin, und ich sitze hier in einem fremden Haus mit einem fremden Mann, der mich heute Morgen zu Tode erschreckt hat. Es ist doch eigentlich völlig egal, was ich vorhabe, mal abgesehen davon, dass ich keine Ahnung habe, was ich am besten vorhaben sollte, denn morgen früh ist sowieso wieder alles anders, verstehst du?«
Wortlos reichte mir David eine Papierserviette aus dem Pizzakarton, an der noch ein paar Paprikareste klebten. »Ja. Doch. Ich glaube schon.«
Ich legte den Schürhaken zur Seite und putzte mir die Nase, schon etwas ruhiger. Wenigstens das.
David dachte nach. »Wann wollte sich die Anwältin bei dir melden?«
»Ich weiß es nicht genau. Lutz hat den Kontakt gemacht – wenn er ihn denn gemacht hat.«
»Lutz? Wer ist Lutz?«, fragte David ein wenig spitz, sodass ich lächeln musste.
»Mein Chef.«
»Aha«, sagte er.
»Aha was?«
»Könntest du mal bitte den Haken wieder aufhängen? Der beunruhigt mich irgendwie.«

»Was?«
David zeigte auf den schlagkräftigen, schmiedeeisernen Stift in meiner Hand. »Der Haken …«
»Oh.« Ich hängte ihn wieder auf und hopste die Stufe vom Ess- zum Wohnbereich hoch und runter. Ich musste einfach in Bewegung bleiben.
»Dann empfehle ich dir, diese Frau Dr. Barrett direkt Montag früh anzurufen. Dein Chef mag ja ein netter Kerl sein, aber ich würde mich nicht allein auf ihn verlassen. Dafür ist das zu wichtig.«
»Montag schon? Ich dachte an Dienstag.«
»Nein. Du machst das morgen.« David nahm die Pizzakartons und stand auf. Auf dem Weg in die Küche sagte er noch: »Ich bin mir sicher, danach geht es dir besser.«
Mir ging es auch jetzt schon besser, ehrlich gesagt. Was so ein bisschen Fremdbestimmtwerden doch ausrichten konnte. Vielleicht sollte ich das bei nächster Gelegenheit mal Christine und den Mädels der Ü18-Schicht erzählen. Bestimmt würden sie mich danach viel eher als eine der ihren akzeptieren. Ich dachte an sie als eine der ihren, stolperte und fiel der Länge nach hin. Zum Glück auf einen der dicken Perserteppiche.
Mühsam rappelte ich mich hoch und rieb mir die schmerzende Hüfte. »Weißt du was, es ist spät. Du bist müde und ich auch. Und ich muss endlich mit meiner Mutter telefonieren. Und Pläne schmieden. Für das Palais … Gude Nachd.«
David sah mich kurz an. »Grüß schön«, sagte er einlenkend. »Und dann schlaf gut, Annabel Wiesengrund.«
Ich schwankte zurück in das Zimmer mit den muffigen Daunen. *Schlaf gut, Annabel Wiesengrund.* Wieso schien in Davids Welt alles so einfach? Die Amis waren wirklich komisch.

Das Telefonat mit meiner Mutter dauerte zwanzig Minuten, und hätte jemand in der Diele zwischen dem Musikzimmer, in dem ich saß, und dem Kaminzimmer, in dem David offenbar noch versuchte, das Klavier zu stimmen, ein Mikrofon aufgestellt, so hätte er gen Ende womöglich etwas erkennen können, was einem Gesang von Walen im Kanon mit einem Echolot wohl am nächsten gekommen wäre.

Ich gab den sonoren Grundton an: »Halloh, Muddi, ich wolld mich ma meld'n.«

Sie, für meine Ohren etwas schrill und verzerrt weit weg: »Kin-n-nd. Ist alles Okä-ä-ä?«

Dann erzählte ich ihr, so konzentriert, wie ich konnte, von Tante Gretchens unvorhersehbarem Ende und meiner Anwesenheit dabei. Und dass ich ein paar Tage in Weitewelt bleiben wollte. Die kleinen Notlügen zu meinem Status in dem Haus verschwieg ich wohlweislich. Aber sie hätte eh nicht hingehört, denn ich nahm bereits die merkwürdigen Geräusche wahr: *Chhhh, hach, chhhh, hach, chhhh, hach.*

Ich so: »Muddi, was machst du?«

Sie: »Ich atme den Schmerz weg. Du sollst mich nicht Mutti nennen. Ich heiße Ala.«

Ala war ihr neuester schamanischer Name: Auf den Flügeln der Weisheit.

Dazwischen: pling-pling-pling. David stimmte das Klavier.

»Muddi, du musst dir das nicht so zu Herzen nehmen. Für sie war es sicher das Beste, und ich war ja da.«

Chhhh, hach, chhhh, hach … »Ich nehme es mir doch gar nicht zu Herzen. Aber ich darf unsere karmische Verbindung nicht mit ihrem Tod in mir aufladen. Ich würde mich anstecken.«

Und dann fing sie an, von Sharif zu erzählen, ihrem neuesten Reiki-Meister, der auch schon mal als Exorzist in einer presbyterianischen Kirche in Wisconsin gearbeitet hatte, und wie er ihr die Seelentrennung beigebracht hatte, was sie zu einem »ganz neuen Level der Leichtigkeit mit sich selbst« geführt habe.

Ich schaltete innerlich ab, stellte das Handy auf laut, legte es auf den Sekretär und setzte mich in den Rollstuhl, der davor stand. *Mama, der Geist kommt,* hatte Romy gesagt. Vorsichtig versuchte ich, an den Rädern zu drehen, versuchte, mir die Wendigkeit vorzustellen, mit der Walter Sandmüller ganz behände ein kleines Stück rückwärtssetzte, sich geschickt um die eigene Achse drehte, um sich aus dem Regal ein Buch, ein Notenheft oder was auch immer zu holen. Ob er auch dann noch ein fröhlicher Mensch gewesen war? Oder eher ein mürrischer? Ein verzagter oder ein zufriedener? Hatte er nach Tante Gretchen gerufen oder geklopft, wenn er etwas brauchte, was außerhalb seiner Reichweite lag? Ich fasste die Räder bedeutend energischer an, aber trotzdem änderte sich nichts an meiner Position. Bis ich die festgezogenen Bremsen fand. Aha. Ich schob mich langsam rückwärts, was angenehm leichtgängig funktionierte. Um nicht gegen die Tür zu donnern, zog ich die Bremsen erneut an. Ging auch. Und was musste ich machen, um zum Beispiel nach rechts zu dem Grammophon zu kommen und eine alte Platte aufzulegen? Ich ruckelte mit dem Oberkörper, um so die Richtung zu wechseln, rückte mich damit aber nur noch weiter nach hinten gegen die Tür. Wie lernte man eigentlich Rollstuhl fahren? Ich bewegte die Räder wieder ein Stück nach vorn in Richtung Sekretär und erlaubte mir dann den kleinen Trick, mit den Füßen im Halbkreis nach rechts zu tippeln. Das funktionierte, aber so gesehen hätte ich ja auch gleich aufstehen und laufen können. Walter Sandmüller hatte das nicht gekonnt.

»Annabel, bist du noch dran?«
Der Flügel der Weisheit sprach wieder zu mir! Erschrocken sprang ich auf und lief zum Handy.
»Ja?«
»Was bist du denn so außer Puste?«
»Ach, nichts.«
»Wann ist denn die Beerdigung? Ich denke, ich sollte ein Säuberungsritual vollziehen. Das bin ich Grete schuldig.«
Ach herrje. Das war wirklich das Letzte, was ich wollte. Meine Mutter, die mit einer soliden norddeutschen Trauergemeinde über glühende Kohlen springen wollte.
»Warte mal kurz, Mutti, ja?«
»Aber nicht so lange, Schatz. Das wird sonst zu teuer.«
Hatte ich nicht angerufen?
Ich lief zur Tür, öffnete sie und rief: »David?«
Keine Reaktion.
»David?«
»Ja?«, hörte ich ihn endlich.
»Wird Tante Gretchen nicht schon morgen verbrannt?«
»Was?«, rief er zurück.
»Ach, um acht sogar schon. Okay. Danke.« Ich rannte zurück zum Telefon. Die Bewegung machte mich fühlbar nüchterner, was hilfreich war.
»Mutti?«
»Annabel, mit wem hast du da gerade gesprochen?«, fragte sie streng. »Ich denke, du bist allein in Tante Gretchens Haus?«
»Mutti, Tante Gretchen wird schon morgen verbrannt. Ich denke, das ist dann sauber genug. Du kannst ja für sie meditieren«, versuchte ich die Frage zu ignorieren.
»Das habe ich verstanden. Ich bin ja nicht taub. Aber wer war das?«

Ich seufzte. »Das war niemand. Er heißt David. Ein alter Freund von Michael, der sich die letzten Jahre ein bisschen um Tante Gretchen gekümmert hat.«

»Ach so.«

Es gab Worte, die Generationen umspannten.

»Du weißt schon, dass Männer nur um deine verletzliche Mitte kreisen, um sich an deiner weiblichen Ganzheitlichkeit zu nähren, oder? Wenn ich dich an deinen Vater …«

Ich hasste es, wenn sie so mit mir sprach. Aber ich wusste auch, dass es sinnlos war, sie daran zu erinnern, wie viele Männer sie herzlich gern um ihre verletzliche Mitte kreisen ließ, um sich möglicherweise an *deren* Ganzheitlichkeit zu nähren … Wahrscheinlich kreiste gerade Sharif …

»Ich lege jetzt auf, Mutti.«

»Na gut, Annabel. Ich merke schon: Es ist spät, und du hast getrunken, anstatt dich endlich mal auf dich einzulassen. Ich werde das nun für dich tun. Zwar ist es auch für mich spät, aber immerhin bin ich deine Mutter. Ich gehe deinen Schwingungen nach. Ruh du dich nun aus.«

Ohne diesen wenig subtilen Vorwurf weiter zu kommentieren, legten wir auf, und ich hoffte nur, dass ich die zwanzig-, dreißig-, vierzigjährige Romy nie mit dem Kind verwechselte, das mir heute als Viereinhalbjährige die Welt erklärte. Wenn ich als Mutter das Älterwerden meiner Tochter nicht akzeptieren würde, hätte sie als Erwachsene keine Chance.

Erst auf dem Weg ins Badezimmer merkte ich, wie erschlagen und beinahe dumpf vor Müdigkeit ich war. Auch wenn ich in Mathe und Physik immer eine Niete gewesen war, was sich ja nicht zuletzt auch an meinen Einparkschwierigkeiten zeigte, leuchtete mir die Sache mit der Relativität von Zeit doch sehr ein. Dieser Tag hatte wie jeder andere auch nur

24 Stunden gehabt, doch er kam mir vor wie eine Ewigkeit. Es war so viel passiert, und es hörte einfach nicht auf, noch mehr zu passieren. Fast hatte ich den Eindruck, in meinem ganzen Leben war abgesehen von Romy noch nie so viel passiert wie an diesem Tag, wie in dieser Woche.
Mit dem Mund voller Zahnpasta schaute ich in den Spiegel. Ich sah auch ein bisschen aus wie die Ewigkeit. Zum Glück hatte ich wenigstens meinen karierten Schlafanzug eingepackt. Den mochte ich am liebsten. Und genau das war jetzt entscheidend, weil ich David vor dem Schlafengehen doch noch eine wichtige Frage zu stellen hatte, pling-pling-pling hin oder her.
Barfuß tapste ich noch einmal zurück ins Wohnzimmer, wo David seitlich zum Klavier, mit dem Rücken zu mir und den Blick nach draußen, die rechte Hand konzentriert über die Tasten steuerte.
»Du, David?«
»Ja?« Er drehte sich nicht zu mir um. Er sah noch nicht einmal auf. Er rührte sich eigentlich gar nicht. Er hörte nur auf, seine rechte Hand zu bewegen, und sagte *Ja?*
»Ich verstehe das einfach nicht: Vorgestern Mittag stirbt Tante Gretchen, und heute Morgen bist du hier.«
»Stimmt.«
»Das wäre ja nicht weiter ungewöhnlich, wenn du nicht behaupten würdest, du wärst direkt aus San Francisco gekommen. Ich meine, kaum dass ich mit dem armen Notrufpolizisten telefoniert habe …«
»Schäfer, Hans Schäfer.«
»… musst du ja mitten in der Nacht aus dem Bett geklingelt worden sein und dich direkt in den nächsten Flieger gesetzt haben.«
»Stimmt.«

»So ein Flug dauert locker vierzehn Stunden, und selbst wenn man sieben Stunden Zeitverschiebung in Rechnung stellt …«
»Acht, von S. F. aus sind es acht.«
»… herrje, acht von mir aus, ging das alles doch ganz schön fix, findest du nicht?«
Jetzt drehte er sich freundlicherweise doch endlich mal mit einem Schwung auf dem Klavierhocker zu mir um. »Nicht schlecht, oder?« Wenigstens grinste er dabei nicht, sondern wirkte halbwegs ernst.
Da ich selber keine Ahnung hatte, was genau ich ihm unterstellen konnte, wusste ich nicht so recht weiter. Mal wieder.
»Was willst du wirklich wissen, Anna?«
Das war doch mal ein guter Ansatz. »Ich will wissen, woher du das alles weißt. Wer hat dich angerufen? Woher weißt du das mit der Beerdigung? Heute ist Sonntag! Kein Mensch weiß an einem Sonntag, wann jemand beerdigt wird, der am Freitag gestorben ist. Ich finde das einfach mysteriös.«
»Komm mal her«, forderte er mich auf.
Fragend sah ich ihn an.
»Komm mal her, bitte«, wiederholte er und winkte mich mit den Fingerspitzen einladend zu sich.
Ich machte ein paar Schritte auf ihn zu. Und wartete ab.
Mit dem Zeigefinger drückte er eine Klaviertaste. *Pling.*
»Hörst du das?«
»Ja, natürlich«, sagte ich und fragte mich, was das sollte.
»Gut.« Er schlug die nächste Taste an. »Hörst du das?«
Ich drehte mich zu ihm um, damit ich ihm signalisieren konnte, dass ich zwar blöd, aber nicht taub war.
Er nickte.
Dann machte er wieder *pling*, aber anders, unpassend. Es war

nicht das Pling, das sich an die anderen hätte anschließen müssen. Es klang falsch. Und genau das sagte ich auch: »Hey, das passt nicht!«
Er machte eine gewichtige Bewegung mit dem Zeigefinger. »Siehst du, und das ist die Antwort auf deine Frage.« Schon klar. Eine falsche Tonleiter, und der Zusammenhang zwischen den Ereignissen in Weitewelt und San Francisco erschloss sich von selbst! Total logisch.
»Das hier ist ein Dorf, Anna. Nicht Hamburg, nicht Frisco, nicht Tokio. Wenn hier etwas passiert, dann weiß es jeder, ob er es wissen muss oder nicht, sofort. Die Menschen sind klar, die Wege sind klar, die Abläufe sind klar. Du rufst die 110 in Seedorf an, und noch bevor du aufgelegt hast, fängt der Totengräber an zu schaufeln. Noch während du dich fragst, wo du eigentlich die offizielle Sterbeurkunde herbekommst, um mit Banken, Versicherungen, dem Rententräger und den Wasserwerken zu sprechen, hast du die Auflösungsanträge, Zahlungseinstellungserklärungen und Ableseformulare in der Post. Frag mich nicht, wie das funktioniert. Aber genauso ist es. Ich schwöre es dir. Und ich«, nun sah David mich doch ein wenig kokett an, »logge mich in dieses System immer mal wieder gastweise ein.«
»Über Swantje?«
»Genau. In meinem Fall über Swantje. Aber es könnte theoretisch jeder sein: Schäfer von der Polizei, der Notarzt, den du auch kennengelernt hast …«
»… der war eklig«, entfuhr es mir.
»Das Bestattungsunternehmen St. Anschar, der Pastor aus Schlamersdorf, die Bäckerin von nebenan – jeder, verstehst du?«
»Nicht so ganz«, gab ich zu. Mir kam Weitewelt plötzlich wie eine sehr kleine Welt vor.

»Das musst du auch nicht«, sagte David. »Aber es wäre schön, wenn du mir glauben könntest.«
Ich hätte David in dem Moment gern berührt. Einfach so. Aber ich war noch zu weit weg von ihm, und etwas hinderte mich, den nächsten Schritt zu tun. Nach Thomas ging ich nicht mehr so gern auf Männer zu.
»Warum?«, fragte ich stattdessen.
»Weil es die Wahrheit ist.«
Ich wollte mich gerade noch ein wenig mehr zurücklehnen, da hörte ich ein weiteres Tapsen, das nicht von meinen Füßen stammte.
»Mami …«, sagte Romy und kam, den Schmusehasen an ihrer Nase herumzwirbelnd, auf uns zu. »Was machst du da?«
Ich drehte mich um und lief zu ihr, nahm sie in die Arme.
»Nichts, mein Schatz. Kannst du nicht schlafen?«
»Doch. Kommst du mit?« Bei der Frage war meine Hand schon in ihrer.
»Klar komme ich mit. Ich bin auch müde.«
»Kommt der Mann auch mit?«
Ich drehte mich um und nickte David zu, so entschuldigend, wie ich konnte.
Er nickte zurück. Ernst, jetzt nicht mehr halbwegs.
»Der Mann heißt David, Romy.«
»Mhm.«
Und so endete irgendwas. Und irgendwas fing an. Denn irgendwas war ja immer. Neuerdings.

8

Obwohl ich alles versuchte – progressive Muskelentspannung, Schäfchen zählen, tief atmen – kam ich nicht recht in den Schlaf, und das lag nicht allein an den verwirrenden Ereignissen der vergangenen Tage. Es lag vor allem an David. Ich kannte ihn erst so kurz. Genau genommen noch nicht mal 24 Stunden, und trotzdem hatte ich bereits im Schlafanzug vor ihm gestanden. Und mich dabei nicht unwohl gefühlt, wie ich zugeben musste. Aber auch das war nicht der Punkt. Zumindest nicht der einzige. Vielmehr wurde ich das Gefühl nicht los, dass irgendetwas nicht stimmte. Etwas an Davids Art wirkte beunruhigend auf mich, doch ich hatte weder eine Ahnung, wo das Gefühl herkam, noch wie ich es besser orten könnte. Es war mit ihm wie mit jemandem, der plötzlich einen Raum, eine U-Bahn, ein Wartezimmer betrat, sodass man instinktiv zu Boden schaute. Man kann es sich nicht erklären, der Mensch wirkt vollkommen unauffällig und nett, und doch fängt das Herz an zu klopfen, und man wartet nur noch darauf, an der nächsten Station aussteigen zu können. So ungefähr war es mit David.

Ich robbte mich noch einmal leise aus dem Bett und schloss die Zimmertür ab. Dann kuschelte ich mich wieder unter die Decke und wachte erst auf, als Romy nach ihrem Kakao verlangte. Da war es schon hell.

Der Morgen verlief so ruhig und entspannt, dass ich mich für meine kritischen Gedanken vom Vorabend fast schon wieder ausschimpfen wollte. David hatte die letzten kärglichen Reste an Lebensmitteln auf den Tisch gestellt, und spätestens da wurde klar, dass das Thema Einkaufen keinen Aufschub mehr duldete. Als ich ihn darauf ansprach, war er aufgestanden und nach oben gegangen, um mir kurz darauf einen 50-Euro-Schein hinzuhalten.

»Kannst du das machen?«

Ich sah abwechselnd vom Schein zu ihm und wieder zurück zum Schein. »Gehen wir nicht zusammen?«, fragte ich ihn. »Ich weiß doch gar nicht, wo ich hinmuss.«

Er nahm das Geschirr und stellte es in die Spüle. Mit dem Rücken zu mir sagte er: »Ich würde mir wirklich gern die Schäden am Haus genauer ansehen und noch ein paar Telefonate wegen der Beerdigung führen. Ich erkläre dir den Weg.« Mit einem gequälten Lächeln drehte er sich zu mir herum. »Außerdem stecke ich wohl doch im Jetlag. Ich fühle mich wie erschlagen.«

Ich legte meine Hand auf den Schein und schob ihn auf dem Tisch hin und her. Da war es wieder, dieses komische Gefühl.

»Mir wäre es lieber, du würdest mitkommen.«

»Anna, bitte, ich … ich kann nicht, ehrlich. Wenn du möchtest, passe ich auf Romy auf.«

»Au ja«, sagte Romy, »und dann spielen wir Papa-Pferd und Fohlen-Pferd.«

»Nichts da, Prinzessin, du kommst mit mir«, erwiderte ich streng. So weit würde es noch kommen! Ich hatte ein komisches Gefühl und ließ meine Tochter mit dem Grund meiner Sorge allein.

»Vertraust du mir nicht?«, fragte David geradeheraus, und genauso gerade sah er mich auch an.

Aber auf diese Diskussion hatte ich keine Lust. »Wo muss ich hin?«

Abgesehen von meinem linken Schuh standen wir schon angezogen im Flur, als es an der Tür klingelte. David war bereits nach oben gegangen, und Romy suchte noch ihren Hasen, also tat ich das, was ich immer tun würde, wenn es klingelte: Ich ging zur Tür und machte auf.
»Ahhhh!«, entfuhr es mir. Schrill. Und laut.
»Anna, alles okay?«, hörte ich David von oben.
»Was ist, Mama?«, hörte ich Romy ein paar Meter hinter mir.
Ich versuchte, die Tür wieder zuzumachen, aber der Gorilla schien auf solche Situationen vorbereitet zu sein, denn er steckte ganz klassisch seinen Fuß in den Spalt.
»Ganz ruhig, Lady, es wird Ihnen nichts geschehen. Sind Sie Annabel Wiesengrund?«
»Anna, was ist da unten los?« David.
»Mama, wer ist der Mann? Ist das Papa?« Romy.
Ich war zu geschockt, um irgendeinen Ton herausbringen zu können. Entsprechend reglos verharrte ich im Türspalt.
»Mr. Fern würde Sie gerne sprechen«, sagte der Gorilla, den ich bereits einmal als gefährliches Subjekt identifiziert hatte, dumpf und auf unverbindliche Art tonlos. Damals, vor einer Woche, in der Tiefgarage. Als ich nicht wusste, ob er mein Mörder oder nur ein normaler Drogenboss war.
Als ich immer noch nicht reagierte, zeigte er mit dem Daumen hinter sich. Ich wagte einen Blick nach draußen und erkannte den schwarzen Touareg, dem ich neulich die Einparkmöglichkeit genommen hatte.
»MR. BIG?«, entfuhr es mir ungläubig.
»Nein, Ma'am, Mr. Fern.«
Woher hatte der denn überhaupt meine Adresse? Die kannte selbst Lutz nicht. War er doch vom Geheimdienst?
»Anna, sag doch was!« David.
Komm doch endlich runter, du feiger Hund, dachte ich. »Ist

schon gut«, rief ich vage in Richtung Treppe. »Es ist nur meine Vergangenheit.
Hören Sie«, wandte ich mich wieder an den Mafioso. »Ich weiß nicht, was Sie von mir wollen. Wenn es wegen der Unannehmlichkeiten in der Tiefgarage neulich ist, tut es mir leid. Ansonsten bitte ich Sie einfach, mich in Ruhe zu lassen. Ich mag es nicht, wenn fremde, große Männer ihre Füße in meinen Türspalt stecken und mich in abgedunkelte Autos locken wollen.«
Der Bodyguard murmelte etwas in seinen Hemdkragen – besser gesagt in den Knopf an seinem Hemdkragen.
»Hören Sie, Ma'am. Mr. Fern möchte gern mit Ihnen reden. Aber ihm ist wohler, dies auf amerikanischem Boden zu tun. Ich fahre jetzt also den Wagen direkt vor diese Tür. Dann können Sie hier stehen bleiben, und Mr. Fern müsste die USA nicht verlassen. Wären Sie damit einverstanden?«
Was waren denn das für Schrullen? Hatte der Wagen Diplomatenstatus? Meinen Recherchen nach war Mr. Fern der CEO eines relativ großen und diversifizierten Unternehmenskonzerns, der sich auf Haushalt und Lifestyle-Accessoires spezialisiert hatte. Er selbst hatte dieses etwa 2,5 Milliarden Dollar schwere Jahresumsatzimperium, das mehr und mehr auch im Ausland aktiv wurde, als junger Mann aufgebaut. Sein Vater, so hatte ich in einem Artikel gelesen, hatte ein kleines Haushaltswarengeschäft in South Carolina geführt. Mr. Fern war also gewissermaßen so etwas wie die Verkörperung des amerikanischen Traums – ein reicher, fleißiger Mann. Und der wollte mit mir sprechen, dabei aber nicht seinen in den USA gemeldeten Wagen verlassen? Verrückt, was die Menschen sich einfallen ließen, um immer ein Stück Heimat für die Westentasche dabeizuhaben. Es war verrückt, aber es war mir auch sympathisch.

Und ich war neugierig. Also nickte ich, wenn auch wider Willen.

Sofort lief der 120-Kilo-Mann zu dem Wagen zurück und drehte eine Schleife, um elegant auf einer Position zum Stehen zu kommen, die es Mr. Fern erlaubte, das hintere Wagenfenster herabsurren zu lassen und mich anzusehen, ohne dass ich mich auch nur einen Zentimeter bewegen musste.

»Guten Morgen, Miss Wiesengrund. Wie schön, dass Sie sich die Zeit nehmen.«

Ich war erstaunt, wie gut auch Mr. Big Deutsch sprach. Warum hatte ich mir eigentlich die Mühe mit der englischen Präsentation gemacht? »Guten Morgen«, sagte ich nur. Ich war ein bisschen nervös, und ich hatte keine Ahnung, warum der Mann mich hier aufsuchte. Also beschloss ich, einfach abzuwarten. Dabei studierte ich sein Gesicht. Ich hatte mich bei meinem flüchtigen Blick neulich in der Tiefgarage nicht getäuscht: Mr. Big hatte tatsächlich eine recht große, spitze Nase. Überhaupt schien alles an dem Mann groß, spitz und sehnig zu sein. Er hatte große, blutleere und ein wenig abstehende Ohren. Seine Stirn war hoch (also groß) und kantig, der Haaransatz bereits bedenklich nach oben gerutscht. Das, was an Haaren noch da war, wirkte ebenfalls drahtig. Die Lippen waren schmal, der Mund aber auffällig breit, und die Augen traten etwas hervor, als wollten auch sie groß und spitz sein. Er erinnerte ein wenig an einen Schilddrüsenpatienten, und dennoch: Sein Blick war klar und wach. Er schien alles wahrzunehmen, und ich kam zu dem Schluss, dass Mr. Big ein Mensch war, den man gern unterschätzte, den man aber, hatte man geschäftlich mit ihm zu tun, besser nicht unterschätzen sollte.

Aus irgendeinem unbestimmten Grund musste ich an meinen Mathelehrer aus der Grundschule denken. Bereits beim kleinen Einmaleins wurde mir klar, dass die Zahlen in einer durch und durch anderen Welt lebten als ich, aber mein Mathelehrer versuchte sie uns dennoch mit so viel Zärtlichkeit und Hingabe näherzubringen, dass wir zumindest niemals Feinde wurden. Das rechnete ich ihm noch heute hoch an. Und weil nun also Mr. Big mich trotz seines bizarren Aussehens an Herrn Neugebauer erinnerte, fühlte ich mich ihm verbundener, als ich es eigentlich sein konnte. Das mochte nicht vernünftig sein. Aber welche wirklich wichtigen Entscheidungen im Leben traf schon die Vernunft?

»Entschuldigen Sie, Miss Wiesengrund, dass ich Sie hier störe, zumal Sie gerade einen lieben Menschen verloren haben – meine Kondolenz –, aber Ihre Frau Mutter war so freundlich, mir Ihren Aufenthaltsort zu verraten. Ich würde sehr gern etwas mit Ihnen erörtern. Hätten Sie nicht doch die Güte, Platz zu nehmen? So verrenke ich mir ja den Hals wie ein umgedrehtes Hühnchen.«

Ich musste lächeln. Wie Mr. Big mit seinen geschätzten zwei Metern sich da in den Sitz geknautscht hatte und aus spitzem Winkel zu mir aufschaute, wirkte es wirklich nicht gerade gemütlich. Aber ich blieb hart. »Sagen Sie mir doch bitte erst einmal, warum Sie hier sind.«

Mr. Big seufzte. »Also gut.« Er griff nach seiner Aktentasche, öffnete sie und zog ein Dokument heraus, das mir sehr nach meiner Präsentation aussah. Ich wurde rot. Warum auch immer.

»Ich hatte neulich ein intensives Gespräch mit Ihrem Boss, Miss Wiesengrund. Ein guter Mann. Sehr klug.«

Ich nickte. Dass Lutz geschäftstüchtig war, wusste ich bereits.

»Er hat mir netterweise Ihre Präsentation geschickt.«

Wieder nickte ich.

»Wussten Sie eigentlich, dass Sie mit Ihrem Produktportfolio den meisten Umsatz bei Kommtech machen?«
Irgendwas rauschte. Ich konnte Mr. Big nicht mehr richtig verstehen.
»Wie bitte?«
»Ich sagte, dass Sie mit Ihrer Arbeit die höchsten Revenues generieren.«
»Mr. Big, Entschuldigung, aber ich glaube, Sie haben da etwas falsch verstanden. Den meisten Umsatz machen die von der Ü18.«
»Pardon?«
»Den meisten Umsatz machen die Mädchen in der Nachtschicht, die die Erotika verkaufen. Ich habe schon Tage gebraucht, um ein paar Fluxi-Türstopper zu verkaufen, da hatten die einen Container Federpeitschen fürs Rheinland auf dem Bestellzettel. Ich möchte Ihnen wirklich nicht zu nahe treten, Mr. Big, und ich weiß auch die Loyalität meines Chefs zu schätzen, mit der er sich vor mich stellt, aber wenn es das ist, was Sie mir sagen wollten, haben Sie Ihren Weg leider umsonst gemacht.«
»Anna, macht es Ihnen etwas aus, wenn ich Sie Anna nenne? Sie können auch gern Adam zu mir sagen, denn ich heiße nicht Big, ich heiße Fern. Und es verwirrt mich, wenn Sie mich andauernd Mr. Big nennen.«
Ich vermutete, dass Mr. Big noch viel mehr verwirrte.
Als ich weiter schwieg, fuhr Mr. Big fort. »Sehen Sie, Anna, ich weiß nicht, wann Sie sich zuletzt eine P&L ...«
»???«
»... Profit and Loss, eine Gewinn- und Verlustrechnung, von Kommtech angeschaut haben, und es ist mir auch egal, da ich zu beschäftigt bin, um diese Lücke zu schließen, nur damit Sie später glauben, was ich heute schon weiß: dass Sie

exzellente und höchst rentable Arbeit geleistet haben. Es ist mir auch insofern egal, als Ihre Präsentation dieselbe Sprache spricht. Warum also soll ich mich weiter mit Nebensächlichkeiten beschäftigen? Ich weiß alles, was ich wissen muss. Und Ihr Boss hat das begriffen.«

Mr. Big war doch nicht wie mein Mathelehrer. Mr. Big war ein ganz und gar unsympathischer, imperialistischer Großkotz. »Möchten Sie einen Drink?«

Ich beugte mich ein wenig vor und sah, wie Mr. Big eine Flasche Whisky aus der Minibar der geräumigen Limousine herausholte, Eis in ein Glas gab und sich zwei Finger breit einschenkte.

»Mit Verlaub, es ist erst elf.«

»Sehr richtig. Genau die richtige Zeit für einen anständigen Kentucky Bourbon. Möchten Sie? Gute Gespräche verlangen nach guten Getränken.«

»Ich bin noch nicht davon überzeugt, dass wir ein gutes Gespräch führen.«

In dem Moment spürte ich, wie Romy hinter meinem Rücken vorbei ihren Kopf seitlich hervorstreckte und neugierig in das Auto starrte.

»Mama, haben wir schon wieder Besuch?«

»Ja, mein Schatz, das sieht so aus, aber der Herr möchte gleich gehen.«

»Ist das Papa?«

Es war schier zum Verzweifeln. »Romy, geh bitte wieder ins Haus. Geh zu David. Ich habe jetzt wirklich keine Zeit für dich.«

»Ich will aber nicht«, maulte sie und machte schon Anstalten, die Tür zu dem Auto zu öffnen und in den Wagen zu klettern. Er war so schön geräumig. Tolle Höhle. Ich hielt sie zurück.

»Möchtest du vielleicht eine Cola?«, fragte Mr. Big so freundlich wie jemand, der zum ersten Mal versuchte, mit einer Zimmerpflanze zu reden.
»Au ja, juchu!«, jubelte Romy.
Jetzt wurde ich wirklich böse. »Hören Sie, meine Tochter ist vier Jahre alt, und in Deutschland trinken Vierjährige noch keine Cola. Haben Sie das verstanden?«
Erschrocken zuckte Mr. Big zusammen. Jetzt wirkte er beinahe wie ein verlegener großer Junge. »I'm sorry, ich dachte, Kinder trinken immer Cola.«
»Ich will aber eine Cola«, jammerte Romy nun etwas lauter und den Tränen bereits verdächtig nah.
Grob, etwas zu grob, packte ich meine Tochter und drückte sie in die Diele zurück.
»David!«, schrie ich nach oben, »David, kannst du bitte mal kommen?«
»Ich bin schon längst hier«, flüsterte er hinter dem Garderobenständer mit Tante Gretchens Mänteln, etwa anderthalb Meter von mir entfernt.
»Was machst du denn da?«, fragte ich ungehalten. Für solche Späße hatte ich gerade wirklich keine Zeit. »Kannst du bitte mal kommen und Romy nehmen?« Angesichts meiner elenden Eskapade mit der Präsentation und diesem undurchsichtigen Anliegen des Geschäftsmannes vor mir schien mir David nun doch die bessere Alternative für meine Tochter.
»Wer ist der Mann?«, wollte er flüsternd wissen, ohne auf meine Frage einzugehen.
»David, bitte, ich erkläre es dir später. Nimm! Jetzt! Romy!«
Er machte einen Schritt aus dem Garderobenständer heraus und hockte sich mit ausgebreiteten Armen neben Romy. Ich wusste, er würde sich keinen weiteren Zentimeter nach vorn

bewegen. Wütend schubste ich ihm mein Kind in die Arme, eilte ins Wohnzimmer, um meine Tasche zu holen, schlüpfte in den noch immer fehlenden linken Schuh und zog die Tür hinter mir ins Schloss. Jetzt ließ ich Romy entgegen meinem Vorsatz doch bei David, aber wenn ich schon zwischen zwei Übeln wählen musste, schien mir dieses doch das kleinere.

Ich hätte Mr. Big, Adam, natürlich auch einfach den Rücken kehren und mich die nächsten Stunden im Palais verschanzen können, aber a) erschien mir das auch sehr nervig, zumal wir noch immer nichts zu essen hatten, und b) ging die Sache mit der besten Verkäuferin auch nicht ganz spurlos an mir vorbei.

Spürbar aufgebracht stieg ich zu Mr. Big in den Wagen. »Wir fahren jetzt einkaufen«, befahl ich ihm. »Und auf dem Weg dahin erklären Sie mir, was Sie von mir wollen. Auch ich habe nämlich keine Zeit zu verschwenden.«

Beglückt rieb sich Mr. Big die Hände. »Sehr gut. Eine sehr gute Idee. Möchten Sie wirklich keinen Drink?«

Als ich den Kopf schüttelte, klopfte er dem Zwei-Meter-Chauffeur auf die Schulter und sagte auf Englisch: »Look for the next Shopping Mall. The Lady needs some goods, Guy.«

»Not Shopping Mall, Guy. We don't have time all the day. Drive us to the next supermarket. This will I do.«

Über den Rückspiegel versicherte sich Guy bei seinem Boss, ob meine Intervention okay war, und mit einem leichten Nicken gab Adam seine Zustimmung.

Ich war gespannt, wo wir landen würden, denn bei diesem Maß an amerikanischem Selbstbewusstsein sah ich überhaupt nicht ein, einem der beiden womöglich den Weg zu dem Supermarkt zu erklären. Sollte dieser Guy doch mal

zeigen, was er sonst noch so draufhatte außer Leute einschüchtern.
Ich begann mich zu entspannen und lehnte mich behaglich in dem überaus bequemen Wagen zurück in die Lederpolster. Wie angenehm es doch war, sich einmal wirklich um gar nichts kümmern zu müssen. Gern hätte ich die Augen geschlossen und ein wenig meinen Tagträumen nachgehangen, aber das gestattete Adams Geschäftigkeit natürlich nicht. Warum hatte ich eigentlich plötzlich nur noch mit Amis zu tun?
»Wie lange arbeiten Sie schon bei Kommtech, Anna?«
»Knapp vier Jahre«, murmelte ich.
»Sind Sie zufrieden?«
»Absolut.«
»Warum?«
Ich richtete mich auf. Was war denn das für eine Frage? Warum wollte Mr. Big das wissen? Er war nicht der Typ, der sich um Befindlichkeiten scherte. Er wollte mir ja noch nicht mal eine P&L erklären, die bewies, dass ich hervorragende Arbeit leistete. Ich war zufrieden, weil ich alleine eine kleine Tochter durchzubringen hatte und Lutz mich trotzdem eingestellt hatte. Ich war zufrieden, weil ich bei Kommtech mein Auskommen für mich und Romy fand und weil Lutz mir nicht kündigte, wenn ich zu der wichtigsten Präsentation unseres Unternehmens nicht erschien, sondern mir stattdessen zwei Wochen Urlaub vorschlug. Deswegen war ich zufrieden. Aber wie sollte ich das Mr. Big erklären?
»Haben Sie Kinder, Mr. Big?«
»O nein, Gott bewahre. Ich habe keine Kinder. Aber meine Ex-Frau, Mary-Lou, betreibt eine kleine Rinderzucht in South Carolina. Ich vermute, das ist etwas Ähnliches. Die halten sie auch ganz schön auf Trab.«

»Nun, Mr. Big …«
»Adam, bitte.«
»Also gut, Adam, ich denke schon, dass ein Kind etwas anderes ist als ein Stall voller Kühe. Zum Beispiel würde ich mein Kind nicht einfach verkaufen, wenn ich merke, dass ich nicht mehr das Geld habe, um anständig für es zu sorgen. Essen kostet Geld, Erziehung, Betreuung. Allein die Kita verlangt 420 Euro im Monat von mir. Deswegen, wissen Sie, gehe ich *arbeiten*. Aber ob Sie's glauben oder nicht, mit einem Stall voller Kühe vor der Tür würde ich in Deutschland leichter einen Job bekommen als mit einem Kind im Haus. Lutz, mein Chef, wusste das und hat mir den Job trotzdem gegeben. Und deswegen bin ich zufrieden.«
Mr. Big schüttelte nachdenklich den Kopf. »Ihr Europäer seid *strange*, sehr *strange*. Ihr bekommt ein Kind, für das keine Familie da ist, die für es sorgt, also müsst ihr arbeiten gehen. Und damit das geht, müsst ihr das Kind gleich wieder abgeben und dafür noch mehr arbeiten. Klingt fleißig, aber nicht logisch, oder?«
Diese Argumentation war mir unangenehm. Und ich fand auch nicht, dass sie zutraf. Ich fand allerdings auch nicht, dass sie völlig falsch klang.
»Mr. Big, Adam, was wollen Sie von mir?«
Mr. Big sah aus dem Fenster und schaute scheinbar verträumt in die Landschaft.
»Es ist schön hier, finden Sie nicht?«
Auch ich sah nun bewusst aus dem Fenster. Es war ein freundlicher Märzmorgen. Die Sonne stand klar und halbhoch am Himmel, die Konturen der Bäume und Häuser waren scharf wie ein Scherenschnitt. Man meinte, jeden einzelnen Grashalm auf der Wiese erkennen zu können, auf die gerade ein Bussard auf Beutefang hinabstieß.

»Ja, das ist es.«
»Sie wohnen in einer kleinen Wohnung in Hamburg, ist das richtig?«
Was wusste Mr. Big denn noch alles über mich? »Hat Ihnen das auch meine Mutter erzählt?«
»Nein, das wusste Lutz.« Er machte eine Pause, nippte an seinem Glas und sah mir dann direkt in die Augen. Er war der Bussard. Ich die Beute. Das spürte ich genau.
»Wäre es nicht schön, hier draußen in einem kleinen Häuschen zu leben, Ihre Tochter läuft mit Plastikstiefeln durch den Matsch zum Stall mit den Pferden, gefolgt von einem wilden Hund, und Sie beobachten die beiden von Ihrer Workstation aus durch ein Fenster, während Sie faltbare Brotdosen, automatic Eierschäler oder auch moohende Bewegungsmelder in Deutschland vertreiben?« Wieder machte er eine Pause. »Hm, Anna, wäre das nicht eine bessere Alternative, die auf Dauer größere Zufriedenheit versprechen könnte?«
Es gibt Sätze, die provozieren Bilder im Kopf, die zu beschreiben Seiten bräuchten. Bei Mr. Bigs feinsinnigem Vortrag gingen mir etwa hundert solcher Bilder durch den Kopf, und ich müsste eine neue Kladde anfangen, um sie alle angemessen beschreiben zu können. Fest stand für mich in dem Moment nur so viel: Mr. Big war klug, sehr klug, wenn nicht gar gerissen, denn obwohl er mich nicht kannte, hatte er mit wenigen Worten seine schlanken Finger in all die Wunden, Sehnsüchte und Hoffnungen gelegt, die ich mir in meiner Situation nur erträumen konnte: ein Leben mit Romy auf dem Land. Ein Leben überhaupt mit mehr Zeit für Romy. Mit einem verspielten Hund. Mit braven Ponys. Ein Homeoffice. Die Möglichkeit, sich den Tag selbstständig zu organisieren und nicht der ausführende

Arm eines anderen, wenn auch verständnisvollen anderen zu sein, der sich, ohne einen Finger zu rühren, an meinem Tun bereichert. Morgens zum Bäcker laufen und erst mal frühstücken. *Ich* frühstücke mit Romy, nicht zwölf andere Kinder und eine Erzieherin, die mir dann sagen muss, dass Romy Gurken lieber mag als Tomaten – oder das Frühstück von Phoebe. Ich bringe sie dann für fünf Stunden zu einer Tagesmutter im Ort, über die ich andere Frauen kennenlerne, die mir bei der Vorbereitung einer Geburtstagsparty gute Tipps geben können. Und nachmittags bringt Romy ihre Freunde mit nach Hause. Ich stelle einen Krug Apfelschorle auf den Tisch, und alle freuen sich, dass es bei mir keine Dinkelbrezeln gibt, sondern selbstgebackene Muffins. Mittwochs kommt dann eine der arbeitenden Mütter abgehetzt zu mir nach Hause, dankbar, dass ihr eigenes Kind bei mir so angenehm die Zeit verbringen darf, um mit ihm und Romy zum Turnen zu fahren. Ich biete ihr noch einen Kaffee mit frisch geschäumter Milch an, bin ausgeglichen und gütig, während die arme Mutter mit dem gehetzten Blick Tränen in den Augen hat ob ihrer Zerrissenheit. Und ich verstehe sie und finde zum ersten Mal seit Langem auch wieder Freundinnen, mit denen ich gepflegt Küchengespräche führen und abends auch mal einen Sekt trinken kann. Das klang doch toll.

All das dachte ich, als Mr. Big mich fragte: »Hm, Anna, wäre das nicht eine bessere Alternative, die *in the long run* größere Zufriedenheit versprechen könnte?«

Ich konnte seinem Blick nicht entkommen. Er entließ mich nicht, obwohl ich es gewollt hätte.

»Warum tun Sie das, Adam? Das ist nicht fair. Sie quälen mich.«

Offenbar fand Mr. Big diese Antwort befriedigend, denn mit

einem satten Lächeln lehnte er sich nun genüsslich in das Polster. Ein Sadist war er also auch noch.

»Wissen Sie, Anna, ihr Europäer seid nicht nur *strange,* ihr seid auch noch kompliziert.

Aber dieses eine Mal will ich es Ihnen doch erklären: Sie haben Träume, in die es sich für mich lohnt zu investieren. Win-Win. Und Ihr Boss gewinnt auch noch. Was ist daran nicht fair? Das ist der beste Deal, den man sich wünschen kann! Meinen Sie etwa, ich gondele mit Ihnen über schlecht gepflasterte Straßen, um Ihnen zu zeigen, wie traurig Ihr Leben ist? Was hätte ich davon? Das wäre doch dumm.

Ich biete Ihnen 3000 Euro fix und 5 Prozent Umsatzbeteiligung pro Jahr für den deutschen Vertrieb meiner Kitchen-Pep-Produktlinie. Ihr Boss lässt sie zum 15. des Monats aus dem Vertrag. Eher geht nicht, weil Sie wohl noch Urlaub haben, aber den können Sie ja nutzen, um sich ein bisschen einzuarbeiten. Dafür kaufe ich ihm für eine stattliche Summe Ihr Vertriebskonzept für den amerikanischen Markt ab und beteilige ihn mit 10 Prozent des Umsatzes an den Wackeldosen in den USA. That's it. Wenn Sie das quält, habe ich Sie falsch eingeschätzt. Aber dann sagen Sie es mir bitte gleich. Ich habe noch zu tun. Wollen Sie wirklich keinen Drink?«

Der Wagen hatte angehalten, und der große Mann am Steuer, dem ich nie vertrauen würde, sagte: »Mr. Fern, wir sind da. Ein Supermarkt.«

Komisch, wie Menschen über Rückspiegel kommunizieren können. Bis jetzt kannte ich das nur aus Filmen. Aber genau zu einem solchen war ja mein Leben auch geworden: ein Film. Nur welches Genre, wusste ich noch nicht. Je nach Sichtweise ließ ich Komödie, Psychothriller und Drama durchgehen. Selbst Heimatfilm kam mir nicht ganz absurd vor. Allein deswegen war es vielleicht ganz gut, wenn ich sofort ausstieg und meine ganze Konzentration auf Altbekanntes richtete: Brot, Margarine, Aufschnitt, Fertigpizza, Bananen, Birnen und ein bisschen was Tiefgefrorenes zum Kombinieren.

Ich hätte den Drink jetzt doch gern angenommen. Aber der typische, halb muffige, halb gebohnerte Geruch eines durchschnittlichen Supermarktes würde mir vielleicht helfen, den Vorschlag, den Mr. Big mir soeben unterbreitet hatte, in meine eigene, pragmatische Denkweise zu integrieren. Ich wusste genau, dass ich mich beim Anblick von frischen roten Paprika, die ich Romy gut in mundgerechte Streifen schneiden könnte, schon deutlich besser fühlen würde. Bei der Frage nach den noch grünen oder eher schon durchgereiften Bananen müsste ich mich entscheiden, ob Mr. Big ein großmäuliger Spinner oder ein ernst zu nehmender Geschäftsmann mit kultureller Dissonanz war. Wäre Letzteres der Fall, müsste ich, beim Brot angekommen, überlegen, ob es mich interessieren könnte, trotz kultureller Dissonanzen beruflich neue Wege einzuschlagen. Spätestens aber bei den Dosen mit den Kidney-Bohnen und dem gemischten Gemüse hätte ich das Problem, dass innerhalb der letzten zwei Tage zwei mir grundsätzlich unbekannte Männer meinen Weg gekreuzt und meinem Leben eine komplett neue Richtung gegeben hatten. Ich hatte mich nicht darum beworben. Es war einfach so passiert. Und ich konnte kneifen und zurück in die mir bekannte Welt gehen. Oder ich konnte bleiben und gucken, was noch so alles passierte. Diese Zweifel würden mich über lange Meter vorbei an den »Nur die«-Strumpfhosen, den Barbecue-Saucen und der asiatischen Abteilung bis hin zu den Fertigtorten

beschäftigen, ohne dass ich etwas davon wahrnahm. An der Fisch- und Geflügel-Tiefkühltruhe würde ich dann vermutlich wieder aufwachen und mir erstmals denken, dass ich von dem Leben, aus dem ich ohnehin ausbrechen wollte, nicht viel verlieren konnte. Ich würde mich an den Spirituosen und Zeitschriften vorbei an der Kasse anstellen und bei einem letzten Griff zu einem Wendy-Heft sagen, dass ich mit Kreditkarte bezahlte. Die Kassiererin würde noch nicht mal hochschauen, denn jeder Mensch zahlte heute mit Karte. Niemand beglich seine Schulden sofort. Und ich würde zu der Überzeugung kommen, dass, wenn ich keinen Kredit auf meine Zukunft nähme, ich auch keine hätte. Ich würde anfangen zu grinsen und zu fühlen, wie gut mir ein ausholender Griff nach vorn in meinem Leben täte und welche Chancen ich plötzlich für mich und für Romy sähe.
Es war eine Chance. Nicht mehr. Aber was täte ich ohne sie?

Ohne eine Antwort stieg ich aus dem komfortablen Wagen aus. Ich spürte die Blicke des Bussards im Rücken. Er wartete ab. »Ich geh da jetzt mal rein«, sagte ich entschuldigend und drehte mich zu ihm um. Ich lehnte mich über den Holm des Wagens und genoss den seltenen Moment, in dem ich mit meinen gerade mal gut 1,60 Metern auf den hageren, erfolgreichen Zwei-Meter-Mann herabschaute, der nach wie vor zusammengeklappt auf der Rückbank ruhte. Und dann drehte ich den Spieß um, denn wenigstens meine Gedanken gehörten noch mir. Und ganz sicher hatte ich Mr. Big die Supermarkterfahrung voraus.
»Darf ich Ihnen noch eine Frage stellen, Adam?«
Kopfnicken.
»In welcher Sprache haben Sie mit Lutz geredet? Englisch oder Deutsch?«

Mr. Big gähnte, ein wenig zu demonstrativ, wie ich fand. »Englisch natürlich. Sonst hätte ich ihn doch nie in die Verlegenheit gebracht, mir seine Bilanz zu zeigen.«
Als ich ihn fragend ansah, ergänzte er, halb Bussard, halb Beute: »Wissen Sie, wenn Menschen die Worte nicht mehr verstehen, rufen sie die Zahlen zu Hilfe, erst recht wenn sie glauben, dass ihr Gegenüber sie nicht versteht. Sie waren die Beste, Anna. Ich weiß das.«
Ich nickte. »Holen Sie mich hier wieder ab, oder muss ich mir ein Taxi nehmen?«
»Ich warte«, sagte Mr. Big. »Ich habe noch eine Menge Phone Calls zu erledigen.«
»Okay«, erwiderte ich so selbstbewusst, wie es mir selbst sehr fremd und zugleich sehr angenehm war. »Vielleicht sind Sie so nett und helfen mir gleich mit den Tüten.«
»Ist das Ihr Ja zu dem Deal?«, wollte Mr. Big schon beinahe frohlockend wissen.
»Nein«, erwiderte ich. »Das ist die Bitte an Sie, mir beim Tragen zu helfen. Über alles andere reden wir nach Tante Gretchens Beerdigung am Mittwoch.«
»Wer ist Tante Gretchen?«
»Die verstorbene Verwandte, die dafür gesorgt hat, dass Sie mich finden konnten.«
»Oh.« Kurze Pause. »Denken Sie, ich sollte womöglich auch auf dem *Funeral* anwesend sein? Vielleicht brauchen Sie ja die Hilfe von amerikanischem Boden.«
Ich merkte, wie Mr. Big zusehends in Anglizismen verfiel. Auch sein Akzent war nunmehr unverkennbar amerikanisch.
»Warum?«, fragte ich. »Sie kannten sie doch nicht. Sie kannten auch mich bis heute nicht, geschweige denn meine Mutter, die mit dieser Beerdigung deutlich mehr zu tun hat als

ich.« Ich kam immer mehr dahin, dass die beim gemischten Gemüse gefällte Einschätzung zu Mr. Big die richtige war. Aber aus dem Bussard wurde mehr und mehr ein schräger Vogel. So ein Kentucky Bourbon morgens um elf ging eben auch an einem Geschäftsmann nicht spurlos vorbei. Noch einmal schüttelte ich den Kopf, um mich dann auf den Holm klopfend abzuwenden. »Nein. Wir brauchen keinen amerikanischen Boden, um Tante Gretchen unter deutsche Erde zu bringen. Wenn Anteilnahme und Respekt auch Teil Ihres Repertoires sein könnten, sind Sie herzlich eingeladen. Ansonsten bitte ich Sie, Ihre Phone Calls außerhalb des Friedhofsgeländes zu tätigen. Ich melde mich danach. Okay?«

»Okay, Lady. Aber erst mal bringen Guy und ich Sie nach dem Einkauf zurück ins Cottage.«

Dieser Mr. Big. Der war wie eine Spektralleuchte. Immer hatte sein Blick eine andere Farbe. Immer einen anderen Ausdruck. Jetzt war er fast liebevoll. »Jump!«, rief er mir noch mit schwerer Zunge nach, und während ich im Laden dann wirklich eine knackige rote Paprika nach der anderen befühlte, stellte ich zufrieden fest, dass ich mich in einer völlig absurden Situation ganz gut geschlagen hatte.

Ich lief gerade schwer beladen mit zwei hocherhobenen Tüten zurück zum Auto, als mein Handy klingelte. Beinahe hätte ich in dem Gewusel aus Abstellen und In-der-Tasche-Wühlen noch zwei fahrende Handwerksgesellen umgerannt, die vor dem Supermarkt eine Bifi aßen. Guy, der Gorilla, tat, was er konnte, um mir die Plastikschlaufen der Einkaufstaschen von den Händen zu reißen, ohne mich zu verletzen.

Ich muss jetzt nicht weiter über die Verteilung von etwa

16 Kilo Einkaufsgewicht in Plastiktüten berichten. Die roten Striemen, die sich schnell und schmerzhaft an den Gelenken bilden, hat wohl jeder schon mal beklagt. Aber ich konnte mich nicht weiter darum kümmern, denn mein Handy hatte noch nie geklingelt, ohne dass etwas Wesentliches passiert war. Auf dem Display erschien: Teilnehmer unbekannt. Und ich hoffte inständig, dass *sie* es war.

»Andrea Barrett. Spreche ich mit Frau Annabel Wiesengrund?« Eine Stimme, so dunkel und verlassen wie das Tal des Todes.

»Ja«, hauchte ich zurück. »Frau Dr. Barrett? Sind Sie es? Die Familienanwältin?« Alles, was ich an Hoffnung und Zuversicht hatte, lag ganz sicher in diesen Worten. Auch wenn sie nur gehaucht waren. Das aber interessierte Frau Dr. Andrea Barrett offenbar wenig.

»Ich hörte, Sie haben ein Problem«, sagte sie nur, dunkel und verlassen wie das Tal des Todes.

Bei allem, was recht war. Ging denn gar nichts mehr so, wie man es sich vorstellte? Gab es denn keine *Menschlichkeit* mehr in dieser Welt? »Ja, Frau Dr. Barrett. Das ist korrekt. Es geht um meine Tochter.«

»Verstehe, Sie sind also nicht der selbstbewussteste Mensch. Wer in vier Sätzen nicht einmal ein *Ich* fallen lässt, ist nie besonders selbstbewusst. Man könnte Sie also leicht verunsichern. Nicht gut. Im fünften Satz dann wechseln Sie das Subjekt und sprechen von Ihrer Tochter. Klar, nüchtern, kämpferisch. Das will ich Ihnen anrechnen. Wie ist die Situation? Kurz und präzise bitte.«

Das war also Frau Dr. Andrea Barrett? Hamburgs beste Familienrechtlerin? Diese Gestörte? Na, prost Mahlzeit. Sobald ich das hier hinter mir hatte, würde ich an einem Plan B arbeiten müssen. Ich konnte Romys und mein Schicksal doch nicht in die Hände dieser Pseudo-Emanze legen! Trotzdem erzählte ich ihr in groben Zügen meine Geschichte. Was sollte ich auch sonst tun? Sie fragte ein paarmal nach, und schon die Art und Weise, wie sie das tat, diente nicht dazu, mich zu beruhigen. Aber das war ja noch nichts, noch im Ansatz ganz und gar nichts gegen ihre Schlussbetrachtung, mit der sie meinen Fall – klar und präzise – zusammenfasste:

»Sie leben in einer Sozialwohnung. Das ist nicht das beste Umfeld, und es deutet auf eine schwache wirtschaftliche Situation hin. Sie haben keine Zeit für Ihre Tochter. Ich hörte, Sie trinken gern Wein. Auf mehrere Versuche der Kontaktaufnahme durch Ihren Ex-Mann haben Sie nicht reagiert. Man könnte denken, Sie sind mit Ihren Aufgaben überfordert. Sie haben keinen Partner und auch sonst kein intaktes soziales Umfeld. Ich sage Ihnen, Frau Wiesengrund, das wird schwer. Das wird so richtig schwer.«

Sie machte eine Pause, und dann folgte: »Tschacka. Ich liebe solche Fälle. Und wie ich die liebe. Den kochen wir so was von ein, Frau Wiesengrund, Ihren beknackten Ex, diesen elenden Jammerlappen. Einfach abhauen bei der Geburt. So ein Schwein. Der kann sich warm anziehen! Wir müssen uns treffen: Heute in einer Woche: 11.00 Uhr, Marktstraße 12. Bringen Sie Geburtsurkunde, Ausweise, Jugendamtsbescheinigungen und ein paar gute Argumente mit. Einen schönen Tag noch. Ich erwarte Sie.«

Bums, aufgelegt. Wahrscheinlich setzte sie schon mal das Einkochwasser auf. Ich war sprachlos und von einer plötzlichen Leichtigkeit beseelt, die mich zu einem kleinen Hüpfer animierte. Eine Welt in Bewegung konnte auch eine gute Welt sein. Ich beschloss, den neuen Menschen in meinem Leben ein bisschen mehr zu vertrauen, und wandte mich mit diesem guten Vorsatz nachsichtig zu Mr. Big um, *obwohl* der während des ganzen Telefonats sehr unhöflich ungeduldig um mich herumgetänzelt war.

Wahrscheinlich hätte er mir das Handy auch am liebsten aus der Hand gerissen, denn kaum hatte ich aufgelegt, sprudelte er los:

»Wer sind diese beiden lustig angezogenen Männer mit den großen Schlapphüten? Mormonen?«

Ich unterstellte, dass ihm die Tragweite dieses Telefonats nicht klar war, denn sonst hätte er wenigstens irgendeine Regung des Mitgefühls zeigen können. Wahrscheinlich aber war er gerade wieder zu dem Schluss gekommen, dass die fünfzig Rinder seiner Ex-Frau Mary Lou wirklich besser waren als auch nur ein Kind.

»Welche lustig angezogenen Männer?«

»Na, die da.«

Er zeigte mit dem Finger auf die beiden Handwerksgesellen, die ich vorhin fast umgerannt hätte und die sich langsam und offenbar in ein intensives Gespräch vertieft davonmachten.

»Ach die. Das sind Handwerker auf der Walz.«

Mr. Big zog die Stirn kraus und schob seine Unterlippe auf eigentümliche Art nach vorne.

Ich seufzte. »Das sind Zimmerer oder Dachdecker oder Tischler, die ihre Abschlussprüfung, die sogenannte Gesellenprüfung, gemacht haben und danach etwa zwei bis drei Jahre ohne einen Pfennig Geld durch das Land ziehen und gegen Unterkunft und Verpflegung ihre Arbeit anbieten.«

Sofort hellte sich Mr. Bigs Miene wieder auf. »Ach wirklich?«

»Ach wirklich!«

»Ich könnte sie also anheuern und ohne Unterlaufen des Mindestlohngesetzes umsonst für mich arbeiten lassen?«

Dieser Mr. Big erinnerte mich immer mehr an Homer Simpson. »Wenn Sie etwas hätten, was die beiden bei Ihnen in ihrem Handwerk lernen könnten, vermutlich ja.«
»Das ist ja toll. Das ist ja zu toll. Dieses Europa ist doch ein wahres Tollhaus …« Mit diesen Worten stieg er in den Wagen, legte sich eine Augenbinde über das Gesicht und lehnte seinen Kopf zurück gegen die Bank. Was sollte ich tun außer ebenfalls einsteigen? Nach kurzer Zeit war nur noch ein leises Schnarchen von meinem Banknachbarn zu hören. Als wir im Palais ankamen, wollte ich Adam nicht wecken. Also stieg ich leise aus. Wir würden uns ja ohnehin Mittwoch sehen.
Guy war noch so nett, mir die Tüten in die Küche zu tragen. Somit fand er den Zettel auch zuerst. Aber ich brauchte keinen Zettel, um zu wissen, dass Romy nicht da war, denn egal, was sie auch tat, nie war es ganz still, wenn sie irgendwo zugegen war. Man hörte ein Rascheln, ein Kruschteln, ein Schmatzen, ein Knistern. Irgendwas hörte man. Immer. Aber als ich nun zurück ins Palais kam und den schlafenden Mr. Big auf amerikanischem Boden sich selbst überließ, hörte ich nichts. Hörte allein das Nichts einer Totenstille, die mir in den Ohren dröhnte.
Ich las die Worte auf dem Zettel, den Guy mir reichte: »Wir sind reiten. Kommen bald zurück. D. & R.«
Ohne weiter auf den Gorilla zu achten, der genauso dezent verschwand, wie er mir geholfen hatte, setzte ich mich auf den Küchenstuhl und rieb mir die Augen.
Ich wollte nach Hause kommen und meine Tochter in den Arm nehmen. Den Menschen, der mein Leben war, das mir gerade jemand wegnehmen wollte. Ich hatte Sehnsucht nach meiner Tochter, für die ich soeben viele ungesunde Knusper-Joghurt und Fertigpizzen ausgesucht hatte – aus

dem egoistischen Impuls heraus, sie fröhlich zu sehen. Kinder waren definitiv bestechlich.
Und jetzt war sie reiten mit David. Das war ja ganz schön einerseits. Und trotzdem war mir nicht ganz wohl. Was, wenn David doch …? Und wäre es nicht meine Aufgabe gewesen, so was mit ihr zu machen?
Dr. Andrea Barrett, die Todestal-Emanze, hatte es richtig erfasst: Ich hatte Romy nicht verdient. Ich konnte nicht richtig für sie sorgen.

9

Zwei Stunden rannte ich rum wie ferngesteuert, sortierte die eingekauften Lebensmittel erst nach Farbe und dann nach Größe. Zwischendurch fiel mir auf, dass ich noch nicht mal eine Handynummer von David hatte. Egal, wo er jetzt gerade mit Romy war: Ich konnte es gar nicht rausfinden. Ich spürte einen Romy-Verlust-Phantomschmerz. Auch David kannte sich hier nicht aus, und es hieß, in den Wäldern von Niedersachsen und Schleswig-Holstein hätten sich bereits wieder Wölfe angesiedelt. Das kannte David aus Kalifornien natürlich nicht. Was, wenn sie bei einem geführten Ausritt einem Rudel über den Weg liefen? Mir wurde schlecht, und ich überlegte, die Polizei zu rufen. Die kannte mich ja schon, und vielleicht könnten wir zusammen die Reiterhöfe in der Umgebung abklappern. Auf meiner Stirn bildete sich ein feuchter Film.

David mochte ja freundlich sein, aber ich kannte ihn trotzdem erst seit 24 Stunden. Wer sagte mir denn, dass Romys Vertrauen treffender war als meine Angst? Sie war ja erst vier! Auf welchem Ponyhof, fragte ich mich, konnte man überhaupt um die Mittagszeit reiten? Ponyreiten war vormittags oder nachmittags, aber doch niemals um die Mittagszeit. Da mussten auch die Reitlehrer was essen. Selbst an einem Montag. Da gab es auf dem Land die Reste vom Sonntagsbraten. Und Nachtisch war auch noch da, denn kein Sonntagsessen ohne Nachtisch. Da wurden doch um 13 Uhr nicht erst noch die Ponys gesattelt!

Und man las es doch immer wieder: Das Böse, das wirklich

Böse, passiert, und es passiert zu 99 Prozent im Umfeld der Familie. Da sprach die Statistik eine ganz klare Sprache!
Was ich damit meine: Ich wusste nicht, ob David ein Mensch war, bei dem ich hinterher auch sagen würde: »Was, der?« Ich wusste nur, dass ich irre war vor Sorge.
Ich erinnerte mich kurioserweise an den Satz aus dem Internet, den man liest, wenn man Weitewelt in der holsteinischen Schweiz recherchiert: *Wer nach Weitewelt will, muss erstmal durch die Hölle* (das steht da so, kein Witz!). Als ich das las und mich auf meinen Besuch bei Tante Gretchen freute, fand ich das natürlich total originell. Ich konnte ja noch nicht ahnen, wie bitterernst es der Gemeinde damit war. Womöglich hatte ich es in der vermeintlichen Idylle gar mit einer sektiererischen Gemeinschaft zu tun, einer Geheimloge, zu der auf für mich noch nicht zu entschlüsselnde Weise auch Lutz und Mr. Big gehörten. Und meine Mutter?
Ich dachte an Davids Antwort, als ich nach der Organisation des Begräbnisses gefragt hatte: *Wenn hier etwas passiert, dann weiß es jeder, ob er es wissen muss oder nicht, sofort. Die Menschen sind klar, die Wege sind klar, die Abläufe sind klar. Frag mich nicht, wie das funktioniert. Aber genauso ist es. Ich schwöre es dir. Und ich logge mich in dieses System immer mal wieder gastweise ein.*
Das klang doch nach Sekte, oder nicht?
Was half es also, wenn ich jetzt bei der Polizei, im Krankenhaus oder selbst beim Totengräber anrief? Wenn sie alle unter einer Decke steckten, half mir das gar nichts.
Ich könnte in Majendorf bei den Trakehnern anrufen, weil David mir das Gestüt ja als vermeintlichen Ponyhof genannt hatte. Aber ich wusste schon, dass für Romy dort kein Platz war. Und da David es mir gestern genannt hatte, war es ja auch nur ein Teil des Systems, das sich auf rituelle Kindsmorde oder was auch immer verstand.

Unfähig, mich zu bewegen, unfähig, etwas zu tun, das mir wirklich sinnvoll schien, saß ich reglos mit kalten Füßen und steifem Nacken einfach da und zwirbelte mir so massiv in den Haaren, dass ich bereits drei kleine Büschelchen vor mir auf dem Küchentisch liegen hatte. Was kann ein Mensch noch tun, wenn er nicht mehr weiß, was er tun kann? Diese Frage kreiste mir bis um 14.24 Uhr in Wiederholungsschleife durch den Kopf, als ich einen Schlüssel im Schloss hörte und genau in dem Moment, als ich die Schritte erkannte, also sofort, zur Toilette lief, um mich zu übergeben.
»Mama, ist dir schlecht? Hast du nicht gekackert?« Romy. ROMY!
»Warum weinst du denn? Hast du doll Bauchweh?« Meine Tochter!
Sie legte mir die Hand auf den Rücken, noch während ich über der Kloschüssel hing. Ich hatte nicht gewusst, dass sich ein Mensch aus nachlassender Angst wirklich übergeben konnte. Ich hätte auch immer bestritten, dass mir das je passieren würde.
»Mama, wir waren bei den Ponys. Reiten! Und David hat sich als Pirat verkleidet. Das sah total lustig aus.«
Ich umfing sie von hinten, wischte mir den Mund ab und zog sie dann an mich.
»Mama, du stinkst. Und warum sind denn deine Haare so durcheinander? Warst du beim Friseur?«
Ich weinte. Ich lachte. Ich küsste sie. Ich streichelte sie.
»Echt. Du warst reiten?« Endlich ich.
Ein Gesicht wie die Sonne im Mai. »Uhm.« Ein Gesicht wie eine kräftig nickende Sonne im Mai.
»Mit David?«, fragte ich, und egal, wie ich aussah, ich wagte einen Blick zur Badezimmertür.
Natürlich stand er da. Ich hatte es ja schon vorher gespürt.

»Alles in Ordnung, Anna?«
Ich nickte.
Natürlich stand er da so halb schief gelehnt im Türrahmen. Ruhig. Stark. Von mir aus sollten Piraten ruhig so aussehen.
Ich schaute zu Romy: rote Wangen, funkelnde Augen, strahlend, glücklich, duftend nach Kuhmist und nassem Fell, voller Vertrauen.
Man konnte durchaus viel von Vierjährigen lernen.
»Du siehst aber gar nicht danach aus«, sagte er. Ich machte eine beschwichtigende Handbewegung in seine Richtung und erhob mich langsam.
»Mama, ich bin auf einem großen weißen Pony geritten. Das hatte Aua am Fuß, aber es war ganz lieb.«
»Echt?«
»Ja. Das kann nur noch auf drei Beinen laufen, weil eins vom Rascheldraht jetzt lahm ist.«
»Wie, es kann nur noch auf drei Beinen laufen? Das verstehe ich nicht.«
»Mann, Mama. Weil es doch in den Rascheldraht gekommen ist.«
Ich sah David fragend an.
»Sie hat recht. Das Pony, das Romy geritten hat, lahmt auf einem Bein, weil es vor zwei Jahren auf der Flucht vor einem Luchs in einen Stacheldraht gelaufen ist.«
»Ach, du meine Güte. Das ist ja furchtbar. Hier gibt es auch Luchse?«
»Zumindest einen gab es wohl mal.« David zögerte. »Wieso *auch* Luchse?«
»Ach, vergiss es«, sagte ich nur und dachte an das Rudel Wölfe, das mindestens ein Pony heute gerissen hatte. »Wie seid ihr überhaupt dahin gekommen?«

»Na, mit deinem Auto!«, sagte David grinsend. »Schnurrt wie 'ne Katze.«
Ich rollte mit den Augen. *Klar, nimm meine Tochter, nimm mein Auto. Brauchst du sonst noch was von mir?* Ich sagte es nicht, denn im Grunde wusste ich nur zu genau, dass ich unendlich dankbar sein konnte für das, was da heute passiert war. So in Summe.
»Sag mal, Romy, wollen wir Kyra jetzt mal malen?«, fragte er meine Tochter.
»Au ja, juchu! Kommst du mit?«
Ich sprang auf und hielt David am Ärmel fest. Er trug übrigens ein ehemals weißes Hemd, das jetzt ein paar grüne Grasflecken und ein paar schmutzig-graue sonstige Spuren trug. Ich fand das interessant. »Einen Moment mal. Wen wollt ihr malen?«
»Kyra, mein Pony«, antwortete Romy, und David zeigte nur unterstützend auf meinen 98-Zentimeter-Engel. »Komm jetzt.« Nun zog auch sie. Von der anderen Seite.
»Hieß das Pferd wirklich so?«, hakte ich ernsthaft nach.
»Nein«, erwiderte David. »Es hieß Luna. Aber für Romy war es Kyra. Wieso?«
Ich schüttelte den Kopf. Kam endlich mal jemand mit der Kamera vorbei, der sagte: »Hey, alles nur Spaß, ihr seid hier bei RTL2, unsere neue Realityshow. Cool, oder?«
Doch sosehr ich mich auch auf das Tick-tick-tick aus der Küche konzentrierte, kam niemand hinter welcher Ecke auch immer hervorgesprungen, um mich wach zu zwicken. Ich sage es nochmals und nur, damit es niemand vergisst: Bis zu dem verdammten Tag in der Tiefgarage war mein Leben in Ordnung. Es gab nichts, gar nichts, was mich auch nur ansatzweise aus dem Rhythmus gebracht hätte, sieht man mal von der fehlenden 70-Cent-Briefmarke ab, die ich glaub-

te an dem Tag noch im Portemonnaie gehabt zu haben, an dem ich den Brief mit dem selbst abgelesenen Zählerstand für das Versorgungsunternehmen dringend in den Kasten hatte werfen wollen.

Aber ab da ging das mit RTL2 los.

Ich hatte diese Sache von Pinto und Kyra *geträumt!* Romy wusste nichts davon. Sie *konnte* nichts davon wissen. Was war das hier? Saß ich am Ende doch bloß stupide in meinem Büro, auf den Rückruf eines Silikoneinkäufers wartend, und dachte mir das alles nur aus? Hatte ich mich in meinen eigenen Träumen verloren?

»Wisst ihr was, ich muss mich mal einen Moment hinlegen.« Nach kurzem Schweigen setzte ich in Davids Richtung hinzu: »Wir können ja später noch mal reden. Ist das okay?«

Er hatte Romy an der Hand, so wie ich sie sonst an der Hand hatte. Aber ich fand, dass diese beiden Hände ganz gut zusammenpassten.

»Ist es. Bist du sicher, dass du allein klarkommst?«

Ich nickte.

»Alles klar«, sagte er. »Ich seh dich später.« Und Romy fügte mit großer Geste hinzu: »Ist schon gut, Mama. Kannst dich ausruh'n. Was war denn heute nun mit deinem Bauch?«

Ich lächelte in mich hinein und beschloss, Romy nichts von meiner Angst zu erzählen. Es war meine Angst. Sie hatte damit nichts zu tun.

»Ich glaube, ich hab saure Milch getrunken«, sagte ich nur, und sie nickte verständnisvoll.

Ich hatte mich, eingewickelt in eine schöne rot-blau karierte Vliesdecke, die ich in einem der Zimmer oben gefunden hatte, auf dem Sofa hingelegt und die Augen geschlossen. Dabei fiel mir kurzfristig ein, dass Tante Gretchens Decke immer noch draußen auf der Terrasse lag. Es schien mir nicht recht, sie allein da draußen zu lassen. Tante Gretchen wird viele Gespräche, viele Begegnungen erlebt haben, bei denen die Decke irgendwie um sie war. Es kam mir so vor, als würde ich Tante Gretchen selbst in die Kälte schicken, während ich in ihrem Sessel lümmelte. Aber ich blieb trotzdem sitzen.

Und die Ruhe tat mir gut. Gedämpft hörte ich die leisen Stimmen von Romy und David zu mir herunter dringen. So wie es klang, hatte Romy die Lust am Malen schnell verloren. Das Ticken der Uhr schien im Einklang mit meinem Herzschlag, und wie nach einem langen Winterspaziergang war ich auf angenehme Art müde.

Im Geist ging ich Situationen durch, bei denen Romy und ich schon mal von einem Pferd namens Kyra gesprochen haben könnten, doch es fiel mir keine ein. Ob es doch so ein unsichtbares, unterbewusstes Band gab, das Eltern und Kinder quasi telepathisch miteinander verband? Ich kann mich erinnern, dass einmal eine Nachbarin meiner Mutter unter Tränen erzählte, wie sie in der Nacht morgens um drei aufgewacht war und das Gefühl hatte, ihr würden sich alle Zähne zusammenziehen. Das hätte so wehgetan, dass sie zwei Schmerztabletten nehmen musste. Am nächsten Morgen, dem Tag, als sie bei uns vor der Tür stand, rief das Pflegeheim bei ihr an, um ihr mitzuteilen, dass ihre Mutter in jener Nacht morgens um drei verstorben war.

Und meine Mutter hatte etwas ganz Ähnliches erlebt, als meine Oma starb: Meine Mutter hatte einen Ring mit einem Stein, der tatsächlich an die Gestalt einer Madonna erinnerte. Sie liebte ihn über alles und legte ihn während keiner ihrer bunten Selbstfindungsphasen jemals ab. Meine Oma lebte bereits ein paar Wochen in dem Haus meiner Eltern,

weil sie sich nicht mehr allein versorgen konnte und zuweilen etwas verwirrt war. Vielleicht so wie Tante Gretchen zuletzt. Es ging ihr nicht schlecht, aber sie war eben alt. Meine Mutter war zu dem Zeitpunkt mit meinem Vater zehn Tage in Tunesien. Sie war nicht gerne gefahren, weil sie Oma nicht allein lassen wollte, aber sowohl mein Vater als auch ich hatten darauf bestanden, dass sie die Reise antrat, weil beide mal rausmussten. An dem Abend also, als meine Oma starb, rief sie mich unter Tränen an, weil ihre Madonna, die noch nie geweint habe, nun genau das tat: Sie weinte.
Ich versuchte sie zu beruhigen und sagte, dass der Stein wahrscheinlich nur das ungewöhnlich helle Licht anders reflektierte (was auch Quatsch war, denn es war ja schon nach neun), aber sie beharrte darauf und jammerte, dass sie die für den Urlaub im Haus meiner Eltern wohnende Pflegerin nicht erreichen konnte. Sie sollte recht behalten, denn wie sich herausstellte, war die Pflegerin mit meiner Oma und dem Notarzt bereits ins Krankenhaus gefahren, wo meine Oma dann auch verstarb. So etwa gegen 19.20 Uhr.
Wenn ich jetzt darüber nachdachte, kam mir die Geschichte wirklich ein bisschen bekannt vor.
Nun waren ja Romy und ich und auch meine Eltern noch am Leben, aber in der Tat fragte man sich, wie solche Phänomene zustande kamen. Das Einzige, was ich in der Richtung von Romy kannte, war, dass ich nicht selten wusste, was genau sie im nächsten Moment sagen würde. Und damit meine ich nicht das »Juchu« auf die Erlaubnis, sich einen kleinen Käse aus dem Kühlschrank nehmen zu dürfen. Es ist subtiler. Wir gehen zum hundertsten Mal eine viel befahrene Straße entlang, und ich weiß plötzlich, dass Romy gleich sagen wird: »Mama, das ist laut. Ich mag das nicht!«
Ich stelle ihr wie jeden Abend ihr Brettchen mit einer

Scheibe Toast hin, und ich weiß, dass sie gleich sagen wird: »Mama, ich habe keinen Hunger. Ich will lieber toben.«
Ich will überhaupt nicht behaupten, dass das eine ganz tolle telepathische Fähigkeit ist. Ich habe keine tollen telepathischen Fähigkeiten. Aber irgendetwas scheint sich ja wohl wortlos zu übertragen, bevor es in Sprache verwandelt wird. Ob Thomas jemals Augenblicke hatte, in denen ihm plötzlich Romy unvermittelt in den Kopf kam, Augenblicke, in denen es ihr vielleicht wirklich besonders gut oder besonders schlecht ging? Ich wusste es nicht, und ich wollte es auch nicht wissen. Aber bei einem Vater, der diesen Namen verdient hätte, hätte es mich schon interessiert.
»Na, worüber grübelst du gerade?« Die Stimme war ganz nah. Ich hatte David gar nicht kommen hören. Ich widerstand dem Versuch, die Augen aufzumachen.
»Wo ist Romy?«
»Eingeschlafen.«
Ich lächelte. Immerhin kamen wir beide zur gleichen Zeit zur Ruhe. Und das in Gegenwart eines uns beiden noch fremden Mannes. Das war doch kein ganz schlechtes Zeichen.
Ich hörte, wie David den Sessel etwas näher ans Sofa heran schob. »Worüber wolltest du denn mit mir reden?«
»Über eine ganze Menge.«
»Okay, fang an, womit du willst.«
Jetzt öffnete ich die Augen doch und richtete mich auf. Meine Güte, nicht nur seine Stimme war ganz nah.
»Du hast dich ja umgezogen«, sagte ich und merkte, wie ich rot wurde.
»Hast du mein Hemd gesehen?«, fragte er und hob mit spitzen Fingern einen imaginären Gegenstand in die Luft.
»Verstehe.« Nervös nestelte ich an den Enden der Decke, als

wollte ich aus ihnen die Worte herauspuzzeln, die mir gerade mal wieder fehlten. Ich sah ihn an. »David, die Anwältin hat mich angerufen.«

Ich ärgerte mich schon wieder über mich selbst: *David, die Anwältin hat mich angerufen.* Wie sich das anhörte! David, der Arzt hat mich angerufen, ich habe nur noch drei Monate zu leben. Obwohl – irgendwie war es ja so.

Doch David blieb einfach ruhig sitzen. Sah mich einfach weiter an aus seinen dunkelbraunen Augen, die blitzartig noch eine Spur dunkler geworden zu sein schienen. »Und? Was hat sie gesagt?«

»Sie war sehr knapp und auch ein bisschen verrückt. Ich glaube, sie hat es nicht so mit Männern.« Ich grinste mit geschlossenen Augen, als mir ihr kämpferisches Plädoyer wieder einfiel. »Sie meinte, dass es vielleicht nicht einfach werden könnte. Wörtlich sagte sie, wir müssten uns warm anziehen. Aber sie sagte auch, dass sie solche schwierigen Fälle ganz großartig fände … Sie will mich nächsten Montag treffen.«

David lehnte sich zurück und strich sich seine widerspenstigen Haare nach hinten. »Aha. Na immerhin. Nach allem, was du mir erzählt hast, ist dieser Mann doch bloß ein riesengroßes Arschloch.«

»Das stimmt. Ein riesengroßes Arschloch, das dem Gericht weiszumachen versucht, dass ich eine schlechte, schlampige Mutter bin, deren Kapriolen er sich zum Wohle des Kindes nicht mehr länger mit angucken möchte.«

David legte mir den Finger unter das Kinn und zog die Stirn in Falten. »Also, schlampig, okay, so wie du gerade aussiehst, aber …«, er nahm mein Kinn zwischen Daumen und Zeigefinger und wurde wieder ernster, »… eine schlechte Mutter bist du ganz sicher nicht, Annabel. Das wird jedes Gericht dieser Welt begreifen.«

Ich ergriff seine Hand und kämpfte gegen die aufsteigenden Tränen an. »Ich habe Angst, David. Ich habe wirklich große Angst.«
David rutschte von dem Sessel auf die Knie und nahm mich in die Arme, indem er meinen Kopf in seine Halsbeuge legte. Die Berührung tat mir gut, und vielleicht war es sogar die einzige Erwiderung, die ich in diesem Moment wirklich brauchte. Vorbehaltlos gab ich mich ihr hin, sank mit meinem Körper ganz und gar in ihn hinein. Ich spürte, wie mein Herz etwas schneller schlug als die Küchenuhr, aber auch an Davids Atemzügen merkte ich, dass sich zwischen uns etwas abspielte, was sich eben zwischen Mann und Frau zuweilen so abspielt. So ganz verkehrt fühlte es sich nicht an.
Er war es dann, der sich relativ schnell wieder losmachte, sich mit der Zunge über die Lippen fuhr und seine Haare erneut nach hinten strich.
»Ich muss dir auch etwas sagen«, hob er nach einem Räuspern an. »Allerdings ist es nicht ganz so dramatisch: Swantje kommt uns heute Abend besuchen. Ist das okay für dich? Ich dachte, du solltest sie mal kennenlernen.«
Im ersten Moment war ich ein wenig irritiert. Ich dachte eigentlich, dass wir ein bisschen länger über Romy und mich sprechen würden, aber zum einen hatte ich selbst ja gar nicht mehr zu erzählen, und zum anderen erinnerte ich mich dunkel, dass Männer eben ungern mehr Worte als nötig über Dinge verloren. Und was außer düsteren Spekulationen hätte man diskutieren sollen?
Insofern fand ich es eigentlich ganz nett, den Abend in größerer Gesellschaft zu verbringen und die toughe Ärztin Swantje mal persönlich zu erleben. Allerdings hatte ich nicht genug Fertigpizzen für vier eingekauft, und das sagte ich dann auch.

»Kein Problem. Sie bringt was mit.«
Diese Antwort überraschte mich, denn sie klang sehr nach: Sie bringt immer was mit.
»Sie bringt immer etwas mit.« David sagte das durchaus unbesorgt und selbstsicher.
Dieser Satz brachte mich dann umgehend zu Thema Nummer zwei meiner Liste. »Sag mal, David, hast du eigentlich irgendein Einkauf-Problem? Eine Dosen-Phobie? Kleptomanische Anwandlungen in Supermärkten? Platzangst? Spricht das Obst mit dir? Irgendwas?«
David lachte. »Wie kommst du denn darauf?« Noch immer lachend, schüttelte er den Kopf. »Du kommst vielleicht auf Ideen.«
Ich fand das hingegen nicht so witzig. »Vielleicht hast du bemerkt, dass es mir nicht ganz so gut ging, als ihr nach Hause kamt.«
»War nicht zu übersehen.«
»Du hast dich nicht zufällig gefragt, ob das etwas mit deinem Verhalten zu tun haben könnte?«
»Mit meinem Verhalten? Ich kann doch nichts dafür, wenn dir schlecht wird. Ich dachte, es hätte noch immer mit dem Wein von gestern zu tun. Und dann die frische Luft. Da kann einem schon mal …«
»David! Ganz ehrlich: Du windest dich, mit mir einkaufen zu gehen, versteckst dich hinter einem Garderobenständer, wenn es klingelt, gibst vor, dringende Telefonate erledigen zu müssen, und dann fährst du einfach mit Romy zum Reiten. Das ist doch nicht normal! Kannst du dir vorstellen, dass ich Todesängste ausgestanden habe? Dass ich mich fragte, ob du mein Kind entführt und es womöglich sogar umgebracht hast? Liegt das für dich nicht auch auf der Hand?«
Erst lachte David noch lauter, aber dann ließ er sich doch

seufzend in den Sessel zurückfallen. »Okay«, sagte er. »Okay. Du hast recht.«

»Womit habe ich recht?«

»Ich fang mal so an: Das Obst spricht nicht mit mir, und grundsätzlich habe ich auch nichts gegen Supermärkte. Ich habe ein paar Telefonate erledigt, unter anderem übrigens mit dem Finanzamt Kiel, um mit ihnen über das Procedere mit dem Haus zu sprechen. Auch mit dem Pfarrer habe ich geredet und die Grabrede abgestimmt, wenngleich es da nicht viel abzustimmen gab. Ich sagte es dir ja bereits: Man kennt sich hier. Und wundere dich nicht: Dein Name wird auch fallen.«

Ich wollte schon protestieren, doch er unterbrach mich mit einer Handbewegung.

»Mit Romy bin ich zum Reiten nach Plön gefahren. Den Tipp hat mir Swantje gegeben. Und warum? Nun, weil deine Tochter fürwahr ganz schön anstrengend ist und ich mir nach dem siebenundachtzigsten Mal: Und was machen wir jetzt?, nicht besser zu helfen wusste, als sie in dein Auto zu packen und loszufahren. Dass du dir Sorgen machen könntest, habe ich nicht bedacht, und es tut mir leid.«

Ich nickte, so halb zufrieden. »Das beantwortet aber noch nicht die Frage …«

»Ich weiß«, unterbrach mich David. »Du denkst, ich verstecke mich.«

Wow. Ich war beeindruckt. Die ganze Zeit hatte ich ein komisches Gefühl bei David gehabt, aber ich hätte es nicht genau benennen können. Das hatte er mir gerade abgenommen. In der Tat hatte ich den Eindruck, er würde sich verstecken. Ich versuchte, mir meine neu gewonnene Erkenntnis nicht anmerken zu lassen, und fragte so neutral wie möglich: »Und, tust du's?«

»Ja.«
Ich spürte, wie meine Kehle trocken wurde. Hatte ich bei dem Film, in den ich reingeraten war, auch an das Genre Krimi gedacht? Sonst stand es jetzt mit auf der Liste. »Und … warum?«
»Es ist nicht so, wie du denkst, aber …« Er stockte. Sicher, dachte ich, es ist ja nie so, wie man dachte: »Schatz, da liegt eine gevierteilte Leiche in unserer Kühltruhe.« – »Ja, mein Engel, ich weiß, aber lass es dir erklären, es ist nicht so, wie du denkst.«
»Ich möchte, dass Swantje es dir erklärt«, sagte er bestimmt.
»Swantje? Hat sie denn auch etwas damit zu tun? Muss sie sich auch verstecken?« Das Gute an der neuen Situation, in der stündlich eine neue Ungereimtheit vom Ausmaß eines Tornados mein Leben heimsuchte, war, dass man sich langsam daran gewöhnte. Sollte die Welt doch untergehen. Ich würde mich nicht eher von der Stelle rühren, als bis ich mit Romy das schwere Winnie-Puuh-Puzzle fertiggekriegt hätte.
David lachte. »Nein, muss sie nicht, aber ich glaube, sie kann es dir besser erklären als ich.«
»Warum?«
»Das wirst du verstehen, wenn du es weißt.«
Das wirst du verstehen, wenn du es weißt. Männer konnten so was von melodramatisch sein!
»Okay. Wie überaus praktisch, dass sie heute Abend kommt. Solltest du dich als der seit Jahren gesuchte Serienkiller von Eutin entpuppen, kann ich ja immer noch nach Hause fahren.« Ich wickelte mich aus der Decke und wollte aufstehen, um mir einen Kaffee zu kochen oder auch um den Effekt meiner vernünftigen Worte zu unterstreichen, aber David hielt mich zurück. Wenn das überhaupt ging, waren seine Augen *noch* eine Spur dunkler. Er zog mich zu sich heran,

fasste mit der Hand in meine Haare und kam mit dem Mund ganz dicht an mein Ohr. *»Annabel, I am not a serial killer«*, wisperte er. *»I promise.«* Gerade als er meinen Kopf so zu sich drehte, dass nicht mehr mein Ohr an seinem Mund lag und ich durchaus auch bereit gewesen wäre, ihn zu küssen, klingelte es.

Ich schwor, diesen verdammten Messingknopf als Allererstes abzuschrauben, wenn ich länger hier im Palais bleiben sollte. Er würde einen hübschen Wandschmuck in meinem Arbeitszimmer abgeben. Und mit dem Geist der Musik in diesem Haus lag er auch nicht im Widerspruch.

David rückte von mir ab und sah mich fragend an.

»Keine Ahnung«, sagte ich. »Aber ich geh schon.«

Auf dem Weg zur Tür fiel mir ein, dass ich David noch gar nicht von meinem dritten Punkt auf der Liste erzählt hatte, der ja durchaus etwas mit der Klingel zu tun haben könnte: Mr. Big und sein Angebot. Romy im Matsch. Ich in Weitewelt.

Mein Gesprächsbedarf intensivierte sich, nachdem ich die Tür geöffnet hatte.

10

»Servus, ich hätt ein kleines Anliegen vorzubringen, was da wohl lautet: Mit Gunst und Verlaub dem ehrenwerten Meister hier zum Gruße. Ich bin ein zünftig reisender Wandergeselle für 3 Jahre und einen Tag auf der Wanderschaft. Das natürlich auch zu Fuße. Ich bin dabei, die Welt zu umrunden und das Handwerk zu erkunden. Bin auch schon gereist durch die Lande kreuz und quer von der Nordsee bis zum Mittelmeer, hab leider kaum noch Mittel mehr. Drum wollt ich nach Altväter Sitte und Art und gutem alten Handwerkerbrauch um Arbeit vorsprechen. Wenn die zu erübrigen wär, das wär wohl recht, ehrbar und hochwohllöblich. Mit Gunst und Verlaub, das ist schon das ganze Anliegen und der ganze Schnack.«

Der DIN-A3-Zettel, von dem die beiden Zwei-Meter-Hünen ihren Spruch abgelesen hatten, wurde feinsäuberlich in einer der ledernen Umhängetaschen der beiden verstaut, und dann sah ich in die erwartungsfroh leuchtenden Gesichter der zwei Handwerksgesellen, die vor dem Supermarkt die Bifi gegessen hatten. So ein Zufall! Und was bitte wollten die?

»Guten Tag«, sagte ich. »Könnten Sie das noch mal wiederholen?«

»Mit Gunst und Verlaub«, sagte der eine.

Der andere nickte dazu.

»Sehr erfreut«, erwiderte ich. »Das haben Sie schön gesagt. Kann ich sonst noch etwas für Sie tun?«

Nicht dass meine Sätze viel Sinn ergaben, aber die beiden

komischen Kauze da vor meiner Tür, der eine strohblond, der andere eher aschbraun, machten mir insofern Spaß, als ich erstmals in meinem neuen Lebensfilm nicht um mein Leben fürchtete. So wie Mr. Big mich an meinen Mathelehrer erinnerte, musste ich bei den beiden an Romy denken. Oder besser: an Romys Freund Julian. Trotz ihrer Kraft und Größe hatten sie doch etwas sehr Kindliches an sich. Anstrengend vielleicht, aber endlich mal nicht gefährlich.

»Freili«, sagte der Blonde.

»Mit Gunst und Verlaub«, der andere. Und dann ging das Sprüchlein von vorne los. Und noch während die beiden es ein zweites Mal herunterbeteten, hatte ich eine Idee. Eine vollkommen irre Idee, aber gleichzeitig auch eine ungeheuer zwingende. Ich wurde ganz aufgeregt. Die beiden suchten Arbeit, oder? Für umsonst. Als Handwerker. Ich dachte an all das, was im Palais im Argen lag, die feuchten Wände und so. Es war perfekt!

Als die beiden fertig waren, nahm der eine, der Blonde, seinen breitkrempigen schwarzen Hut ab, der mich – aus Filz und mit einem Lederband auf der Krempe – komischerweise mehr an einen Faschingscowboyhut erinnerte als an die authentische Kopfbedeckung eines Tippelbruders, und grinste den anderen etwas ratlos an.

Der andere, der Aschbraune, klopfte sodann mit seinem Stock zweimal auf den Boden und sagte: »Arbeit wär feini.«

Darauf bekam er einen unsanften Stoß in die Rippen, woraufhin der Aschbraune sich kurz am Kopf kratzte, um mit erhobenem Zeigefinger zu postulieren: »Und a bissi essi und wohni müssi wir auch.«

Die Jungs gefielen mir. Die Jungs gefielen mir richtig gut. Die müsste Mr. Big mal erleben. Der würde sofort seine Rinder verkaufen und die Issi-Spezie in Boxen sperren. Und

eigentlich dürfte sich auch David dieses Schauspiel nicht entgehen lassen. Aber den hörte ich sowieso schon wieder im Garderobenständer rascheln.
Doch im Moment war ich es ja auch, die einen Plan hatte. Und der ging so: »Mit Gunst und Verlaub, mein Name ist Annabel Wiesengrund, Wiesengrund wie der Philosoph mit zweitem Vornamen, aber machen Sie sich keine Gedanken, den kennt ohnehin niemand. Und wenn doch, wäre es nicht von Bedeutung, denn obschon es ein jüdischer Name ist, kann ich versichern, dass die Familie meines Vaters nicht religiös geprägt war. Sie besuchte sonntags kein Gotteshaus, weder ein evangelisch-lutherisches noch in ein katholisches, aber auch kein jüdisches. Denn sonntags war immer Schlachttag bei den Eltern meines Vaters und bei seinen Großeltern auch und, soweit ich weiß, auch in der Generation davor. Vielleicht sollte ich dazu sagen, dass mein Vater auf einem Bauernhof groß geworden war und es dort auch Gesellen gab, Menschen so wie Sie. Darf ich fragen, wie *Sie* heißen?«

Die beiden sahen sich schwer irritiert an, und für einen kurzen Moment hätte ich schwören können, dass sie darüber nachdachten, wie sie sich ganz schnell wieder aus dem Staub machen konnten, um dieser Verrückten zu entkommen. Aber wie gesagt: Ich hatte einen Plan. Und zwei Fische an der Angel, die so hübsch und kraftvoll zappelten, dass ich sie keinesfalls wieder loslassen wollte. Entsprechend fasste ich sie einfach am Jackenkragen und zog sie in die Diele. »Ach, ist ja auch egal, kommen Sie doch erst mal rein«, sagte ich. »Die Formalien können wir ja drinnen klären.«
Ich ging so majestätisch voran – so majestätisch, dass ich mich selbst nicht wiedererkannte, wer hätte gedacht, dass

ich noch vor drei Stunden wie betäubt über einer Kloschüssel hing? –, dass Aschi und Blondi mir förmlich folgen mussten. Und die Nachhut hörte ich auch. Sie wickelte sich geduckt aus Tante Gretchens Mänteln und folgte uns auf leisen Sohlen. Was würde David wohl machen, wenn die eines Tages nicht mehr dort hingen? Fehlte nur noch Romy. Aber nicht mehr lange …

»Mami, wer sind die Männer?« Verschlafen und mit zerzaustem Haar stand sie am Fuß der Treppe. Sie hatte wirklich ganz schön lange geschlafen.

»Ich weiß nicht, Schatz. Das wollten sie uns aber gerade erzählen. Komm her.«

Aschi und Blondi fühlten sich zunehmend unbehaglich. Das war deutlich zu erkennen.

»Setzen Sie sich doch, bitte«, sagte ich und lotste die beiden vorsichtig in Richtung des Sofas, auf dem ich bis eben noch eingewickelt in der Decke gelegen hatte. Die nahm ich noch ganz schnell weg, denn, um ehrlich zu sein, die beiden rochen insgesamt etwas streng.

Die beiden Männer ließen sich matt auf das Sofa plumpsen. Wenn sie *Essi* und *Wohni* wollten, war das auch ihre einzige Chance.

»Ist das Papa?«

»Romy, das sind *zwei* Männer. Du hast nur *einen* Papa.«

»Wer denn?«

Ich wusste nicht, ob sie welcher von beiden oder wer denn überhaupt meinte. Aber das war auch zu viel der Grammatik für eine Vierjährige. Also sagte ich: »Romy, das ist …«, und dabei zeigte ich auf den Blonden: »Knut«, sagte dieser artig. Ich nickte. »Und das ist …« Nun zeigte ich auf den Aschbraunen: »Kurt.«

Hatten wir das also. Wenngleich diese Namensähnlichkeit ja schon verwirrend war.

»Und was machen die hier?«

Anerkennend nickte ich in Romys Richtung. Es machte Spaß, sich mit seiner Tochter wie mit einer Erwachsenen zu unterhalten, und ich ahnte, dass ich noch viel Spaß haben würde in den nächsten Jahren.

»Eine gute Frage.« Ich wandte meinen Blick wieder dem blonden Knut und dem braunen Kurt zu. »Um welche Art von Arbeit wollen Sie denn vorsprechen?«, fragte ich also in deren Richtung, denn den Teil des Spruches hatte ich mir gemerkt. Er war wesentlicher Bestandteil des just in meinem Geist aufgeblitzten Plans.

Kurt, der einen Tick damit zu haben schien, kratzte sich schon wieder am Kopf. Verlegen sah er zu Knut. Dieser sagte nach einem kurzen Zögern: »Ja, freili, an was tät's denn gelegen sein, mit Gunst und Verlaub?«

Du meine Güte, was war denn das bloß für ein Kauderwelsch? Die waren doch geklont, die zwei. *Geklonit* … Ich fand das herrlich. David, der sich in der Terrakottadiele aufhielt, wie ich aus dem Augenwinkel dem zuweilen im Durchgang zum Wohnzimmer aufblitzenden Haarschopf entnahm, wirkte zunehmend sprungbereit. Die Abstände zwischen Haarschopf da und Haarschopf weg wurden immer kürzer. Wie bei einem heraufziehenden Gewitter das Donnergrollen. Für ihn als Amerikaner musste sich das ja noch bizarrer anhören.

Ich hingegen war sehr zielorientiert.

»Können Sie Wände trockenlegen?«

Knut und Kurt sahen sich an. Konspirativ.

Nicht, dass ich es nicht merkte. Ich dachte nur, ob Bussard und Beute oder Angel und Fisch – wie schnell sich doch die

Rollen zu verkehren schienen. Allein, in diesem Fall: Es schien nur so!

Dann nickten beide eifrig. »Ja, freili!«

»Und wie sieht es mit Dachdecken aus?«

»Ichi«, jubelte Kurt und hob den Finger hoch in die Luft, als wäre er in einem Quiz der Erste, der die Antwort kannte.

»Sehr schön.« Ich räusperte mich und ging im Geiste das Palais durch: »Parkett erneuern?«

»Mit Gunst und Verlaub«, erwiderten beide, und nun nahm auch Brauni, also Kurt, seinen Hut ab. Für mich hieß das: Ehrensache, Missi Wiesengrund.

»Und wie steht es mit Treppengeländer ausbessern, Tapezieren, Malern, Zäune ziehen, Fliesen legen, Rasen mähen?«

Die beiden nickten bereits eilfertig, als David endlich aus seinem Versteck hervorsprang. »Einen Moment mal, Rasen mähen kann ich auch!«

Bevor die Situation erneut unangenehm werden konnte, griff ich vermittelnd ein. »Erlauben Sie, das ist David. Er ist ein Freund des Hauses. Er kam extra zu Tante Gretchens Begräbnis aus den Vereinigten Staaten. Tante Gretchens Begräbnis ist übrigens übermorgen. Sie ist vor Kurzem hier verstorben.« Ich zeigte auf den Sessel, in dem nun ich saß. »Und weil er extra für dieses Ereignis herkam, wird er danach auch wieder in die Vereinigten Staaten zurückreisen. Dort lebt er nämlich. Und deswegen wird es auch schwierig sein, ihn hier regelmäßig das – David, was meintest du doch gleich, 1,5 Hektar große? – Grundstück mähen zu lassen. Und Sie als Gesellen werden sich ja vorstellen können, wie hinterhältig schnell so ein Rasen wächst, sobald nur die ersten Sonnenstrahlen genug Kraft haben, ihn förmlich aus der Erde zu ziehen. Und dann erst der Giersch und all die Winden. Von einem Ziergarten habe ich an der Stelle noch gar nicht gesprochen. Ach, was haben wir viel Arbeit hier … Die Frage bleibt also bestehen: Können Sie auch das: Rasen mähen?«

Ich wuchs förmlich über mich hinaus. Und ich tat so, als ob ich in den beiden müffelnden Handwerkern mit ihrem speckigen Zettel plötzlich vom Zimmerer über den Dachdecker bis hin zum Gärtner und Butler in Personalunion alles gefunden hätte, wovon eigentlich nur noch Romy in ihren Märchen träumen konnte. Aber wie war das mit den Träumen? Wenn man gute Gründe hatte, sollte man sie sich gönnen. Und ich hatte einen guten Grund: Ein bewegter Tag mehr in meinem Leben verlief gerade zu unser aller Gunsten noch viel bewegter. Und wenn ich morgen aufwachte und alles war wieder klamm und grau, dann wollte ich diese Gelegenheit nicht verpasst haben. Somit machte ich munter weiter.

»Ja freili«, erwiderten die beiden wie aus einem Munde, tauschten einen kurzen Blick – sie schienen sich wahrlich gut zu kennen –, standen dann beide auf, Hüte vor dem Bauch, und skandierten: »Yes, we can!«

Ich nickte. »Ich würde sagen, Sie fangen mit Dach und Wänden an. David wird Ihnen Ihr Zimmer zeigen, und dann gehen wir zusammen durch das Haus, und Sie sagen uns, was Sie an Materialien brauchen. Als Nächstes hätte ich gern einen Zeitplan von Ihnen, damit ich den Kostenvoranschlag für den Herrn vom Kieler Finanzamt vorbereiten kann. Den brauchen wir bis übermorgen – der Tag von Tante Gretchens Beerdigung, wie ich schon erwähnte. Richtig, David?«

Doch David war schon nicht mehr bei der Sache. Er saß kopfschüttelnd vor dem Klavier, mit Romy auf dem Schoß, und machte *pling-pling*.

Okay. »Alles klar?«, warf ich in den Raum.

David schüttelte weiter den Kopf. Kurt und Knut berieten sich.

Schließlich erhob sich der blonde Knut und äußerte in halbwegs neutralem Hochdeutsch: »Ich hätte da noch eine Fragi.«

Ja, bitte, signalisierte ich mit einem Augenaufschlag.

»Wie sollen wir das machen?«

Augenaufschlag meinerseits, schon weniger majestätisch, schon eher flackernd. »Was?«

»Na … alles!«

Da war was dran: Diese Sache hatte ich auf die Schnelle noch nicht bedacht. Wenn ich wirklich der Meinung war, wir sollten die Zeit nutzen und das Palais ein bisschen flott kriegen, dann bräuchte es dazu nicht nur zwei vielleicht taugliche Handwerker. Es bräuchte schon noch etwas mehr. Geld, schoss es mir durch den Kopf. Denn das Material lag ja bekanntlich nicht auf der Straße. Aber mit meinem neuen Elan würden wir dieses Problem auch noch lösen. Nur vielleicht nicht mehr heute. Ein klein wenig unbehaglich fühlte ich mich jetzt zugegebenermaßen doch.

11

In die etwas betretene Stille hinein machte David nicht mehr *pling-pling*. Was man jetzt hörte, glich eher einem … na ja … einem Ton, einer tonalen Kakophonie, die zustande kam, wenn zehn kräftige Männerfinger kräftig in die Klaviertasten hauten, die sie gerade erwischten. Ich kann den Ton wirklich nur schwer beschreiben. Er war halt laut. So laut, dass selbst Romy David vom Schoß sprang und sich die Ohren zuhielt. In meine Sprache übersetzt klang der Ton eindeutig nach: Schluss jetzt!!!
Umso erstaunlicher, wenngleich nicht wirklich beruhigend, dass David sich langsam, aufreizend langsam, vom Hocker erhob und sich mir – langsam – näherte, um dann ruhig, aufreizend ruhig, um ein Gespräch zu bitten: »Annabel, hättest du vielleicht mal eine Minute Zeit für mich?«
Spätestens bei dem scharfen kurzen Wort »Zzzeitt« hatte ich mich entschieden, mich mit einem entschuldigenden Kopfnicken von Knut und Kurt zu entfernen.
»Was ist denn?«, flüsterte ich David zu, als ich meine drei Schritte auf ihn zugemacht hatte. Noch etwas selbstbewusster, als ich mich fühlte, muss ich gestehen. Aber ich hatte ja auch einen Plan, und den war ich bereit zu verteidigen. Für die kleine Unpässlichkeit der beiden Handwerker würde ich schon eine Lösung finden.
»Was treibst du da eigentlich?« Selbst so harmlos weich klingende Wörter wie *du* und *da* hatten einen ungewohnt scharfen Unterton. David musste auch mal was für sein Nervenkostüm tun!

»Wieso denn?«, konterte ich.
»Ist dir eigentlich aufgefallen, wie diese beiden Hochstapler riechen?«
»Wie würdest du denn riechen, wenn du als fahrender Gesell tage- und wochenlang in schlecht belüfteten Hühnerställen oder Kellerwerkstätten übernachten müsstest, die du tagsüber auf Vordermann bringen sollst?«
»Ist dir mal aufgefallen, wie die beiden aussehen?«
»Wie fahrende Gesellen, bis auf den Hut von dem einen.«
»Meine liebe Annabel. Echte Zunftgesellen haben, nicht zuletzt, um sie von einfachen Hausierern zu unterscheiden, klare Regeln. Und diese gelten auch und erst recht für die Kleidung. Lassen wir den Cowboyhut mal beiseite und fangen mit dem Hemd an. Was für ein Hemd tragen die beiden?«
Verstohlen sah ich zu Knut und Kurt hinüber, die beide ihre Hände so eng zwischen die Knie gepresst hielten, dass ich sicher war, sie mussten schon weiß vor lauter Durchblutungsstörungen sein. Mann, war das peinlich!
»Witzig! Die tragen kein Hemd, die tragen T-Shirts.«
»Eben«, sagte David. »Regel Nummer 1: das kragenlose, weiße Hemd, die sogenannte Staude.« David triumphierte nicht. Er war nämlich noch nicht fertig. »Was für Knöpfe siehst du an der Weste?«
Ich hatte meine Brille nicht auf, also konnte ich es nicht genau erkennen. Aber zu einer schwarzen Weste gehörten schwarze Knöpfe. Und schwarz sahen sie aus. »Schwarze Knöpfe. Na und?«
»Hast du schon jemals schwarzes Perlmutt gesehen?«
»David, ich bitte dich, jetzt reicht es aber. Es ist doch völlig egal, ob die Knöpfe aus Perlmutt und weiß oder aus Plastik und schwarz sind. Sind alle Amerikaner so? Das ist ja furchtbar?«

»Annabel, die Weste von Tippelbrüdern …«
»Jetzt werd aber mal nicht beleidigend!«
»… hat Perlmuttknöpfe zu haben. Und zwar genau acht. Die Jacke hat sechs davon, und die Hose ist auch nur echt, wenn es sich nicht um eine Röhrenjeans handelt. Sie muss einen Schlag haben, einen großen Schlag, verstehst du?«
»Du hast auch einen Schlag«, sagte ich ein wenig unbehaglich.
»Und ein in der Mitte mit Kreppband geklebter Wanderstock mit Metallplaketten aus dem Zillertal ist auch nicht wirklich zunftgemäß. Ein Stenz jedenfalls sieht anders aus.«
Jetzt sah mich David triumphierend an. Er war offenbar fertig. Ich noch nicht.
»Was willst du mir damit nun eigentlich sagen?«, fragte ich, betont gelangweilt mit dem Fuß wippend.
»Ich will damit sagen, dass das da« – er zeigte mit dem Finger auf die beiden unserer Debatte sehr genau und sehr abwartend lauschenden Kurt und Knut – »hungrige Vagabunden sind, die sich freuen, endlich einmal nicht wie räudige Katzen mit einem Eimer Wasser davongescheucht worden zu sein. Was sie, mit Verlaub, wahrscheinlich verdient hätten. Die nutzen dich aus. Die wollen dein Essen. Die wollen dein warmes Bett. Und eh du dichs versiehst, tanzen sie dir auf der Nase rum und lassen sich die Pantoffeln bringen.«
Ich weiß nicht, warum, aber ich war einfach nicht offen für Davids Ablehnung. Vielleicht kannte ich das Gefühl der räudigen Katze zu gut. Bildlich gesprochen.
»So, mein Lieber, und jetzt hörst du *mir* mal zu!« Ich war ein wenig lauter geworden als beabsichtigt. Das registrierten alle. Kurt und Knut schöpften Hoffnung. Aber Romy war die Einzige, die es thematisierte: »Mama, bist du böse mit David?«

»Das weiß ich noch nicht, mein Schatz. Hör einfach mal zu.« Ich wurde wieder etwas leiser. »Was weißt du eigentlich von der Handwerkszunft in Deutschland? Du bist Amerikaner. Hier bei uns gilt noch die Chancengleichheit! Wir haben in den Sechzigerjahren keine andersfarbigen Amerikaner brutal niedergeschlagen …«

»Stimmt. Das habt ihr mit andersgläubigen Deutschen in den Vierzigern schon weitaus effizienter erledigt! Wie war doch gleich dein Nachname?«

»Jetzt werd mal nicht zynisch!«

»Du bist zynisch!«

»Und du hast keine Ahnung! Die beiden hier sind auf der Walz und wollen was lernen. Was lernen heißt ja wohl, dass man noch nicht alles kann, oder? Aber ich denke, sie sitzen hier, weil sie nach Auszug aus dem Palais mindestens gelernt haben wollen, wie man ein verschachteltes Dach neu deckt und ein Fundament trockenlegt. Tapezieren und Parkett verlegen ist eine Sache von Geduld, und auch das ist eine Tugend, die man sich, wenn man sie nicht per se mitbringt, nach ein paar Jahren wandernder Ausbildung angeeignet haben sollte.«

»Na super, auf *das* Parkett freue ich mich schon.« Schon wieder hatte David mich unterbrochen. Kurt und Knut saßen weiter da und folgten gespannt der Unterhaltung. Zu meinen Worten hatten sie mehrfach kräftig genickt und ihre Hände langsam wieder aus der Kniezange befreit, was ich als Zeichen ihrer Lernbereitschaft deutete.

»Wo also ist das Problem? Wir haben Wasser und Seife, um an der Körperhygiene zu arbeiten. Wir haben Baumärkte, und wir haben das Internet. Es fehlt den beiden an nichts, um zu lernen, was zu lernen sie hier sind. Also?« Erwartungsvoll sah ich David an. Ich fand mich so was von saugut. Selbst

Romy war still. Ich glaube, so hatte sie mich noch nie erlebt, und ich würde auch direkt Frau Dr. Barrett sagen müssen, dass sie in ihre Stellungnahme zwingend die Zielstrebigkeit der Mutter mit einfließen lassen sollte, bitte schön.
David rieb sich die Augen. Er wirkte plötzlich sehr erschöpft, was mir nicht so gut gefiel, denn ich war an Erfolg nicht gewöhnt. Eigentlich war es meine Rolle, mir müde die Augen zu reiben. Sollte ich mal gewinnen, müsste ich lernen, den anderen im Verlieren besser zu unterstützen. Noch ein Vorsatz.
»Hast du dir eigentlich mal überlegt«, fragte David dann, »wer das alles bezahlen soll? Das Material, meine ich.«
Ich legte meine Hand vor den Mund und zog die Stirn in Falten. Wann denn hätte ich auch das noch tun sollen? Der Gedanke war mir ja selbst schon gekommen. Also beschloss ich einzulenken.
»Du hast doch selbst gesagt, dass hier einiges getan werden muss«, erwiderte ich sanft. Wobei sanft vielleicht nicht das richtige Wort war. Eher manipulierend sanft*mütig*.
»Ja, das ist richtig. Aber noch gehört das Palais weder dir …«, David machte eine ungute Pause, »… noch mir. Und wenn nicht einer von uns eine zündende Idee hat, wird es auch absehbar keinem von uns gehören. Der Staat allerdings wird sich sehr freuen, wenn du ihm ein luxussaniertes Anwesen vor die Tür stellst. Jeder mögliche Investor wird sich ins Fäustchen lachen, weil eine völlig verpeilte Städterin, die eigentlich Gummidosen verkauft, ihm die ganze Arbeit abnimmt. Das alles solltest du nicht vergessen bei deinen Einstellungsgesprächen …«
Stimmt, das sollte ich nicht vergessen. Aber wem auch immer das Palais Weitewelt gehörte: Es durfte nicht vergammeln. Das wäre eine Schande. Und so schade. Für alle am Ende.

»Richtig. Aber zwischen luxussaniert und wasserdicht abgeschlossen liegt doch wohl noch ein Unterschied. Wenn der Winter kommt, ohne dass das Dach dicht und die Wände trockengelegt sind, wirst du im kommenden Frühjahr die Reparaturen auch nicht mehr zahlen können, weil alles verfault ist und ganz abgerissen werden muss.«
»Ich will sie ja auch gar nicht bezahlen. Ich will das ganze Haus nicht.«
»Aber ich …«, platzte es aus mir heraus. Ich war erschrocken über mich selbst. Das war ja wohl von ganz tief innen gekommen.
David seufzte. »Anna, also echt. Was willst du mit diesem Kasten, den du bis Freitag noch nicht mal kanntest? Das sind hier locker 220 Quadratmeter Wohnfläche. Plus das Grundstück. Ein Grundstück am Arsch der Welt noch dazu … Meinst du nicht, dass du dir da gerade irgendwas vormachst?«
»Ich weiß es nicht, David. Ich weiß es wirklich nicht. Ich merke nur, dass sich endlich mal wieder etwas tut in meinem Leben, dass ich Energie habe, dass ich etwas wirklich möchte, dass ich etwas angehe. Das ist neu. Und es fühlt sich richtig an, verstehst du? Ich meine, wir kennen uns ja auch noch nicht lange, aber wenn du der Familie so verbunden warst, sollte dir doch auch daran gelegen sein, dass das Haus nicht einfach in fremde Hände kommt. Zumindest sollte es nicht verfallen. Meinst du nicht? Und im Moment kaufen doch alle alte Häuser an den Ärschen dieser Welt, um sie sich schön zu machen und Seminare im Einklang mit der Natur anzubieten oder so. Also, eigentlich könntest DU das Palais doch kaufen?«
»Iiiich? So weit kommt es noch. Ich will es nicht renovieren, aber soll es kaufen? Am Ende damit du hier ein bisschen deinen Landlustträumen nachhängen kannst? Super Idee. Kauf es doch selbst.«

»Witzbold. Schon mein kleines Sorgerechtsproblem vergessen? Sobald ich Eigentum habe, werde ich Thomas gar nicht mehr los. Der wird alles dransetzen, sich einen Teil unter den Nagel zu reißen. Das geht nicht. Aber vielleicht könntest du investieren, und ich zahle es dir später irgendwie zurück. Als Miete oder so. Wenn das mit dem Job von Mr. Big klappt …«

»Wer ist denn jetzt wieder Mr. Big?«

Stimmt, das hatte ich David noch gar nicht erzählt. »Erwähnte ich eigentlich schon, dass ich bei Kommtech von allen Mitarbeitern den höchsten Umsatz mache?«

»Duuu? Ich denke, das waren die Mädels, die die Erotiksachen verkauft haben?«

»Das dachte ich auch. Bis Mr. Big mich eines Besseren belehrte …«

Aus dem Augenwinkel nahm ich erneut das Kopfnicken meiner beiden Handwerker wahr. Wenn es noch eines Zeichens bedurft hätte, war ich mir sicher, dass ich voll auf sie zählen konnte. Sie wollten bleiben. Niemand hatte dabei verheimlicht, was sie dafür zu tun hätten. Ich selbst würde meinen Laptop holen, wenn David seinen nicht dabeihaben sollte. Oder wenn die beiden mit der englischen Tastatur nicht klarkamen.

»Das ist der Mann, der mich heute Morgen abgeholt hat. Der amerikanische Unternehmer, weißt du …«

Und dann erzählte ich ihm die ganze ungeheure Geschichte, die für mich und Romy, plötzlich und unerwartet, so erstaunlich gut aufgehen könnte. Ich erzählte ihm von dem Angebot, den deutschen Vertrieb von Kitchen-Pep zu übernehmen. Von der Möglichkeit, das von einem Ort aus zu regeln, der nicht notwendigerweise Hamburg sein müsste.

David stieß einen leisen Pfiff aus. Dann sah er mich eindringlich an. Ich fühlte mich unwohl und trat von einem Fuß auf den anderen. Was sollte das denn jetzt?

»Sag mal, hat dir eigentlich schon mal jemand gesagt, dass du bei all deiner vermeintlichen Hilflosigkeit ganz schön penetrant sein kannst?«

Ich glaube, ich wurde feuerrot und musste natürlich sofort an den Elternabend und Herrn Neugebauer vor 30 Jahren denken, der mich ja mochte, weil ich mich in meiner Unfähigkeit so um seine Zahlen bemühte, und der trotzdem damals fast ein bisschen traurig zu meinen Eltern sagte: »Annabel besitzt eine gewisse Penetranz. Ich mag sie, aber im Kollegium bin ich damit wohl eher allein. Ihr fehlt ein gewisser Hang zur Diplomatie.«

Insgeheim hatte ich schon oft überlegt, ob das wohl auch der Grund war, warum ich keine Hand brauchte, um meine Freunde an ihr abzuzählen. Damit ich Menschen, die sich mir öffneten, weil sie mich womöglich wirklich mochten, nicht irgendwann mit meiner unbeugsamen Penetranz niederwalzte. Da wanderte ich lieber durch mein braves, erfolgloses Leben und mied Menschen, die ich am Ende verletzen könnte. Vielleicht konnten Bärbel, Katrin, Kerstin & Co deswegen nichts mit mir anfangen. Weil sie mir letztlich misstrauten. Weil ich irgendwie nicht »echt« war. Ich beschloss, mit Swantje darüber zu reden. Wenigstens ansatzweise. Irgendwas musste bei der Überfrau ja auch für mich abfallen. Als ich glaubte, dass mein Gesicht nicht mehr erdbeerrot, sondern nur noch sonnenuntergangsrot leuchtete, sah ich zu David auf.

»Nun ja, ob ich es nun verstehe oder nicht, ich hab so was vielleicht schon mal gehört, aber wenn man mal ganz nüchtern von der Sache her denkt …«

»Ich denk drüber nach, okay?«

Darauf ging David in die Küche und rumorte so laut herum, dass man Teller und Tassen fast schon schreien hörte. Da auch Romy bereits etwas gelangweilt zu nörgeln begann und Knut und Kurt noch immer erwartungsvoll auf der Couch saßen, beschloss ich, meinen Plan fürs Erste weiter zu verfolgen. David wollte ja auch nachdenken. Und noch stand das Palais schließlich gar nicht zum Verkauf. Wir mussten den Nachlassverwalter irgendwie auf unsere Seite kriegen.

Streng blickte ich den beiden ins Gesicht. »Ihr habt das eben mitgekriegt?«

Kleinlautes Nicken vom Sofa. So richtig von unten, mit nach oben gerichteten Augen, damit sie mich überhaupt noch sehen konnten, bei der Neigung des Kopfes.

»Gut. Ihr habt eine Aufgabe. Das ist euch klar?«

Wieder Nicken.

»Ihr wisst nur noch nicht, wie ihr sie meistern sollt?«

Verstohlene Seitenblicke. »A bissi schon.« Keine Ahnung, ob Knut oder Kurt. Ich konnte mir einfach nicht merken, wer wer war.

»Nun passt mal auf«, hob ich an. »Mein Freund David«, ich zeigte mit dem Finger in Richtung Küche, »glaubt, dass ihr gar keine Handwerksgesellen seid …«

»Gemeini.« … »Mit Gunst und Verlaub!«

»Und um ehrlich zu sein«, fuhr ich fort, »ich glaube es auch nicht mehr.«

»Oh!«

»Aber ich will euch eine Chance geben. Eine einzige.«

»Ah.«

»Wenn ihr die vermasselt, fliegt ihr sofort raus und geht direkt ins Gefängnis. Ist das klar?«

»Ih!«

»Ich zeige euch jetzt euer Zimmer. Es ist ein sehr schönes

Zimmer im ersten Stock mit Sonnenlicht am Morgen. Da steht es sich ganz leicht auf.«

»Wie lieb!«

»Dieses Zimmer ist sehr schön, aber leider auch ein bisschen feucht und von daher kein Ort, an dem man sich lange aufhalten sollte, wenn man sich kein Rheuma, Arthritis oder einen schlimmen Virus zuziehen möchte ...«

»Wir möchten aber nicht sterben!«, sagte nun wieder der Dunkle, recht betroffen. Es war, glaube ich, Kurt. Und selbst Romy war bei dem Wort alarmiert: »Mama, müssen die beiden Männer sterben?«

»Nein, Schatz, das müssen sie nicht. Sie werden dort oben lediglich begreifen, warum sie das Dach dicht kriegen müssen, denn dann verschwindet der Schimmel, und damit der Pelz auf der Lunge und in der Folge auch der Hustenreiz, der sich zuweilen als blutiger Auswurf bemerkbar machen kann.«

»Knuti, lass uns gehen. Das hier issi nichts für uns.«

Ängstlich erhoben sich die beiden Hünen, die mir immer besser gefielen. Ich hatte keine Ahnung, was die in ihrer Kindheit erlebt hatten. Bestimmt war es nichts wirklich Gutes im landläufigen Sinne, aber sie wirkten so verdammt heil. So unbeschadet.

»Halt, halt«, rief ich. »Ihr müsst wirklich keine Angst haben. Das alles passiert nicht sofort. Das dauert. Ich beschreibe ja nur, was passieren *könnte,* wenn es euch *nicht* gäbe. Aber ihr seid ja da. Und wenn ihr euch beizeiten ans Werk macht, genießt ihr ein warmes Bett, eine warme Mahlzeit und ...«, ich schaute zu Romy, »... ein warmes Zuhause.«

Ich machte einen Schritt auf die beiden zu. »Abgemacht?«, fragte ich und streckte erst Kurt, dann Knut die Hand hin. Sie schlugen ein, Romy auch noch, und damit war der Deal perfekt.

Die beiden sollten, die beiden *mussten* das Palais einfach so herrichten, dass es diesen Namen wieder verdiente. Über die Finanzierung würde ich mir später schon noch mit David einig. Ich war auf dem Weg, Wege zu finden, und dabei wollte ich mich jetzt nicht aufhalten lassen.
Im Gänsemarsch gingen wir hoch in den ersten Stock, ich vorneweg, die beiden Ks hinter mir, Romy mal vorne, mal hinten, und ich dachte, als ich das lose Treppengeländer zu fassen bekam, was für ein komischer Gesell doch der Zufall im Leben war.
Den beiden ihr Zimmer zu zeigen – ich quartierte sie in der Nummer 4 ein, mit wunderschönem Erker und nach vorne raus – dauerte nicht besonders lang, denn im Gegensatz zu mir konnten sie der Schönheit und Individualität dieses Hauses nicht viel abgewinnen. Weder Knut noch Kurt nahmen die Sprossenfenster wahr, die ihnen einen wunderbaren Blick über die Auffahrt und den vorderen Garten erlaubten. Sie beachteten weder das Stäbchenparkett noch die ausgelegten Läufer in den perfekt zum Lichteinfall passenden Farben Türkis, Bleu und Rost. Das Einzige, was Knut und Kurt sofort interessierte, war die Ausziehtechnik des Schlafsofas und ob man – bei ausgezogener Matratze – noch im Rattanstuhl schaukeln konnte. Auch hier, in diesem geschätzten 13-Quadratmeter-Raum, stand ein kleiner Tisch mit einem Holzstuhl, und zumindest ich sah bereits den Laptop vor mir, auf dem sich die beiden durch sämtliche »Handwerken leicht gemacht«-Seiten im Internet surfen konnten. Gemeinsam erkundeten wir dann noch das hintere Bad, und ich war froh, dass ich dort weder auf Wäsche noch auf sonstige Hygieneartikel von David stieß. Er musste sich im vorderen Badezimmer eingerichtet haben. Das lag ja auch näher.
Mit der Empfehlung, sich bis zum Abendessen – wir erwar-

teten Besuch! – gründlich gewaschen zu haben, verabschiedete ich mich von den beiden Neuzugängen, denn so ernst ich es nahm mit der Personalverantwortung, auch ich brauchte mal meinen Freiraum.

Selbst Romy schien offenbar genug von dem Trubel gehabt zu haben, denn sie folgte mir wortlos in unser Schlafzimmer im Erdgeschoss, wo ich mich mit einem Buch aufs Bett legte und sie zufrieden ihr Winnie-Puuh-Puzzle bearbeitete.

Auf behagliche Weise aufgewühlt, versuchte ich mich in den Text zu vertiefen, und doch: Es gelang mir nicht. Es war ein wunderschönes Buch, einer dieser Ewig-Bestseller aus Frankreich, in dem es um eine Handvoll höchst verschrobener, einsamer Menschen ging, die in Paris zufällig aufeinandertrafen, um dort plötzlich so etwas wie ein gemeinsames Glück zu finden. Ich hatte dieses Buch schon vor Monaten begonnen, lange bevor ich selbst in der deutschen Pampa mit einem Haufen skurriler Typen unter einem Dach hausen würde, die zunächst einmal ursächlich durch Tante Gretchens Ableben dort vereint wären. Wahrscheinlich täte ich sogar gut daran, ein paar Seiten mehr in einem Buch zu lesen, das mich erdete, das mir die Hoffnung auf das Gute im Leben und meinen Verstand zurückgäbe, den ich gerade augenscheinlich verlor, wenn ich auch nur im Ansatz vermutete, dass ein attraktiver, aber undurchsichtiger Amerikaner, ein Rinder züchtender Kapitalist mit ebenfalls amerikanischem Pass, zwei schlecht riechende Vagabunden und eine ominöse Bekannte namens Swantje in meinem bescheidenen, normalen Leben dazu dienen konnten, meine eigene Geschichte ebenso glücklich ausgehen zu lassen wie die in dem Buch. Ganz davon abgesehen, dass die dort alle kinderlos waren. Sie hatten immer nur mit sich zu tun. Da gab es keine Bedrohung von außen – sieht man mal von einer schwierigen Mutter ab. Aber die hatten wir ja alle. Ich war gespannt, wann meine auf der Bildfläche erscheinen würde …

Aber in dem Buch hatte keiner eine Romy, die ihm ein sonnenstudiogebräunter, nichtsnutziger, aber nicht dummer Vater streitig machen wollte.

Und in dem Buch redete auch niemand mit Esel, der neben dem Kopf von Winnie Puuh das größte Körperteil in dem Puzzle ausmachte und den Romy trotzdem nie finden wollte. Da war sie mit Ruh und Ferkel, die beide viel kleiner waren, bedeutend schneller dabei.

Ich legte das Buch, in dem ich nicht mehr lesen wollte, zur Seite und fragte Romy, warum sie denn das Esel-Teil nicht in die Lücke legen wollte.

Romy war so konzentriert, dass meine Frage auf taube Ohren stieß. »Hm?«

»Na, Esel«, sagte ich.

Romy, die sich längst die Strumpfhose ausgezogen hatte, weil sie am liebsten halb nackig durch die Gegend lief, schlug ihre speckigen Beine übereinander. Ich sah ihre rosa lackierten Fußnägel und die kleinen, zarten, endlos schönen Zehen. Jeden Abend puhlte sie sich die Fusseln aus den Zwischenräumen, und ich fragte mich, wie sie wohl jemals auf diese Idee gekommen war. Ich hatte es ihr nicht beigebracht. Jedenfalls nicht bewusst.

»Der kommt immer zum Schluss«, sagte sie schließlich gnädig.

»Aha«, erwiderte ich. »Und warum?«

»O Mama«, sagte sie und rollte dabei genervt mit den Augen. »Das ist Esel!«

Ach so, dachte ich und hatte wieder etwas gelernt. Zum Beispiel, dass Warum-Fragen auch richtig doof sein konnten.

Und warum? Weil sie nichts brachten. Weil es einfach Dinge gab, die so waren, wie sie waren. Weil es mir in einer Stromschnelle nicht viel half, mich zu fragen, wie ich dort hineingeraten war, sondern nur, was ich tun musste, um nicht unterzugehen. Weil ich in meinem Leben nicht die letzte Seite aufschlagen konnte, um das Ende zu lesen und damit getröstet für die übrige Verweildauer die Gewissheit zu haben, dass schließlich ja sowieso alles gut würde, wie in dem Buch, das ich gerade las und dessen letzte Seite ich *natürlich* längst aufgeschlagen hatte.
Ich seufzte leise, dachte noch einmal an die Erkerbibliothek, die voller Werke stand, die bedauerlicherweise vorhin auch kein Mensch zur Kenntnis genommen hatte – die ich aber auf jeden Fall noch mal besuchen wollte –, um meine Tochter dann zu fragen, ob sie nicht Lust hätte, ein bisschen mit mir zu spielen, wenn endlich auch Esel, der Mutlose, in dem schweren Puzzle verarztet worden wäre.
»Juchuh«, sagte sie, während ich schon beschlossen hatte, durch den matschigen Garten mit ihr zu toben.

Und so, ohne irgendeinem von ihrer Absicht Kunde zu geben und ohne dass jemand sie sah, bewehrten sie sich eines Nachmittags vor Einbruch der Dunkelheit – es war einer der kalten Apriltage – mit ihrer ganzen Rüstung, stiegen auf das Pony Kyra und den Hengst Pinto, nachdem sie ihre zusammengeflickten Turniermützen aufgesetzt und die Barbie-Wehrfrau gefasst sowie den abgebrochenen Haselstrauch-Speer in den Arm genommen hatten, und zogen durch die Hinterpforte des Hofes hinaus aufs Feld, mit gewaltiger Befriedigung und Herzensfreude darob, mit wie großer Leichtigkeit sie ihr löbliches Vorhaben auszuführen begonnen.
Wofür der Quijote nicht alles gut sein konnte.

12

Als ich die Frau am Tisch sah, wusste ich sofort, dass Swantje nicht so schlimm sein konnte. Das hatte einerseits mit ihrer Figur zu tun, auch wenn es nicht nett ist, so was zu sagen. Dazu gleich. Aber sie war auch die Einzige, die verhalten schmunzelte, als Romy und ich, die wir über unser quijoteskes Abenteuer tatsächlich ein wenig die Zeit vergessen hatten, schließlich nach Einbruch der Dunkelheit wieder in das gemütliche Wohnzimmer polterten, nachdem wir in der Diele lautstark unsere Gummistiefel bzw. Turnschuhe von den Füßen gekickt und mit all dem Dreck daran das Wer-kann-sie-am-weitesten-werfen-Spiel gespielt hatten.
Das allein muss in der gedämpften Dinner-Atmosphäre bei Kerzenschein und Kamingeknister wohl schon merkwürdig genug *geklungen* haben. Aber als wir uns dann auf klammen Socken und mit ungewaschenen Händen auf die Stühle setzten, die noch frei waren, entwickelten sich in der behaglichen Atmosphäre durchaus Dämpfe, die vielleicht auch merkwürdig *rochen*. Feuchtwarme Märzfüße und Dung an den Händen. Wie soll ich es anders ausdrücken? Aber wie gesagt: Swantje war die Einzige, die verhalten lächelte.
Knuti und Kurti sahen betreten zu Boden und trauten sich nicht mehr, in den geachtelten Knödel zu piksen, den sie bereits vor sich auf dem Teller hatten. David tat so, als hätte er gar keine Miene mehr. Und ich wurde mir langsam des ganzen Ausmaßes unseres grotesken Auftritts bewusst. Nur Romy war bester Dinge. »Das riecht gut. Ich will auch einen Kloß. Mit Soße. Und was ist das?« Sie zeigte auf eine

Art Mini-Roulade, und direkt danach wanderte ihr Blick automatisch zu Swantje, einer Frau, die sie noch nie zuvor gesehen hatte. Das verwunderte mich ein bisschen, aber es machte mir Swantje nicht unsympathischer. Romy brauchte normalerweise etwas länger mit Fremden, zumindest fremden Frauen. Bevor ich Swantje aber weiter studieren konnte, kam mit dem Bewusstsein eines vielleicht nicht ganz angemessenen Auftritts auch ein bisschen Anstand zurück.

»Hallo«, sagte ich, stand mit ausgestreckter Hand auf, wobei sich mit mir auch eine ganze Wolke aus Landluftdämpfen erhob. »Ich bin Annabel. Und das ist Romy.«

»Swantje«, sagte Swantje lächelnd, die sich mit ihrem geschätzten 30-Kilo-Po nur so halb von dem Stuhl erhob und die Augen dabei eigentlich kaum von Romy nahm. Sie war so beschäftigt damit, ihr die Roulade, die keine war, sondern eine Involtini, zu erklären und ihr den Teller damit und dem Kloß und der Soße vollzumachen, dass ich schon dachte, ich wäre bei meiner Mutter. Oder bei Helga, der Canasta-Freundin meiner Mutter. Das zumindest war mein erster Eindruck von einer Frau, die ich mir in mannigfaltiger Weise vorgestellt hatte. Das »mannigfaltig« aber bewegte sich in einer Bandbreite von Penelope Cruz über Renee Zellweger bis hin zu Julia Roberts. Eine norddeutsche Marianne Sägebrecht war bis zu diesem Zeitpunkt nicht dabei gewesen. Oder eben eine Frau wie Helga, die Canasta-Freundin. Nicht dass ich Helga nicht gemocht hätte. Ganz im Gegenteil. Helga war so warmherzig, gutmütig, vollbusig und geduldig, dass man sie gar nicht *nicht* mögen konnte. Sie war nur sehr weit von dem entfernt, was ich mir unter dem schlanken, blonden Ärztinnen-Gift Swantje vorgestellt hatte. Die Swantje, die hier am Tisch saß und leckere, mit

Chicorée, Zwiebeln, Paprika und Schinken gefüllte Involtini mit Klößen gekocht hatte, stellte man sich am ehesten in einer schwarzen Stretch-Polyesterhose vor, die sie noch halbwegs bequem über ihre Ein-Quadratmeter-Pofläche ziehen konnte. Sie war eine von denen, deren Kinn nahtlos in die Brust überging und deren Füße im Vergleich zu den Beinen so klein und zart wirkten, dass man sich fragte, warum der Mensch überall wachsen konnte, nur an den Füßen nicht. Und an den Ohren vielleicht.

Swantje war also fett. Aber deswegen war sie noch lange nicht hässlich. Sie hatte wunderschöne, klare blaue Augen, so richtig leuchtend große blaue Augen. Kornblumenblau. Vielleicht etwas heller. Und traumhaft dichtes dunkelblondes Haar, das sie tatsächlich hochgesteckt trug. Allein vom Hinterkopffoto her hätte sie also durchaus für Julia Roberts durchgehen können. Zudem hatte sie eine volle, dunkle Stimme, die die Tragik und das Selbstbewusstsein einer Opernsängerin erahnen ließ. Und den Humor, wenn sie Puccini sang.

Mit von der kalten Luft draußen und der warmen drinnen glühenden Wangen fragte ich mich, warum man sich bloß immer wieder diese kranken, blöden Bilder im Hirn zurechtlegte. Und wie missgünstig man war! Warum eigentlich? Ich sah heimlich zu David hinüber, der lustlos in seinem Essen stocherte. Schon wieder verspürte ich einen Anflug von Scham. Vor mir selber konnte ich schlecht verheimlichen, dass er in gewisser Weise etwas mit meinen übersteigerten Bildern zu tun hatte. Außerdem war ich wohl schuld an seiner schlechten Laune. Die Sache mit Kurt und Knut schien ihm wirklich nicht zu schmecken. Andererseits hatte er aber auch kein Recht, hier allen den Abend zu vermiesen. Entschlossen spießte ich mir ein Stück Kloß auf die

Gabel – ich hatte jetzt wirklich Hunger – und wandte mich an Swantje.

»Es freut mich sehr, dich kennenzulernen. David hat mir schon so viel von dir erzählt«, erklärte ich und schöpfte mir drei volle Esslöffel Soße über den Kloß. Die paar Tropfen, die auf den Tisch kleckerten, wischte ich mit dem Finger weg und leckte ihn gedankenverloren ab. Das hätte ich besser bleiben lassen sollen. Oder mir vor dem Essen doch die Hände waschen. »Ich finde es ja Wahnsinn, wie du es neben deinem Job noch schaffst, so ein aufwendiges Essen zu zaubern. Sehr lecker übrigens. Ich würde das nie schaffen. Und ich arbeite ja nur in einem Callcenter. Und auch nur die U18-Schicht.« Ich sah, wie David verzweifelt die Hand vors Gesicht legte und den Kopf schüttelte. Keine Ahnung, warum. Das war nun wirklich nicht verfänglich. »Bei dir ist das ja was ganz anderes. Musst du auch manchmal diese 36-Stunden-Schichten kloppen?«

Bei dem Wort kloppen zuckten selbst Knut und Kurt zusammen. Und Romy fragte: »Mama, warum willst du die Frau verkloppen?«

Ich redete unbesonnen weiter. Mitgefangen, mitgehangen. »Ich finde das eigentlich unverantwortlich, wenn Ärzte so lange arbeiten müssen. Stell dir mal vor, du sollst ein neues Herz bekommen und der Mensch, der es dir einpflanzen soll, kann vor Müdigkeit gar nicht mehr geradeaus gucken! Auf welcher Station bist du eigentlich? Chirurgie? Innere? Oder in der Notaufnahme? Tendenziell würde ich auf Notaufnahme tippen. Weil du ja sofort von Tante Gretchens Tod wusstest. Andererseits auch wieder unlogisch, weil man eine Tote ja wohl eher nicht in die Notaufnahme fährt. Dann bist du Forensikerin? Schnippelst du …?« Deutlicher wollte ich vor Romy nun doch nicht werden, und so stopfte ich mir ein Viertel Kloß in den Mund, an dessen Zipfel aber noch ein zweites Viertel hing, sodass es ein halber wurde. Kauend schaute ich in Swantjes wirklich strahlend große blaue Augen. Die lachten, die beiden. Der Rest wirkte eher undurchsichtig.

»Nun ja, zuweilen gibt es diese Doppelschichten schon«, erwiderte sie schließlich freundlich. »Aber am Empfang ist das vermutlich trotzdem kein Vergleich.«

Ich nickte und schnitt mir ein weiteres Stück der wahrlich köstlichen Involtini ab. »Ich wusste gar nicht, dass es auch Empfangsärzte gibt«, sagte ich und überlegte dabei, ob ich nicht doch mal mit dem Kochen anfangen sollte. Das war wirklich wahnsinnig lecker. Diese Involtini waren mit irgendetwas bestrichen, das mich entfernt an Orangenmarmelade, süßen Senf und Ingwer erinnerte. Herrlich!

»Ich wüsste es auch nicht!«, sagte Swantje freundlich.

Mann, war die freundlich.

»Wie bitte?« Mir rutschte aus Versehen mein Messer aus der Hand, und David stand schon wieder auf, um abzuräumen. Kurt und Knut ließen ihr Essen kalt werden, obwohl sie sich so darauf gefreut hatten.

Hatte ich etwas falsch gemacht?

»Annabel, ich bin Empfangssekretärin in Eutin und hatte am Freitag Dienst, als der Notarzt zurück ins Krankenhaus kam und von Frau Sandmüllers Tod erzählte. Weil ich weiß, dass David Grete sehr … verbunden ist, habe ich ihn sofort angerufen. Das ist alles. Ich weiß nicht, wie du darauf kommst, dass ich Ärztin sein könnte. David hat bestimmt nichts dergleichen erzählt.«

Klare blaue Augen. Klare Worte. Kein Psychoschmus. Keine Unsicherheit. Und keine Missgunst. Ich verschluckte mich etwas.

»Ich weiß schon, wie sie darauf kam«, dröhnte es aus der Küche. Unwillkürlich zog ich meinen Kopf ein wenig ein. Schildkröte sein wäre jetzt gut gewesen.
»Red noch mal zehn Minuten mit ihr, und dann wirst du es auch merken, Swantje: Diese Frau lebt in einer Scheinwelt! Durchgeknallt, durchgedreht und zu keinem vernünftigen Gedanken fähig. Kannst du dir vorstellen, dass sie mich noch vor wenigen Stunden anzeigen wollte, weil ich angeblich ihre Tochter entführt hätte? Und jetzt kommt sie hier reinspaziert, stinkt nach Kuhmist und weiß von nichts mehr! Die ist krank!«
»David! Jetzt ist es aber gut!«, rief Swantje. Ich mochte Swantje. Endlich ergriff auch mal jemand für mich Partei.
»Was hast du ihr denn erzählt?«, hakte meine Heldin nach.
Nun hörte man aus der Küche nichts mehr. Dafür stand David gleich wieder in diesem Raumbogen, an ihn gelehnt, das Geschirrtuch noch in der Hand.
Das war schon ein Bild …
»Ich habe ihr erzählt«, fing er an, den Blick nur auf Swantje konzentriert, »dass du mich angerufen hast, nachdem du von Gretes Tod erfuhrst. Und ich habe ihr erzählt«, jetzt war der Blick eher flüchtig als konzentriert auf mich gerichtet, »dass du ihr besser erklären kannst, warum ich mich zuweilen hinter Garderobenständern verstecke, wenn es klingelt, und statt einem Hut lieber eine Perücke aufsetze, wenn ich rausgehe.«
»Hach!«, rief nun Kurti aufgeregt. »Hast du das gehört, Knuti? Eine Parüücki!«
Knuti ergriff Kurtis Hand und tätschelte sie auf so eigentümliche Weise, dass ich Romy fast bitten wollte, wegzusehen. Aber irgendwie war ich auch baff. Wie redeten die hier denn plötzlich alle? So ehrlich! David gab zu, dass er sich eine Perücke aufsetzte, wenn er das Palais verließ. Verrückt!

Swantje hingegen nickte nur sachlich und langsam mit dem Kopf. Ein unhörbares A-ha.

»Welche Version soll ich ihr denn erzählen? Die wahre oder die wirkliche?«

»Erzähl ihr die wahre«, erwiderte David entspannt und mit etwas in den Augen, das mich berührte: aus seinem Blick sprach schon eine tiefe Verbundenheit und Vertrauen.

»Entschuldigung, aber wenn es nichts ausmacht, würde ich gern entscheiden, welche Geschichte ich hier zu hören bekomme. Und ich hätte gern die wahre, die bitte auch der wirklichen entspricht. Wie kann man denn zwischen beidem überhaupt unterscheiden?«, rief ich beinahe empört.

Swantje sah David an, David Swantje. Und beide nickten. Ich mochte Swantje noch immer, jetzt, wo sie kein blondes Ärztinnen-Gift mehr war, aber ich hätte auch gern mal jemandem so verbunden zugenickt. Darum beneidete ich sie. Und deswegen pikste es auch, wenn ich daran dachte, dass ich sie mochte. Es wäre leichter gewesen, sie nicht zu mögen.

»Also gut, dann die wirklich wahre«, sagte Swantje, und Romy und ich und Kurt und Knut, die plötzlich doch nicht mehr schlafen gehen wollten und ihr kaltes Fleisch jetzt, wo die Spannung sich aufgelöst hatte, in sich hineinschaufelten, sahen gebannt auf ihre Lippen, volle, wunderbar geschwungene Lippen.

Swantje sah mich an: »Ich fang mal ganz von vorne an, und wenn es dir zu viel wird, weil du es von David schon weißt, unterbrichst du mich, okay?«

Ich nickte.

»Michael, Gretes und Walters Enkel und nach dem Tod der Eltern im Grunde Ziehsohn, ging vor gut zwanzig Jahren in die USA, um dort zu studieren. 1995 war das, glaube ich.

Genau weiß ich es nicht mehr, denn wir waren längst nicht mehr zusammen. Michael war mein erster Freund gewesen, du meine Güte …« Swantje schlug sich lachend mit der flachen Hand vor die Stirn. »Wie lange das schon her ist. Eine Ewigkeit. Und damals, musst du wissen, war ich auch noch deutlich schlanker …« Hier wurde Swantje zum ersten Mal ein bisschen rot.

»Ich finde dich auch so sehr schön«, sagte ich nur. Und das stimmte. Solche Augen und so einen Mund hätte ich auch gern. Meiner war eher verkniffen. Nicht ein Hauch von der Weichheit, die Swantje hatte.

»Wir finden dich auch schön«, sagte Kurt.

»Ich auch.« Romy.

»Jedenfalls lernte Michael in Yale David kennen. Die beiden wurden unzertrennlich. Sie hegten die gleiche Liebe zur Musik, sie liebten die Sonne, das Meer, die Mädchen … Sie hatten Ziele, sie wollten etwas bewegen, sie waren jung und sie waren voller Idealismus …«

»Swantje«, unterbrach David sie freundlich. »Wir haben verstanden …«

Swantje nickte. »Nicht, dass sie sich wirklich ähnlich gewesen wären. Von ihrem Wesen her unterschieden sie sich sogar sehr. Michael war der Draufgänger, der mit den verrückten Ideen und der mit dem Feuer spielte. David hingegen konnte vermitteln, den kühlen Kopf bewahren, bremsen, wenn Michael zu hitzig wurde. Aber sie ergänzten sich eben perfekt. Sie waren … wie Zwillinge, die sich vervollständigten: gleiches Alter, ähnliche Statur, das gleiche Ziel, aber dabei hatte eben jeder seine Stärke da, wo der andere sie nicht hatte.«

Ich nickte. So ähnlich hatte es mir David auch beschrieben. Und zumindest ihn fand ich ansatzweise in den Beschreibungen auch wieder, wenngleich ich ihn nun auch nicht als den König der Besonnenheit empfand. Aber ich wusste, was Swantje meinte.

»David war mit Michael ein-, zweimal hier in Weitewelt. Von daher kannten ihn ein paar Leute. Und die, die ihn nicht kannten, wussten zumindest, dass es ihn gab, den ›besten Freund von Sandmüllers Michael aus Amerika‹.« Swantje machte eine kurze Pause. »So geht das hier auf dem Dorf. Geredet wird viel. Du glaubst doch nicht, Annabel, dass morgen im Umkreis von zehn Kilometern nicht jeder weiß, dass du zwei … fahrende Gesellen aufgenommen hast? Und dass vor allem *du* sie aufgenommen hast! Die Fremde aus der Stadt, die vorgibt, sie sei Tante Gretchens Pflegerin. Dabei, wie merkwürdig, stirbt ihr die arme Grete unter den Händen weg, kaum dass man ahnte, dass es überhaupt eine Pflegerin gab. Das ist dir schon klar, nicht wahr, Annabel?«

Ich schluckte trocken. Knuti und Kurti auch.

David lachte.

Wo war ich hier nur gelandet? Vielleicht war das Stadtleben doch besser.

»Aber das alles war bis auf die Sorge, dass Michael diese ein, zwei Mal einen Mann, einen ›Studienfreund und Geschäftspartner‹ mit nach Hause brachte und keine hübsche Amerikanerin mit gebleichten Zähnen, grundsätzlich in Ordnung. Bis zu jenem tragischen Sommer 2004. Bis zu dem Tag, an dem klar wurde, dass Michael nie wieder nach Weitewelt kommen würde. Bis durchsickerte, dass Michael mit seinem besten Freund surfen und dieser nicht in der Lage gewesen war, ihn zu retten. ›Wie kann das sein?‹, raunten die Nachbarn. ›Er hat ihn absichtlich ertrinken lassen‹, spekulierten die Nächsten. Und hier auf dem Dorf, wo jeder jedem hilft, gedeiht die hinterhältige Boshaftigkeit so gut wie der Raps, der Spargel und die Erdbeeren. Die Menschen brauchen das. Und hier können sie es sich eher leisten als in der Stadt. Auch wenn hier keine schwangere Frau allein über die Straße gehen muss. Das ist so. Ein Gesetz. Und aus dem Verdacht, David hätte schuld sein können an der Tragödie, die die arme Grete Sandmüller, die noch dazu kurz zuvor ihren Mann über einen Schlaganfall zum Pflegefall hatte werden sehen, jetzt auch noch erdulden musste, wurde flugs eine Gewissheit: David ist schuld an Michaels Tod! Und sie haben Grete bedauert, David verflucht und sich gleichzeitig gesagt, dass Grete schon irgendwelche schweren Sünden im Leben auf sich geladen haben musste, wenn ihr der liebe Gott so übel mitspielte. Selbst schuld, Gardine zu, wie gut, dass es uns nicht getroffen hat.«

Swantje trank einen Schluck Wasser, und ich musste mich anstrengen, mich nicht zu rühren. Gern hätte ich laut aufgeschrien und gesagt, wie ungerecht das alles doch sei. Gern wäre ich zu David gelaufen und hätte ihn in die Arme genommen. Gern hätte ich Romy geherzt und geküsst und ihr gesagt, dass ich sie liebe. Und gern auch hätte ich noch einmal bei Tante Gretchen gesessen und wäre der gewesen, auf den sie wirklich gewartet hatte, bevor sie das letzte Mal hustete: *»Kindchen, quälen Sie mich doch nicht. Wo ist denn Michael?«*

Gern hätte ich all das getan. Aber ich schaffte es, mich nicht von der Stelle zu rühren. Ich spürte, wie meine Augen sich mit Tränen füllten. Und von mir aus sollten sie mir auch über die Wangen laufen. Aber mehr wäre unpassend gewesen. Mehr wäre zu egoistisch gewesen. Das hier war nicht meine Geschichte. Es war die von Michael. Und von David. Vielleicht sogar eher die von David. Und natürlich die tragi-

sche Familiengeschichte von Tante Gretchen und den skeptisch beäugten Sandmüllers überhaupt.
»Nun ja. Grete sah das natürlich anders. Sie war eine für ihre Generation aufgeklärte, fast schon moderne Frau. Sie konnte Michael nicht mehr lebendig machen, aber sie konnte David dennoch umso mehr in ihr Herz schließen. Und so geschah es. Heimlich. Hinterrücks. Vor der Öffentlichkeit weitgehend verborgen. Nach Walters Tod vor zehn Jahren reiste Grete zwei-, dreimal in die Staaten, und David war erneut ein-, zweimal hier, bis Gretes Demenz anfing. Aber nie länger als für wenige Tage, ein Wochenende. Und das Haus verließ er so gut wie nie, und wenn, dann eben ein bisschen verkleidet. Wenn möglich, sollte niemand wissen, dass David in Weitewelt war. Es hätte Grete nur unnötig geschadet; auf die eine oder andere Weise hätte sie es zu spüren bekommen. Und das wollte ihr niemand antun. Die Einzige, die wirklich die ganze Zeit Bescheid wusste, war ich«, sagte Swantje, und der Punkt hinter ihrer Geschichte war deutlich zu hören. Sie war niemand, der viel Gewese um sich machte.
»Ja«, erwiderte nun David, ging auf Swantje zu und streichelte ihr sanft über die Wange. Ich bekam eine Gänsehaut. »Ohne dich wäre das alles nie möglich gewesen. Und ich danke dir dafür. Ich kenne kaum einen Menschen, dem man so vertrauen kann.«
»Hach, ist das schön«, schluchzte Knut.
Ich sagte nichts.
Romy war am Tisch eingeschlafen.
Die Hand auf Swantjes Stuhllehne gestützt, nicht auf ihre Schulter, auf die Stuhllehne, schaute David nun zu mir. »Verstehst du jetzt und hörst auf, den Schwerverbrecher in mir zu sehen?«

Ich nickte stumm, und in mir keimte der Wunsch, auch zu den wenigen Menschen zu gehören, denen David vertrauen durfte. Wenn ich den Anfang machte, könnte es ja vielleicht klappen.

Nachdem ich Romy ins Bett gebracht und Kurt und Knut sich ebenfalls verabschiedet hatten, saßen wir drei noch eine Weile zusammen und plauderten relativ ungezwungen über alles Mögliche: das Leben in der Stadt, auf dem Land und im Ausland. Das Leben mit und ohne Partner. Swantje erzählte freimütig von dem Mann, mit dem sie verheiratet gewesen war, ein bisschen länger, als Thomas und ich zusammen waren, aber auch nicht glücklicher: Er war tatsächlich Arzt in Kiel, und er liebte nicht nur Swantje in ihrem weißen Schwesternkittel, sondern auch noch ziemlich viele andere Frauen. Außerdem hatte er wohl ein schweres Alkoholproblem, das eine Patientin beinahe das Leben gekostet hätte. Da war es für Swantje vorbei gewesen.

Ich erzählte ein bisschen von Thomas und dem Sorgerechtsstreit, aber auch nicht zu viel. Es war nicht wegen Swantje. Es tat mir einfach zu weh, darüber nachzudenken. Und ich glaube, das verstand sie auch. Jedenfalls bohrte sie nicht nach.

Und während David noch zwei Scheite in den Kamin legte, fragte ich sie nach ihrer Meinung zu Kurt und Knut und erzählte kurz, wie sie plötzlich ebenfalls Gäste des Hauses geworden waren. Zu meiner Überraschung sagte sie nur: »Das ist doch super! Etwas Besseres hätte euch doch gar nicht passieren können. Die beiden sind lustig. Und ich denke, man kann ihnen vertrauen.«

»Dass sie nichts von ihrem sogenannten Handwerk verstehen, stört dich nicht, was?«, brummte David von der Feuerstelle her. Mit einem brummenden David vor der Feuerstelle zu liegen, stellte ich mir auch schön vor. So archaisch. Und vielleicht so wild. Womöglich hätte ich dann auch so wollüstige Lippen wie Swantje!

Swantje lachte. »Ach, David. Nimm doch nicht immer alles so ernst!«

Ein weiser Kommentar, fand ich.

»Annabel hat recht: Entweder die lernen ganz schnell, was sie können sollen, oder sie fliegen raus. Und wie ich die beiden erlebt habe, wollen sie eins ganz bestimmt nicht: mittellos wieder auf der Straße landen. Ne, ne, der Plan ist gut, vorausgesetzt ...«

»Vorausgesetzt was?«, fragten David und ich wie aus einem Mund.

»Vorausgesetzt, ihr wisst, was mit dem Palais passieren soll.«

Ich sah zu David, David zu mir – nicht ganz so gelassen und innig, wie er vorher zu Swantje geschaut hatte, aber immerhin doch so verbunden, dass mir klar wurde, dass auch David und ich bereits etwas gemeinsam hatten: einen Plan oder zumindest einen Austausch darüber. Mir wurde noch ein bisschen wärmer.

»Wieso sagst du eigentlich ständig ›ihr‹?«, fragte David zurück. Stimmt, das war mir auch aufgefallen, aber weil ich es so schön fand, hätte ich sie nicht darauf angesprochen. Schon wurde mir wieder ein paar Grad kühler.

Swantje zuckte mit den Schultern. »Keine Ahnung ... ein Gefühl. Liege ich falsch?«

»Nun ja«, sagte David und stocherte mit dem Schürhaken in der Glut. »Du liegst insofern vielleicht richtig, als Annabel überlegt, wie sie am besten in dem Haus bleiben kann, ohne es zu kaufen, und wie ich ihr das finanzieren darf. Das schweißt durchaus zusammen.«

So hatte ich mir das nicht vorgestellt. Wie stand ich denn bei diesen Worten da? Ich musste etwas tun. Nur was?

»Also«, hob ich an, um mir Zeit zu verschaffen. »Ganz so ist es ja nun auch nicht. Ich war doch wohl ganz offensichtlich aus den ehrenwertesten Motiven heraus zur vielleicht falschen Zeit am falschen Ort. Ad 1: Dass sich dieser Ort für mich persönlich als ein ganz schöner herausstellt, wusste ich ja vorher nicht. Ad 2: Nun sind wir also hier und haben die Wahl: das Haus, zu dem David, der es nicht kaufen kann und soll, eine langjährige emotionale Bindung hat, verfallen lassen und einem reichen Aussteiger mit falschen Vorstellungen vom Landleben überlassen oder mir, die eine quasi sehr jungfräuliche, aber dafür umso tiefere Beziehung zu diesem Palais aufgebaut hat, helfen, es flottzumachen und es in den richtigen Händen zu halten. Was wäre denn daran so schlecht? Man kann doch juristisch alles regeln: Teileigentum, Sondernutzung, lebenslanges Wohnrecht … ist doch alles kein Ding …«, sagte ich und fand, ich hatte mir sehr glaubwürdig Zeit verschafft.

Swantje hörte aufmerksam zu. Man sah den einen oder anderen Einwand über ihre Stirn huschen, aber nichts Gravierendes.

David verhielt sich da anders. Die eben noch intakten Holzscheite waren zu veritabler Glut zerhauen.

»Annabel, du bist wirklich klug«, entgegnete er mit Nachdruck.

Ich war kurz stolz.

»Na, vielleicht würde es ›gewitzt‹ eher treffen.« Ich war nicht mehr so stolz. Er stocherte weiter. »Ich denke auch, dass sich vertraglich alles Mögliche regeln ließe«, machte er nachdenklich weiter. »Ich bin jedoch der Meinung, für all diese einschränkenden Rechtseinräumungen bedarf es eines vertrauensvollen Eigentümers, der sie dir oder mir oder wem auch immer einräumen könnte. Meinst du nicht?«

Plötzlich wurde mir sehr klar, woher der Ausdruck rührte, dass man sich fetzt, dass die Funken flogen.

Ich nahm David den Schürhaken vorsichtshalber aus der Hand, wusste, dass ich auf dieses echte Problem keine Antwort hatte, und wandte mich hilfesuchend an Swantje: »Was denkst du denn? Wer kann diesen Scheißkasten denn nun kaufen für uns?«

Swantje ließ sich wirklich durch nichts aus der Ruhe bringen. Sie pikste noch mal ein Stück Kloß auf, das Romy übrig gelassen hatte, schob es sich in den Mund, dachte nach, kaute. Mit den Gabelspitzen zog sie Muster durch die erkaltete Sauce. Irgendwie war das eklig. Ich wurde ungeduldig. Sie nicht. David saß einfach nur da.

»Es ist ganz einfach«, sagte sie schließlich und nahm sich auch noch den letzten angetrockneten Kloß aus der Schüssel. Vielleicht wollte sie gar nicht abnehmen. »Ihr spielt auf Zeit.« Sie sah erst zu David und dann zu mir. »Ihr habt beide recht: Verkommen lassen wäre Sünde. Kaufen ist grad keine Option. Aber ihr seid beide hier, und niemand wird euch vertreiben. Ihr habt es mit einem riesigen Anwesen und einer kleinen Gemeinde zu tun. Jeder ist froh, wenn er kein Problem on top hat, ihr die Grundsteuer weiter zahlt, den Kasten fit macht und – wer weiß? – später richtig was damit anstellt. Ich meine, so ganz viel Konkurrenz habt ihr hier ja nicht. Diese Ecke Schleswig-Holsteins hat seit dreißig Jahren keine Wertsteigerung mehr gesehen. Die Ostsee ist zu weit weg. Berge gibt es nicht. Tourismus in dem Sinne also auch nicht. Ich würde es einfach mal so versuchen.

Was ihr tun solltet, und ich denke, Anna, das könntest du ganz gut hinkriegen …«

Erschrocken sah ich auf. Was sollte ich denn nun wieder hinkriegen?
»… Ihr müsst mit dem Bürgermeister reden. Die Gemeinde erbt das Haus, sobald der Nachlassverwalter bescheinigt, dass es keine rechtmäßigen Erben gibt. Das dauert sowieso noch eine Weile. Also hängt euch von Anfang an an Karl-Heinz Höfer. Wenn ihr den für die Idee gewinnen könnt, wer weiß, vielleicht hilft er euch ja sogar.«
David hatte bei Swantjes Rede immer mal wieder die Brauen hochgezogen, sich an der Nase gerieben oder nach unten geschaut. Ich hatte gebannt zugehört, jedoch mit etwas erhöhter Pulsfrequenz, seit ich das von meiner Aufgabe wusste.
»Ich kenn den Herrn Höfer doch gar nicht«, war das Erste, was mir einfiel. »Was soll ich denn sagen? Wie ist er denn so? Und wenn er Zeugnisse von der Pflegeschule sehen will?«
Swantje machte eine wegwerfende Handbewegung. »Karl-Heinz ist Ende sechzig und vermutlich auch ähnlich lange schon im Amt. Er ist ein bisschen eitel und auch ein bisschen cholerisch, aber wenn man ihm das Gefühl gibt, dass nur er helfen kann, dann tut er das womöglich. Was ich mich nur frage, ist, wie du das alles mit Romy und von Hamburg aus steuern willst.«
Triumphierend sah David auf und erntete einen bösen Blick von mir. Ich erzählte nun auch Swantje von meiner Situation und dem Besuch von Mr. Big und dass ich womöglich die Chance hätte, hier auch beruflich etwas weiterzukommen.
Swantje war inzwischen so begeistert von dem ganzen Vorhaben, dass sie vergnügt in die Hände klatschte. Dabei wackelte und quietschte der Stuhl bedenklich. Vielleicht sollten Kurt und Knut hier mal ein paar Querstreben einziehen. Swantje würde ja sicher noch häufiger zu Besuch kommen.

»Wisst ihr was? Das ist großartig. Das ist ein wirklich cooler Plan. Also, Annabel, nicht dass ich nicht auch traurig über Gretchens Tod bin und dass deine Mutter damals so ein schlimmes Trauma erleben musste, aber dass es dich hierher verschlagen hat, das ist echt der Oberhammer!« Bei diesen Worten legte sie ihre Hand zärtlich auf meine, was ein bisschen unangenehm war, weil sie stark schwitzte.

Dennoch war ich über diese Aussage mehr als gerührt. Ich kannte sie kaum ein paar Stunden, und doch war sie der erste Mensch seit Jahren, der mir aus freien Stücken sagte, dass es schön war, dass es mich gab.

Ich lächelte … Ja, das war ein cooler Plan.

Es war weit nach Mitternacht, als Swantje uns verließ. Ich sagte David noch schnell gute Nacht und ging dann in mein Zimmer. Aus dem oberen Stockwerk hörte ich ein leises Schnarchen. Kurti. Oder Knuti. Oder beide.

Was für ein toller Abend das gewesen war. Was für ein ereignisreicher, bunter Tag. Wenn überhaupt, machte mir gerade nur Frau Dr. Barrett zu schaffen. Aber irgendwie, so dachte ich beim Einschlafen, würde sich das schon auch noch finden.

13

Dank Kurt und Knut hatte auch diese Nacht nicht die gewünschte Länge. Um Punkt 5.55 Uhr hatten sie dezent, aber unüberhörbar an meine Tür geklopft. Ich erklärte mir die Uhrzeit mit ihrem tiefen Wunsch nach Ordnung und Einfachheit. 6.03 Uhr hätte sie wahrscheinlich sehr verunsichert. Ich dachte mir, dass das bei Handwerkern eine ganz nützliche, manchmal eventuell gefährliche Eigenschaft sein konnte (»Wir haben es freili vorgezogen, die Abwasserrohre direkt mit der Regenrinni zu verbinden, so kann beides schön zusammen versicki«). Bei Hausierern hingegen war es doch eine unschätzbare Tugend. Kein faules in den Federn Lümmeln bis Mittag. Nein, diese beiden bewiesen schon am Tag 1 ihrer Anstellung ihre Zuverlässigkeit und Motivation. Das war doch schön!

Mir kam es im zweiten Moment des Aufwachens auch ganz gelegen, denn so konnte ich direkt um sieben Uhr im Rathaus von Seedorf anrufen und einen Termin um 9.15 Uhr mit Karl-Heinz Höfer, dem Bürgermeister, seit den späten 1960ern im Amt, ausmachen. Ich konnte in Ruhe frühstücken, mit Romy ein paar Runden Uno spielen, mich anständig zurechtmachen, meiner Nervosität so viel Raum geben, dass sie fast verschwand, und eine Weile im Internet nach geeigneten Heimwerker-do-it-yourself-Seiten suchen.

Ich notierte:

www.Handwerker.de

www.renovieren.de

www.Zuhause.de

Wenn das kein Anfang war.
Ich baute den Laptop vor Kurt und Knut auf und sagte, sie sollten nach »Dachabdichtung«, »Dielenfußböden reparieren« und, wenn Zeit blieb, auch nach neuer »Wandkultur« suchen. Als ich ihre verwirrten Blicke sah, korrigierte ich Letzteres in Malern und Tapezieren.
Außerdem organisierte ich einen Stahlwolleschwamm, leicht eingetrocknetes Stahlfix, Schmierseife, Eimer, einen Haushaltshandschuh und ein paar Geschirrtücher. Wenn sie mit der Internetrecherche gar nicht weiterkamen, sollten sie die Küche mal ordentlich durchputzen.
Es war 8.55 Uhr, als ich Romy einen Kuss zum Abschied gab, die ich dieses Mal etwas ruhiger in Davids Obhut ließ, bevor ich mich in mein Auto setzte, die Augen schloss, tief durchatmete und den Motor startete.
David hatte ich kurz gesehen. So richtig viel hatten wir uns nicht zu sagen gehabt.
»Guten Morgen.«
»Guten Morgen.«
»Könntest du noch mal auf Romy aufpassen?«
»Klar.«
Ich fühlte mich ein wenig unbehaglich, aber nach so intensiven Abenden wie dem gestrigen war das wohl normal. Wir kannten uns immer noch kaum, und ich hatte ihn mehr oder weniger aufgefordert, bei der Finanzierung des Palais maßgeblich behilflich zu sein. Mit meinen geschätzten dreitausend Euro Erspartem würden wir so ganz weit nicht kommen. Ich überlegte, ob ich ein schlechtes Gewissen deswegen haben sollte, und ich beschloss, dass das nicht nötig war. Er war ein Freund der Familie, und ich war die Ideengeberin dafür, wie er das Andenken in Ehren halten konnte. Daran war doch nichts auszusetzen!

Ich setzte langsam zurück, wendete den Ford und warf einen letzten Blick auf das schäbig-schöne Haus mit den Erkern, das in sanftem Morgennebel eingehüllt war wie ich an einem Sonntagnachmittag im Bademantel mit einer dampfenden Tasse Tee.
Ich fragte mich zum wiederholten Male, wie Tante Gretchen oder die Sandmüllers es wohl gefunden hätten – diese fremden und versprengten Menschen in ihrem Haus, das dem Vernehmen nach doch lange so offen und fröhlich gewesen war. Ich glaubte, eigentlich müsste sie es gemocht haben, und beschloss, etwas mehr über sie zu erfahren.
Und ich fragte mich auch, ob wir für die Gemeinde wohl weiter die »Undefinierbaren« blieben, die »Kommune« – ebenso interessant wie suspekt. Wenn wir die Zeit hätten, würden wir es herausfinden. Und wie gern hätte ich sie alle davon überzeugt, dass ein offenes Haus eigentlich immer auch ein gutes war.
Der Frühling kündigte sich an im Norden Deutschlands. Man erkannte es an der Leichtigkeit des Lichts und an den sich zart bildenden Knospen an den Bäumen, den sanft aus den Äckern ragenden frischen Trieben. Es war noch früh im Jahr. Aber das Leben fand seinen Weg. Schade, dass die Fahrt so kurz war.

Ich musste nicht lange suchen. Die Tür zum Bürgermeisterbüro stand offen, und ein hageres Männchen mit einem Anzug, der ihm vermutlich Ende der 80er-Jahre einmal gut gepasst hatte, inzwischen aber etwas groß und aus der Mode geraten war in seinem Beige-braun-meliert-Mix, starrte mit verzweifeltem Gesichtsausdruck auf seinen Computerbildschirm. Mit der rechten Hand nahm er immer wieder Anlauf, bevor der Zeigefinger auf etwas hinabsauste, das ich als

Taste zu identifizieren glaubte, während er wütend rief: »Drucken! Drucken! Drucken!«

Der Bürgermeister schien wirklich sehr außer sich. Nicht, dass auch er gleich in meiner Anwesenheit einen tödlichen Herzinfarkt bekam und ich am Ende als der Todesengel von Seedorf in die Geschichtsbücher einging. Das wäre ja furchtbar!

Etwas zaghafter als Kurt und Knut heute Morgen bei mir klopfte ich an die offene Tür. »Herr Höfer?«

Der Mann hörte mich leider nicht. »Drucken! Drucken! Drucken! Warum druckt das Scheißding denn nicht?« Sein Gesicht war wirklich besorgniserregend rot.

Ich versuchte es erneut: »Herr Höfer? Guten Morgen! Mein Name ist Annabel Wiesengrund. Ich habe einen Termin.«

Immerhin sah er endlich auf. Abwesend, aber er bemerkte mich. »Wissen Sie, früher, da hatte man einen Stapel Papier und eine Schreibmaschine. Man legte das Blatt ein, drehte an der Kurbel, tippte die Gemeindebeschlüsse auf das Papier, drehte noch ein bisschen weiter, und dann gab man das fertige Blatt Fräulein Wietzen. Die machte, was auch immer sie damit machte. Und das war die ganze Geschichte. Heute sitze ich vor diesem Feind, tippe meinen Gemeindebeschluss, der nach eineinhalb Stunden ungefähr so aussieht« – er drehte mir den Bildschirm zu – »und nichts ist, wie es sein soll.«

Ich las:

GeMEinde SeEdorff
RahtsSSitzung vom 24. 03. 2016 24-03-2016
TOP 1:

Ausstattung der Turnhalle GS KiebiTZEn
– 10 neue BodenmaTTen

– 1 Paar Ringe DeckenHALTUNG
– 15 Wandhklen Umkleide Jungen
– 1 neuer Wandhakn Umkleide Mädchens

Ich las nicht weiter. Im Stillen dachte ich, der Gemeinde Seedorf könnte ein Computerkurs für Verwaltungsangestellte auf der TOP 1 der nächsten Ratssitzung guttun.
»Darf ich mal?«, fragte ich beherzt, ging hinter den Schreibtisch, setzte mich, nachdem er mir eilig Platz gemacht hatte, auf Herrn Höfers etwas zerschlissenen Bürostuhl und brachte die Datei in ein Format, in dem man sie auch lesen konnte.
Karl-Heinz staunte und schwieg.
»Welche TOPs hatten Sie noch?«, fragte ich schon ganz im Modus der Vertriebsassistentin, die ich ja nun mal war.
»Erstaunlich«, raunte er und schob mir einen Zettel hin. Aus dem Gekritzel wurde ich jedoch nicht schlau.
»Diktieren Sie mir bitte. Ich kann das nicht lesen.«
Ein Strahlen ging über das Gesicht des Bürgermeisters. »Ach, ist das schön. Fast wie zu Fräulein Wietzens Zeiten.«
Er diktierte. Ich tippte. Ich speicherte (das hatte er auch vergessen), und als wir eine gute Stunde später mit dem Ratssitzungsprotokoll durch waren (Gehwegerneuerung, Zuschussanträge bei der Landesregierung Kiel für eine Erzieherinnenstelle, 20 Stunden, Gebührenerhöhung Niederschlagswasser, Wahlplakataushänge 2017) und ich ihm noch gezeigt hatte, wie man ein Dokument erst ausdruckte, wenn es fertig war, und nicht schon dann, wenn man auf dem Papier noch Korrekturen ausführen wollte, lehnte ich mich erschöpft in seinem Stuhl zurück, und er versank in der Besuchercouch.
Einen Moment dachte ich sogar, er würde kurz die Augen

schließen. Innerlich rechnete ich. Der Mann war locker 69. Sollte ich den Anfang machen?
Karl-Heinz Höfer kam mir zuvor. Er *hatte* die Augen geschlossen.
»Und Sie sind also Gretes Pflegerin? Ihr Name war noch gleich?«
Aha. Der Mann mochte ein technisches Defizit mit sich herumtragen, aber der Bürgermeister in ihm schien zu funktionieren. Ich hatte mir genau überlegt, was ich sagen wollte.
»Annabel Wiesengrund. Guten Tag. Ja, ich bekam letzte Woche einen Anruf von der Krankenkasse und wurde abgeordert, ab Montag in Weitewelt Nummer 3 eine Grete Sandmüller zu betreuen. Die alte Dame war offenbar recht krank und hat ja keine näheren Verwandten mehr, sodass ...«
»Liebes Fräulein Wiesengrund«, unterbrach mich der Bürgermeister sehr ruhig. »Ich mag ja alt sein und schon seit 48 Jahren im Amt. Und ich danke Ihnen, dass Sie dieses Protokoll so schön aufgesetzt haben ...« Er machte eine gewichtige Pause. »Aber versuchen Sie gar nicht erst, mich anzulügen.«
Ich schluckte. Meine Geschichte war doch so schön wasserdicht. »Wie meinen?«, fragte ich trocken.
»Bevor es einen Anruf der Krankenkasse bei Ihnen gibt, gibt es einen Antrag auf Pflegeunterstützung bei mir. Den gab es aber nicht. Den konnte es auch gar nicht geben, weil ich selbst noch am Samstag bei Grete zum Kaffee war, und, glauben Sie mir, das ist Ihr einziges Plus, ich habe selbst gemerkt, wie schlecht es um die Arme bestellt war. Nun war aber auch ich es selbst, der ihr die Pflegeunterstützung dringend angeraten hat. Und was meint sie, das sture Weib: ›Ach, Karl-Heinz, hör doch uff. Irgendwann is gut. Und jetz is gut. Ich

möchte einfach nur nicht allein zum Herrn gehen. Wär da jemand, wär das schön. Michael vielleicht. Aber nicht so 'ne blöde fremde Pflege. Komm, ein Likör, und dann gehst du nach Hus.‹
Das hat sie gesagt. Und dann kamen Sie. Und jetzt sagen Sie mir vielleicht, wer Sie wirklich sind. Und was Sie wollen.«
Fassungslos starrte ich das schmächtige, gewaltige Männchen auf seinem Besuchersofa an und wusste nicht mehr, was ich noch denken sollte. Diese Landbevölkerung machte mich platt.
In Hamburg hatte ich es mit zweitklassigen Autowerkstätten zu tun, mit geldgierigen Ex-Männern oder mit durchtriebenen, aber kalkuliert generösen Unternehmern wie Lutz.
Mit allen konnte ich irgendwie umgehen. Gemein war ihnen die gleiche Sprache der, wenn nicht Lüge, so doch des Schauspiels. In Hamburg wirst du darauf getrimmt, die richtige Tonlage für die Rolle zu finden.
Ich hatte mir so was für den 69-jährigen Choleriker Karl-Heinz Höfer auch zurechtgelegt. Meine Rolle für seine. So à la Hamburg. Und was treffe ich hier? Der Mann will, dass ich ehrlich bin? Eine Gemeinde voller strukturschwacher Schildbürger verlangt von mir, dass ich authentisch bin? Dann aber auch Kegelverein, Funkenmariechen, Spendensammlerin für den öffentlichen Brunnen?
Okay.
»Okay«, sagte ich. »Es stimmt. Ich bin keine Pflegerin. Mein Name ist, wie Sie wissen, Annabel Wiesengrund, wie der Philosoph mit zweitem Vornamen … schon gut, Scherz beiseite. Ich kam zu Grete Sandmüller aus einem ganz anderen Grund …«
Und ich erzählte ihm die ganze Geschichte. Von meinem Malheur mit der Tiefgarage. Von meiner Mutter auf dem

Treck gen Westen und wie Tante Gretchen sie rettete. Von meinem Dilemma als Alleinerziehende mit der Klage am Hals. Von der Idee, etwas Gutes zu tun. Von dem jähen Ende des Guten. Von Romy. Von meinem Plan mit Weitewelt.
Das Einzige, was ich verschwieg, war David. Was sollte ich über ihn sagen? Der ungelittene Ersatzenkel von Gretchen? Der Mann, dem niemand in der Gemeinde vertraute?
Karl-Heinz Höfer hörte, so schien es zumindest, tatsächlich aufmerksam zu. Am Ende meiner Geschichte bat er mich, aufzustehen und ihm wieder seinen Platz auf dem Bürgermeisterstuhl zu überlassen.
Wir tauschten die Plätze, und er sagte: »Sie wollen sich wirklich die Mühe machen, den Kasten der Sandmüllers wieder flottzukriegen?«
Ich schluckte. Ein kleiner Teil meiner Ursprungsdramaturgie war noch intakt. »Nun«, erwiderte ich, »ich habe noch nicht alle finanziellen Mittel zusammen, und wir wissen, dass dieses Haus in Gemeindeeigentum übergeht und eine Versteigerung droht. Aber ja, wenn Sie mich so fragen, ich und meine beiden Handwerker würden, vorausgesetzt, Sie unterstützen das Vorhaben, aus dem Palais Weitewelt …«
»Aus dem was?«
»Entschuldigen Sie. Wir nennen es das Palais Weitewelt, wir würden also gern einen Ort der Begegnung und der Wirtschaftsankurbelung daraus machen.«
Ich setzte mich aufrecht hin und dachte an das kosmische Om meiner Mutter Ala. Ob Herr Höfer wusste, dass das Om das Geräusch der Sonne war?
Karl-Heinz Höfer nickte ebenso interessiert wie überfordert. »Was genau brauchen Sie von mir? Geld kann es nicht sein. Das hat die Gemeinde derzeit nicht, wie Sie dem Proto-

koll, das Sie so freundlich abgetippt haben, ja entnehmen können. Wie also kann ich helfen?«

Ich begann, auf dem Sofa zu schweben. Ob Herr Höfer das auch sah? Wahrscheinlich nicht. Zu viel Großstadt in meinem Schweben.

»Wissen Sie. Ich wäre dankbar für einen Kontakt zu einem Statik-Gutachter, der mir und meinen zwei Gehilfen sagen könnte, was wirklich gemacht werden muss.«

Das war das Erste. Operativ wichtig, aber nicht strategisch. Das Zweite war entscheidender.

»Und ich müsste mich darauf verlassen, dass das Haus nicht versteigert wird ... Oder wenigstens nicht, solange wir dabei sind, es zu sanieren.«

Ich schluckte.

»Soso ...« Er nickte bedächtig. »Soso«, wiederholte er.

»Wie lange brauchen Sie denn? Bis Sie sich klar sind, meine ich?«

Ich schluckte erneut. Und rechnete. Heute war der 23. März. Sechs Monate. Sechs Monate mussten reichen, um einen Traum wahr werden oder platzen zu lassen.

»23. September«, sagte ich spontan. »Das müsste reichen. Bis dahin sollten wir so weit sein zu wissen, was das Palais wert ist, was die Sanierung macht und ob wir es vielleicht doch selbst kaufen können. Ein halbes Jahr.« Ich machte eine Pause. »Ein halbes Jahr wäre fantastisch. Und Hilfe bei der Einschätzung der Bausubstanz und überhaupt ... Wir sind Laien ...«, fügte ich kurzerhand hinzu.

Zum ersten Mal an diesem gefühlt langen Vormittag lächelte Herr Höfer mich an.

»Wissen Sie, Fräulein Wiesengrund. Ich bin seit 48 Jahren im Amt, und die Grete wollte nicht allein sterben. Dann waren da plötzlich Sie.« Er machte eine Pause. »Ich kann nicht

sagen, dass ich Sie mag. Aber ich kann auch nicht sagen, dass ich Sie nicht mag. Sie wirken sehr modern auf mich. Und welche Frau hat eigentlich heutzutage keinen Mann mehr, noch dazu mit Kind? Das gefällt mir nicht. Aber ich glaube Ihnen.
Ich rufe Arnd Schmarjens für Sie an. Der guckt sich Ihr Palais an und wird Ihnen sagen, was gemacht werden muss. Geht auf die Gemeinde. Sie zahlen mir Grundsteuer, Abwasser, Strom und so weiter. Wir gucken, was der Sommer bringt, und dann entscheiden wir weiter. Öffentliche Ausschreibung nicht vor dem 23.09. Der Nachlassverwalter muss ja ohnehin noch bestätigen, dass es keine lebenden Verwandten gibt. Überzeugen Sie mich.«
Karl-Heinz Höfer reichte mir die Hand.
»Und wenn es Ihnen wirklich gelingt, dann nutzen wir das Palais für Angebote der hiesigen Volkshochschule. Wir könnten Englischkurse anbieten. Und Mutter-Kind-Porzellan-Malerei.«
»Und Computerkurse«, entfuhr es mir.
»Ach, diese ganze moderne Technik wird überbewertet, aber zur Not eben auch die.« Er lächelte ein bisschen. Wahrscheinlich wollte der Bürgermeister in keinem VHS-Kurs gesehen werden. Nach 48 Jahren im Amt. Wenn alles glatt ging, würde ich ihm eine Privatstunde geben.
Ich hatte das Gefühl, als ob ich die Welt umarmen müsste. Annabel Wiesengrund aus Hamburg gab es nicht mehr. Ich war jetzt zur landrettenden Landfrau geworden. Mit Aussicht auf internationale Beziehungen. Das war doch mal was! Ich fühlte mich sensationell.
Meine Hand in seiner fühlte sich warm und trocken an. Ich mochte beides. Ich musste unbedingt mit David reden.
Sechs Monate.

Ich hatte kaum den schönen Terrakottaboden in der Diele von Weitewelt betreten, als Romy mir mit weiß gesprenkeltem Gesicht und einem selbst gebastelten Hütchen auf dem Kopf entgegenlief, das mich sehr an das Muster der Küchentapete erinnerte.

»Romy, was machst du denn da?«

»Wir machen die Wände ab«, erklärte sie strahlend und zeigte mir auch noch stolz ihren Spachtel.

»Wie, ihr macht die Wände ab?«

»Kurti und Knuti haben gesagt, wir sollen bloß keine Zeit verlieren.«

Ich war mir nicht ganz schlüssig, ob ich sicherheitshalber direkt in der Diele stehen bleiben sollte oder ob ich besser dem Geschabe und Geraschel nachging, das aus Richtung Küche zu hören war. Ich entschied mich für eine Zwischenlösung.

»Kurt! Knut!«, brüllte ich. »Herkommen!«

Es dauerte nicht lang, da kamen sie freudestrahlend zu mir, auf dem Kopf die gleichen Tapetenhütchen wie Romy, in den Händen unterschiedliches Werkzeug. »Ja, Miss Annabel. Mit Gunst und Verlaub.«

»Was macht ihr denn da?«, rief ich etwas außer Kontrolle.

Die beiden zogen sogleich ihre Köpfe ein wie Schildkröten, doch da kam David ihnen zu Hilfe. Ich muss nicht sagen, dass er eine Tapete auf dem Kopf hatte.

»Nun, warte doch mal, Anna. Reg dich bloß nicht schon wieder auf. Wir RENOVIEREN. Das wolltest du doch, oder? Und sieh dir an, was dabei rauskommt!«, ergänzte er stolz.

»Wie, ihr renoviert?«, fragte ich erstaunt und traute mich, dem Haufen Schutt und Asche, der aus der Küche staubte, etwas näher zu kommen.

»Nun setz dich erst mal.«

Da ich wirklich etwas erschöpft war, ließ ich mich auf den

Füßen des Garderobenständers nieder, hinter dem David sich gestern versteckt hatte. Wozu der doch alles gut sein konnte! Ich war gespannt und gerührt von dem, was die Handwerksmeister hier in den zwei Stunden angezettelt hatten.
»Kurti hat recht«, sagte David schließlich ruhig. »Der kann richtig gut mit dem Internet umgehen und hat alle möglichen Heimwerkerseiten gegoogelt. Echt cool …« David war so beeindruckt, dass er mir auf seinem Smartphone gleich die tollen Seiten zeigen wollte. Ich wehrte ab. Mir reichte es, dass sie sie gefunden hatten.
»War nicht ich, war Knuti …«, korrigierte Kurt.
»Wie auch immer«, fuhr David engagiert fort. »Die beiden sind echt top! Und sie haben recht. Wenn wir das Palais schön machen wollen, und das wollen wir ja, zumindest schon mal eine von uns«, schräger Seitenblick nach rechts unten, »müssen wir wissen, was mit Fundament, Fassade, Mauerwerk und Dachstuhl wirklich los ist. Woher kommt die Feuchtigkeit? Wie groß sind die Schäden? Vielleicht nur ein kleiner Riss, vielleicht nur schlechte Belüftung über Jahre. Vielleicht aber auch ein irreparabler Schaden. Dass wir das weder richten noch beurteilen können, liegt wohl auf der Hand. Also haben die beiden das gemacht, was man in so einer Situation tun kann: Schon mal runter mit den Tapeten und vorarbeiten. Schöner soll es sowieso werden. Was sich darunter wirklich verbirgt, muss ein Fachmann beurteilen. Insofern …«
David machte eine Pause, und ich dachte, dass sich gerade alles doch wieder ganz gut fügte. Also stand ich auf und sagte: »Jungs, ihr seid spitze! Und wisst ihr was: Den Fachmann haben wir. Arnd Schmarjens. Ingenieur und Statiker. Er guckt sich das Ganze hier mal an.«
Ich grinste Kurt, Knut, David und Romy an. »Für lau.«
Ich ließ Kurt und Knut ihr *Give me Five* zu Ende tanzen,

schaute David beim Herumwirbeln von Romy zu und erzählte dann meine Geschichte vom Bürgermeister. Die sechs Monate. Unser Plan.
Ich ergriff Romy, wobei ich teils auch David berührte, und ließ mich anstecken von dieser Euphorie eines Neubeginns, eines ungeheuren Projektes, einer Sache ohne Plan letztlich. Mir war der Moment zu kostbar, aber natürlich ging mir die ganze Zeit durch den Kopf, dass wir immer noch nicht wussten, wie wir das alles bezahlen wollten. Tapeten abkratzen und mit Bürgermeistern reden war noch umsonst. Irgendwann, und dieses Irgendwann hatte schon begonnen, mussten wir uns über eine Finanzierung unterhalten. Ich hatte keine Ahnung, woher die kommen sollte, wenn nicht von David. Aber er hatte ja recht: Warum sollte er? Ich wusste ja noch nicht mal, wann er wieder zurück in die USA wollte. Morgen würde Tante Gretchen beerdigt. Und dann? Alles ging so rasend schnell.
Romy unterbrach meine Gedanken. »Ist das unser neues Zuhause, Mama?«
»Ich weiß nicht, mein Engel. Ich habe keine Ahnung.«
»Ich mag es, Mama. Ich möchte hierbleiben.«
Sie nahm meine Hand, verdrehte sie um ihre kleine Taille und kuschelte sich an mich.
Was würde ich nicht alles für meine Tochter tun. Ich liebe dich auch, dachte ich nur und genoss noch einen Moment dieser Flurparty, bevor auch ich ein Tapetenhütchen bekam und mich daranmachte, mit Spüli und viel Wasser die scheiß alte Tapete in der Küche runterzukratzen.
Es stimmte: Man muss ein paar Schichten abtragen, bevor man sehen kann, was trägt. Ich stand in einer Küche mit drei fremden und einem geliebten Menschen und dachte: Das ist das Beste, was mir je passiert ist …

14

Als ich mich nach einer Weile ein wenig aus meinem Gefühlsrausch herausgeschuftet hatte und merkte, dass meine müden Arme unangenehm schwer wurden, erkannte ich, dass selbst in einer achtzehn Quadratmeter großen Küche fünf Leute zusammen nicht mehr dem betriebswirtschaftlichen Skalierungsmodell entsprachen, sondern sich schlicht auf den Füßen herumstanden. Also füllte ich ein paar schwarze Müllsäcke mit Schnipseln und Putzresten und beschloss, mich einem anderen Teil der Baustelle zu widmen.

Nicht, dass es schon nötig gewesen wäre, und in gewisser Weise empfand ich es auch als pietätlos, direkt in Tante Gretchens Schränken zu wühlen, um zu schauen, was man dort bereits entsorgen, später verkaufen oder an wichtigen Unterlagen gegebenenfalls aufbewahren sollte. Andererseits konnte man sagen, dass ich nach dem Besuch bei Herrn Höfer die nötige inoffizielle Autorisierung dazu hatte, bestellter Nachlassverwalter hin oder her. Der war doch eigentlich nur dazu da, festzustellen, dass es keine lebenden Erben mehr gab. Und das könnte er auch ohne die Schrankinhalte tun. Zudem wusste er ja gar nicht, was in diesen gestern noch drin gewesen war und was nicht.

Darüber hinaus, warum soll ich es leugnen, war ich einfach neugierig. Schrankinhalte waren ja gern mal materialisierte Tagebücher, die viel über das Leben der Bewohner zu berichten wussten.

Bei meiner Mutter zum Beispiel würde man im Grunde gar

nichts finden, was über den täglichen Bedarf an bunten Seidentüchern, Mandalas und Flohmarktgeschirr hinausging. Meine Schränke hingegen waren vollgestopft mit Bedienungsanleitungen von Küchengeräten, die es schon längst nicht mehr gab, weil ich mich zu oft dazu hinreißen ließ, bei *Rossmanns Ideenwelt* einzukaufen, anstatt für drei Euro mehr eine Marken-Küchenwaage zu erstehen, die dann auch der ersten Feuchtreinigung standhielt. Da ich aber vergaß, dass es sowohl die Anleitung als auch die Waage jemals gegeben hatte beziehungsweise in welchem der vielen bombensicheren Bedienungsanleitungsfächer ich sie abgelegt hatte, hatte ich letztlich eine ganze Menge davon.

Also öffnete ich die erste Tür von Tante Gretchens 60er-Jahre-Wohnzimmervitrinenschrank, der in seinem klaren Holz-Lack-Mix gar nicht mal so schlecht aussah. Speziell in einem Raum mit Holzdielen, Stuckdecken, dem Kamin und den Kassettenfenstern. Das hatte schon was. Aber der Inhalt war dann doch irgendwie enttäuschend. Neben Stapeln mit Notenblättern und Heften, einem Feldstecher, einem alten Locher, ein paar Ordnern, die ich mir später ansehen würde, dem kleinen Brockhaus in 24 Bänden fand ich nichts, was mir etwas aus dem Leben der Sandmüllers erzählt hätte. In den Vitrinen stand einiges an Bleikristall herum, Weingläser, Sektschalen, eine Bowle mit acht Gläsern und den üblichen Obstpiksern mit Marienkäfer, Schornsteinfeger, Kleeblatt und so weiter. Damit man sein Glas wiederfand. Arme Tante Gretchen. Sie wusste nicht, dass dieser Tinnef heute echt nichts mehr wert war.

Interessanter war dann vielleicht tatsächlich die rechte geschlossene Türseite. Die beiden Böden waren nämlich leer. Fast leer. Lediglich drei Fotoalben standen dort, und das hatte doch was. Eine fast 90-jährige Frau, die vor neun Jahren ihren Mann verloren hatte, hortete nichts in ihren Wohnzimmerschränken, sondern machte sich einen Spaß daraus, so richtig klar Schiff zu machen? Umgab sich nicht mit liebevollen Erinnerungen, obwohl sie erst ihre Tochter, dann ihren Enkel und später auch noch ihren Mann verloren hatte? Das war doch irgendwie komisch!

Für mich gab es da nur die folgenden Szenarien: Entweder war Tante Gretchen ein irgendwie sozial-autistischer Mensch gewesen, der zufällig zu einer Familie gekommen war, die er dann glücklicherweise auch nach und nach wieder verlor. Fand ich wenig plausibel, wenn ich mich daran erinnerte, wie sie immerhin für meine Mutter eingestanden war, und nach allem, was ich über die Sandmüllers gehört hatte.

Oder sie war über all den Schmerz so verzagt, dass sie sich völlig verkapselte, alles Lebendige aus sich und dem Haus schmiss und letztlich an einer schweren Depression zu Grunde ging. Was mir auch nicht einleuchtete, denn depressive Menschen werden normalerweise nicht so alt wie Tante Gretchen. Und Tante Gretchen wirkte letzte Woche sehr erkältet und alt, aber keinesfalls depressiv.

Was also war da los?

Ich nahm mir die Fotoalben und schaute sie durch. Vergilbte Fotos aus den 50ern bis 70ern. Grete und Walter Sandmüller vor dem Opernhaus in Hamburg. Die beiden halten sich im Arm und lachen in die Kamera. Grete sieht toll aus: schlank, mit gewelltem schulterlangem Haar, klarem Blick, einem eleganten Petticoat-Kleid. Ihr Mann Walter hat den Fotografen im Blick, aber mehr noch sie – er ist mindestens einen Kopf größer. So stolz wirkt er, liebevoll, beschützend. Nein, das hatte gar nichts von sozial-autistisch. Es gab viele Fotos von Weitewelt, das Haus im Winter, im Frühjahr. Ich erkannte den Rhododendron, der inzwischen so groß und ausufernd war,

dass ich die Zufahrt zum Palais dreimal nicht erkannt hatte. Damals war er gerade gepflanzt worden.
Ich sah erste Fotos mit Grete und einem Baby auf dem Arm. Matilde wahrscheinlich, Gretes und Walters einzige Tochter. Weihnachten, Ostern, Kindergeburtstage. Ich sah eine etwa 18-jährige Matilde vor einer Staffelei. Und ich sah ein Gruppenabschlussfoto der Kunsthochschule Kassel. Alle Achtung! Matilde schien eine talentierte Künstlerin gewesen zu sein. Und so zum Niederknien schön, brünett mit einem echten Audrey-Hepburn-Hals. Fragil und kapriziös. Unbewusst schaute ich sofort an mir hinab. Ich wollte jetzt nicht daran denken, dass Thomas wirklich keinen Grund gehabt hätte, vor mir auf die Knie zu fallen. Also blätterte ich weiter. Da sah ich das nächste Babyfoto: Diesmal lag das Kind in Matildes Armen. Neben ihr ein kräftiger Mann mit dunklem welligem Haar und Koteletten. Er hält eine Zigarre in der Hand und schaut über seine Schulter hinweg nach etwas, das im Hintergrund vielleicht seine Aufmerksamkeit erregt hat. Sie hält das in eine Windel gewickelte Kind, den Blick dabei irgendwie steif in die Kamera gerichtet. Ist das also der kleine Michael mit seinen Eltern? Der abgelenkte Dandy neben Matilde der Vater?
Verglichen mit dem Opernfoto von Grete und Walter war auch dieses Bild von einer verstörenden Schönheit. Aber es fehlte ihm jegliche Innigkeit. Wer war Matilde? Eine Künstlerin? Eine Suchende? Wer der Vater? Matilde konnte höchstens zwanzig gewesen sein, als sie Michael bekam. Erstaunlich jung für die 70er-Jahre. Der Mann wirkte älter. Aber, ich muss es gestehen, vor allem auch schmieriger. Reif, männlich, was den Körper angeht. Aber ungreifbar irgendwie. Ein erfolgloser Musiker, der sich in Walter Sandmüllers Herz geschlichen hatte? Oder in Gretes?

Ich nahm das Bild aus den Fotoecken und beschloss, es in einem guten Moment meiner Mutter zu zeigen. Sollte sie sich Ala nennen. Manchmal war sie die Beste für Fragen wie diese. Ich blätterte weiter in dem letzten Album. Ein blonder Junge mit großen braunen Augen blies drei Kerzen auf einem Kuchen aus. Michaels dritter Geburtstag. Das war das letzte Foto, das es gab. Matilde und ihr Mann mussten kurz danach den Autounfall gehabt haben.

Danach lebte Michael bei Grete und Walter, fast noch mal zwanzig Jahre, bis er in die USA gegangen war, um dort zu studieren. Und es gab keine weiteren Fotos? Nichts, was auf das Zusammenleben der Sandmüllers hindeutete, außer den zwei leeren Regalböden im Schrank?

Das war doch komisch.

Ich saß da und zerkaute das Wort »komisch«.

»Hey, Anna«, riss David mich aus meinen Gedanken. »Hast du Hunger?« Erschrocken drehte ich mich um, das Album, verdeckt von meinem Körper, noch auf meinem Schoß. David hatte noch immer seinen Tapetenhut auf, und mit seinen von der Arbeit erhitzten Wangen und dem strahlenden Blick vermittelte er mir den Eindruck, dass all diesen Intellektuellen und Künstlern ein bisschen körperliche Arbeit wirklich guttat.

»Nein, danke. Alles fein«, erwiderte ich kurz. Ich wollte jetzt nicht mit ihm sprechen. Ich musste mein »komisch« zu Ende kauen. Ich hatte es schon gekaut. Ich wollte einen Moment allein damit sein.

»Ist alles gut bei dir?«, fragte er fast besorgt. »Was machst du da eigentlich?«

Ich spürte, wie er näher kommen wollte.

»David, nimm es mir nicht übel. Ich möchte einfach kurz allein sein. Meine Eltern …«

»Schon gut«, wiegelte er ab, und ich war erstaunt, wie wenig von dem, was ich gar nicht zu sagen gewusst hätte, ich nur andeuten musste, damit er vermeintlich verstand. »So ein Tod ist eine verstörende Sache. Ich bin schon wieder weg. Aber wir kochen jetzt was, Kurt, Knut, Romy und ich ...«, er machte eine Pause, »in der geilen Industriedesignküche.«
Mit diesen Worten verschwand er, und ich musste lächeln. Ich fühlte mich wohl in Davids Nähe. Romy fühlte sich wohl. Das war ein sicheres Indiz dafür, dass er kein schlechter Mensch war. Dass er neben seiner Frau, die gerade ein Kind zur Welt gebracht hatte, nicht abgelenkt an einer Zigarre ziehen würde. Aber ich war mir nach den Fotos auch sicher, dass David dennoch ein Schwindler war, ein Hochstapler, ein Ich-weiß-nicht-was. Es gab David nicht, jedenfalls nicht den, der sich mir als David vorgestellt hatte. Ich wusste es ganz sicher. Ich hatte es vorher schon ahnen müssen: David war Michael. Warum nur hatte ich es nicht gleich gemerkt? Ein guter Freund der Familie? Swantjes Geschichte? Die Garderobenständernummer? So ein Schwachsinn! David war Michael, Gretes Enkel, Matildes Sohn.
Ich mochte glauben, dass es einen guten Grund gab, das zu verheimlichen. Aber wir waren hier gerade dabei, einen Ort flottzumachen, der Romys und meine Heimat werden könnte, weil es keinen Erben gab. Ich hatte heute einen Bürgermeister davon überzeugt, uns sechs Monate Zeit zu geben für ein Projekt, das der Gemeinde, mir, Mr. Big und bis eben auch noch dem vermeintlichen David Raum geben würde, Träume zu verwirklichen. David hatte sich darüber gefreut wie ein Schneekönig: »Echt, die Versteigerung soll erst im September sein? Wie geil ist das denn? Das ist ja super!«
Er hatte sich im Kreis gedreht und auf die Schenkel geschla-

gen, so beschwingt, dass Kurt und Knut direkt mit einem Schuhplattler einstiegen. »Hui hui hui, das macht Spaßi. Schön mit September.«

Und jetzt das …

Warum hatte er das getan? Er als offizieller Erbe, nach dem ein Nachlassverwalter gerade vergeblich forscht, freut sich, dass sein Erbe im September unter den Hammer kommen sollte? Das ergab doch alles keinen Sinn!

Was, wenn der Nachlassverwalter herausfinden würde, dass David Michael war ? Dass Michael noch lebte? Er würde das Palais natürlich erben.

Und ich? Wenn es stimmte, was ich dachte, und ich war sicher, dass es stimmte, wie viele Jahre Knast hatte ich dann zu erwarten – Beihilfe zur Verschleierung oder so? Und Romy? Und Frau Dr. Barrett mit dem blöden Sorgerechtsstreit?

Meine Gedanken drehten sich im Kreis.

Was sollte ich denn jetzt bloß tun mit meiner Erkenntnis à la Annabel Wiesengrund, die nichts weiter war als ein gefühlter, todsicherer Verdacht?

So ein Mist. So ein gottverdammter Mist.

Warum hatte Michael auf dem Papier sterben müssen? Das war doch wohl die alles entscheidende Frage. Sollte ich David zur Rede stellen? Swantje ansprechen? Mit meiner Mutter reden? Ich hatte keine Ahnung. Und also beschloss ich, zunächst das zu tun, was ich grundsätzlich am besten konnte: nichts!

Ich klappte das Album zu und stellte es zurück in den Schrank. Dann ging ich in die Küche und schaute, was hier inzwischen passiert war. Romy saß am Küchentisch und spielte mit zu Drachen ausgerissenen Tapetenschnipseln Krieg. Ihr Gurgeln und Fauchen zeugte von intensivem Nahkampf.

»Und«, ging ich auf sie zu und strich ihr dabei über den Kopf. »Wer gewinnt?«
»O Mama, das siehst du doch. Der einköpfige Zipper hat grad sein Bein verloren. Davids Drachen haben ihn plattgemacht. Der Nachtschatten wird jetzt vom Gronkel befreit.«
Ich sah ein Stück Papier auf den Boden fliegen und zwei weitere sich in Romys Händen gen Himmel erheben. Der Krieg war offenbar gerade zur Zufriedenheit aller entschieden worden.
Wie schön für Romy.
»Na gut«, sagte ich. »Machen wir die Gemüsepfanne jetzt, oder was? Ich habe Hunger«, rief ich in die Runde.
Kurt, Knut und David sahen mich etwas geprügelt an.
»Mit Gunst und Verlaub. Die Burger kommen gleich.«
Ich schüttelte den Kopf, ohne es wirklich ernst zu meinen. Wenn ich ehrlich war, wollte auch ich nur noch einen Whopper.
»Habt ihr mir einen mitbestellt?«, fragte ich schließlich.
»Big Mac und einen Salat mit Balsamicodressing«, sagte David und nickte.
»Ich hätte lieber einen Whopper gehabt«, erwiderte ich. Nur dass das auch mal geklärt war.
»Es gibt hier aber keinen Burger King.«
Immer diese letzten Worte.

Den Abend verbrachten wir zwar zusammen, aber irgendwie auch jeder für sich. David wanderte die ganze Zeit durchs Haus, schaute sich Decken und Böden an, rückte Möbel hin und her und sprach dabei ständig mit sich selbst: »Also, wenn an den Fundamenten grundsätzlich nichts auszusetzen ist, könnten wir die Dielen relativ schnell ausbessern … Die Feuchtigkeit kann auch ganz banale Ursachen haben.

Ein paar Dachpfannen und heizen. Na, zum Glück kommt ja jetzt erst mal der Sommer … Also die Fenster sehen eigentlich noch ganz gut aus …«
Ein schöner Freund des Hauses, dachte ich nur und ließ ihn heimlich keine Sekunde aus den Augen, während ich mit Kurt und Knut noch ein paar Internetseiten durchging.
In der Tat war Knut ein echter Segen, was so eine Internetrecherche anging. Wer hätte das gedacht? Er zeigte mir ein paar prima Seiten zum Ausbessern von Dielenfugen und erklärte mir, woher die fast ein Zentimeter großen Rillen kamen: »Holz arbeitet, Missi Annabel.« Ich nickte beeindruckt.
Er erklärte mir außerdem mit seinen Worten, dass alle Dielen im Erdgeschoss abgeschliffen und neu versiegelt werden müssten. Die im oberen Stockwerk nur neu versiegelt. Und dann stieß er Kurt in die Seite, der genau wusste, was er zu tun hatte. Schweigend zog er einen Zettel aus der Tasche seiner unechten Handwerkerhose, der mit krakeligen Lettern beschrieben war.
»Missi Annabel. Das ist das Günstigste, was wir gefundi haben. Aber das brauchi wir.«
Ich studierte die Liste, und vor allem studierte ich die Summe: 1223,50 Euro, wenn wir uns die Schleifmaschine leihen würden und es selbst machten.
3456,70 Euro, wenn wir es machen ließen.
Diese Summe war freundlicherweise schon mit einer gestrichelten Linie durchgestrichen – »damit Missi Annabel die Zahl noch lesen könni« – und mit zwei lächelnden Strichmännchen in einer Sprechblase kommentiert. Unschwer zu erkennen, wer das sein sollte.
Darunter war ein Auto gemalt, und ich verkniff mir die Frage, warum die beiden am Ende zur Bildsprache über-

gingen – vielleicht weil es mehr Spaßi machte. Hinter dem Auto war ein dickes Fragezeichen aufgemalt.
Ich wusste, was die beiden meinten. So eine Schleifmaschine wog locker 80 Kilo und war auch etwas größer als ein Föhn. Plus Randschleifer. 100 Kilo und den Raum eines Kleintransporters. Die Maschine musste ja irgendwie her nach Weitewelt. In meinem Ford ging das nur, wenn man das Dach absägte. Und auch dazu bräuchte man schweres Gerät. Die Katze biss sich in den Schwanz.
Romy, die eigentlich mal wieder längst ins Bett gehörte, kam zu uns getrottet.
»Ich hab gekackert, Mama.«
Unkonzentriert strich ich ihr über den Kopf. »Das ist schön, Romy.«
»Ich habe heute noch nicht gekackert«, fiel Kurt maulend ein. »Bauchi tut weh.«
Ich tauchte ein wenig aus meinen Gedanken auf. Warum reduzierte sich alles Menschliche so schnell auf das Wesentlichste?
»Romy, das ist ja ganz fantastisch, aber könntest du dich jetzt fertig machen? Es ist Zeit!«
Strategische Ignoranz von Seiten meiner Tochter. Stattdessen: »Was ist das für ein Auto, Mama?«
»Romy, Schatz, das ist das Auto, das wir nicht haben, aber brauchen. Ein großes Auto, damit wir es uns hier schön machen können.« Sie schaffte es einfach immer wieder.
Romy sah sich das Bild genau an. »Du hast doch ein großes Auto«, sagte sie. »Und hier ist es doch schon schön.«
Wie auf Kommando, und als ob eine Vierjährige das Problem auch nur ansatzweise lösen könnte, schob Knut ihr den Bildschirm hin: »Wir müssen diesen Schleifer transportieren«, sagte er erstaunlich zielgerichtet.

»Einen Staubsauger?«
Ich nickte. »Einen großen Staubsauger!«
»Frag doch den Mann, der in seinem Land durch die Gegend fährt.«
Ich sah Romy fragend an. Kurt und Knut schwiegen gespannt.
»Na, der Mann, der heute hier war und mit dem du weggefahren bist. Der Mohikaner.«
Ich dachte nach. »Du meinst Mr. Big?«
»Nein, Mama. Adam. Der Adam. Der Mohikaner. Wenn in seinem Auto ein ganzes Land Platz hat, dann muss da doch auch noch ein großer Staubsauger reinpassen.«
Das war so ein Moment.
Ich nahm meine Tochter innig in den Arm, küsste sie auf den Kopf, drückte sie, küsste sie aufs Ohr, dass sie maulte, mein knallender Kuss sei zu laut.
»Das ist eine super Idee, Romy. Du bist echt eine kleine Erfinderin. Und der Mann, den du meinst, ist kein Mohikaner, sondern Amerikaner.«
Romy machte sich los. Das war ihr so was von egal. »Ich hab gekackert, Mama.«
Ja, Romy. Auch das ist schön.
Ich sah zu Kurt und Knut. Zu meiner Überraschung leuchtete ihr Gesicht so hell wie der Mond an dem Abend in Weitewelt. Sie hatten verstanden. Immerhin.
»Missi Annabel. Sie fragen Mr. Adam Big morgen vor der Beerdigung, ob er in seinem Land etwas Platz schaffen kann für den großi Staubsauger«, empfahl Knut entschlossen. »Wir machi dann den Rest.«
Was für eine Truppe! Ich machte das Daumen-hoch-Zeichen, klappte den Laptop zu und stand auf.
»Komm, Romy, wir machen uns fertig.«

Während sie loswackelte, drehte ich mich noch einmal zu den beiden neuen Bewohnern des Palais, Hausierern, Internetexperten und Sprachakrobaten um: »Danke. Ihr wart super heute.«

Die beiden strahlten sich an. *Give me five …*

»Gute Nacht, David«, rief ich in die Leere. Geheimniskrämer, Schwindler.

»So viel ist, glaube ich, gar nicht zu tun, Anna«, ertönte es von irgendwoher. »Schlaft gut.«

Über das Geld würde ich morgen mit ihm reden. Und über den Rest. Keine Ahnung.

15

Den Morgen verbrachte ich damit, anständige Trauerkleidung für die Jungs zusammenzusuchen. Ich hatte nämlich beschlossen, dass wir alle den Weg in die Kapelle finden würden.

Kurt und Knut hörten gar nicht mehr auf zu maulen: »Nein, Missi Anna. Das geht nicht. Die Leuti bewerfen uns mit Dreck.« – »Sie werfen uns bestimmt gleich mit ins Grabi.«

»So ein Unfug«, schalt ich sie. »Es gibt doch kein Grab. Das wird eine Urnenbeisetzung. Da passt ihr nicht rein. Und heute ist ja auch erst die Trauerfeier.«

»NeinNeinNein!«

»DochDochDoch!«, beharrte ich. »Nur weil ihr mal Obst aus dem Container hinter dem Supermarkt geklaut habt, werden sie euch schon keine Szene machen.«

»Das war der Container *im* Supermarkt«, erwiderte Knut, der eindeutig Schlauere der beiden.

»David«, rief ich in Richtung Treppe, wo er mit Romy schon wieder Pferdchen spielte. »Wo war noch mal Gretes Schlafzimmer?« Irgendwie war das Haus doch größer, als ich gedacht hatte.

»Diehie viehier«, rief er völlig außer Puste.

»Vorwärts, Pferdchen, schneller. Sie dürfen uns nicht kriegen«, trieb Romy ihn weiter an.

Wo war denn noch mal die Vier?

Als hätte David meine Gedanken erraten, prustete er: »Wenn du hochkommst, lehetzte Tür rechts.«

»Was ziehst du eigentlich an?«

Das Pferdchen kam so abrupt zum Stehen, dass Romy beinahe abgeschmissen worden wäre. »Was?«
»Was du anziehst, wollte ich wissen.«
»Ich, wieso ich?« Etwas irritiert sah David mich an. »Ich wollte eigentlich auch nicht mit«, entgegnete David etwas steif.
Ha. Na klar. David, der Geist, hat Schiss, erkannt zu werden.
»Wir auch nicht, Missi Anna«, ertönte es von etwas weiter weg schon fröhlicher.
»A-ha«, sagte ich zuckersüß. »Der beste Freund des Hauses, angereist aus den Vereinigten Staaten von Amerika, will nicht zum Begräbnis seiner ältesten Freundin aus Weitewelt. In-te-res-sant.«
»Anna, wir haben es dir doch erklärt, Swantje und ich«, antwortete David, nun schon etwas ernster. »Ich bin wahrlich nicht die bestgelittene Person in dieser Gemeinde. Indirekt geben sie mir die Schuld an Michaels Tod. Ich weiß nicht, ob ich mir das antun muss. Und euch. Und denen.«
Ich überlegte einen Moment, wie ich kontern sollte.
»Kann es sein, *David,* dass du vor irgendetwas Angst hast?« Ich fand, in der dramatischen Betonung seines Namens lag genug Nachdruck.
Die Antwort folgte ohne jedes Zögern: »Selbstverständlich habe ich Angst: davor nämlich, dass eine verknöcherte nordholsteinische Gemeinde gleich noch ein Grab ausschaufelt, um dann *mich* dort lebendig zu begraben.«
Also entweder war er ein echt sauguter Schauspieler, was mir bei den Künstlergenen der Familie nicht ganz unwahrscheinlich erschien, oder ich hatte wirklich noch keine Ahnung, was genau hier los war – mit David, mit den Sandmüllers, mit den Fotoalben und der ganzen fremden Kultur von Seedorf / Weitewelt.

Ich beschloss, das Thema nicht weiter zu vertiefen, und schlug eine andere Richtung ein.
»David! Kein Mensch wird dich lebendig begraben, und wir müssen alle zusammen dort auftreten, damit sie uns unseren Plan von den Bestrebungen, aus dem Palais etwas wirklich Sinnstiftendes zu machen, auch glauben. Ich allein bin die heimatlose, erbschleichende Pseudo-Pflegerin mit Sorgerechtsproblem. Mit euch allen sind wir eine tolle kleine Gemeinschaft von Menschen, die einen echten Traum und den unbeugsamen Willen haben, diesen auch umzusetzen. Zusammen. Mit der Gemeinde. Wir gehen zusammen. Ende der Debatte.«
»Wir können uns doch verkleiden«, mischte sich Romy ein. »Das macht dann auch Spaß.«
David zog eine Augenbraue hoch. »Du meinst also, wir sollten gehen, Prinzessin?«
Romy lächelte. »Reiten! Nach oben. Letzte Tür rechts.«
Eine halbe Stunde später hatten wir die Männer so weit, dass sie halbwegs passabel in hellen Hemden und dunklen Anzügen den Weg nach draußen wagen konnten.
Man soll ja nicht schlecht über Tote sprechen. Aber Walter Sandmüller schien in seiner Zeit nach dem Schlaganfall doch noch mal die Kleidergrößen gewechselt zu haben. So fanden wir etwas Passendes für alle drei. Einen grau melierten Anzug in Größe 62 für Kurt, den kompaktesten von allen. Das Jackett spannte etwas über dem Bauch, aber er konnte es einfach offen lassen. Es regnete ja nicht.
Knut quetschten wir in einen dunkelblauen Zweiteiler mit Weste Größe 58, und David schließlich musste mit einer schwarzen Hose und einem Pullunder in einer etwas kleineren Größe vorliebnehmen. Das sah bei seiner schlanken Statur sogar elegant aus. Man durfte nur nicht auf die um-

geschlagenen Beine schauen. Walter Sandmüller war wohl doch etwas größer gewesen.
Kurt und Knut suchten noch nach Hüten, während ich tatsächlich den sechstürigen Kleiderschrank nach etwas Passendem von Tante Grete für mich durchschaute. Ich entschied mich für eins meiner eigenen weißen T-Shirts, über das ich ein ärmelloses, weich fallendes, wadenlanges Kleid in Dunkelblau anprobierte. Tante Gretchen musste damals etwas mehr Oberweite gehabt haben als ich, aber das fiel bei dem Schnitt nicht so auf, da es bis zur Taille eine Art volantartiges Oberteil hatte. Ich fand ein Paar neue Seidenstrümpfe, streifte sie mir, den einen Fuß auf einem Sessel abstellend, über und dachte an das Foto vor der Oper. Auch ich fühlte mich fast in eine andere Zeit versetzt. Das hier war nicht einfach eine Aldi-Büx in Mandel, Größe XL, die man, weil keine andere mehr da war, für 0,99 Euro überstülpen konnte. Die hier war schon von Kunert, hell-teint, und gab der Haut das Gefühl von Geheimnis. Wow!
Ich zog mir das Kleid über den Kopf und ließ es an meinem Körper hinabgleiten. Noch mehr wow! Das fühlte sich unendlich toll an. So weich und fließend. In der Taille gab es zudem noch so eine Art Bauchbinde aus dem gleichen Stoff, in deren Mitte eine kleine Strassapplikation glänzte. Ich stellte mich auf die Zehenspitzen und betrachtete mich in der einen Spiegeltür. Drehte mich nach rechts und nach links. Ich nahm meine etwa sechs Zentimeter langen Haare in die Hand und stellte mir vor, sie hochzustecken. Ich stellte mir vor, mein Nacken wäre so lang wie der von Matilde. Und ich stellte mir vor, ich hätte volles und dazu gewaschenes Haar. Womöglich zehn Zentimeter länger. Zwanzig.
Wow. Das sah gut aus.
»Wow. Du siehst toll aus.«

Ja. Das fand ich auch. Ich drehte mich noch mal vor dem Spiegel und öffnete die Tür ein wenig, weil die Sonne langsam blendete, um sofort mit einem erschrockenen »AHH!« in der Bewegung innezuhalten. »Wo kommt ihr denn her?«
Kurt. Knut. David. Im Rückspiegel.
Und weiter unten Romy. Irgendwer saß in diesem Haus immer unten versteckt.
Keiner sagte was.
Bis auf Romy.
»Du siehst toll aus, Mama. Ich will auch so ein Kleid.«
Die Jungs schwiegen allesamt weiter. Wenn mir das Blut nicht so in den Adern gerauscht hätte, hätte ich womöglich ihr trockenes Schlucken gehört.
»Gut«, sagte ich. »Dann können wir ja jetzt gehen.« Entschlossen nahm ich Romy bei der Hand. »Du nimmst deine schwarze Legging und das Birnenshirt, das ich für dich eingepackt habe.«
»O nee, Mama, das ist doof.«
»Is egal. Was anderes haben wir nicht für dich.«
»O nee. Das ist aber doof.«
Weiter diskutierend gingen wir hinunter, ich half Romy beim Umziehen, und wir alle stiegen in Schuhe, die eben da waren; die wollte sich niemand ausleihen: Kurt und Knut in ihre dicken Botten. David in seine Allstar. Ich in ein paar dunkle Stiefeletten. Mehr war nicht drin.
Und so machte unser bunter Trupp sich am Mittwochmorgen pünktlich um 9.30 Uhr auf den Weg in die Kapelle Seedorf, um Tante Gretchen die letzte Ehre zu erweisen.

Ich weiß nicht, was ich mir vorgestellt hatte – um ehrlich zu sein, gar nichts. Deswegen war ich überrascht, als ich sah, dass sich auf dem Vorplatz zur Kapelle bestimmt fünfzig

Menschen versammelt hatten. Zehn inklusive uns und dem Pastor wären mir lieber gewesen. Ich bereute sofort, dass ich Romy erlaubt hatte, eine schwarze Federboa umzulegen, die sie doch noch aus Tante Gretchens Schrank gezogen hatte. Ich muss zugeben, dass wir im Vergleich zu den älteren Menschen im gedeckten Schwarz schon ziemlich skurril aussahen. Was mein Unwohlsein nicht wirklich minderte. Wenn es in der Menge wenigstens irgendjemanden gegeben hätte, den ich kannte. Oder besser, irgendjemanden, auf den ich hätte freudig zustürmen können, weil auch er mich kannte. Aber wer sollte das nach fünf Tagen Weitewelt schon sein? Das Einzige, was ich auf dem hinteren Teil des Platzes entdeckte, war eine große, schwarz getönte Limousine. Mr. Big traute sich offenbar auch noch nicht raus. Leider hatte es auch noch angefangen zu regnen, was das Ganze nicht besser machte.

»David«, flüsterte ich, »was machen wir denn jetzt?«

Er schien tatsächlich ein paar Leute mehr zu kennen, was auch logisch war. Ab und an nickte er freundlich jemandem zu. Der Bäckersfrau zum Beispiel. Marion hieß sie und hatte den Betrieb der Eltern wohl allein übernommen. Das hatte sie mir jedenfalls erzählt, als wir neulich zusammen an der Supermarktkasse angestanden hatten, bevor mein Handy klingelte. Dass David deswegen positive Beziehungsarbeit für uns leistete, konnte man hingegen nicht gerade sagen. Die Bäckersfrau nickte distanziert zurück. Vielleicht gaben sie ihm, David-Michael, wirklich die Schuld an Michaels angeblichem Tod. Das wäre was, wenn ich ihn genau hier bloßstellen würde!

»Entspann dich, Anna. Einfach nicken.«

Einfach nicken … witzig … Zielloses Nicken ins Nichts wirkte ziemlich dämlich.

Die Erlösung kam mit schwarzem Talar auf unser Grüppchen zu. Der Pastor. Zu meinem Bedauern kannte ich noch nicht mal seinen Namen. Zum Glück wandte er sich zuerst an David.
»Mein Beileid, David. Geht es Ihnen gut?«
Aha. Sie kannten ihn also wirklich, und niemand schöpfte Verdacht.
»Vielen Dank, Herr Prüll«, erwiderte David höflich. »Ja, es geht mir gut. Darf ich vorstellen: Annabel Wiesengrund.«
Interessiert musterte mich Herr Prüll. »Auch eine Freundin der Familie? Ich habe Sie noch nie hier gesehen.«
Ich spürte, wie ich schon wieder rot wurde.
»Nein, ich bin die ... Also, Tante Gretchen hat meine Mutter im Zweiten Weltkrieg gerettet«, stammelte ich. »Und ich habe sie zuletzt ein bisschen gepflegt.«
Pastor Prüll zog fragend die Augenbrauen hoch. *Soso,* sagte sein Blick.
»Ich bin Romy«, sagte Romy und streckte dem Pastor die Hand entgegen. »Ich wohne jetzt mit meiner Mama im Palais. Und mit David und Kurt und Knut.«
Ich hätte nicht geglaubt, wie hoch ein Mensch seine Schlupflider ziehen konnte. Wenigstens hatte sie nicht gefragt, ob er ihr Vater sei.
Knut reichte dem Pastor auch die Hand: »Guten Tag. Mein Name ist Knut, Internet und Handwerker.«
Pastor Prüll nickte.
Kurt folgte: »Kurti, mein Beileid.«
Pastor Prüll schüttelte sichtbar überfordert den Kopf.
»Ich würde nun vorschlagen ...«, hob er an.
»Meine Güte, was ist denn das für ein Matsch«, unterbrach eine laute Frauenstimme im Hintergrund, die mir sehr bekannt vorkam. »Friedhöfe haben wirklich etwas Beklemmendes.«

Alle, wirklich alle Köpfe drehten sich zu der Frau um, die da in etwas anschwebte, das am besten als Papageienkostüm zu beschreiben wäre, weil es in seinen seidig verlaufenden Gelb-Blau-Rot-Tönen als knöchellange Tunika genauso aussah. Was hätte ich dafür gegeben, jetzt im Erdboden zu versinken.
»Annabel, Schatz, da bist du ja. Wie siehst du denn aus?«
Die fünfzig Köpfe flogen nun zurück in meine Richtung, und aus dem Augenwinkel nahm ich wahr, dass sich die Türen der schwarzen Limousine öffneten und erst Guy mit einem Regenschirm der Größe Hauszelt und dann noch Mr. Big sich aus dem Wagen schälten.
»Darf ich vorstellen: Ala, meine Mutter. Wie ich schon sagte, hat Tante Gretchen ihr das Leben im Zweiten Weltkrieg gerettet.«
»Ach, Kindchen, was redest du da? Nenn mich doch nicht Ala. Ich bin Mama. Einfach Mama. Ich habe dieses wunderbare, wenn auch heute etwas unpassend gekleidete Geschöpf neun Monate unter meinem Herzen getragen«, informierte sie für alle hörbar die gesamte Trauerschar. »Dazu muss man stehen. Das ist weibliche Bestimmung. Der Lebenszy…«
Bislang wurde nur leise getuschelt. Aber ich wartete darauf, dass gleich jemand von den älteren Damen in Ohnmacht fallen würde. »Mama«, unterbrach ich sie deswegen leise, »ich denke, das ist nicht der Ort für solche Vorträge. Was machst du überhaupt hier?«
»Hallo, Oma«, erlöste Romy uns alle und warf sich meiner Mutter in die Arme. »Gehen wir nachher noch schwimmen?«
»Romy, Schätzchen.« Meine Mutter herzte und küsste meine Tochter innig. Irgendwie alles unangemessen und doch nicht ganz falsch, dachte ich.

Bevor ich auch ihr unsere kleine Truppe vorstellen konnte, stand plötzlich Mr. Big unter dem Hauszelt bei uns.
»Madam«, sagte er formvollendet und verneigte sich. »Darf ich Ihnen meine Aufwartung machen? Ich bin Ihnen so unendlich dankbar, mir den Weg hierher zu Ihrer wunderbaren Tochter einer noch wunderbareren Mutter gewiesen zu haben. Adam Fern.« Tatsächlich ergriff er ihre Hand für einen gehauchten Kuss. Was war denn hier bloß los?
Meine Mutter sah – zur Salzsäure erstarrt – die anderthalb Köpfe hoch hinauf zu ihm, und ich möchte nicht wissen, welche Impulse ihre verletzliche Mitte gerade an ihren Kopf sandte.
»Ella Wiesengrund«, hauchte sie zurück. »Angenehm.«
Ich blickte in unsere Runde: Romy, die noch an ihrer Oma klebte, David, der staunte, Knut und Kurt mit ihren Hochwasserhosen und der gespreizten Knopfleiste am Bauch. Was für eine Truppe. Aber irgendwie … meine Familie.
Wie auf Kommando gesellte sich noch jemand mit rotem Kopf schnaufend uns zu. Ach, sie war wirklich ein kleines Walross. Aber ich liebte sie in diesem Moment noch mehr als an dem ersten Abend mit ihr.
»Mein Beileid, Frau Wiesengrund. Ich bin Swantje.«
»Ich bin Ella«, erwiderte meine Mutter, aufgetaut, und nahm die ihr unbekannte Swantje herzlich und bedenkenlos in den Arm. »Ich denke, jetzt sind wir komplett. Lasst uns reingehen«, kommandierte meine entscheidungsfreudige Mutter.
Und so zogen wir, angeführt von einem Papagei, gefolgt von einem Pinguin, Pastor Prüll, inklusive Mr. Big und Guy und der grauen Schar in die Kapelle.
Es schien selbstverständlich, dass wir neun uns in die erste Reihe setzten. Die Gemeinde verteilte sich ab Reihe vier.

Und so wäre es wohl auch geblieben, wenn nicht im letzten Moment, als die Trauerfeierhelfer schon die Flügeltür der Kapelle schließen wollten, Bürgermeister Höfer den Gang mit flatternden Schritten hinabgekommen wäre.
»Moin, Hennig, 'tschuldigung«, rief er und platzierte sich direkt hinter mir, zweite Reihe rechts mittig.
Pastor Prüll sagte gar nichts mehr, aber die Menschen erhoben sich raschelnd und hüstelnd aus den Bänken und rückten sogleich in die vorderen Reihen auf. Ein Bürgermeister konnte ein Segen sein!
Ich wandte mich kurz um. Keine Ahnung, wie ein Blick danke sagen kann. Aber ich versuchte es. Karl-Heinz Höfer nickte zurück. Ich lächelte und nahm sowohl rechts Romys als auch links die Hand meiner Mutter. David saß rechts von Romy. Er schaute auf seine Hände, die allein auf seinen Knien lagen. Schade, dachte ich kurz. So einsam.
Und dann, endlich, konnten wir Tante Gretchen würdig verabschieden. Es war eine schöne Ansprache. Und von allen Seiten hörte man ein leises Schniefen und Schnäuzen. Mich hatte das Ave Maria sowieso schon immer zum Weinen gebracht.

16

Auf dem Weg aus der Kapelle erwischte ich meine Mutter endlich mal allein. Ich hoffte, dass sie mir mal erklärte, was sie hier in diesem Aufzug genau zu erreichen gedachte.

»Ach, Anna-Kindchen, ich denke, du bist schon seit zwei Tagen hier. Warum dann immer noch so verspannt? Glaubst du etwa ernsthaft, ich dürfte bei dem letzten Geleit des vielleicht wichtigsten Menschen in meinem Leben fehlen?« Das war sie: meine Mutter, mal Ala, mal Mantra-Expertin, mal die spirituellste Seglerin ihrer Zeit. Immer einen Hauch exaltiert und herablassend, wenn es um vermeintlich große Momente in ihrem Leben ging. Das war zum Glück nicht immer der Fall. Manchmal hatte sie auch einen Blick für Kleinigkeiten. Mich zum Beispiel.

»Mama, du hast Tante Gretchen gerade mal als Kind ein paar Wochen erlebt. Wie soll sie dann der wichtigste Mensch für dich sein?«

»Anna. Wenn ich dir etwas mitgegeben haben sollte, dann doch wohl die Gewissheit, dass sich die Wichtigkeit eines Menschen nicht in der Häufigkeit oder Dauer des Zeitraums bemisst, wie oft oder lange man sich gesehen hat. Meine Güte, wie wichtig müsste mir dann dein Vater sein? Gar nicht auszumalen.«

Was war ich froh, dass sie nicht weitere Beispiele für die Korrelation aus Sehen und Wichtigkeit anführte. Wer weiß, wer der Nächste gewesen wäre? Oder die. Gleichzeitig tat mir mein Vater auch wieder leid. Er war ein wirklich lieber Mensch. Ein bisschen schwach vielleicht. Zumindest gemessen an der Stärke meiner Mutter. Aber er war ein stiller, guter Mann, der einfach irgendwann aufgegeben hatte. Ich nahm mir vor, ihm bald mal einen Brief zu schreiben.

»Und immerhin«, fuhr meine Mutter fort, »hat sie mir ja wohl das Leben gerettet an diesem einen Tag. Ohne sie wären wir heute alle nicht hier. Und siehst du nicht, wie sich hier schon wieder ein gigantischer Kreis zu schließen …«

»Aber musste es denn in diesem Kostüm sein?«, unterbrach ich sie schroffer, als ich wollte.

»Annabel, ich möchte mich jetzt wirklich nicht mit dir streiten, schließlich haben wir uns vorgenommen, eine schöne Urlaubswoche gemeinsam im Palais zu verbringen.« Ich bekam große Ohren. Ganz große. »Aber! Wenn du dich doch mal in einem Radius, der deutlich über sechzig Kilometer hinausreicht, in der Welt bewegen würdest, wüsstest du, dass beispielsweise die Mexikaner, zurückgehend auf eine ganz zauberhafte Tradition ihrer indigenen aztekischen Vorfahren, den Tod mit Blumen und bunten Masken und viel Musik begrüßen, weil es eine große Freude ist, in das neue Reich des Wunderbaren hinübergeleitet zu werden. Die essen und saufen an jedem Todestag auf dem Friedhof, weil sie sich so freuen für ihren Verstorbenen. Und die Kinder tanzen auf den Gräbern und haben Spaß. Gerade in der heutigen Zeit ist es doch wichtig, auch mal positive Impulse zu setzen … Also?« Mit hochgezogenen Brauen sah sie mich an.

Und wie immer, wenn es so weit kam, kapitulierte ich und fühlte mich in meinem dunkelblauen, schwingenden Bustierkleid und den Stiefeletten doch nicht mehr so wohl. In gewisser Weise hatte sie recht: Sie sah schon ein bisschen … *frischer* … aus als ich.

»Und was genau meintest du mit ›eine Woche Urlaub zusammen‹?«, fragte ich, um vom Thema abzulenken.

Fröhlich schaute sie sich um. »Gutes Stichwort. Hast du Adam gesehen? Er hat mir netterweise angeboten, mich zum Bahnhof Bad Segeberg zu fahren, um meinen Koffer dort abzuholen. Ein ganz feiner Mann.« Sie machte eine Pause. »Wusstest du, dass er aus Kentucky stammt und alles über Rinderzucht weiß? Seine Frau hat wohl eine Farm dort in der Nähe. *Ex*-Frau.«
Ich nickte nur. Ja, das wusste ich wohl. Wenngleich ich auch wusste, dass Kentucky und South Carolina für meine geografischen Begriffe nicht zwingend in der Nähe lagen. Aber ich war ja auch noch nie in Mexiko. Da verrutscht die Definition von Nähe schon mal.
»Und sag mal«, fuhr sie fort, genau wie ich es befürchtet hatte. »Dieser David. Erzählst du mir etwas über ihn? Wer ist das? Irgendetwas an ihm macht mich misstrauisch. Will er mit dir den Mondtanz üben? Dann lass die Finger von ihm. Das ist kein gutes Karma. Mondmenschen sind Schattenmenschen.«
»Nein, Mama, das will er nicht.« Ich überlegte, ob ich ihr direkt hier von meinem Verdacht erzählen sollte, aber das hielt ich für keine gute Idee. Dieser Auftritt würde es bestimmt bis in die *Süddeutsche Zeitung* schaffen. »Er ist ein guter Freund von Michael gewesen.«
Meine Mutter pfiff scharf durch die Zähne. Um diese Fähigkeit beneidete ich sie schon lange. Ich konnte noch nicht mal durch die Lippen pfeifen. So gesehen passte sie ganz gut auf eine Ranch. Sie sah mich scharf an: »Ich freue mich schon auf einen so richtig gemütlichen Mutter-Tochter-Abend am Kamin. Nur wir zwei, okay?« Dann umfasste sie mich an der Schulter und gab mir einen dicken Kuss auf die Stirn. Das war die Mutter, die ich liebte. Die mit dem Blick für Kleinigkeiten.

Und damit war sie auch schon weg. Mr. Big winkte von Weitem, als würde er die amerikanische Flagge schwingen.

Schweigsam und doch zufrieden fuhren David, Kurt, Knut, Romy und ich in meinem Auto wieder nach Hause. Knut hatte Mr. Big von dem Schleifmaschinenproblem erzählt – wann und wie auch immer. Und der hatte tatsächlich versprochen, eine Lösung zu finden. Offenbar wollte er wirklich in mich investieren. Swantje kam mit dem Bus nach. Das mag jetzt komisch klingen, aber sie hatte *wirklich* keinen Platz mehr in meinem Auto gefunden. Und einer von den drei Bussen fuhr nun mal um 12.05 Uhr.

Wir hatten noch einiges vor an dem Tag. Nicht zuletzt mussten wir endlich klären, woher das Geld für die ersten Renovierungen kommen sollte. Ganz zu schweigen von dem, was auf uns zukam, wenn der Ingenieur Arnd Schmarjens das Palais erst inspiziert hätte. Herrje, das war ja schon so ein Vollzeitjob.

Zu Hause angekommen, kochte ich für alle Kaffee und Kakao – außer für Knut, der schon wieder vor dem Rechner saß: »Danke, nicht während der Arbeit!« –, und der Rest setzte sich ins Wohnzimmer, Swantje eingeschlossen. Ich hatte mich auf dem Rückweg leider ein bisschen verfahren.

»So«, sagte ich geschäftstüchtig. »Wir brauchen einen Schlachtplan.«

»Ich kann kein Blut sehen«, jammerte Kurt.

»Einen Plan brauchen wir«, verbesserte ich kommentarlos. »Kurt und Knut haben eine erste Aufstellung gemacht und errechnet, dass wir für das Parkett mindestens 1223,50 Euro benötigen. Ich selbst habe etwa 3500 Euro auf dem Sparbuch. Bis auf 500 Euro für Notfälle wäre ich bereit, sie in das Palais zu investieren.«

»Ich brauche neue Spielsachen«, mischte sich Romy ein. »Ein Playmo-Reiterhof wäre toll. Wie viel kostet der, Mama? 3000 Euro?«

Sehr zielführend das Ganze. »David, möchtest du vielleicht auch noch etwas Konstruktives zu dieser Diskussion beitragen?«, fragte ich inzwischen ein bisschen genervt.

»Wenn ich ehrlich bin, ja«, erwiderte er. »Deine Geschäftstüchtigkeit in fremden Häusern in Ehren, aber mir bedeutete Tante Gretchen wirklich etwas. Wir haben gerade den Trauergottesdienst hinter uns, und du fängst schon wieder mit der Renovierung an. Ich möchte, dass wir ein paar Kerzen anzünden und uns etwas auf diesen Anlass besinnen. Vielleicht erzählen wir uns Geschichten. Jeder über seinen persönlichen Verlust oder was ihn besonders geprägt hat. Etwas, das ihn besonders traurig oder nachdenklich oder glücklich gestimmt hat. Wäre das nicht besser, als über rissiges Parkett zu diskutieren?«

»Ich möchte wissen, wer mein Papa ist«, kam es ganz spontan von Romy.

Das möchtest du nicht wissen, dachte ich bei mir, aber ihre Unmittelbarkeit berührte mich. Eigentlich war die Idee von David so schlecht nicht.

»Ich möchte auch wissen, wer mein Papi ist«, sagte Kurt traurig. »Und meine Mami. Schwester Dorothee war auch nett, aber nicht die Mami. Schwester Dorothee hat immer ganz lieb gesagt, ich ein bisschen dummi. Deswegen mach ich jetzt Sätze mit den vielen i. Das fühlt sich an wie Zuhausi. Knut und ich sind im Heimi aufgewachsen. Knuti war immer ein großer Bruder für mich. Und jetzt ist Missi Annabel meine große Schwester. Vielleicht sollte ich Sie Missi Anni nennen?«

Mit großen Augen sah Kurt mich an. Das war ein Bild: Ein

Kerl von einem Mann in Kleidergröße 62 schmolz in sich zusammen zu dem kleinen Jungen, der nie mitgewachsen war.
Liebevoll strich Knut Kurt über den Kopf.
»Es stimmt«, sagte er. »Wir lebten etwa sechs Jahre zusammen in einer Art Waisenhaus. Als ich achtzehn wurde, musste ich das Heim verlassen. Kurt ist zwei Jahre jünger als ich. Ich weiß, dass er es ohne mich nicht lange dort ausgehalten hätte. Also beschloss ich, ihn mitzunehmen. Das war nicht ganz einfach und auch nicht ganz ... ›legali‹, aber wir schafften es. Das ist jetzt drei Jahre her«, ergänzte Knut. Die ganze Runde starrte ihn an und wartete auf den Fortgang der Geschichte.
»Na ja«, meinte Knut verlegen. »Ihr merkt es ja, wir versuchen zu lernen. Wir suchen Arbeit. Die Idee mit den Handwerksgesellen kam von Kurti ... Er hatte das in einem Baumarktprospekt gesehen, und ich habe die Idee weitergesponnen. Seitdem schlagen wir uns so durch ... Bis ihr kamt ...«
»Danke, Knut, ich denke, darauf trinken wir noch einen, oder?«
Ich war Swantje dankbar dafür, dass sie mit ihren Worten die Spannung aus der Luft nahm. Mir wäre es nicht gelungen. Ich war zu bewegt – von der Geschichte der beiden, von ihrer Verbundenheit, davon, dass wir alle hier zusammen an diesem Tisch saßen. Ich hätte es bei meinem Schweigen belassen sollen, war aber offenbar noch nicht damit vertraut, wie viel Nähe andere Menschen zuließen. Und Nähe hieß irgendwie ja auch immer Schmerz. Insofern war meine Überleitung recht unbedacht.
»Swantje, magst du auch eine Geschichte erzählen?«, lenkte ich also ab und strich Kurt kurz über den Kopf. Ich hätte ahnen können, dass auch der Querbalken unter Swantjes Sitz mehr war als ein Stück Holz.

»Na ja«, fing sie mit fester Stimme an. »Mein Problem seht ihr ja wohl vor euch. Ich bin fett, wenn man es verkürzt ausdrucken will. Medizinisch nennt man das Adipositas: Fettleibigkeit. Das kann viele Ursachen haben: erblich verursacht, Esssucht, psychische Komponenten. Es gibt aber auch das Cushing-Syndrom. Kommt nicht so oft vor, weswegen ich für viele Ärzte ein echt spannender ›Fall‹ war.« Sie lachte kurz auf. »Letztlich ist es eine hormonelle Überfunktion, gesteuert durch das Gehirn, die für erhöhten Blutzuckerspiegel sorgt, das Immunsystem unterdrückt und für übermäßigen Fettaufbau im Körper sorgt. Ich bin anfälliger für Krankheiten, bin von früh an weniger unterwegs gewesen als andere Kinder: Spielplätze waren eine Gefahr …«

»Wieso?«, fragte Romy. »Hast du dich dann schmutzig gemacht, und deine Mama hat geschimpft?«

Romy.

Swantje lächelte sie an. »Nein, Romy. Das war nicht der Grund. Ich wurde einfach schnell krank.«

»Oh.«

»Aber im Grunde schützte mich die Krankheit auch vor dem, was sie mir nahm: Freunde, Nähe zu anderen Menschen. Ich war dick und wurde gehänselt. Und ich hatte immer einen guten Grund, den anderen aus dem Weg zu gehen. Das hat es mir bestimmt auch leichter gemacht.«

Ich schluckte. Swantje konnte wirklich sehr positiv sein.

»Als ich etwa zehn war, schafften meine Eltern für mich einen Hund an. Ein brauner Labrador, klassischer Therapiehund. Auch das noch. Eine Hündin. Wir nannten sie Kasch. Fanden wir passend, abgeleitet vom Cushing-Syndrom, na ja. Aber Kasch war in der Tat genau das, was ich mir nie zu erhoffen gewagt hätte: eine Wegbegleiterin, stumm und aufmerksam, verständig, liebend. Ein toller

Hund. Ich steckte viel Energie in ihre Erziehung. Meine Eltern und die Hundeschule haben mich total darin unterstützt. Wir liebten uns alle. Wir hatten eine gute Zeit. Ich wurde älter. Ich wurde reifer. Ich blieb fett. Und ohne echte Freunde. Aber da war ja Kasch. Immerhin. Und, wenn ich ehrlich sein soll, war da später dann auch David. Kann er selbst gleich etwas dazu sagen. Ich machte mein Abi und beschloss, die Ausbildung zur Krankenschwester zu machen. Ich hatte gerade drei Monate Lehre hinter mir, als es Kasch anfing schlecht zu gehen. Sie fraß nicht mehr. Sie wollte nicht mehr toben. Irgendwas war. Ich hatte gerade meinen Führerschein gemacht und meinen Eltern gesagt, dass ich mit ihr zum Tierarzt fahren würde. Es ging ihr nun schon seit drei Tagen so mies. Mein Vater war gerade von irgendwoher nach Hause gekommen. Ich erinnere mich nicht mehr. Ich erinnere mich nur noch, wie ich nach Kasch rief: ›Hey, Süße, komm her, wir holen dir Hilfe. Komm her, Kasch.‹ Ich pfiff durch die Zähne.«

Swantje pfiff genauso durch die Zähne, wie David es neulich gemacht hatte und meine Mutter es konnte. Ich schluckte.

»Ich hätte es wissen können«, fuhr Swantje fort. »Ich hätte es wissen können. Wenn es Hunden schlecht geht, wenn es Kasch schlecht ging, suchte sie ihre Ruhe, und sie suchte Wärme. Wundert einen doch nicht, oder?« Sie lachte erneut auf. Aber anders jetzt, trockener. Kurt schluchzte schon. Ich war einfach nur gebannt. »Ich dachte also, ich fahr den Wagen schon mal raus und suche dann nach Kasch. Dann hat sie es leichter mit dem Reinspringen, dachte ich. Erst mal raus aus dem Carport.« Swantje machte eine Pause, und ich hatte das Bedürfnis, noch hundert Kerzen anzuzünden. Das klang nicht gut. »Ich fuhr den Wagen raus. Und ich hörte ein ganz komisches Geräusch. Ein Fiepen, ein Jaulen, ich weiß es nicht mehr. Und ich sah Kasch im Rückspiegel, wie sie sich auf den Vorderbeinen unter dem Auto hervorkämpfte. Es war kein Blut zu sehen. Sie blutete nicht. Auch das hatte sie mir erspart. Ich sah nur, wie sie hinter der vorderen Schulter komplett kraftlos war. Angefahren ... von ... mir ...« Swantje rieb sich kurz über die Augen. Man sah, dass ihr massiver Körper ein wenig bebte. Aber sie riss sich zusammen. Ich auch. Obwohl mir sehr zum Heulen war. Allen war zum Heulen.

»Ist Kasch jetzt tot?«, fragte Romy bedächtig, aber niemand antwortete.

»Ich bin sofort ausgestiegen und hab sie in meine Arme genommen. Ich habe geheult und gefleht und mich entschuldigt. Und wisst ihr, was ihr Blick mir sagte?« Swantje weinte jetzt richtig. »Alles ist gut. Ich hab dich lieb. ... Es tut so weh ...« Swantje sackte in sich zusammen, und ich sprang auf, um sie in den Arm zu nehmen.

Romy tat dasselbe. »Es gibt von Playmo auch Hundeschulen, Mama. Die kannst du von den dreitausend Euro kaufen.«

Ich nickte stumm und sah zu David hinüber. Sein Blick wirkte verschlossen. Nicht abweisend – verschlossen. Als wollte er sagen: Es gibt Dinge, die sind, wie sie sind.

Ich wiegte Swantje noch eine Weile in meinem Arm und dachte, dass wir genug Geschichten gehört hatten. Davids musste warten. Und meine auch. Ich wusste sowieso noch nicht, was ich erzählen wollte. Vielleicht, wie ich aufgehört hatte, meine Freundschaften zu pflegen. Ich hatte ja welche gehabt, früher. Sie waren mir einfach abhandengekommen. Ich behauptete immer, es sei ein Zeitproblem seit Romy. Aber Zeit hatte ja niemand mehr heutzutage. Freunde jeder.

»Können wir jetzt vielleicht doch noch mal über die Reno-

vierung sprechen?«, fragte ich schließlich aus einem Impuls heraus, den ich nicht mehr steuern konnte.
Swantje schniefte und lachte und sagte: »Annabel Wiesengrund, du bist das unmöglichste Frauenzimmer, das ich je kennengelernt habe. Ja. Wir sollten unbedingt über die Renovierung sprechen.« Sie schnäuzte sich noch mal und wiederholte: »1223,50 Euro? Ich bin mit zweitausend Euro dabei.«
Wir hätten die Runde noch gut in Schwung bringen können, wenn nicht genau in dem Moment die Klingel geläutet hätte und meine Mutter mit Mr. Big auch endlich vom Segeberger Bahnhof im Palais eingetrudelt wäre. Meine Mutter stürmte ins Wohnzimmer, als hätte sie nie woanders gewohnt. In der Hand wedelte sie mit zwei amerikanischen Wimpeln. »Ach, ist das schön hier. Aber wirklich schwer zu finden. Und auch ein wenig runtergekommen.«
Drei Sätze, drei Aussagen. Meine Mutter. »Wenn ihr nichts dagegen habt, stelle ich einen Wimpel hier ab. Der andere kommt ins Schlafzimmer. Adam fühlt sich dann sicherer, right, Adam?«
Mr. Big war lautlos hinter meiner Mutter hergekommen. »Ach, Ella, in deiner Gegenwart fühle ich mich auch ein bisschen wie in Kentucky.« Verliebt sah er meine Mutter an. Was war denn da passiert?
»Aber was ist denn überhaupt los mit euch? Ihr guckt ja alle so sauertöpfisch aus der Wäsche.«
»Swantje hat Kasch überfahren.«
»Ach, du meine Güte, das ist ja furchtbar. Wer ist Kasch?«
»Ihr Hund«, kam es aus drei Mündern gleichzeitig. Bevor aber die ganze Geschichte wieder von vorne losging, hakte ich an einem Punkt ein, den ich eben kaum hatte überhören können. »Welches Schlafzimmer meinst du denn, Mutter?«

»Annabel, welches Schlafzimmer kann ich schon meinen: meins natürlich.« In dem Moment kam Guy mit zwei doch recht großen Koffern ins Wohnzimmer geschnauft. »Where to?«
»Mama, was willst du denn mit zwei Koffern? Was hast du überhaupt vor? Willst du mit Mr. Big in die USA fahren, oder wie?« Ich konnte mich ja an vieles gewöhnen, aber der Gedanke, dass meine Mutter sich in *meinem* Palais häuslich niederlassen wollte, gehörte ganz bestimmt nicht dazu.
»Anna, mein Herz, ich habe eine mittelmäßig schmerzhafte Trennung von einem Schwindler hinter mir und brauche auch mal einen Tapetenwechsel. Das ist überhaupt das beste Wort dafür. Adam erzählte mir von euren Plänen, hier ein bisschen klar Schiff zu machen. Und da dachte ich, ich könnte helfen. Wusstest du, dass die Seele allem voran über *körperliche* Neuprogrammierung heilt? Und wir haben uns ja auch schon ewig nicht mehr gesehen! Da lag es doch so was von nahe, euch mal besuchen zu kommen. Schließlich muss ich ja auch wissen, was es mit diesem David« – bei diesen Worten hielt sie es noch nicht mal für nötig, in Davids Richtung zu schauen, sie konnte wirklich eine Diva sein, eine Königin der Ignoranz – »auf sich hat. Es kann sich ja nicht jeder einfach so um meine Romy kümmern.« Ha, als ob Ella sich die letzten Jahre je verstärkt um Romy gekümmert hätte.
Guy stand noch immer etwas verloren im Raum. »Where to?«
»Zimmer 4«, sagte David, der Nichtexistente, spontan. »Es ist oben ganz am Ende des Flurs.«
»Das ist doch das Schlafzimmer von Tante Gretchen. Da haben wir uns doch vorhin die Sachen zusammengesucht. Findest du das eine gute Idee?«
David zuckte mit den Schultern. »Es ist das einzige oben mit

eigenem Bad. Und viel mehr sind ja bald auch nicht mehr übrig.«

»Ich guck mir das mal an«, säuselte meine Mutter, stellte einen Wimpel auf den Tisch und entschwebte mit dem anderen nach oben. »Kommen Sie, Guy, this way. Ich bin gleich zurück, Adam.«

Und ehe wir uns versahen, wohnten wir nun also schon zu sechst in Weitewelt. Mindestens.

»Mr. Fern, ich nehme nicht an, dass Sie ebenfalls hier einziehen möchten, oder?«

»O no, Miss Wiesengrund. Gott bewahre. Ich würde nie mit Mitarbeitern im selben Hotel wohnen. Niemals. Das ist eine eherne Prinzip von mir. Aber danke für die Einladung, denn damit wären wir beim Thema. Haben Sie sich entschieden?«

Mir war es vorher gar nicht aufgefallen, aber meine Mutter und Mr. Big hatten ganz gehörig Ähnlichkeit miteinander. Wer sprach von Einladung? Und seit wann war das Palais ein Hotel?

Ich blickte in die Runde. Bis auf Romy, die gerade mit einem Schuhanzieher Drachen spielte, und Swantje, die sich durch bewusstes Wegschauen höflicherweise zum Verschwinden bringen wollte, sahen mich die anderen drei gespannt an. Selbst Knut hatte sich von seinem PC abgewandt und wollte einer Unterhaltung beiwohnen, die offenbar ein gewisses Gewicht zu haben versprach.

Ich räusperte mich. »Mr. Fern, Adam, lassen Sie uns vielleicht einmal ins Musikzimmer gehen. Dort können wir besser reden.«

»Haben Sie etwas dagegen, wenn ich die amerikanische Flagge mitnehme? Wenn Sie erst hier wohnen, könnten wir einen Fahnenmast anbringen und eine wirkliche große echte hissen«, schlug er vor.

Ich schüttelte den Kopf und drückte ihm den Wimpel in die Hand, sah kurz zu Swantje, die mir leicht zunickte, und zu David, der den Daumen hob. Lustig, war ja auch nicht ihr Leben, das gerade umgekrempelt wurde.
Ich ging voran, schloss die Tür hinter uns, wies Mr. Big den Holzschemel zu und ließ mich selbst im Rollstuhl nieder. Das fand ich in Ordnung. Ich ein bisschen Chefsessel, er ein bisschen Büßerbank.
»Also, Adam. Wir beide kennen uns nicht, und Sie bieten mir einen Vertriebsjob in Deutschland an. Warum?«
Sein Gesicht erhellte sich. Die Frage schien ihm zu gefallen. »Aber Miss Wiesengrund, wieso bloß immer so abendländisch kompliziert? Was heißt denn kennen? Ich kenne Sie durch und durch. Ich habe doch Ihre Zahlen gelesen. Über die letzten drei Jahre. Ich sehe zweistellige Steigerungsraten jedes Jahr. Und das in diesem Pornoumfeld. Das ist bemerkenswert. Was muss ich denn noch kennen?« Er zögerte kurz. »Bei Ihrer Frau Mutter ist das natürlich etwas ganz anderes. Sagen Sie, könnten Sie mir vielleicht einen kleinen Tipp geben, wie ich ihr …«
»Adam, mit Verlaub. Ich würde jetzt gern erst mal bei mir bleiben«, sagte ich etwas bestimmter als nötig. »Wie haben Sie sich das denn vorgestellt? Soll ich jetzt aus meiner Wohnung in St. Pauli ein Lager für faltbare Brotdosen und muhende Bewegungsmelder machen, oder was? Und wenn ich den Vertrieb in Deutschland hier aufziehen würde, müsste ich auf Messen gehen, müsste zu den Einzelhändlern reisen. Das kann ich ja nicht alles nur vom Telefon aus.«
»Ahhh«, machte Mr. Big. »Ich sehe schon, Sie sind eine echte Entrepreneuse. Sie denken gleich einen Schritt weiter. Aber eigentlich denken Sie nur einen Schritt weiter, weil Sie

Probleme sehen. Wissen Sie, Miss Wiesengrund, die nehme ich Ihnen jetzt mal ab.
Ich hatte Ihnen ja erzählt von meiner Frau Mary-Lou und ihrer Rinderzucht. Also die Tiere waren für sie ja wohl wirklich wie die Kids, die sie nie hatte. Da war sie very engagiert. Irgendwann aber, ich travelte ja viel, dachte sie wohl, die Rancher wären die Dads zu ihren vielen Kids oder sie wäre eine Kuh und der Rancher ihr Bulle. Was auch immer sie dachte: Sie ging mit ihnen ins Bett. Und der eigentlich Gehörnte war ich.
Und wissen Sie: Das bin ich nicht so gern. Also zog ich erst in die Firma in Kentucky und baute mir dann langsam eine neue Ranch auf. Ohne Frau und ohne Rinder allerdings. Ich habe jetzt eine ganz interessante Pferdezucht. Das wäre was für die little Romy, schätze ich.
Aber was ich damit sagen will: Sie sind ja nun gerade hier und nicht in dem Apartment in St. Pauls. Und wenn ich Sie richtig verstehe, wollen Sie auch eher hier bleiben. Ob das auf Dauer geht, wird sich noch zeigen, aber anscheinend ist das der Plan. Gibt schlechtere, denke ich. Und hier ist Platz genug. Und dann haben Sie noch Ärger mit Ihrem Ex. Auch dafür wäre es besser, Sie hätten ein bisschen mehr Zeit für Ihre Tochter, don't you think?«
Ich thinkte gerade gar nichts mehr. Es klang alles so verflucht logisch.
»Und ich sage Ihnen noch was, was mir am besten gefällt: Ich bin der große Gewinner. Ich übernehme die Vertriebsrechte für Ihre BlubberBottels in den USA, und Sie verkaufen meine Produkte hier in Germany. Dafür zahle ich Ihnen jährlich wie bereits gesagt die 36 000 USD plus 5 Prozent Umsatzbeteiligung. Das ist genug für Sie. Und für mich ist es Mindestlohn. So sind wir doch alle happy. Meinen Sie nicht?«

O dieser Mr. Big. Ein Stinktier. Ein Bussard. Ein Ekelpaket. Ein Sexist.
Aber im Grunde hätte ich es auch so ausgedrückt. Man kann es netter verpacken, aber eins bleibt wahr: Es war eine Chance für mich. Eine echte Chance. Und er hatte kaum ein Risiko.
Wenn ich so aus dem Fenster sah und weiter vor mich hinträumte, Romy eines Tages mit ihrem Pony über die Wiese toben zu sehen, ging das nur, wenn ich mich auch dafür entschied. Für den Mut, das Risiko und das Zutrauen, dass es sich schon irgendwie richten würde. Was hatte ich denn schon zu verlieren? Mir kam aber noch eins in den Sinn.
»Mr. Big, Adam, sorry, Sie haben aber schon verstanden, dass wir hier gerade im Status der Hausbesetzer verweilen, oder?«
Mit großen Augen sah er mich an. »What?«
»Nun, das Palais gehört uns ja nicht. Wir alle finden es hier ganz gemütlich, und wir wollen alle, dass es noch gemütlicher wird. Aber wir können es derzeit noch nicht kaufen. Got it?«
»No.«
»Adam, dieses Haus wird irgendwann versteigert, und wir hoffen, dass wir das vielleicht zusammen hinkriegen, aber derzeit sieht es nicht so aus. Derzeit machen wir es hübsch, und wenn wir Pech haben, und glauben Sie mir, davon kann ich ein Lied singen, dann kauft es uns irgendein anderer Mr. Big vergnügt vor der Nase weg. Wenn Sie also meinen, ich sollte hier ganz selbstständig mein Vertriebsbüro eröffnen, damit ich mehr Zeit für Ihren Profit und meine Tochter und die Ponys habe, dann wäre es doch eine Überlegung wert, dass Sie in dieses Gebäude investieren, oder nicht? Sie könnten es sich doch locker leisten. Und dann hätten wir wirklich keine Probleme mehr.«

Ich wartete. Mir schien, meine spontanen Ideen waren in letzter Zeit meine besten.
Eine ganze Weile musterte mich Mr. Big scharf von oben bis unten.
Und dann wieder von unten nach oben. War seine Art nachzudenken, vermutete ich.
»Never.« Kurz. Knapp. Klar.
Doch noch gab ich nicht auf. »Warum?« Jetzt musterte ich ihn.
»Miss Wiesengrund. Ich glaube, Ihre Gedanken sind ganz und gar fantastisch. Ich verstehe das. Aus Ihrer Sicht. Aber ich habe doch überhaupt kein Interesse daran, eine Immobilie dreitausend Miles away from home und hundert Miles away von einem relevanten Airport zu kaufen. Nur damit Sie ein Büro haben. Ich kann es nicht verwalten. Es wirft keine Rendite ab. Wenn Sie hier nicht bleiben können, mein Angebot aber angenommen haben, dann finden Sie eine andere Lösung. Ich habe etwas davon, wenn Sie den Job machen. Und Sie auch. Sie haben etwas davon, wenn Sie ihn von Wideworld aus machen. Ich nicht. Das ist doch easy, oder? Nein, Miss Wiesengrund. Wenn Sie das Haus kaufen wollen, sorgen Sie dafür, dass Sie es sich leisten können. Machen Sie einen guten Job für Kitchen-Pep. Mehr kann ich da leider nicht tun.«
Mit diesen Worten erhob er sich. »Haben Sie sich entschieden?«
Ich blieb noch auf dem Chefsessel sitzen. Wenn man diesem Menschen eins nicht nachsagen konnte, dann dass er rumeierte. Er konnte mich in einem Moment um die Gunst meiner Mutter anbuhlen, um mir im nächsten ganz klar zu sagen, was sein Thema war und was meins. Hatte ich gestern nicht gelernt, dass Verlieren auch mit Generosität ertragen

werden sollte? Ich versuchte es und reichte Mr. Big die Hand. »Okay, Adam. Ich habe verstanden. Wir versuchen es. Aber in dem Arbeitsvertrag ist der Gerichtsstand Deutschland. Und die Kündigungsfrist ist nicht wie bei Lutz vier Wochen, sondern drei Monate. Einverstanden?«

Er schlug ein. »Very good. Können wir jetzt über Ihre Frau Mutter sprechen?«

»Nein«, erwiderte ich entschieden. »Eins ist da noch.« Er horchte auf. »Sollte es uns gelingen, das Palais auch ohne Ihr Zutun zu halten und gegebenenfalls sogar zu kaufen, dann zahlen Sie für dieses Zimmer Büromiete auf Firmenkosten. Das ist dann wirklich das Mindeste. Dafür hissen wir auch gern eine amerikanische Flagge im Garten. Denken Sie mal drüber nach.«

Mit diesen Worten erhob ich mich aus dem Rollstuhl. So machen sie es doch in den Filmen immer: etwas Dramatisches sagen und abtreten. Ich fand mich gut.

Mr. Big sah sich um. »Hm …«, machte er nur. »Hm … we'll see. Und jetzt hätte ich gern einen Drink.«

Damit war das Thema erledigt, und ich hatte eine ziemlich neue Zukunft vor mir. Der Hammer! Es fühlte sich gut an. Ja, es fühlte sich verdammt gut an.

17

Swantje reagierte auf meine neue berufliche Perspektive direkt mit einem Tänzchen, was sehr lustig aussah: Ihre im Vergleich zum Rest des Körpers recht zierlichen Füße tippelten über den rissigen Dielenboden, Bauch, Po und Kinn wippten im Rhythmus mit. Dazu stieß sie peinlicherweise Indianergeheul aus, was Romy, Kurt und Knut super fanden und worauf sie direkt einstiegen: »Komm, Mama, wir tanzen.« David schüttelte lächelnd den Kopf, zeigte allen einen Vogel, um dann aber auch in einer Art Indianertanz ums Lagerfeuer seine Kreise zu drehen. Meine Mutter, jetzt in türkisfarbener Tunika mit passendem Turban, stellte sich verwundert oben an die Treppe: »Was ist denn hier los? Das ist rassistisch!« Ihre Blicke wanderten durch den Raum: »Adam«, rief sie, »ADAM, hat sie zugesagt?«

»Ich denke, er ist wieder in den USA«, sagte ich, ein klein bisschen boshaft.

»WAS? Er ist abgereist, aber warum denn?«

»Ella«, mischte sich David ein, der noch eine Szene offenbar nicht ertragen wollte. »Er ist im Auto und trinkt einen.«

So geringschätzig, wie man es sich nur vorstellen kann, schaute meine Mutter aus dem ersten Stock, gekonnt mit einer Hand am Treppengeländer, auf David herab. »*Dich* habe ich zwar nicht gefragt«, sagte sie langsam und ruhig. »Aber danke.«

Ich fragte mich, was sie gegen David hatte. Meine Mutter konnte fies sein, aber eigentlich war sie das selten ohne Grund. Und David hatte ihr ja nun wirklich nichts getan.

Von meinem Verdacht wusste sie auch noch nichts. Es war wirklich Zeit für ein Gespräch zwischen uns, ob ich das nun wollte oder nicht.
Mit diesen Worten schwebte Ella Wiesengrund also nach unten, um, an der Tür angekommen, schon wieder dem nächsten Gast Platz zu machen: »Huch, haben Sie mich aber erschreckt! Ich habe Sie heute Morgen auf der Beerdigung gar nicht gesehen. Wer sind Sie?«
»Moin. Arnd Schmarjens. Ich soll mir den alten Kasten mal anschauen, sacht Karl-Heinz. Welche Beerdigung?«
»Grete Sandmüller«, sagte ich. Ich hatte mich beeilt, selbst an die Tür zu kommen. Wer weiß, was meine Mutter sonst wieder anstellte. »Dies ist ihr Haus. War«, fügte ich hinzu.
»Ach?!«, machte Arnd Schmarjens. »Is nich wahr! Das hat der Karl-Heinz gar nicht gesacht. Ich soll mich hier bei der Pflegerin melden. Frau Wiesengrund.«
»Das bin ich«, flötete meine Mutter, die ich energisch aus der Haustür in Richtung schwarz getönte USA schob.
»Nein, nein, das bin ich. Annabel Wiesengrund. Kommen Sie doch herein, Herr Schmarjens. Möchten Sie einen Kaffee?« Wenn ich ihn nur ordentlich verwöhnte, wären die Schäden am Haus sicher nicht mehr ganz so groß.
»Jau, Kaffee wär toll. Übrigens, den Garderobenständer würde ich woanders hinstellen. Der versperrt hier den Fluchtweg. Ist auch ja auch wegen Brandschutz und so.«
Noch mehr Kaffee. Das fing ja gut an.
Aber letztendlich ging es ganz erträglich weiter. Natürlich rutschte Arnd Schmarjens im Wohnzimmer als Erstes mit der Schuhsohle über die abgewetzten Dielen mit den Rillen – »Muss neu verleimt werden« –, woraufhin Knut ihn sofort zu sich und der Heimwerkerseite auf dem PC zog. So minutiös, dass es mit Sicherheit auch Herr Schmarjens nicht

mehr nachvollziehen konnte, erläuterte ihm Knut sein ausgefeiltes Dielen-Reparatur-Programm für 1223,50 Euro. Knut redete und gestikulierte ohne »i-Fehler«; Arnd Schmarjens nickte ab und zu mit hochgezogenen Brauen. Da hatte er wohl einen Fachmann getroffen. Die Küche fand er perfekt »ent-tapeziert«, und der feuchte Fleck in der Ecke rührte seiner Meinung nach von herabfallendem Kondenswasser durch jahrelanges Kochen ohne Dunstabzugshaube her. In der Tat gab es die in der Küche nicht, was mir noch gar nicht aufgefallen war. Die meisten Mängel im Haus verbuchte er auf das Konto »Die Sandmüllers waren bekannt für ihren Geiz. Heizen hätte geholfen«.

Das war eine Bemerkung, die mich wunderte. Nach den Fotos zu urteilen und dem Leben von Tante Gretchen, wie ich es mir vorstellte, hätte ich nicht gedacht, dass diese Familie geizig war. Aber solange es eben nicht auf Grundsanierung hinauslief, war mir jede Erklärung für muffige Wände und Daunen recht. Nach Inspizierung auch des ersten Obergeschosses war die wesentlichste Empfehlung, die alten Druck-Klospülungen in den Bädern auszutauschen. Diese, so lernte ich, verursachten in den Leitungen bei jedem Spülen einen Unterdruck oder wohl eher Überdruck, der jedenfalls auf die Leitungen drückte, die dann irgendwann platzen könnten. Gerade wenn mal mehr Leute im Haus wären. Dabei richtete Herr Schmarjens seinen Blick verschwörerisch Richtung Wohnzimmer unten. Es sei also ratsam, Spülkästen anzubringen, die dann per Schaltung das angesammelte Wasser mit den Ausscheidungen die Leitung hinunterspülten, ohne, ich zitiere, »nach oben hin zu rülpsen«.

Arnd Schmarjens verstand etwas von seinem Handwerk. Ich war froh darüber. Bis wir auf den Dachboden kamen. »Ach herrje«, jammerte er. »Ach herrje, ach herrje. Wie sieht das denn aus? Ach, du meine Güte! Merken Sie das, Frau Wieselgrund?«

»Wiesengrund«, verbesserte ich ihn gefasst. »Was denn? Dass es kalt ist?«

»Ach herrje. KNUT«, brüllte er nach unten. »Knut, kommen Sie mal!«

Tatsächlich war Knut sofort da. Wahrscheinlich hatte er sich schon die ganze Zeit in unserer Nähe versteckt. Er war ein wirklich lernbegieriger Hausierer. »Was ist passiert? Sind Sie eingebrochen? Planken auf Dachböden haben oft nicht mal die Hälfte des Durchmessers von Dielen, die im Wohn- oder Geschäfts...«

»Quatsch. Guck mal, Knut, siehst du die Löcher im Dach? Siehst du die? Und die Wasseradern entlang der Balken? Siehst du das Quellholz hier ... und hier ... und hier ...«

»Ach, du Scheiße«, sagte Knut.

Ich blickte nur ängstlich zwischen beiden Männern hin und her.

»Du weißt, was das heißt, Knut?«

Knut nickte. »Alles klar, Chef. Muss neu. Ich geh sofort runter und rechne. Okay, Miss Anna?«

Ich nickte. Ich konnte mich noch daran erinnern, als das Haus meiner Eltern einmal neu gedeckt werden musste. Da sie damals noch zusammen und ich ebenfalls noch bei ihnen lebte, musste das locker dreißig Jahre her sein. Nun war ich ja damals noch ein Kind, aber gefühlt hatte ich mich, als ob wir Ratten braten müssten, so existenzbedrohend teuer war mir das erschienen. Gern hätte ich angefangen zu wimmern. »Und was bedeutet das nun, Herr Schmarjens? Möchten Sie vielleicht noch einen Kaffee?«

Herr Schmarjens schob seine Schiffermütze nach hinten,

um sich nachdenklich am Haaransatz zu kratzen. »Der Kahn ist groß, die Gauben, Erker … 14000, schätze ich.«

»Mark?«, hauchte ich verzweifelt.

Verdutzt sah er mich an. »Nee, Euro natürlich.«

Und damit war das Thema David und die Finanzierung wieder ganz nach oben auf meiner Liste gerutscht. Ich musste mit ihm reden. Und ich musste mit meiner Mutter reden. Die Situation würde zeigen, mit wem zuerst.

Als Arnd Schmarjens seine Ortsbegehung beendet hatte, ließ er sich unten bei den anderen im Wohnzimmer nieder und bat um eine weitere Tasse Kaffee. Der sollte mal an seinen Blutdruck denken, schoss es mir durch den Kopf. Aber eigentlich war ich ganz froh, denn auch wenn hier wieder mal alles viel zu schnell ging, hatte ich doch noch tausend Fragen im Kopf, die nicht unwesentlich mit meiner Zukunft verknüpft waren.

»Sagen Sie mal, Herr Schmarjens. Das Palais soll ja versteigert werden im September. Wie ist da eigentlich so der Weg? Und was ist das Haus hier wohl wert?«

Arnd Schmarjens blickte in die Runde. »Sie sind also die Pflegerin, ja? Und die anderen Gesellen hier?«

Bevor Kurt auch dem Ingenieur herzliches Beileid wünschen konnte, kürzte ich das Ganze auf meine Art ab.

»Also eigentlich, unabhängig davon, wer genau wir sind, haben wir alle gemeinsam beschlossen, aus dem Palais ein Haus der Begegnung und wirtschaftlichen Zusammenarbeit zu machen. Wir wollen das Haus herrichten und es gegebenenfalls auch kaufen. Aber dieses Vorhaben ist, sagen wir, noch recht jung, und …«

»24 Stunden, um genau zu sein«, warf David ein. »Und es ist vor allem ihr Projekt.« Er zeigte tatsächlich mit dem Finger auf mich.

»Ich find's hier aber auch schöni«, sagte Kurt.
»Ich auch.« Romy.
»Jedenfalls«, ergriff ich erneut das Wort, »haben wir eigentlich überhaupt keine Ahnung, was da auf uns zukommen könnte. Machen Sie das Gutachten zur Wertbemessung?«
Ich fand das ein tolles Wort: Wertbemessung. So professionell.
»Nee, das hat zuletzt immer der Guido gemacht«, antwortete Arnd Schmarjens. »Aber lass ma nachdenken. Wie viel Quadratmeter Land ungefähr?«
Ich sah aus dem Fenster. Flächenberechnung war nie so mein Ding gewesen. Herr Neugebauer … »Keine Ahnung, fünfhundert vielleicht.«
»Fünfzehntausend«, warf David ein.
»Fünfzehntausend … hmhm.« Jetzt kam wieder die Geste mit der Schiffermütze. »Bodenpreis liegt ungefähr zwischen fünfzehn und zwanzig Euro. Wie viel Quadratmeter Wohnfläche?«
Ich überlegte. Wenn das Grundstück 15 000 hatte, dann wären das hier bestimmt 140 oder …
»Zweihundertzwanzig«, sagte David.
Ich warf ihm einen genervten Blick zu. Wenn er schon alles so genau wusste, sollte er doch das Gespräch führen.
Arnd Schmarjens rechnete. Das sah man. Und murmelte was von *teils sanierungsbedürftig, Einfachverglasung* … Das konnte eine Weile dauern. Mir wurde übel. Je länger er rechnete, desto höher wurde der Preis. Das war klar. Ich war mir sicher: Gleich kam locker eine Million.
»Hundertsechzigtausend, mal so grob über den Daumen.«
»Hundertsechzig?«, riefen David und ich wie aus einem Mund. »Das ist ja nichts!«, rief er weiter, fast empört.
Na ja, nichts stellte ich mir anders vor, aber es waren doch

auch nur rund 53-mal die dreitausend, die ich ohnehin schon hatte. Mit Swantjes zweitausend nur noch 32-mal. Wenn jetzt David und meine Mutter dazukamen, hatten wir fast eine Vollfinanzierung. Das war doch überschaubar ... Renovierungskosten wären dann allerdings nicht mehr drin. Ach herrje, ein bisschen komplizierter war es wohl schon.

David für seinen Teil schien sich gar nicht mehr beruhigen zu wollen. »Sind Sie sicher, dass dieses Haus nur 160 000 Euro wert sein soll? Für was kann man es denn dann ersteigern? Der Wert liegt doch noch mal drunter? Das ist ja ein Witz. Ein totaler Scherz.«

Herr Schmarjens kam jetzt auch etwas aus dem Konzept, womit er nicht allein war. »Also, ich weiß eigentlich nicht, was Sie wollen. Wenn das Haus günstiger ist, als Sie dachten, dann freuen Sie sich doch. Bei einer Versteigerung muss man natürlich immer schauen, wer sich dafür interessiert, aber grundsätzlich geht es unter Verkehrswert weg. Siebzig Prozent ist die Faustformel. 110 000 gut. Und wenn im ersten Termin niemand bietet, geht das gern runter auf fünfzig Prozent, also 80 000.«

David bekam Schnappatmung, und ich freute mich über den Faktor zwanzig. Das wurde immer besser. Allerdings blieb die Frage, was ihn nur so entsetzlich aufregte. Wenn er wirklich Michael war, konnte es ihm schon wehtun, dass sein quasi Elternhaus für einen Appel und ein Ei verschleudert wurde. Ein Grund mehr jedoch, warum ich überhaupt nicht verstand, weshalb er nicht endlich mal allen reinen Wein einschenkte. Wollte er warten, bis wir alle mit letzten Kräften und letztem Geld alles in die Wertsteigerung dieses Hauses investiert hatten, um dann zu sagen: Ätsch-bätsch. Alles meins? Es ergab einfach keinen Sinn! Ich legte die Reihen-

folge fest: Erst meine Mutter. Trotzdem konnte ich es mir nicht verkneifen: »David, mal ehrlich, was um alles in der Welt regst du dich so auf? Es ist doch wunderbar, wenn sich die Investition in Grenzen hält.« Wenn ich gekonnt hätte, hätte ich mit den Wimpern geklimpert. Aber meine waren zu kurz. Romy hatte bei einer Tombola mal so ein Wimpernserum gewonnen. Verstärkt die Wimpern angeblich von der Wurzel. Macht sie voller und länger. Ich hab das sofort weggeschmissen. Ein Fehler, wie sich nun herausstellte. »Ej«, sagte David nur genervt. »Ihr habt doch alle keine Ahnung. Ich geh mal eine Runde um den Block.«
»Ich komme mit«, stimmte Swantje spontan zu und ging zu ihrer Jacke auf dem Fluchtwegverhinderergarderobenständer. Ein schönes Wort fürs Galgenraten. Ich sollte es mir merken!
Damit war die Gesellschaft irgendwie aufgelöst. Das spürte jeder. Arnd Schmarjens wollte keinen Kaffee mehr und verabschiedete sich. Knut saß an seinem – meinem! – Computer und googelte Seiten, deren Inhalt ich auch nicht mehr kennen wollte, und Kurt war schon wieder eingeschlafen. Romy hatte sich vor Minuten in ihre Drachenwelt verabschiedet. Sie spürte Stress, wenn er kam. Und sie war meistens schlau genug, sich rechtzeitig in Sicherheit zu bringen. Also blieb nur noch ich. Und die Frage, was David-Michael zu verheimlichen hatte. Ich hätte meine Mutter jetzt echt gut gebrauchen können. Aber die saß wahrscheinlich mit Adam in einem Dry-Aged-Beefsteak-Restaurant in Eutin oder sonst wo.
Draußen wurde es langsam dunkel. Ich zündete das Holz im Kamin an. Dankbar, dass es auf Anhieb klappte, setzte ich mich zurück in den Sessel und schloss die Augen. Die Stille war herrlich. Ein sanftes Knistern und Kurts regelmäßige

Atemzüge. Ich hatte Lust auf ein Glas Wein, aber weil es noch früh war und meine Mutter mir wieder Vorwürfe machen würde, blieb ich einfach sitzen. Eigentlich war ich auch zu faul, um aufzustehen.
Ich hatte so viele Entscheidungen getroffen in den letzten Tagen wie nie zuvor in meinem Leben. Ich musste morgen Lutz anrufen und vor allem der alten Schlange Christine erklären, dass mein Anliegen sie nichts anginge. Frau Dr. Barrett stand noch aus. Montag würde ich sie treffen. Da blieben wenigstens noch ein paar Wochen bis zum Gerichtstermin im Mai. Dann dieser elende Hallodri, der mich um meine Tochter bringen wollte. Der Job von Mr. Big. Meine Mutter, die sich schon wieder verliebte. In meinen Chef! Zwei zweifelhafte Gesellen, die eine Hütte renovieren sollten, für die kein Geld da war, und ein Erbe, der nicht zugab, dass er einer war. Swantje? Nett, aber Fragezeichen. Was für eine bizarre Situation.
Ich ging der Frage nach, wem ich denn wohl am ehesten vertrauen konnte. Und die Antwort war wieder: meiner Mutter. Obwohl wir uns in dem Sinne ja wirklich nicht inniglich nahestanden, konnte ich, wenn es darauf ankam, doch auf sie zählen.
Insofern ruhte ich mich einfach weiter aus und wartete darauf, dass sie zurückkam. Bis dahin machte ich ein wenig die Augen zu.

Um sie gefühlte zehn Minuten später wieder zu öffnen.
»Hallo-oh! Hallooo! Wo seid ihr denn alle? Jetzt machen wir endlich mal was Anständiges zu essen. Hier gab es doch bestimmt die ganze Zeit wieder nur Pizza! Wir haben eingekauft.«
Meine Mutter!

Zwei Fragen: Wollte sie nicht mit Adam in ein Steak-Restaurant? Wieso kam sie durch die Tür, ohne zu klingeln?
»Na, Annabel, Schätzchen«, rief sie vergnügt und kniff mir in die Wange. »Komm, erhebe deine müden Glieder und hilf mir beim Gemüseputzen. Es gibt ein wunderbares Drei-Gänge-Menü: Kohlrabisüppchen in Mandelmilchsud, Linsen-Tofu-Auflauf mit Tomate-Sesam-Hummus und als Nachspeise Avocado-Pudding mit Vanilleschote und Agavensirup. Vegane Küche!«
Wie konnte ich die Idee mit dem Blockhaus je wirklich geglaubt haben? Meine Mutter mochte ja zuweilen sehr anpassungsfähig sein, aber wenn sie nicht schon immer gewissen Prinzipien treu geblieben wäre, hätte sie kaum ein halbes Dutzend Männer in die Flucht geschlagen, mit meinem Vater angefangen. Hoffentlich schmiss mich Mr. Big nach dem ersten großen Streit mit meiner Mutter nicht gleich wieder raus!
Andererseits musste ich gestehen, dass sich diese gesamte Gesundheitskombo auch nicht so ganz schlecht anhörte. Und überhaupt merkte ich, dass ich echt Hunger hatte. So ein Tag mit Beerdigung war ganz schön anstrengend. Und immer nur Pizza war schließlich keine Lösung.
Also stand ich halb widerwillig auf und folgte meiner Mutter in die Küche. Adam wirkte alles in allem auch schon etwas kleinlauter. Ich weiß nicht, wie viel Temperament Mary-Lou auf ihrer Rinderranch an den Tag gelegt hatte, doch ich war mir sicher, dass meine Mutter es mit ihr aufnehmen konnte.
»Ella, meinst du nicht, wir bräuchten doch noch ein wenig Bacon für die Linsen?«, fragte er zaghaft.
»Adam«, kam die strenge Antwort. »Wir hatten doch darüber gesprochen: Diese eingeschweißten Lebensmittel sind

voller Bakterien und Medikamente, die diese Bakterien vernichten sollen. Und die Plasteabsonderungen der Verpackungen sind in höchstem Maße krebserregend. Ganz zu schweigen von den armen Tieren, die in ihrem eigenen Urin liegen, halb tot, bevor sie … Ach, das will ich jetzt gar nicht wiederholen. Das kann man doch nicht *essen* … Wart mal ab, das wird dir schon gefallen.«

Skeptisch setzte sich Mr. Big auf einen der wackeligen Küchenstühle und hielt einen Kohlrabi in der Hand, als wünschte er sich, dieser würde in einen prallen Stierhoden mutieren.

Ich nahm ihm die Knolle ab.

»Mama«, sagte ich und öffnete die Schublade, von der ich wusste, dass dort die Messer lagen, »hast du nachher mal eine Minute? Ich würde dir gern etwas erzählen.«

Meine Mutter öffnete einen Oberschrank nach dem anderen. »Weißt du zufällig, wo ich hier einen Pürierstab finde? Die ganze Küche könnte auch neu gemacht werden. Ist ja schon etwas unübersichtlich hier.«

Ich nahm ihr das Waffeleisen aus der Hand, stellte mich auf einen Stuhl und kramte in den hinteren Winkeln nach dem Stab plus Mixer.

»Bitte schön«, sagte ich. »Hast du? Eine Minute?«

Meine Mutter legte den Stab zur Seite, holte einen Topf aus dem Schrank, füllte ihn mit Wasser und setzte ihn auf den Herd. Dann nahm sie die Tomaten aus der Tüte.

»Guck mal«, sagte sie. »Schön, oder? So prall und saftig?«

Ich dachte, jetzt ist sie über all dem esoterischen Zeug verrückt geworden.

»Wenn das Wasser kocht, schmeiße ich die Tomaten da rein. Und dann werden sie gehäutet. Damit ihr den Hummus später in seiner Sämigkeit gut essen könnt und keine Scha-

lenstückchen zwischen den Zähnen habt. Das ist nämlich das Nervigste an Tomaten: die Stückchen Haut.
Ich weiß ja, du magst meine Umwege nicht, und manchmal mag ich sie auch nicht, aber glaub mir: Alles hat seine Zeit. Suchen hat seine Zeit, Verlieren hat seine Zeit. Schweigen hat seine Zeit, Reden hat seine Zeit. Erinnerst du dich?«
Und ob ich mich erinnerte. Als meine Mutter mit den Religionen angefangen hatte, konnte sie gar nicht genug aus dem Alten Testament zitieren. Ich fragte mich nur, was das jetzt mit mir zu tun hatte.
»Mit deinem David stimmt irgendwas nicht«, fuhr sie fort. »Das merkt man sofort. Mit jedem Mann stimmt irgendwas nicht. Insofern ist das nichts Neues. Aber ich merke, dass du ihn magst. Und auch bei dir passiert eine ganze Menge.«
Sie machte eine Pause. Ich wusste nicht, was ich sagen wollte. So viel eigentlich. Angefangen von: *mein David* ... Also schwieg ich.
»Lass uns morgen reden, Annabel. Wir gehen spazieren. Es war ein anstrengender Tag für uns alle. Du weißt doch«, sagte sie augenzwinkernd: »Denn ein Mensch, der da isst und trinkt und hat guten Mut bei all seinem Mühen, das ist eine Gabe Gottes.«
Und mit diesen Worten drückte sie mir lachend diesen Scheiß Hoden-Kohlrabi in die Hand und schnitzte die Tomaten zu ihrer letzten Häutung.

Und es wurde ein schöner Abend.
David und Swantje kamen pünktlich zum Süppchen, angelockt ganz sicher auch von dem köstlichen Duft, der sich mit Mandelaroma über ganz Weitewelt zu verbreiten schien. David wich meinen Blicken aus. Swantje war wie immer: authentisch herzlich. Anfangs spaßten alle noch über das

Stichwort vegan. Aber das fand schnell ein Ende, als meine Mutter schimpfend für den zweiten Gang in der Küche verschwand: »Kretins!«

»Was sind Kretähns, Mama?«

»So was Ähnliches wie Croutons, Romy-Schatz: irgendwie das Ungesunde auf dem Salat.«

»Aber das hier ist ja kein Salat. Das ist lecker«, sagte sie.

»Genau«, erwiderte ich und warf der gesamten Tafel, bestehend aus Kurt und Knut, David und Swantje, Mr. Big und Guy und Romy natürlich drohende Blicke zu.

Die wenigsten empfingen sie, weil sie so damit beschäftigt waren, sich köstlich satt zu essen. Denn wir hatten nicht nur Hunger: Das Essen war wirklich unvermutet und außerordentlich lecker.

Und so beschloss ich, selbst einen wohligen Haken unter diesen Tag zu machen, der mich lehrte, dass wirklich alles seine Zeit hat: Streit hat seine Zeit, Friede hat seine Zeit.

Gähnend und rekelnd gingen wir alle ins Bett. Nicht ohne auch noch ein Zimmer für Swantje gerichtet zu haben. Die Nummer drei, glaube ich. Ich weiß nicht, ob Adam letztlich in den USA schlief oder doch bei meiner Mutter. Es war mir auch egal. Ich kuschelte mich an Romy, meinen Ofen, und alles war gut.

18

Das Blöde an langen Abenden ist, dass es immer Menschen gibt, die am nächsten Morgen trotzdem früh aufstehen: eine Viereinhalbjährige etwa, dazu Knut, David und meine Mutter.

Das Gute an langen Abenden in Gemeinschaft ist, dass vier Menschen reichen, um die Frühaufsteher so zu beschäftigen, dass die anderen getrost liegen bleiben dürfen.

Ich schälte mich also erst um kurz nach neun aus dem Bett, freute mich über die Wärme und Lebendigkeit im Haus, nahm mir einen Kaffee aus der Maschine und schämte mich vor niemandem in meinem Schlafanzug.

»Annabel, guten Morgen, mein Schatz. Hast du gesehen, die Sonne scheint?«

Ich hatte es noch nicht gesehen, und so, wie sie es betonte, klang es, als hätte Ella Wiesengrund persönlich an der goldenen Scheibe so lange herumgeputzt, dass sie es nun tat. Aber ich nahm den Hinweis doch so intensiv in mir auf, dass ich bewusst nach draußen schaute. Und es stimmte, das Bild war einfach toll: Auf den Wiesen hinter dem Haus lag leichter Nebel, dessen milchiges Weiß sich mit dem Blau des Märzhimmels zu einer sanften Aufbruchstimmung zu verbinden schien. Geisterhafte Schemen griffen in wärmende Klarheit, lösten einander ab. Der perfekte Tag für einen Ausritt, sofern man ein Pferd unter dem Hintern hatte. Ich bedauerte, dass noch keins da war.

»Wo ist Adam?«, fragte ich. Er war gerade der Einzige, den ich wirklich mit Pferden in Verbindung brachte.

»Oh«, machte meine Mutter. »Der ist heute früh schon nach Hamburg aufgebrochen. Hat da wohl einiges zu erledigen. Aber er ist zum Nachmittag zurück. David … möchtest du weiterreden?«
Meine Güte. Sie konnte so streng sein. Ich sah zu David hinüber.
»Ich fahre gleich mit Knut in den Baumarkt. Die Liste kennst du ja. Schleifmaschine haben wir reserviert. Adam holt sie ab. Ich bezahle das erst mal. Du solltest ein Konto einrichten. Für deinen und Swantjes Part. Über den Rest reden wir später. Okay?«
David wirkte angespannt. Und er tat mir leid, wie er da vor uns stand wie geladen zum Rapport. Hatte ich irgendwas verpasst? Bestimmt. Ich wünschte mir, ich klänge so unbefangen, wie ich klingen wollte, als ich einfach nur sagte: »Okay.«
Erneut schaute ich nach draußen in diese Wattewelt. Zum Glück war sie unverändert. Keine Monster. Auch keine Sonnenfinsternis. »Ich geh mich dann mal anziehen«, verkündete ich und wandte mich an meine Mutter: »Wir treffen uns in zehn Minuten, es bleibt dabei?«
Unschuldiger hätte Romy nicht gucken können, als meine Mutter es in dem Moment tat. »Na, selbstverständlich, Annabel. Ich verstehe immer noch nicht, warum du keine Gummistiefel dabeihast.«
Ich hatte keine dabei, weil ich seit vierzig Jahren keine gebraucht hatte. So einfach war das.

Fast eine Stunde später stapften wir schweigend los. Meine Mutter und ich. Ich rechnete nach. Zuletzt gesehen hatte ich sie vor drei Monaten an Weihnachten. Zuletzt allein gesprochen vor vielleicht fünf Jahren. Dinge verändern sich.

Heute kamen wir wieder zusammen, ich in Stiefeletten, die ich im Geiste nach diesem Matschgang direkt verabschiedete, sie in einer Art Moonboots, die ihr offenbar ein herrliches Gefühl von Leichtigkeit verliehen.
Ich erinnerte mich sofort wieder daran, warum das Verhältnis zwischen meiner Mutter und mir nicht anders als schwierig zu bezeichnen war. Kein Wunder, dass sie sofort den Weg über die Wiesen einschlug. Nicht einen Weg, der erst mal die Straße entlanggeführt hätte, bis man einen echten Weg fand. Nein. Sie stapfte direkt auf die Wiese los. Sie hatte das passende Schuhwerk und ich die Schuld für die Stiefeletten. Dass ich neulich mit Romy genau den gleichen Weg genommen hatte, als wir ein bisschen Don Quijote spielten, vergaß ich sofort wieder.
»Weißt du, Annabel«, hob sie an, als sie mir durch den ersten Stacheldraht hindurchgeholfen hatte und ich ohne tiefe Fleischwunde auf der anderen Seite der nächsten Wiese vor ihr stand, »was für mich schon immer das Schönste im Leben war?«
Ich riet insgeheim: die nächste ultimative Erweckung, die neueste reinigende Umkreisung der verletzlichen Mitte, das nächste Abhauen? Ich schwieg.
»Das Schönste war eigentlich immer die Erinnerung«, fuhr sie fort. »Ich weiß, dass du mir vorwirfst, ich hätte euch beide im Stich gelassen, als dein Vater, sagen wir mal, die Geduld verlor, dass du denkst, ich würde mich nur um mich kümmern, die Welt bis nach Bali ersegeln, ohne dir eine Postkarte zu schreiben. Ich erzähle dir von meinen Reiki-Seminaren mit Sharif, ohne dich nach deinem Leben zu fragen. Das hat dich verletzt, stimmt's?«
Ich wusste natürlich, wovon sie sprach, aber die Wendung gefiel mir nicht. Ich bekam einen Kloß im Hals, den ich

nicht wollte. Natürlich hatte ich mich verlassen gefühlt. Natürlich dachte ich, meine Mutter kümmerte sich nur um ihr eigenes Wohlsein. Natürlich hatte ich mir tausendmal gewünscht, es gäbe eine Mutter, die mir hülfe, mit meiner eigenen Situation und Tochter zu Rande zu kommen. Und nun hatte ich Romy, und ich hatte mich halbwegs damit eingerichtet. Was also sollte das jetzt?

»Worauf willst du hinaus, A-L-A?«, fragte ich nur blöd mit der Grundfassung, die ich noch hatte.

»Hör doch auf, Schätzchen. Wir wandern hier durch Kuhscheiße und tun jetzt auch mal nicht so, als hätten wir noch viel zu verbergen.

Sicher hat es dich verletzt. Und wenn ich dir sage, das Schönste sind die Erinnerungen, dann meine ich damit nicht, dass ich stolz bin auf das, was ich getan habe, obwohl …«, meine Mutter buddelte nun einen Löwenzahn aus und steckte ihn tatsächlich in ihre Tasche, »… ich bereue es ja nicht, aber ich meine auch, dass ich die Menschen am meisten liebe, die ich zurücklasse. Ich liebe den Aufbruch, weißt du, ich brauche die Welt. Ich kann mich nicht binden in dem Sinne, wie du es tust mit deinem Lutz und diesen Plastikflaschen und deiner Vorstellung von geregeltem Leben. Ich kann das einfach nicht. Aber nie werde ich vergessen, wie ich deinen Vater kennenlernte, wie wir Pläne schmiedeten, wie ich dich in meinem Bauch trug, wie ich dir zusah beim Laufenlernen … Du bist das Beste, Annabel, was mir in meinem Leben je passiert ist, ich …«

»Es reicht, Mama«, unterbrach ich sie. Wut und Trauer mischten sich so in die halb selbstgerechte, halb larmoyante Rede meiner Mutter, dass ich sie nicht länger ertrug.

Ich zog die Scheißstiefeletten und auch die Socken aus, weil es sich ohne beides besser durch den Matsch laufen ließ, breitete die Arme aus und schrie: »Willst du irgendeine Art von Absolution für deine ewige Flucht, Mama? Möchtest du mir sagen, wir wären bessere Freundinnen geworden, wenn ich ähnlich verantwortungslos für meine Tochter gesorgt hätte wie du für deine? Bist du pleite und willst jetzt in *mein* Palais einziehen und dich in *meine* Welt einschleichen, weil du einsam und allein bist und niemand mehr mit dir nach Bali segelt? Ist es das, was du mir sagen willst?«

Ich fand tatsächlich einen alten Kuhfladen, mischte ihn mit den Händen und dem Tau auf und warf ihn meiner Mutter auf die scheiß türkisfarbene Tunika. War ich froh, dass ich keine Waffenexpertin war. Mary-Lou hätte abgedrückt.

Ich weinte, aber das war mir egal. Immer wieder meine Mutter. Immer wieder mein Versagen. Doch ich fühlte mich gar nicht so. Ich fühlte mich doch eigentlich ganz gut und hatte nur mit ihr über David reden wollen.

Meine Mutter wischte sich die Kuhscheiße vom Kleid, sank auf die Wiese, die zwar feucht, aber dank der Sonne doch nicht unangenehm kalt war, und sah mich staunend an: »Wow!«

»Wie bitte?«

»Du bist echt cool, Annabel Wiesengrund.«

»Willst du mich jetzt verarschen, oder was? Ich bin stocksauer.«

»Ja, das bist du, und ich sagte dir ja sogar, warum. Deine Energie ist beachtlich. Meinst du, Kuhscheiße geht raus? Vogelmist verätzt ja sogar die Augen.«

Sie wischte sich den Modder vom Kleid.

Ich schüttelte den Kopf und wusste, dass es sinnlos wäre, auf der Schiene weiterzumachen. Also tat ich mit kalten Füßen das, wofür ich hergekommen war.

»Mama, ich glaube, nein, ich bin mir sicher, David ist nicht

David. David ist Michael. Ich glaube, David ist Tante Gretchens Enkel.«
Nun war es heraus, und ich ließ mich zu ihr in das nasse Gras plumpsen. Meine Mutter pfiff wieder so durch die Zähne, wie ich es nicht konnte, Swantje aber sehr wohl. »Ach, daher weht der Wind«, murmelte sie nur. Ich ignorierte es, erzählte ihr aber stattdessen von den Fotoalben, von der unglaublich schnellen Anreise, von der Hausfreundnummer und von meinem diffusen Unverständnis, warum sich jemand für jemanden ausgab, der er nicht war. Es ergab einfach keinen Sinn.
»Was genau war eigentlich mit Walter?«, fragte sie nach einer Weile und massierte meine eiskalten Füße zwischen ihren Händen.
»Mit Walter? Gretchens Mann? Wieso? Was soll mit ihm gewesen sein?«
»Na, er hatte doch diesen Schlaganfall.«
»Ja. Und?«
»Ich weiß nicht. Nur so ein Gefühl. Kann es damit was zu tun haben?«
Ich verstand überhaupt nicht, worauf meine Mutter hinauswollte. Was sollte denn ein Schlaganfall des Vaters mit dem vermeintlichen Tod des Sohnes zu tun haben?
»Na, überleg doch mal«, sagte sie. »Walter hatte seinen Schlaganfall 2003. 2004 stirbt Michael. Noch mal zwei Jahre später ist Walter auch tot. Ist das nicht ein bisschen viel Gesterbe bei den Sandmüllers?«
Ich dachte nach. Für mich ergab es noch immer keinen Sinn. Wollte meine Mutter jetzt sagen, dass Tante Gretchen eine schlimme Mörderin war, oder was?
»Dinge passieren nun mal«, erwiderte ich hilflos.
»Ja, aber alles hat auch seinen Grund. Glaube mir. Mein

Hintern ist nass, können wir weitergehen?«, fragte meine Mutter und reichte mir die Hand, um mich hochzuziehen.

»Ich bin barfuß.«

Sie nahm mich in den Arm und rubbelte ihn warm, wie sie vorher den Fuß in der Hand gerubbelt hatte. »Du bist eine großartige Frau, Annabel. Ich weiß nicht, was mit deinem David ist, und ich mag ihn nicht, weil du ihn magst.« Sie lachte. »Klingt wieder nach deiner doofen Mutter, stimmt's? Ich bin eifersüchtig, Süße. Was sind denn meine schönen Erinnerungen, wenn ihr alle weg seid, hm?

Na, was soll's. Ich mag ihn schon. Er ist nett, aber du hast recht: Irgendwas stimmt nicht.«

Eine Weile stapften wir schweigend weiter. Meine Füße waren inzwischen LED-Kaltlicht-blau. Märzsonne kann täuschen.

»Was wäre denn, wenn er Gretchens Enkel wäre? Was würde das ändern?«, fragte sie schließlich.

»Alles«, sagte ich. »Ihm gehörte dann das Palais. Er wäre der Erbe.«

Und wieder pfiff meine Mutter durch die verdammten Zähne. Ich musste das üben!

»Er muss einen guten Grund haben, es nicht anzutreten. Einen sehr guten. Ich werde Adam bitten, mal ein bisschen zu recherchieren. Wenn Michael schon 1995 in die USA ging, dann wird sich da ja wohl etwas finden lassen. Und jetzt gehen wir nach Hause, legen uns in die Wanne und freuen uns auf das gute Karma in Weitewelt. Du hast dir ein schönes Zuhause ausgesucht, Annabel. Kalt, klamm, morbid, aber mit dem richtigen Spirit.«

Sie machte eine Pause.

»Hätte ich dir nicht zugetraut.«

Ich seufzte. Sie hätte mir einiges nicht zugetraut. Ich hätte es mir ja auch nicht zugetraut, aber da standen wir nun.

Wie schön, dass ich mir mutig etwas Kaltes, Klammes, Morbides mit ungesicherten Einkommensverhältnissen aussuchte.
Aber ihre Kommentare zu David erleichterten mich dennoch etwas. Irgendwas stimmte nicht mit ihm, aber ich sollte nicht zu misstrauisch sein. Meine so merkwürdige Esomutter hatte mir auf ihre Art gesagt, dass ich ihm vertrauen dürfte. Wo auch immer das Geheimnis lag. Und irgendwo gab es eins. Ich würde ihn fragen. Ich musste. War ja auch der Plan gewesen.
Nachdem ich mich in der herrlich heißen Badewanne in dem herrlich leeren Haus schrumpelig gewärmt hatte – die Jungs waren wohl noch auf Schleifmaschinensuche, Romy mit Swantje auf Abenteuerpfaden unterwegs –, las ich und hatte gar keine Angst um ihr Leben. Kurt war zwar da, aber man bemerkte ihn nicht. Er versuchte schweigend, aus einem Skatkartenset ein Haus zu bauen, das ständig dezent in sich zusammenfiel. Wie passend, dachte ich. Jeder hat halt so seine Art, umfassende Sanierungsmaßnahmen in baufälligen Häusern zu visualisieren. Nach dem Bad hatte ich noch eine lange To-do-Liste für heute. Es war Donnerstag. Morgen war mein letzter Urlaubstag, und ob ich wollte oder nicht, musste ich noch Lutz anrufen und ihm von meinen Plänen erzählen. Besser: Ich musste kündigen. Noch besser: Ich musste das Netz aushängen, das meinen freien Fall abfedern könnte.
Entweder ich knallte hart auf dem Boden der Tatsachen auf, zerschellte dort und der Gerichtstermin wegen Thomas' Sorgerecht hätte sich sowieso erledigt. Oder ich flog. Instinktiv zog ich den Bauch ein. Leicht wie eine Feder, redete ich mir ein. Ziemlich halbherzig. Ich hatte mal gelesen, dass, wenn man ein Penny-Stück vom Empire State Building

hinunterwarf, es unten einen Fußgänger erschlagen könnte, so sehr multiplizierte sich das Gewicht über die Geschwindigkeit. Wenn ich jetzt wieder Herrn Neugebauer an meiner Seite hätte, könnte er das physikalisch sicher besser erklären. Und da ich gut fünfzig Kilo wiege, würde mein Sturz aus Vogelflughöhe demnach nicht nur tödlich für andere, sondern auch für mich sein. Von den Kratern in der Straße ganz zu schweigen.

Wenn ich gleich Lutz anrief, sollte ich mir also vielleicht erst mal ein ganz bodennahes Plätzchen suchen. Und in meinem Kopf war das die Vorstellung, wie ich Christine so richtig schön auflaufen ließ. Sie nahm beim dritten Klingeln ab. Vorbildlich.

»Kommtech International, Dimpel, guten Tag, was kann ich für Sie tun?«

Mir fiel zum ersten Mal auf, was für einen beknackten Nachnamen Christine hatte. Dimpel. Simpel. Dümpel. Großartig. Ich nahm Anlauf.

»Hi, Christine, ich bin es, Annabel. Ist Lutz da?«

»Ach nein, Annabel, die Urlauberin«, flötete sie. »Ich hörte, du hast umgeschult in die Pflegebranche.«

Was für eine Schlange. »Ja, meine Süße«, flötete ich in mir gänzlich unbekannter Weise zurück. »Der eine hat's, und der andere schafft es nie. Ich gehöre wohl in die erste Kategorie. Hast du auch schon mal darüber nachgedacht, dich weiterzuentwickeln? Ach, was frage ich. Tut mir leid, völlig blöder Einwurf. Ist Lutz nun da?«

Immerhin. Das Schweigen dauerte zwei Sekunden. Oh, sie ärgerte sich. Ich sah ihr dummes, blondes, rotes Gesicht förmlich vor mir.

»*Da* ist er schon, aber ich weiß nicht, ob er Zeit für dich hat. Worum geht's?« Herrlich knapp.

»Weißt du, Christine, du kannst in der dir eigenen maßlosen Kompetenzüberschreitung gern entscheiden, dass du mich nicht durchstellst, aber wenn Lutz dann per SMS in zwei Minuten erfährt, dass ich per sofort kündige und ich ihm leider auch sagen muss, dass du es nicht für wert befunden hast, die umsatzstärkste Mitarbeiterin zu diesem Thema mit ihm zu verbinden, dann, so fürchte ich, hast du ganz schnell akuten Weiterbildungsbedarf … Ganz, ganz schnell.«

Ich lehnte mich zurück in Gretchens Lümmelsessel und genoss die Stille. Ich zählte bis acht, bevor Christine wieder zu ihrer Sprache zurückfand. Davor war unterdrücktes Schnaufen zu hören.

»Was glaubst du eigentlich, wer du bist?«, entfuhr es ihr.

Ich spürte die Gene von Ella in mir, als ich antwortete: »So weit … Annabel Wiesengrund, Mutter einer fantastischen Tochter, clevere Jungunternehmerin und Freundin von einer Handvoll beeindruckender Menschen. Alles Dinge, die ich dir nicht erklären kann, weil du es eh nicht verstehst. Und jetzt stellst du mich durch oder Hartz IV.« Ich konnte ekelhaft böse sein. Und das kannte ich wirklich nicht von mir …

»Du bist gemein«, jammerte sie wehleidig, »das sag ich Bärbel«, bevor es klickte. Dann war Lutz dran. Nun musste ich erst mal durchatmen. Aber letztlich war auch dieses Gespräch halb so schlimm. Natürlich hatte Mr. Big vorgebaut, der alte Strippenzieher. Zwar verlor Lutz mit mir sein kleines Umsatzwunder, aber er hatte mich ja gut ausgebeutet bis dahin. Und auch wenn ich die Produkte von Mr. Big hier vertrieb und nicht Kommtech, so hatte Lutz doch den Exportauftrag eingeheimst. Die Blubberflaschen vertrieb er in die USA mit meinem Konzept und seiner Umsatzbeteiligung. Er war Geschäftsmann genug, um so was einstecken zu können, und er mochte mich genug, um mich einverständlich ziehen zu lassen. Erneut rechnete ich ihm das hoch an. Mochte er breitbeinig auf Stühlen sitzen und sich wie selbstverständlich im Schritt kratzen. Irgendwie konnten wir miteinander.

Als ich auflegte, hatte ich ein angenehmes Gefühl von Schwere. Ich war keine Feder im Wind. Ich war ein ganz normaler Mensch im Hier und Jetzt, der eine Entscheidung getroffen hatte. Vielleicht eine mutige, vielleicht auch nicht die richtige, das würde sich zeigen, aber doch eine Entscheidung. Und sie fühlte sich gut an. Hier und jetzt. Mir fiel auf, dass ich das zuletzt ziemlich oft gesagt hatte.

19

Die nächsten Tage vergingen wie im Flug. David, Kurt und Knut schliffen alle Böden ab und versiegelten sie vorbildlich. Sie tapezierten, sie bestellten einen Container, um den ganzen Müll, den ich aus den Schränken holte, fachgerecht zu entsorgen. Sie zersägten ein paar der alten Möbel, die wir abends tatsächlich verfeuerten. Ich weiß nicht, wie oft ich bei Tante Gretchen Abbitte leistete für die Demontage ihres Hauses. Aber irgendwie hatte ich das Gefühl, dass es ihr in gewisser Weise Freude bereiten würde, ihr Haus so mit Leben erfüllt zu sehen. David hatte fünftausend Euro auf das von mir eröffnete Konto eingezahlt. Mehr ginge nicht, da er im Herbst noch einen hohen Kredit ablösen müsse, erklärte er nur knapp. Wir beide gingen uns relativ konsequent aus dem Weg. Ich konnte ihm nicht unbefangen gegenübertreten, solange »diese Sache« noch zwischen uns stand. Und ich hatte noch nicht den rechten Moment gefunden, ihn darauf anzusprechen. Er würde schon kommen, da war ich mir sicher. Und bis dahin hatte ich die Worte meiner Mutter im Ohr: Es änderte derzeit nichts daran, dass ich ihn mochte und ihm bis zu einem gewissen Punkt auch vertraute.
Ich bekam mit, wie er immer mal wieder mit den USA telefonierte, um seine Geschäfte dort zu erledigen, und immer mal wieder zog er sich zurück, um zu komponieren oder was auch immer zu tun. Aber von einer Rückkehr in die USA war die ganze Zeit nicht die Rede gewesen. Ich fragte auch nicht nach. Ohne David, das war mir klar, obwohl es mir nicht gefiel, würde dieses ganze Projekt nicht mehr viel Sinn

machen. Ich brauchte ihn im Augenblick im Palais. Manchmal fragte ich mich, ob ich ihn tatsächlich nur im Palais brauchte.

Meine Mutter gondelte die meiste Zeit mit Mr. Big durch die Lande. Manchmal nahmen sie Romy mit, manchmal nicht. Meistens kamen sie mit etwas zurück, das aus dem Musikzimmer langsam mein Büro werden ließ: angefangen von einem Computer und Drucker bis hin zu schönen Echtholzregalen, einem wunderbaren antiken Tisch, einem lustigen Goldfischbriefbeschwerer, der Romy leider zum Weinen brachte, weil die vermeintlichen Fische in dem Glas ihrer Vorstellung nach bei lebendigem Leib dort eingegossen worden waren. Ich bekam einen digitalen Bilderrahmen, aufgeladen mit einem Selfie von meiner Mutter und Mr. Big natürlich. Und mit dem lahmen Pony, das Romy neulich geritten hatte. Sie waren inzwischen schon zweimal wieder dort gewesen. Swantje kam ebenfalls regelmäßig vorbei, brachte Kuchen oder Bohneneintopf, spielte mit Romy Karten und unterhielt sich gern mit Guy. Allerdings erzählte eigentlich Swantje viel und Guy konzentrierte sich auf die Rolle des Zuhörers. Ich hatte schon in der Tiefgarage bemerkt, dass er eher ein Mann der Tat als des Wortes war, und das wurde nun deutlich. Er mochte es, wenn Swantje stundenlang darüber reden konnte, wie mühsam die Auswahl der Stoffe für die Gardinen gewesen war, die sie dann selbst genäht hatte. Auch das Muster dieser Stoffe schien hochkomplex. Mich brachte es auf die Idee, dass sie gleich fürs Palais weiternähen konnte. Die Idee fand sie super. Auch das erzählte sie Guy dann in epischer Breite und beriet sich mit ihm über Farbgebung und Stoffqualität. Ich ließ sie.

Ich selbst half hier und da, arbeitete aber vor allem an meinem Vertriebskonzept. Ich hatte mir vorgenommen, Ende

Mai mit der Road Map fertig zu sein und danach direkt die *Tendence* – die wichtigste Haushaltswarenmesse in Frankfurt – vorzubereiten. Diese fand im August statt und sollte mein erster öffentlicher Auftritt mit der eigenen Firma sein. *BigBel – Design und Accessoires* wollte ich mich nennen. Ich fand, das war ein positiver, femininer und saftiger Name. Er hatte etwas mit Adam zu tun, mit mir, Annabel und auch mit Weitewelt – wegen des Klingelknopfes. Ring a bell ... Die anderen fanden ihn auch gut. Nur Kurt meinte, es könnte doch auch *BigBelli* heißen, wurde jedoch überstimmt.
Was ich trotzdem nicht aus den Augen verlor, war mein Termin mit Frau Dr. Barrett. Es war Montag, so wie immer, wenn es um das Sorgerechtsthema ging. Es waren immer die Montage!
Die Sonne schien hell vom Himmel, und alle außer mir dachten, sie würden sich auf einen ganz normalen Tag vorbereiten.
Ich überlegte etwas länger, was ich anziehen sollte, entschied mich aber letztlich für ein ganz normales Outfit: Jeans, Bluse, Strickjacke. Ich wollte mich weder verkleiden noch verstecken. Frau Dr. Barrett sollte mich so kennenlernen, wie ich eben war: ganz normal.

Die Marktstraße in Hamburg lag im Karoviertel, ein kleines Quartier, bestehend aus drei Quer- und zwei Längsstraßen, in dem sich inzwischen ein paar Alternativ-Designer, Schnick-Schnack-Shops und Bioläden etabliert hatten, das aber dennoch relativ unbehelligt vom hippen Hamburger Rest vor sich hin zu multikulten schien. Ich war verwundert, dass die angeblich beste Familienrechtlerin gerade hier ihr Büro hatte. Normalerweise fand man solche Kanzleien doch eher in der Rothenbaumchaussee.

Die Marktstraße Nr. 12 war zudem auch das so ziemlich unrenovierteste Haus von allen. Der Putz bröckelte in Grau, was ehemals Weiß gewesen sein sollte. Die Fenster waren noch einfach verglast, weswegen sie vor sich hin schwitzten, sodass man nicht erkennen konnte, wie es drinnen aussah. Die meisten Klingelschilder waren mehrfach überklebt und mit handgeschriebenen Namen versehen. Nur »Barrett« stand noch fein gestanzt hinter dem Plastikschutz. Sie musste hier schon lange wohnen, dachte ich und klingelte.

Der Türsummer ertönte und darauf die schon bekannte Stimme: »Drittes Obergeschoss rechts.«

Frau Dr. Barrett verlor definitiv keine Zeit. Ich tastete mich vorsichtig durch das enge Treppenhaus – Licht gab es nicht, war wahrscheinlich im Krieg kaputtgegangen – und wandte mich im dritten Stock der spaltbreit geöffneten Tür zu.

Ich steckte meinen Kopf hindurch: »Frau Dr. Barrett, sind Sie da?«

»Natürlich bin ich da. Ich habe Ihnen doch aufgemacht. Kommen Sie schon. Ganz bis zum Ende des Flurs. Schuhe können Sie anlassen.«

Ich fühlte mich denkbar unwohl, was sich ein bisschen legte, als ich den langen, schmalen Pitchpine-Flur entlanghuschte. Hier drinnen sah es ganz ordentlich aus. Und ganz gemütlich. Weiß verputzte Wände mit einer langen Reihe aus Bücherregalen. Echte Kelims auf dem Boden. Frau Dr. Barrett müsste das Palais eigentlich auch ganz gut gefallen, dachte ich.

Der Raum am Ende des Flurs bestand eigentlich aus zweien, getrennt durch eine wunderbare Flügeltür. An den Wänden hingen abstrakte Gemälde von mir unbekannten Künstlern in allen Größen. Das kleinste Bild maß schätzungsweise vier

mal vier Zentimeter. Es war die Radierung eines Schneckengehäuses. Das gefiel mir am besten.
Frau Dr. Barrett saß an einem alten Holzschreibtisch vor einem riesigen Mac und kreiselte auf ihrem Drehstuhl erst zu mir herum, als ich mich räusperte.
Jeder kennt das ja, dass man die Stimme eines Menschen hört, ihn dann das erste Mal sieht und überhaupt nicht fassen kann, wie anders das Bild war, das man sich von diesem Menschen gemacht hatte.
Nun, im Falle von Dr. Andrea Barrett war es genau andersherum. Sie sah exakt so aus, wie ich sie mir vorgestellt hatte. Selbst auf diesem Stuhl erkannte man, dass sie mindestens ein Meter achtzig groß sein musste. Ihre Statur war füllig bis dick, aber anders als Swantje, die ich eher prall fand, war Frau Dr. Barrett eher der Typ schwabbelig. Ihre Stimme klang nach Totengräber, und ihr Gesicht sah auch so aus: kräuselige, volle Haare bis weit über die Schulter, die ziemlich wild abstanden. Sie umrahmten ein ohnehin schon rundes Gesicht, in dem ein beachtliches Oberlippenmuttermal prangte. Auch neigte sie zum Damenbart. Ihre Brauen waren buschig, die Augen darunter allerdings in der Tat sehr wach. Das war sie also, die erfolgreiche Familienanwältin. Hoffentlich hatte ich mich am Ende nicht doch in Lutz getäuscht!
»Guten Tag, Frau Dr. Barrett. Mein Name ist Annabel Wiesengrund.« Ich ging auf sie zu und streckte meine Hand aus. Sie nahm sie, allerdings nicht, um mich zu begrüßen, sondern um sich hochzuziehen. Fast wäre ich ihr dabei auf den Schoß gefallen. Zum Glück fand ich mein Gleichgewicht noch rechtzeitig wieder.
»Ich weiß, wer Sie sind. Wir haben ja einen Termin. Kommen Sie, setzen wir uns aufs Sofa. Da lässt es sich besser reden.«

Ich setzte mich auf eine Art lila Plüschsofa. Allein auf der Sitzfläche hätte Romy gut schlafen können, längs, nicht quer.

»Das haben Sie gut gemacht«, sagte sie dunkel. »Impuls, Instinkt, Ego.«

»Wie bitte?«

Sie lachte kurz auf, was in ein Hüsteln überging. Wenn es hier nicht so gut gerochen hätte, hätte ich sie für eine Kettenraucherin gehalten.

»Das mache ich immer so, wenn ein Neuer kommt: Ich sitze auf dem Stuhl, die Leute wollen mich begrüßen, und ich ziehe mich hoch. Ich sage Ihnen, das ist der effektivste Persönlichkeitstest, den Sie machen können.« Sie giggelte wieder in sich hinein. »Und Sie haben gut reagiert. Hätte ich nicht erwartet nach dem Telefonat neulich.«

Ich nickte fragend.

»Schon gut, ich will es erklären: Sie haben in der Situation keine Zeit nachzudenken. Sie müssen instinktiv handeln. Und Sie haben instinktiv dafür gesorgt, dass ich nicht auf den Boden knalle und Sie auf mich drauf. Eingedenk Ihrer …«, sie maß mich mit Blicken, »… fünfzig Kilo, ist das sogar ein bisschen mutig.«

Ich nickte. Wirklich merkwürdig das Ganze.

»Haben Sie die Unterlagen dabei?«

Endlich konnte ich auch mal was tun. Ich zog das Mäppchen aus meiner Tasche und gab es ihr.

Sie nahm es, überflog es kurz und legte es zur Seite. Dann sah sie mich an. »Was glauben Sie, treibt diesen Hund, das Sorgerecht zu beantragen?«

Das war eine Frage, die ich sofort beantworten konnte. »Geld«, sagte ich. »Ich glaube, er will einfach Unterhalt, wenn er sich um Romy kümmert.«

Frau Dr. Barrett nickte. »Viel haben Sie nicht, aber für Unterhalt würde es dem Gericht reichen.«
Ich spürte, wie ich mich innerlich bewaffnete und die alte, immerwährende Wut in mir hochkochte.
Frau Dr. Barrett merkte es auch. »Nun mal langsam«, sagte sie. »Noch kriegt er es ja nicht.« Kurze Pause. »Wie könnte er es begründen?«
Die Frage war schon schwieriger. Aber ich hatte beschlossen, ehrlich zu sein. »Sie selbst haben es mir doch erzählt: Ich arbeite und habe wenig Zeit. Ich trinke ganz gern mal einen Wein – so wie übrigens alle Franzosen und Italiener und auch alle kultivierten Deutschen, aber gut –, ich lebe in einer Sozialwohnung, meine Tochter hat kaum Hobbys und kann sich nicht viel verabreden. Wenn man will, kann man mir daraus einen Strick drehen: sozial isolierte Mutter, die ihrer Tochter nicht die richtige Erziehung zukommen lässt.«
Ich war halb wütend und halb gedemütigt. Was für ein Schwachsinn!
Frau Dr. Barrett blieb ungerührt, aber in einem sehr freundlichen Sinn ungerührt. Sie hörte echt zu. »Und was würden Sie dagegenhalten?«
»Was ich dagegenhalten würde?« Ich sprang auf. »Ich halte dagegen, dass ich meine Tochter abgöttisch liebe und alles dafür tue, dass es ihr gut geht. Ich halte dagegen, dass ich in viereinhalb Jahren nicht einen Tag krank war, weil wir den Job brauchen, ich halte dagegen, dass wir jedes Wochenende mindestens einen Ausflug machen, damit wir so etwas wie Freizeit erleben, weswegen ich mir ein Auto leiste, das ich mir kaum leisten kann, speziell jetzt nach der Reparatur nicht mehr, wegen dem Unfall … egal … Ich halte dagegen, dass ich das alles ziemlich alleine meistere und, wie mir gerade neulich bestätigt wurde, auch nicht ganz erfolglos.«

Ich redete mich in Rage. »Wissen Sie, Frau Dr. Barrett, ich bezahle Sie gern, wenn es mir hilft, Romy in Sicherheit zu wissen, und über die Bezahlung haben wir ja noch gar nicht gesprochen, aber ich bin gerade dabei, mich tatsächlich in Weitewelt selbstständig zu machen, weil ein amerikanischer Großkapitalist an mich glaubt. Wie finden Sie das? Das halte ich dagegen …« Ich spürte, wie ich anfing zu zittern. Ich hatte wirklich Angst.
»Was ist denn Weitewelt?«, fragte Frau Dr. Barrett ruhig und dunkel.
Also erzählte ich ihr auch das.
»Okay. Ich habe verstanden«, sagte sie schließlich. »Sie tun sich mit Ihrem hektischen Gehabe nicht immer einen Gefallen, aber … glauben Sie mir, der Kerl hat keine Chance. Den werden wir einkochen. Ich hab schon alles im Kopf.« Wieder giggelte sie vor sich hin. »Und was das Honorar betrifft: Ich werde da mit Ihrem Chef, Ex-Chef, schon eine Lösung finden, und wo Sie ständig auf die Radierung mit der Schnecke starren: Bedanken Sie sich auf Ihre Art. Das Bild kam von jemandem, der war in einer ähnlichen Situation wie Sie. Eine ganz wunderbare Grafikerin. Den Fall haben wir natürlich auch gewonnen.«
Frau Dr. Barrett stand nun auch auf, 1,85 Meter, locker, stellte ich dabei fest, und gab mir kurz die Hand. »Wir sehen uns am vierten. Seien Sie pünktlich.« Und mit diesen Worten setzte sie sich wieder vor ihren Mac. Das ganze Gespräch hatte kaum fünfzehn Minuten gedauert. Ich konnte das alles noch gar nicht verarbeiten, war aber doch gelöster als vorher. Sie musste einfach wissen, was sie tat, und die Fragen waren ja nicht schlecht gewesen.
»Sagen Sie«, traute ich mich dann doch noch zu fragen. »Wohnen Sie hier eigentlich?«

Dumpf und dunkel drang es zu mir herüber: »Sind Sie wahnsinnig! Ich besitze ein wunderschönes Penthouse in der Rothenbaumchaussee. Nur Idioten haben dort auch ihre Kanzlei. Mehr erreichen kann man von hier aus, glauben Sie mir.«
Ich glaubte es und tastete mich erleichtert durch das dunkle Treppenhaus zurück auf die Straße.
Ich beschloss, noch einen Cappuccino in einem niedlichen Souterrain-Café zu trinken, bevor ich wieder zurück nach Weitewelt fuhr. Ja, das war ein guter Termin gewesen.

Als ich in Weitewelt ankam, hatte der normale Tag tatsächlich erstaunlich sichtbare Fortschritte gemacht: Alles wirkte lichter und schöner auf mich. Romy tobte draußen herum, denn irgendjemand hatte Tische und Stühle auf die wunderbare Südwest-Terrasse getragen.
Denn das kam noch dazu: Der Frühling war da. Es wurde wärmer. Meine Mutter war in gepflegtem Gespräch mit Marion, der Bäckerfachverkäuferin, die es sich zur Angewohnheit gemacht hatte, uns nach Feierabend um fünfzehn Uhr das nicht verkaufte Brot und Kuchen vorbeizubringen.
Und so gingen unsere Tage dahin: Kurt pflanzte neue Stauden und Gemüse, und wir freuten uns über alles, was von sich aus aus der Erde kam. Wir googelten im Internet nach Schädlingen und versuchten sie biologisch loszuwerden – was im Falle der Kletterrosen und der Tomaten leider wenig half. Wir fuhren an den Wochenenden an die Ostsee und spazierten stundenlang am Strand entlang. Die von Romy gesammelten Muscheln klebten wir spießig neben die Haustür oder an die Terrassenwände. Wir bekamen genau wie die Natur endlich mal eine gesunde Farbe. Nur Knut musste sich etwas zurückhalten. Der Arme neigte zum Sonnenbrand und saß ständig unter einem Schirm draußen am PC.

David machte sich auf seine Art rar, verlor aber dennoch nie an Präsenz: Er brachte Kurt die Stöcke, um die Stauden zu stabilisieren, er löste mit Knut Internetprobleme, wenn es welche gab, er spielte mit Romy, wenn Swantje arbeitete. Allein: Er sprach nicht viel. Mir war das ebenso unbehaglich wie recht. Noch immer hatte ich diesen gewissen Verdacht, und doch gab David alles, was ich mir an Unterstützung nur wünschen konnte. Und immer noch galt, dass kein Mensch wusste, wie es wirklich mit Weitewelt weitergehen würde. Wir taten ja alle so, als gäbe es kein Morgen.

Das galt auch für die kleine Gemeinde in Seedorf-Weitewelt. Peu à peu wurden wir zu einer gern genommenen Anlaufstation. Zwar waren auch wir suspekt, so wie die Sandmüllers es schon immer gewesen waren, aber wir waren präsent suspekt. Wir gingen einkaufen, wir fuhren in Baumärkte, wir suchten Fachmeinungen aus der Gemeinde. Das machte uns weniger fremd. Der Erste, der regelmäßig zu Besuch kam, war Karl-Heinz Höfer. Anfangs hatte er immer irgendwelche Computerprobleme – Zellen in Excel formatieren, Druckaufträge löschen, die Feststelltaste für Großschreibung lösen – solche Fragen. Später kam er einfach so, dann schon begleitet von Arnd Schmarjens, dem unser Kaffee wirklich zu schmecken schien. Er gab den Jungs hier und da gute Tipps und ließ uns wissen, dass noch kein lebender Verwandter von Tante Gretchen gefunden worden war. Was für eine Überraschung, dachte ich dann immer, einer steht gerade vor dir, aber sei's drum. David zeigte bei diesen Bemerkungen auch keine erkennbare Reaktion, sodass ich mich doch wieder fragte, ob mein Gehirn nur sah, was es sehen wollte. Vielleicht litt ich ja unter Verfolgungswahn. Sowohl Arnd Schmarjens als auch Karl-Heinz Höfer fragten immer mal wieder, ob wir wirklich kein Testament gefunden hätten. Vielleicht waren auch sie besorgt, dass am Ende nicht wir, sondern doch irgendein unwillkommener Investor das Haus ersteigern könnte. Aber wir hatten nichts. Und vor allem ich hatte die Ordner gründlich danach durchforstet.

Schließlich kamen auch die Nachbarn aus den umliegenden Höfen und Dörfern vorbei. Manche brachten ihre Kinder und Enkel mit, was nicht nur ein guter Vorwand, sondern auch ein Fest für Romy war. Ihre Drachenwelt gewann an Population. Sie durfte bald ein kleines Volk regieren.

Manche kamen mit selbst gebranntem Schnaps, mit Werkzeug oder einfach mit neugierigen Fragen. Uns war alles recht. Die einen mochten wir mehr als die anderen, aber jeder von uns genoss die Wärme, die Helligkeit, die Gemeinschaft, die plötzlich durch das Palais strömte. Ich war mir sicher, Tante Gretchen hätte es geliebt. Nur als meine Mutter mit ein paar älteren Damen den Fruchtbarkeitstanz einüben wollte, verloren wir kurzfristig an Zuspruch. Aber auch das war nicht ganz schlecht, da wir über die ganze Begegnerei kaum noch zum Arbeiten gekommen wären.

Ich hätte noch ewig so weitermachen können, aber es gab da schon ein paar Dinge, die ich nicht gänzlich ausblenden konnte. Den Gerichtstermin am Mittwoch, 4. Mai, zum Beispiel. Zwischen meinem ersten Besuch bei Dr. Andrea Barrett und der Stunde der Wahrheit lagen inzwischen fünf wunderbare Wochen. Aber nun war Dienstag, und im Fernsehen lief gerade eine amerikanische Serie, als das Telefon klingelte und Frau Dr. Barrett mich mit ihrer Grabesstimme daran erinnerte, dass wir morgen etwas vorhätten.

Ich beeilte mich, mit dem Handy nach draußen zu laufen,

damit David nichts mitbekam. Das erste Mal seit einer Ewigkeit hatten wir beide allein den Raum geteilt, was nicht schön, aber an einem Serien-Dienstag auch nicht wirklich unangenehm gewesen war.
»Frau Wiesengrund. Sind Sie bereit für den Kampf?« Ihre dumpfe, dunkle Stimme.
Ich war sehr aus dem Zusammenhang gerissen. »Hallo, Frau Dr. Barrett? Nun ja, wissen Sie, ich bin nicht so sportlich … Was genau erwarten Sie?«
»Frrrau Wiesengrund«, dämpfte sie sich. »Ich sagte doch, Sie sollten sich warm anziehen. Ihr Ex ist ein wahres Prachtexemplar an Verfehlungen. Und er ist so dumm. Haben Sie das denn nie gemerkt? Den kochen wir ein. Aber ganz leicht wird es nicht! Ziehen Sie sich was Schönes an, Kostümchen. Nicht so wie neulich. Zu normal. Sie sind doch die Mauerblume hier. Machen Sie auf Mauerblume. 'n Abend. Ich möchte jetzt etwas abspannen.«
Aufgelegt.
Na, das war ja mal eine Unterhaltung.
Romy schlief schon. Meine Mutter war natürlich mit Mr. Big unterwegs. Ich war mir sicher, dass sie längst auch Steak Mademoiselle rare done beim Blockhouse in Eutin aß. David lümmelte weiter scheinbar teilnahmslos vor dem Fernseher, und ich war geneigt, den Termin morgen mit ihm zu besprechen. Schließlich hatte er mir die Suppe mit dieser komischen Staranwältin ein bisschen mit eingebrockt, als er mich zu diesem Anruf genötigt hatte.
»Das war Frau Dr. Barrett.«
Im Film gab es die erste Leiche. Aber die Ermittler waren voll auf Zack.
»Hm …«, machte er.
»Wegen morgen.«

»Hm.«
»David, ich hab doch morgen die Anhörung wegen Romy.« So langsam wurde es mir zu bunt.
»Anna, dann lass uns doch morgen reden.« Er stellte demonstrativ den Ton etwas lauter.
»David. Der Termin ist doch schon um zehn Uhr. Wann wollen wir denn dann noch reden?«
»Danach, Annabel, am besten danach. Vorher passiert doch, wie du gerade selbst sagst, eh nichts mehr.«
»Ja, aber …«, ich war halb fassungslos über so viel Ignoranz und halb hilflos. »David, da versucht mir jemand mein Kind wegzunehmen, und du guckst diesen Müll.«
»Bis eben wolltest du das auch«, erwiderte er trocken.
»Aber man muss doch eine Haltung zu so einer wichtigen Sache entwickeln, und die will vorbereitet und besprochen sein.«
Jetzt endlich sah David zu mir herüber. Halb aufmerksam und halb komplett entspannt.
»Wie ist denn deine Haltung?«
»Wie bitte?«
»Wie ist denn deine Haltung, die du besprechen willst?«
»Natürlich, dass ich Romy nicht an diesen beknackten Fehltritt verliere, dass sie keinen Schaden nimmt, wir vielleicht weiter hier wohnen und arbeiten können und Thomas endlich keinen Grund mehr hat, hinter etwas her zu sein, was ich eh nicht habe: Geld.«
»Bestens«, murmelte er. »Das ist eine klare und gute Haltung. Dann lass uns jetzt endlich fernsehen, früh ins Bett gehen, und dann gehst du morgen ausgeschlafen zum Gericht. Du hast dich doch mit der Anwältin getroffen. Überlass ihr die Details.« Er machte eine Pause. »Sie mag komisch wirken, aber sie hat wirklich einen erstklassigen Ruf und fast

alle Fälle gnadenlos gut gewonnen. Du hast Glück. Sie ist ein Schauspiel. Ich habe das recherchiert.«

Hatte ich richtig gehört? »Du hast *was?* Du hast das *recherchiert?* Wann denn?«

»Na, in den letzten Wochen. Ein bisschen Zeit hatte ich ja. Meinst du, ich lasse dich oder Romy ins offene Messer laufen?« Er rekelte sich auf der Couch, während ich eher steif wie ein Brett auf dem Sessel saß. »Das hast du echt getan?«

»Na, was denkst du denn?«

Und damit war für ihn die Diskussion beendet.

Und für mich nach einem kurzen beruhigenden Gefühl auch. Das hatte David ja irgendwie wohl auch für mich getan.

Gelangweilt wartete ich, bis der Mörder gefasst, aber die organisierte Kriminalität noch nicht zerschlagen war, und ging dann ins Bett zu meinem Ofen. Zu Romy.

David guckte noch die Nachrichten, denn der Rest der Welt stand auch nicht still.

Ich dachte nur, dass ich ihn, wenn Mittwoch alles gut ging, vielleicht doch endlich mal auf die anderen Dinge ansprechen sollte.

20

Der Saal 208 des Familiengerichts in Hamburg Mitte am Sievekingplatz war um Viertel vor zehn noch ziemlich leer. In den hinteren Reihen zählte ich sechs Leute, drei ältere Frauen, die diese Art der Show wahrscheinlich dem Reality RTL vorzogen und damit einen Grund hatten, ihre Wohnung vor dem Einkauf zu verlassen. Oder danach. Ein älterer Herr saß dort, wenn nicht pädophil, dann wohl gelangweilt, und zwei jüngere Frauen, eine davon mit Baby auf dem Schoß. Die wollen wahrscheinlich wissen, was auf sie zukommt, dachte ich. Insgeheim ärgerte ich mich, dass niemand fragte, ob ich es mochte, wenn wildfremde Menschen zuhören durften, wie über mein und Romys Leben geurteilt wurde. Zum Glück gab es hier keine Geschworenen. Man stelle sich vor, die Füllige mit den rot gefärbten Haaren und dem Baby hätte auch noch was zu sagen!

Ein bisschen schämte ich mich für meine Gedanken, die ich hegte, während ich die Frau, deren Leben ich genau zu kennen meinte, unverhohlen analysierte. Und bestimmt nicht ganz freundlich. Da war es wohl ganz gut, dass meine Mutter mich mit entschiedenem Druck gegen den Rücken durch den Mittelgang nach vorne schob. In der zweiten Reihe saß eine junge Blondine mit aufgespritzten Lippen, die ständig an ihren Fingernägeln XXL herumpulte. Sie hatte eine Rassel in der Hand. Ob für ein Kind oder für ein Fußballspiel, war mir nicht ersichtlich. Ganz vorne an einem der zwei gesonderten Tische – Kläger, Beklagte, ha, was für eine Farce! – wühlte meine Frau Dr. Barrett ziemlich hektisch in

Unmengen von Unterlagen. Als sie mich sah mit meinem Gefolge, bestehend aus Ella, Mr. Big – der fand, ein deutsches Gericht sei diplomatischer Schutz genug –, David, Kurt und Knut, richtete sie sich zu ihrer ganzen Größe auf und winkte mich zu sich heran. »Frau Wiesengrund, endlich. Sie sitzen hier.« Sie zeigte auf den Platz neben sich. »Ihre Troika kann bleiben, solange sie sich ruhig verhält. Am besten ab Reihe zwei.«
»Ich warti draußi«, gab Kurt sofort eingeschüchtert klein bei und machte auf dem Absatz kehrt. Doch weil Knut, der in den vergangenen Wochen wirklich erstaunlich gewonnen hatte, seinen Bruder im Geiste gut kannte und direkt hinter ihm gegangen war, verwehrte er ihm den Rückzug und machte sich mit ihm auf den Weg in Reihe zwei. Ganz zum Schluss folgte David, der Kurt von der anderen Seite einklemmte. Swantje war mit Romy aus nachvollziehbaren Gründen in Weitewelt geblieben. Ich glaube, ihre eigene Wohnung hatte sie auch schon vier Tage nicht mehr gesehen. Das Zimmer drei schien ihr zu gefallen. Und sie mochte Romy. Wie Romy sie mochte. Einmal hatte Romy sie gefragt: »Bist du immer noch so dick, weil du wegen Kasch traurig bist?« Und dann zeigte Romy Swantje ihren Billy, ihren glubschäugigen, platten Sorgenfresser, in dem so Zeichnungen wie Mama, Papa, Kind mit durchgestrichenem Papa drin waren, und sagte: »Du kannst ja schon schreiben: Wenn du hier deinen Kummer reinschreibst, geht er weg, und Billy mag das.«

Ich trug vielleicht nicht ganz das mausgraue Kostüm, das Frau Dr. Barrett mir am Sonntag empfohlen hatte, fand mich aber in dem dunkelblauen Hosenanzug und weißer Bluse, wofür ich mich heute Morgen zusammen mit meiner

Mutter in meiner Wohnung entschieden hatte, relativ wohl. Wir waren schon um sechs Uhr aufgebrochen, um genau diese Frage zu klären und endlich ein paar notwendige Dinge einzupacken, die wir in Weitewelt brauchen könnten. Für meine Mutter war es das erste Mal, dass sie unser Domizil in St. Pauli betrat, und ihrem Schweigen entnahm ich, dass sie teils beeindruckt war, wie wenig Bananenkisten und volle Mülltüten dort rumlagen, und dass sie sich womöglich auch etwas schämte, als ihr klar wurde, dass sie mich seit bestimmt zwanzig Jahren nicht mehr kannte. In Summe, möchte ich sagen, war auch diese Episode Teil eines Neustarts, der schlimmer hätte ausgehen können.

»Annabel, du hast ja sogar burgunderrote Vorhänge zu einem weißen Bett im Schlafzimmer. Wie bist du denn darauf gekommen?«

Ich sah sie an: »Toll, ne? IKEA hat ganz schöne Einrichtungstipps.«

Sie nickte von Nord- bis Südpol. Ich wusste, dass sie IKEA verabscheute, aber sie mochte meine Einrichtung. Gemeinnütziger Wohnungsbau in Hamburg Mitte verlangte nun mal andere Talente als Pfahlbau auf Bali.

»Guten Morgen, Frau Dr. Barrett.« Mit einem Lächeln reichte ich ihr die Hand.

Sie nahm sie natürlich nicht. Ihren Psychotest konnte man nur einmal machen, und Gesten der Höflichkeit werden ja überbewertet. »Großartig«, erwiderte sie nur dunkel und düster. »Geht doch. Setzen Sie sich.«

Meine Hand fiel wie von selbst nach unten. So war sie halt. David hatte recherchiert, Lutz empfohlen. Ich wollte ihr gar nicht vertrauen. Ich musste jetzt einfach.

Lautes Gerassel riss mich aus meinen Gedanken. »Ssatzi, da bist du ja endlich. Ich habe dich sschon so vermisst.«

Ich drehte mich zur Seite, sah zuerst auf die strahlende Miene der Blonden mit der, wie ich erst jetzt bemerkte, Riesenzahnlücke. Dann auf den Mann, der etwas tat, was er hoffentlich ganz schnell wieder bereuen würde: Zungenschnalzen. Thomas. Mein Ex. Romys Vater. Und für meinen Geschmack das größte Arschloch unter der Sonne. Mit Verlaub. Ich dachte es ja nur.

Viereinhalb Jahre hatte ich ihn nicht gesehen, verstand aber wenigstens noch, warum ich mich auf ihn eingelassen hatte. Nicht, dass ich auf Vollbärte stand. Den trug er heute, aber damals waren sie noch nicht modern gewesen. Trotzdem sah er ganz gut aus: athletisch, schlank, Lachfältchen um die Augen, volle, rote Lippen. Ein Mann mit einem Gesicht, das lächelt, obwohl er nichts dafür tut. Ein Mann, den man einfach küssen will. Das war es damals gewesen. Er hatte eine interessante Ausstrahlung. So auf den ersten Blick.

Und ich weiß auch, warum ich mir selbst sofort so fürchterlich abgenutzt vorkam in meinem plötzlich glasklaren Zara-Outfit.

Thomas trug einen gechintzten, silbergrauen Anzug, der nach Geld aussah. Seine kurzen Haare waren nach hinten gekämmt und mit Gel verstärkt, wenn auch nicht zu stark. Und dann dieser sauber gestutzte Bart! Seine blauen Augen strahlten, und wer nicht wusste, dass er hier wegen dreihundert Euro im Monat saß, der hätte es nicht geglaubt. Ich hoffte, seine beknackte rasselnde Freundin würde diesem Bild schnell schaden. Welcher echte Souverän würde sich auf so eine Russen-Tusse einlassen?

Mit einem Grinsen zwinkerte er mir zu. Mit einem echten offenen Grinsen. Wenn ich ihn schlechter gekannt hätte, hätte ich geglaubt, dass er mich anflirtete. War das möglich? Ich drehte mich zu David um. Er machte eine beschwichtigende Handbewegung nach unten. Meine Mutter zeigte heimlich den Mittelfinger, und Mr. Big drückte ab. Kurt kniff einfach die Augen zu, und Knut verzog gar keine Miene.

Frau Dr. Barrett sah direkt zum Richterpult. Der Mann im Talar hatte Platz genommen, genau wie die Gerichtsschreiberin.

»Ich rufe auf die Familiensache Überreuth gegen Wiesengrund in Sachen Sorgerecht wegen Romy Wiesengrund, geboren am 25.11.2010.

Ich stelle fest, Romy Wiesengrund ist das unehelich gezeugte Kind der hier anwesenden Parteien Überreuth / Wiesengrund, Frau Annabel Wiesengrund, vertreten durch die Rechtsanwältin Dr. Andrea Barrett, als Mutter, und Thomas Überreuth, vertreten durch den Rechtsanwalt Dr. Ulrich Seegers, als Vater.«

»Einspruch, Euer Ehren.« Mein Trumm von Anwältin. »Thomas Überreuth hat den Antrag auf das geteilte Sorgerecht durch die Kanzlei Seegers & Partner stellen lassen, ist jedoch heute hier anwesend, um sein Anliegen allein zu vertreten. Fürs Protokoll.«

Der Richter sah kurz zu Thomas' Tisch hinüber, der in der Tat nur von ihm allein besetzt war. Logisch. Thomas hätte sich Ulrich Seegers nie leisten können!

Der Richter nickte. »Fürs Protokoll: Thomas Überreuth vertritt sich selbst.«

Rasseln aus Thomas' Reihe 2. »Suppi, Schatzi. Du machsst das.«

Die Russin mit der Zahnlücke und den Nägeln lispelte auch noch.

»Das Anliegen, welches wir heute zu entscheiden haben, ist die Frage, ob Thomas Überreuth, fortan genannt der Vater, von diesem Gericht das geteilte Sorgerecht zugestanden

werden soll. Den Unterlagen entnehme ich, dass er seine Tochter Romy … wie lange …?«
»Nie!«, brüllte ich. »In viereinhalb Jahren nicht einmal!« Ich konnte nicht mehr an mich halten. Was für eine Farce!
»Leise, Frau Wiesengrund, mein Job«, wisperte Frau Dr. Barrett, erstaunlich zart.
»Ehrenwertes Gericht«, hob das Trumm an. »Romy Wiesengrund wurde am 25. November 2010 im Marienkrankenhaus zu Hamburg geboren. Um genau 12.07 Uhr. Thomas Überreuth verließ den Kreißsaal und damit die Mutter der bis zu diesem Moment noch ungeborenen Romy um genau 12.04 Uhr. Genau betrachtet hat der Vater seine Tochter also nicht nur vier Komma fünf Jahre nicht gesehen. Genau genommen hat er seine Tochter bis heute noch *gar nicht* gesehen.« Pause.
»Bevor ich frage, *warum* Thomas Überreuth wohl bis heute kein signifikantes Interesse an seiner Tochter gezeigt hat, denn ich hasse Warum-Fragen, und ich denke, die Fakten beantworten sie womöglich von selbst, fragen wir doch lieber mal das Wesentliche. Herr Richter?«
Ein Nicken der grauen Eminenz, die für mich eine Instanz war, kein Mensch. Ich wollte seinen Namen gar nicht wissen.
»Herr Überreuth …«
Thomas lächelte charmant. Zwinkerte er dem Trumm auch zu?
Sie fuhr unbeirrt fort. »Womit, sagten Sie doch, verdienen Sie derzeit Ihren Lebensunterhalt?«
»Ich sagte noch gar nichts dazu, Frau Barrett.«
»Doktor. Doktor Barrett. In Deutschland gehört der Doktortitel zur führenden Anrede. Aber ich entschuldige das. Macht nichts … Richtig, Sie sagten es nicht, aber aus Ihren Unterlagen geht hervor, das Sie sich als … ›Freiberufler‹ titulieren, richtig?«

»Das ist korrekt.«
»Und in welcher Branche?«
»In der beratenden«, gab er süffisant zurück, nach hinten gelehnt, ein Bein breit über das andere geschlagen. Er sah kurz hinüber zu seiner Blondine. Die strahlte ihn an.
»In der beratenden«, wiederholte Frau Dr. Barrett resümierend. »Nun, da es ja eine ganze Menge Branchen gibt, in denen man beraten kann, die produzierende etwa, die medizinische, die Finanzdienstleister, die psychologische, die verarbeitende, die chemische ... ach, so viele Branchen. In welcher denn genau? Und wen beraten Sie?«
»Wissen Sie, ich kann mir meine Kunden nicht aussuchen und berate gern jeden, der meinen Dienst in Anspruch nehmen möchte.«
Frau Dr. Barrett gab sich beeindruckt. »Cool. Sie sind ein Allrounder. Wenn Sie so viele Kunden aus so vielen Branchen haben, könnte das Geschäft ja recht lukrativ sein. Was machen Sie denn so an Jahresumsatz? 50 000? 100 000? Mehr?«
»Schwer zu sagen, mal mehr, mal weniger, aber Sie sehen ja, es reicht.« Er grinste sie breit an, und Blondchen rasselte. Sie dachte, er hätte ein Tor geschossen, und der Richter bat um Ruhe.
»Verstehe«, sagte Frau Dr. Barrett. »Da ich ja nun *auch* in der beratenden Branche arbeite, würde ich Ihnen gern den guten Tipp geben, Ihre Einnahmen dem Fiskus zu melden, denn laut meinen Unterlagen beziehen Sie den Hartz-IV-Regelbedarfssatz von 399 Euro im Monat. Der steht Ihnen jedoch nicht zu, wenn Sie aus freiberuflicher Tätigkeit selbst ein Einkommen erwirtschaften, das, ich wiederhole Ihre Aussage: ›reicht‹.« Wieder Pause.
Staunend hörte ich Dr. Andrea Barrett zu. Das war ja mal was.

Fand Thomas wohl auch, denn er setzte sich aufrecht hin.

»Ach, vergessen Sie's, Thomas. Sie sind ja nicht mein Klient.« Nun zwinkerte tatsächlich *sie ihm* zu. Und sie nannte ihn beim Vornamen. Er trank einen Schluck Wasser.

Das war gut. Verdammt gut war das.

»Mal was anderes. Die Dame mit der Babyrassel, hallo, ja Sie ...«

Blondchen stand tatsächlich auf und drehte sich lachend zum Plenum. Gott, war die blöd!

»Ich mag es, wenn neue Lebenspartner in so verletzlichen Angelegenheiten – der Kampf um das eigene Kind einer anderen – zu ihrem Mann stehen. Danke, Sie können sich wieder setzen«, sagte sie an diese Frau gewandt. Schmollend nahm das Fingernagelwunder Platz und rasselte noch einmal leise.

»Wie lange, Herr Überreuth, sind Sie mit der Dame melderechtlich bekannt?«

»Bitte? Ich denke, meine private Situation geht Sie wirklich nichts an.« Hilfesuchend richtete er den Blick an den Richter.

Dieser nickte und sagte: »Kommen Sie zum Punkt, Frau Dr. Barrett.« Trotzdem merkte man, dass er diese Art der Diskursführung auch beeindruckend fand. Meine Anwältin machte einen sauguten Job, weil sie ihn spannend wie einen Krimi aufzog oder wie einen amerikanischen Gerichtsthriller. Ich fühlte mich wie in *Eine Frage der Ehre* mit Tom Cruise und Demi Moore. »Haben Sie den Code Red befohlen?« Herrlich, wie sie Jack Nicholson vorführten. Ich liebte diesen Film, und mir gefiel dieses Schauspiel. Ich drehte mich kurz zu meiner Mannschaft um: Alle waren wie gebannt von dem, was hier passierte. Nur Kurt zerknibbelte ein Taschentuch. Was für eine liebenswert weiche Seele! Er war wie das dreibeinige Pony Kyra, und ich war mir sicher, wir würden einen guten Platz für ihn finden. Was arbeiten, abschleifen, malern und so anging, war er unersetzbar.

»Also gut«, hob das Trumm erneut an, jetzt etwas lauter und etwas strenger. »Ich denke, das Sorgerecht für ein vierjähriges bezauberndes Mädchen zu beantragen, das Sie nie gesehen haben, aber dessen leiblicher Vater Sie sind, ist von Grund auf nichts anderes als eine ›private Situation‹. Davon ganz abgesehen sind Sie seit fünf Monaten bei der hier anwesenden Natascha Popow gemeldet. Davor lautete Ihr Wohnsitz auf die Hauptmieterin Pola Sánchez, vierzehn Monate, davor Adelaid Romero, sieben Monate, davor Cristina Pisowni, immerhin zwei Jahre und ein Monat ... Soll ich weitermachen?«

Jetzt fiel Thomas in sich zusammen, der Richter wurde groß, und Natascha erhob sich. »Зайка, *Häschen,* was redet diese Frau da? Liebst du mich nicht?«

»Ich will doch nur meine Tochter sehen«, jammerte Thomas.

»Дорогой, Liebling, nun sag doch endlich was ...«, wimmerte Natascha.

»Halt den Mund, Natascha! Wir sind hier im Gericht.«

Frau Dr. Barrett nickte zufrieden und ging über den kleinen Beziehungsstreit hinweg. »Ich meine nur, lieber Herr Überreuth, und vielleicht kommen wir jetzt doch zu der Warum-Frage: Für einen Mann, der kein Geld verdient, dazu den Staat bescheißt und in sehr losen, durch die Ausländerbehörde nicht immer final entschiedenen ›privaten Situationen‹ lebt, ist es doch eine erhebliche und dem Gericht nicht gänzlich verstehbare Zusatzbelastung, dass Sie Ihre nie gesehene Tochter nun als gleichberechtigter Sorgerechtspartner zu sich nehmen wollen, oder? Finden Sie nicht, dass das

Fragen aufwirft? Zumal wir hier Romys leibliche Mutter, Annabel Wiesengrund, neben mir sitzen haben, zierlich, zart und zäh, mit wiederum ihrer ganzen Familie inklusive des US-Botschafters ehrenhalber Adam Fern im Rücken, die nicht nur sagen, sie sorgten für das Wohl der kleinen Romy, sondern dies auch alle gerade tatkräftig tun? Haben Sie eine Idee, wie sehr sich Frau Wiesengrund den Arsch aufgerissen hat in den letzten Jahren, um Romy ein anständiges Leben zu bieten? Haben Sie auch nur den Hauch einer Idee …?«
Jetzt war Frau Dr. Barrett ein speiender Vulkan, und weil das auch der Richter merkte, der vielleicht schon seinen nächsten Termin erwartete, unterbrach er leider diese sehr emotionale Vorstellung.
»Frau Dr. Barrett, ich danke Ihnen. Die Botschaft kam an.«
An Thomas gewandt: »Möchten Sie noch etwas hinzufügen, Herr Überreuth?«
Der schüttelte müde den Kopf. »… nur meine Tochter sehen …«
Ich dachte an Kurt und das Kartenhaus. Es war schon echt blöd, wenn man keine Idee von Statik hatte und immer nur darauf angewiesen war, dass jemand Dinge für einen richtete. Bei Kurt war es anders als bei Thomas, aber bei mir war es eben auch anders als bei Kurt und Thomas zusammen. Ich wollte etwas. Ich wusste es nur lange nicht. Gott, war ich dankbar!

Die Urteilsverkündung war klar und knapp. Das Sorgerecht lag verbrieft bei mir. Punkt. Allerdings, und darüber hätte ich mich schon wieder aufregen mögen, sollte Thomas ein probeweises Besuchsrecht für Romy zugestanden werden. Befristet zunächst auf drei Monate, erlaubte es ihm, sie alle vierzehn Tage an einem Sonntag zu holen, beginnend am

kommenden. Mir wurde schlecht, wenn ich nur an Thomas und Natascha dachte, aber andererseits hatte Romy ja auch das Recht, ihren wirklichen Vater endlich einmal kennenzulernen. Am Ende fand sie ihn ganz toll. Hoffentlich nicht!
Frau Dr. Barrett, die an Kampfgeist und Empathie nach der Verhandlung gar nicht mehr zu überbieten war, machte mir auch hier wieder Mut: »Na, Frau Wiesengrund, das haben wir doch toll hingekriegt, oder? Sie machen das schon. Ich bin froh, dass Lutz sein Wort für Sie eingelegt hat.« Sie, die Totengräberin, lächelte mir so warm zu, dass meine Mutter richtig eifersüchtig wurde. Wir standen alle noch im ersten Stock des Amtsgerichtes und hatten schlechten Kaffee oder Kakao in der Hand, und Ella drängelte sich gleich an meine Seite. »Schatz, du gerätst wahrlich nach mir.« Ich wischte mir kurz über die Augen.
»Mama, ich glaube, ich gerate auch ganz schön doll nach Papa. Er ist eher derjenige, der bleibt.« Wieder nahm ich mir vor, ihm bald einen Brief zu schreiben, freute mich aber über die Wärme des dicken, runden Armes meiner Voodoo-Mutter.
Ich befreite mich aus der Umarmung und ging auf David zu: »Wir zwei müssen reden, finde ich.« Wenn Sand unter meinen Füßen gewesen wäre, hätte ich den Zeh hineingebohrt. Er legte den Finger unter mein Kinn und antwortete: »Finde ich auch. Ihr wart klasse.«
Und dann kam Mr. Big. Er wandte sich an Frau Dr. Barrett. »Mit Verlaub ...«
»Mit Gunst und Verlaub, ehrenwerter Meister ...« Das war Kurt, der endlich seine Rolle wiederfand, und wir alle rempelten ihn an, hielten ihm die Hände vor den Mund und meinten, dass dies nicht der Moment für seinen Text wäre. Ein bisschen beleidigt zog er sich zurück.

»Mit Verlaub«, wiederholte Mr. Big formvollendet. Frau Dr. Barrett hörte zu, und meine Mutter schmiegte sich an Adam. »In Germany nennt man das Note, korrekt?«

Dr. Barrett legte den Kopf schief. Fragend.

»Ihr Honorar? Ich möchte es gern begleichen.«

Meine Staranwältin machte sich wieder gerade. »Ach so …« Sie lächelte. »Interessant … Kennen Sie mein Honorar?«

Mr. Big war sichtlich irritiert. »Nun, Dollar oder Euro. Oder bevorzugen Sie Dirham? Oder Pfund, aber das kann ich gar nicht empfehlen, weil …«

»Ich weiß nicht, Adam, ob es an Ihnen allein ist, die Rechnung zu begleichen. Ich sage es jetzt aber Ihnen, und alle hören zu: Machen Sie was aus dem Palais Weitewelt, sehen Sie zu, den Kasten flottzukriegen, kaufen Sie Romy ein Pony, klären Sie alle Fragen, damit meine ich David!« Der blickte betreten weg. Warum auch immer. »Vor allem aber …«, und jetzt wurde ich rot, weil Dr. Barrett sich direkt an mich wandte und mir sogar eine Hand auf die Schulter legte, »… sorgen Sie dafür, dass diese Frau die Chefin bleibt. Sie ist verrückt und manchmal sehr undiszipliniert. Aber sie hat einen guten Instinkt. Das habe ich selbst erfahren.« Sie zwinkerte mir zu, und ich dachte an diesen komischen Psychotest auf dem Stuhl.

Dann reichte sie mir die Hand und wollte schon weg, als ich sie kurz zurückhielt.

»Eine Minute noch, Frau Dr. Barrett.« Aus meiner Tasche zog ich ein gerahmtes Notenblatt, in das Romy ganz viele Drachen hineingemalt hatte, die quasi im Takt der Musik flogen. Es war mir wichtig, ihr auch etwas von den Sandmüllers, von Tante Gretchen mitzugeben, und die Noten waren das Einzige, was ich im Palais dazu gefunden hatte. »Vielleicht nicht so schön wie das Schneckenhaus, aber es kommt von uns.«

Das Trumm sah es kurz an, fuhr mit den Fingern über das Glas und blickte dann noch einmal zu mir herunter. »Sehen Sie. Geht doch. Sagen Sie Romy danke.«

Und dann war sie weg.

Und dann war der Prozess gewonnen.

Und nun hätten wir Thomas kommenden Sonntag vor der Tür stehen.

Das war in vier Tagen. Bis dahin wollten wir feiern.

Wir kauften hupend eine ganze Menge ein – Wein, Bier, Sekt, Holunderblütensirup für Ella, Milchschnitten für Kurt, Corny-Müsliriegel für Knut, Bourbon für Mr. Big. David wollte auch endlich viele Steaks, Backkartoffeln und noch viel mehr, Romy bekam Gummibärchen und Lakritzlutscher, ich in der Tat Frischkäse, Tomaten und Pumpernickel. Wir hatten Plakate geschrieben und sie auf die Außenseite meines Fiesta geklebt: Bei uns würde es eine Party geben. An einem schnöden Mittwoch, 20.00 Uhr im Palais. Alle sollten kommen und etwas mitbringen und feiern.

Als wir so marktschreierisch durch Weitewelt fuhren, dachten wir alle tatsächlich, die ganze Welt gehörte uns.

Und vielleicht war es auch so. Zumindest für den Moment.

21

Unsere kleine Feier wurde ein Riesenerfolg. Zeitweise waren wir fast dreißig Leute, von denen ich immer noch die wenigsten kannte. Natürlich war Marion da. Aus dem Supermarkt erkannte ich zwei Kassiererinnen. Zwei von den fünf alten Damen mit dem Fruchtbarkeitstanz waren immerhin wiedergekommen. Zwei ältere Ehepaare kamen mit Schnapsflaschen, die bestimmt schon seit vor meiner Geburt in ihrem Keller verstaubten. Selbstverständlich war auch Arnd Schmarjens sofort ab acht dabei – in Begleitung eines 16-jährigen Mädchens, das nur spanisch sprach und wohl seine Nichte aus Guatemala war. Seine Frau sei Guatemaltekin gewesen, erklärte er, und er habe dort auch einige Jahre gelebt. Genau genommen hätten sie sich bei einem Entwicklungshilfeprojekt in den 80er-Jahren dort kennengelernt. Irgendwann aber war Guatemala nicht mehr seins gewesen, und er war zurückgekommen, im Gegensatz zu ihr. Aber sie hatte eine ziemlich große Familie, unter anderen ihren Bruder Luís. Der wiederum hatte eine Tochter: Laura. Und da war sie nun: niedlich, schüchtern und in Eutin in Ausbildung zur Erzieherin in einem zweisprachigen Kindergarten. Niemand sollte sagen, dass Weitewelt unter Abgeschiedenheit litt. Der Name war mehr Programm, als man beim ersten Durchfahren vermuten durfte.
David stand am Grill, den er aus einem Schuppen gezogen und sauber geschrubbt hatte: »Der Rest verbrennt mit der Kohle«, sagte er nur und grillte ein Steak nach dem anderen.

Irgendwer machte immer neue Musik, und Swantje und Romy tanzten begeistert zu Marianne Rosenberg. Kurt versuchte sogar, Laura so etwas wie Tanzen beizubringen. Ja. Und dann kam Karl-Heinz Höfer. Da war es schon seit Langem dunkel.
Ich freute mich, ein bisschen weingeschwächt, so sehr, ihn zu sehen, dass ich ihm direkt um den Hals fiel.
»Na, na, nicht so stürmisch, mein Mädchen. Ich habe etwas Wichtiges mitzuteilen. Könnte mal jemand die Musik ausmachen?«
Herr Höfer war nicht umsonst seit dreißig Jahren Bürgermeister in der Gemeinde, denn sowohl die Musik als auch die Gespräche erstarben relativ umgehend. Seine Autorität durchzusetzen hatte er offenbar gelernt.
»Gucken Sie mal, Fräulein Wiesengrund«, rief er stolz und hielt ein DIN-A4-Blatt hoch.
Da er etwas wild damit herumwedelte, konnte ich den Inhalt des Papiers nicht gut erkennen, ich las nur in 24-Punkt-Schrift und Versalien: AMTLICHE BEKANNTMACHUNG.
»Das habe ich mir selbst so formatiert und ausgedruckt. Ist das nicht großartig?«
»Ja. Großartig«, erwiderte ich. »Was steht denn drin?«
»Liebe Gemeinde«, hob er an, und ich wusste, die Party war vorbei. »Liebe Gemeinde. Ich weiß, Sie alle kennen die Hintergründe nicht für dieses doch recht ungewöhnliche Verfahren mit einer lieben Ehrenmitbürgerin – Grete Sandmüller, Gott hab sie selig – und dem Besitz, in dem sie zuletzt residierte und dem sich eine engagierte, kleine, wackere Truppe beherzter und doch fremder Menschen angenommen hat, angeführt von Fräulein Annabel Wiesengrund …«
»Frau«, rief meine Mutter streng dazwischen. »Meine Tochter hat ihrer Tochter das Leben geschenkt, und damit ist sie

wohl im Status einer Frau angekommen. Über den unnützen Samenspender müssen wir seit heute wohl nicht mehr diskutieren, aber …«

»Ist gut, Mama, lass Herrn Höfer mal ausreden, bitte«, fiel ich ihr ins Wort.

Herr Höfer nickte gnädig, meine Mutter zog die Augenbrauen hoch und ließ sich von Mr. Big beruhigen.

»Fräulein Wiesengrund erklärte mir in einem längeren Gespräch im Rathaus, dass sie vorhabe, das Wohngebäude der Sandmüllers auf eigene Kosten in eine Begegnungsstätte umzufunktionieren und die nötigen Maßnahmen zur Sanierung und Renovierung einzuleiten …«

Er machte eine Pause, und mir wurde heiß und kalt. *So* war es ja nun nicht ganz …

»Nun, leider gibt es ja auch bundesrechtliche und kommunale Hürden, die da zunächst bewältigt werden müssen.«

Jetzt machte Karl-Heinz Höfer eine gewichtige Pause.

»Im konkreten Fall heißt das, dass dieses Gebäude für die Versteigerung durch den Fiskus freigegeben werden muss, weil sich erwiesen hat, dass es keine lebenden Erben mehr gibt.«

Pause.

»Ich avisierte den Versteigerungstermin für das Gebäude Weitewelt 3 auf den 23. September, und ich bin heute froh und glücklich, Ihnen verkünden zu dürfen, dass wir dank vorgezogener Recherchen in der Lage waren, den Termin auf den 17. August vorverlegen zu können. Wir konnten im Eilverfahren ermitteln, dass dieses Grundstück eigentümerlos ist, und Ihnen den Weg zum Erwerb somit maßgeblich erleichtern. Herzlichen Glückwunsch, Fräulein Wiesengrund!«

Karl-Heinz Höfer hielt nun die von ihm selbst formatierte

und ausgedruckte Amtliche Bekanntmachung in die Höhe. Gerade so, als hätte er gerade den Titel in der Schwergewichtsmeisterschaft gewonnen.

Ich erstarrte. Alle anderen auch.

Ganz kurz dachte ich, nun gut, wir können ein Haus, für das wir noch kein Geld haben, eher kaufen. Und nun?

Womit ich nicht rechnete, war ein Schrei aus der dritten Reihe, dunkel, männlich. David: »Waaas? N-n-neeiiin. Nieemals. Das geht nicht!«

Alle Blicke wandten sich ihm zu. Wer eben noch T-Bone-Steak gekaut hatte, schluckte es vor Schreck direkt herunter. David war schweißgebadet. Unruhig. Hektisch. Außer sich, könnte man sagen. »Das geht echt nicht. Das Palais darf nicht vor dem ersten September versteigert werden.«

Karl-Heinz Höfer war offenkundig beleidigt. Er hatte alles getan, und die Reaktion war Ablehnung. Das konnte ihm nicht gefallen. »Ach, Herr … wie war noch der Nachname? Und was, bitte, ist daran falsch? Ich halte Ihnen sämtliche potenziellen Investoren vom Leib, indem ich alles daran setze, den Termin so früh zu legen, und Sie meinen meutern zu müssen? Haben Sie dafür vielleicht auch eine Erklärung?«

David sank förmlich in sich zusammen. Romy rannte sofort zu ihm, um ihn zu trösten. Sie fand, er könnte Bauchweh haben. Was wahrscheinlich auch stimmte.

Ich allerdings verstand die Reaktion auch nicht. Meine Mutter warf mir einen wissenden Blick zu: halb ›Hab ich doch gesagt‹, halb ›Jetzt tu das Richtige!‹.

Na toll.

Ich sammelte mich. Hatte ich nicht schon die ganze Zeit geglaubt, auf den richtigen Moment zu warten? Hatte ich nicht gesagt, ich würde mit David reden wollen? Konnte es sein, dass dieser Moment jetzt gekommen war? Ich hatte ihn mir zwar etwas intimer vorgestellt, aber nun denn. Aber dann jetzt auch mit Anstand.

»Sorry, Leute. Die Party ist vorbei. Wir feiern bestimmt bald noch mal. Mr. Big, Sie sind bestimmt so lieb, mit Hilfe von Guy all diese Menschen nach Hause zu fahren.«

Mr. Big guckte mich groß an. Hin- und hergerissen zwischen Sensationslust, Spektakel im kleinen Kreis und seinem Auftrag als Amerikaner.

Ganz Weitewelt und die umliegenden Dörfer fuhren also in Schichten diplomatisch nach Hause, was übrigens auch ganz gut so war, wenn man die Bande hinaustorkeln sah. Es blieben die, die ich jetzt bei mir haben wollte. Ich diktierte: »Herr Höfer, Mama, David, Swantje – ihr bleibt hier.«

»Und was mach ich? Die Musik ist aus!«, fragte Romy.

»Du gehst mit Kurt und Knut in die Vier.«

»Okay.« Ich sagte ja: Wenn es ernst wird, funktioniert auch Erziehung. Die schienen auch Kurt und Knut bei Schwester Dorothee genossen zu haben, denn sie kamen ihrem Auftrag ebenfalls klaglos nach, mit dem Kind nach oben zu reiten oder zu tanzen. Ich achtete nicht mehr darauf.

Als wir endlich zu fünft alleine im Wohnzimmer saßen – im Kamin brannte langsam der letzte Scheit herunter –, fragte ich David ganz direkt: »So. Und jetzt erzählst du. Was ist hier los?«

Einmal noch sah er hilfesuchend zu Swantje. Die schloss die Augen und nickte ihm zu. »Sag es«, meinte ihr Blick.

Und dann sagte er es. Auf Umwegen.

»Ich habe ziemlich viele Schulden.«

Enttäuschtes Schweigen auf allen Gesichtern. Und?

»Und?«, ermunterte ich ihn also zum Weiterreden. »Das allein ist ja noch kein Beinbruch. Und was hat das mit dem Haus zu tun?«

»Na ja, genau genommen habe ich die Schulden auch gar nicht.«

»Was ist denn das für ein Durcheinander?«, fragte meine Mutter. »Man weiß doch, ob man Schulden hat oder nicht.«

»Die Sache ist kompliziert«, sagte David, noch immer etwas gequält. »Ich sag es mal anders: Wenn heute rauskäme, was für eine Art Schulden ich habe, käme ich bestimmt für ein paar Jahre ins Gefängnis, obwohl ich streng genommen nicht die Ursache für die Schulden bin.«

Ratloses Schweigen, von dem der Bürgermeister sich als Erster erholte.

»O mein Gott, er ist ein Verbrecher, und ich habe ihm Einlass in unsere Gemeinde ermöglicht. Das ist ja grauenhaft. Das wird mich die Wiederwahl kosten. Ich will das gar nicht hören. Ich darf das gar nicht hören. Was wohl der Stadtrat dazu sagt. Und die CDU erst.«

»Nun hören Sie doch mal auf, Herr Höfer«, maßregelte ich ihn. »Lassen Sie uns die Dinge erst mal ruhig besprechen.« Ich wandte mich David zu. »Kann es sein, David, dass dein Dilemma irgendwie damit zu tun hat, dass du gar nicht David bist, sondern Michael Sandmüller, Tante Gretchens Enkel?«

Ich erinnerte mich an Frau Dr. Barrett im Gerichtssaal und fand, ich könnte jetzt auch mal etwas Spannung aufbauen. »Ist es möglich, David, dass es einen – hoffentlich guten – Grund gab, Michael in den USA sterben zu lassen, obwohl er dort quietschfidel weiter die Wellen abritt und dann und wann seine Großeltern besuchte?«

Meine Mutter pfiff im Einklang mit Swantje durch die Zähne. Meine Mutter staunend, Swantje anerkennend. Treffer versenkt.

Und David strahlte. Er strahlte wie die Sonne bei Vollmond.

Aha. »Woher weißt du das?«, wollte er erleichtert wissen, um dann nahtlos fortzufahren. »Ihr wisst ja, und wenn nicht, erzähle ich es euch jetzt, dass Opa, also Walter Sandmüller, im Frühjahr 2004 einen schweren Schlaganfall hatte.«
Ja, das wussten die meisten hier. Meine Mutter setzte sich gemütlich hin, nachdem sie ein Scheit nachgelegt hatte. Geschichten waren nach ihrem Geschmack.
»Oma, Tante Gretchen, war am Ende. Sie hatte ja schon ihre Tochter, meine Mutter, verloren, vor Jahren. Und auch wenn es sich anders anhört: Für die Sandmüllers war die Familie das Zentrum ihres Lebens. Auch Freunde natürlich, aber die Familie hatte schon einen extrem hohen Stellenwert. Natürlich akzeptierten sie, dass ich '95 in die USA ging – in allen steckten ja auch Künstler und Abenteurer, aber im Herzen waren wir einander sehr verbunden. Es hatte halt nicht wirklich aufgehen sollen im Leben. Aber was geht schon immer auf im Leben?«
Ein Seufzen von allen, die jetzt auf ihre Art darüber nachdachten, was nicht aufgegangen war im eigenen Leben. Romy würde wegen der nicht vorhandenen Kyra seufzen.
Ich seufzte, weil ich diese Art Familie nie kennengelernt hatte. Ich warf meiner Mutter einen heimlichen Blick zu. Sie schaute ganz und gar nicht heimlich zurück.
»Jedenfalls hatte es Walter schon ziemlich schlimm erwischt, und es war klar, dass wir die Therapien, die er gebraucht hätte, mit dem, was an Geld zur Verfügung stand, nicht hätten bezahlen können. Sicher, er war Hochschulprofessor, aber auch engagierter Musiker, Idealist und Unterstützer. Unsere Familie war kreativ, auch im Geldausgeben. Wir hatten also keine Bausparverträge, die man mal eben kündigen konnte. Und natürlich wollten wir, dass Walter lebte. Na ja ... und dann kam uns die Idee mit der Lebensversiche-

rung, die auf mich abgeschlossen war. Hundertfünfzigtausend Euro ...«

»NeinNeinNein! Ich darf das nicht hören. David, Sie sind ein ausgemachter Schwindler. O Gott ... ich müsste jetzt zur Polizei gehen oder Arnd Bescheid sagen. Wir haben doch gerade festgestellt, dass es keine lebenden Verwandten ... Hat es damit was zu tun?«

Karl-Heinz Höfer war wirklich fuchsschlau.

David fuhr fort. »Sich in den USA selbst für tot zu erklären ist, ehrlich gesagt, gar nicht so schwer.« Er kicherte amüsiert und auch etwas unangemessen, aber ein kleiner Geniestreich mag es damals tatsächlich gewesen sein. »Meinen Freund David gibt es in ähnlicher Biografie tatsächlich. Er erfreut sich bester Gesundheit. Das war die Identität, die ich hier gut annehmen konnte. Schwieriger war es, Michael offiziell für tot erklären zu lassen, aber wenn es keine Leiche gibt, ist das Offizielle schnell erledigt. Schwieriger war es, ein Leben mit neuer Identität so aufzubauen, dass ich vor den Leuten, die ich kannte, nicht mehr in Erscheinung trat. Das war im Falle von zwei, drei Freunden nicht ganz leicht, aber machbar. Und ein paar Eingeweihte gibt es. Das Problem saß ja in Deutschland. Den Amerikanern war es egal, welche Gründe ich hatte, mir eine neue Identität zu beschaffen. Und den Job konnte ich auch anders hinter den Kulissen weiterführen.« Er machte eine kurze Pause. »Das ganze Verfahren dauerte ein paar Monate, aber im August 2005 wurde die Versicherungssumme ausgezahlt und ...«

»Aber Walter starb doch zwei Jahre später. Oh, das ist alles furchtbar. Können wir die Ereignisse nicht mal am Computer auf einen Zeitstrahl bringen. Fräulein Annabel?« Herr Höfer hatte echt Sorgen!

»Nun lassen Sie David, *Michael*, doch endlich mal ausreden«,

sagte ich unwirsch. Es war mir immer noch nicht ganz klar, worauf das Ganze hinauslief.
»Versicherungsbetrug verjährt nach zehn Jahren. Also genau am ersten September«, schloss David / Michael endlich. »Wenn ich mich heute oute, komme ich ins Gefängnis, und alles ist verloren. Wenn ich mich nach dem ersten September oute, kann ich nicht mehr angeklagt werden. Ich bekäme meine Identität zurück und wäre der rechtmäßige Erbe von Weitewelt.« Er machte eine Pause. »Und deswegen ist es schlimm, wenn das Palais vier Wochen früher versteigert wird. Ich … Wir … haben nichts mehr davon.«
In meinem Hirn ratterte es. In dem von meiner Mutter auch. Aber ich ratterte schneller und verengte meine Augen zu Schlitzen. »David, sorry, Michael, egal, wolltest du uns gepflegt *verarschen?* Darauf warten, dass wir dir den Kasten flottmachen, und dann sagen: Ätsch-bätsch, alles meins, danke und tschüss? Wolltest du uns so böse abzocken? Sag mir, dass du das nicht wolltest? Ich meine, als du herkamst, wusstest du ja nicht, dass ich da war. Und du hast mir nie gesagt, wer du bist, obwohl ich es längst mindestens geahnt hatte. Was war denn dein Plan? Wolltest du mich und meine Tochter etwa heimat- und …«
»Nun reg dich mal ab, Annabel!« Das war wieder meine Mutter. In der Tat hatte ich mich etwas in Rage geredet, aber wie sollte ich auch nicht? »Er hat ja mit den Schulden angefangen. Was war denn dein Plan?«
»Danke, Ella«, sagte Michael demütig.
»Mir dankst du für gar nichts. Erzähl einfach.« Viva la Diva!
»Mein Plan war, den ersten September abzuwarten, das Geld an die Versicherung zurückzuzahlen und wieder Michael zu werden. Das war der Plan.«
»Das war der Plan?« Ich schnappte nach Luft. »Aber das ist

doch völlig beknackt. Wenn du schon straffrei bist, musst du doch nicht noch eine Versicherung bereichern, die ohnehin immer Rücklagen und Verlustausfälle in ihre Gebühren mit einbaut. Wie doof ist das denn? Du hättest mit dem Geld das Palais ersteigern, deine Identität annehmen und es noch komplett renovieren können. Du hast doch gehört, was Arnd über den Verkehrswert sagte: hundertsechzigtausend Euro und davon siebzig Prozent beim ersten Termin, also die hundertzehntausend. Da sind noch vierzigtausend übrig. O weh, und die willst du einer Versicherung geben? Wer kauft denn dann das Palais?«

Michael sah mich an. »Annabel, weißt du, es ist schon nicht so ganz leicht, sich selbst für tot zu erklären und in eine andere Haut zu schlüpfen. Und es ist auch nicht so leicht, sich zum echten Betrüger zu machen und sich hinter Gittern zu wähnen: seit nun gut zehn Jahren. Du hast recht: Ich hatte nicht den Hauch einer Idee, was sich hier abspielen würde, du, Romy, der verrückte Mr. Big, deine Mutter. Ihr seid genauso in mein Leben geschlittert wie ich in eures. Ich wollte das Palais nicht. Und ich will es auch heute nicht, und wenn doch, dann aus anderen Gründen. Aber ich wollte reinen Tisch machen. Du magst letztlich mehr kriminelle Energie haben als ich, aber mir war es ein echtes Bedürfnis, wieder der sein zu dürfen, der ich bin. Der Sohn einer fantastischen Mutter, die viel zu früh gestorben ist. Der Enkel einer echten, liebenswerten, starken Frau und eines feinsinnigen Mannes, die, und hier sind wir uns vielleicht mal einig, dein Leben überhaupt erst möglich gemacht haben, weil zumindest Grete Ellas gerettet hat, damals, 1944.

Am Ende hat es Walter nicht geholfen. Er starb trotzdem, das stimmt. Ich will nicht sagen, es war für die Katz, aber ich mag mit dieser Schuld nicht leben. Verstehst du das nicht?«

Ich knibbelte am Bündchen meiner Strickjacke. Und ob ich das verstand. Und ich Neunmalkluge konnte zwar einer blöden Frau was von Fallabellas erzählen, aber ob ich für meine Oma, geschweige denn meine Mutter auch gestorben wäre – ich bezweifelte es und vermied den heimlichen Blick.

»Tja, das ist sie nun ... meine Geschichte«, schloss Michael. »Ihr mögt denken, was ihr wollt, aber ich bin froh, wenn der Spuk am ersten September wenigstens in Teilen vorbei ist. Das Palais ... eine ganz andere Frage.«

Im Kamin knisterte weiter das Feuer. Aber es schien, als wäre es bei uns kurzfristig ausgegangen. Nicht dass wir vorher gewusst hätten, wie wir das Haus kaufen sollten, aber jetzt war es wirklich fatal, dass es eine Chance gab, die mit dem vorgezogenen Versteigerungstermin gleichzeitig keine mehr war. Und wenn nun doch irgendein fetter Frankfurter den inneren Wert von Weitewelt erkannte? Was dann?

Swantje, die die ganze Zeit geschwiegen hatte und ein bisschen weniger zu verarbeiten hatte als wir, ergriff das Wort: »Herr Höfer, gibt es eine Möglichkeit, den Termin doch noch in den September zu legen?«

Herr Höfer wiegte sich hin und her und wiederholte nur, wie furchtbar alles sei und wenn doch sein Fräulein Wietzen nur noch hier wäre. Und er mochte doch auch das Fräulein Annabel, aber die Amtliche Bekanntmachung sei nun mal raus. »Und das Gretchen hat sich mir auch nie so tief anvertraut. Was muss sie gelitten haben! Vielleicht darf ich mich gar nicht mehr zur Wahl stellen. Mir fehlt die Achtsamkeit.«

Meine Mutter ging mit einem Fläschchen Schlehenfeuer zum Bürgermeister und reichte ihm ein Schnäpschen aus der verstaubten, halb leeren Flasche. »Karl-Heinz, Sie haben immer alles richtig gemacht. Und die Kuh kriegen wir jetzt auch noch vom Eis. Nicht wahr?« Sie reichte ihm das Glas, und er nahm dankbar an.

»Wie viel Geld brauchen wir?«, fragte sie dann an uns gewandt.

»Mit allem Glück achtzigtausend«, sagte ich. »Setzt voraus, dass beim ersten Termin niemand bietet und der Mindestwert aufgehoben wird. Mit Pech mehr. Auktion dann halt.«

Meine Mutter schüttelte den Kopf. »Wisst ihr, was man in Thailand mit achtzigtausend Euro anstellen kann? Davon lebt man im Palast bis zur Rente, inklusive Chefarztbehandlung … Ihr seid verrückt …«

»Nein, Frau Wiesengrund«, sagte Swantje ganz ruhig. »Wir sind nicht verrückt. Wir leben nur sehr viel lieber im Hier und Jetzt von Weitewelt, Schleswig-Holstein, Deutschland. Das ist der einzige Unterschied.«

»Ja«, erwiderte meine Mutter und verkniff sich die Diva. »Das ist er wohl. Ich bin ja schließlich auch grad hier.« Sie überlegte einen Moment. »Annabel, hast du eigentlich jemals deinem Vater geschrieben?«

Böse funkelte ich sie an. »Du meinst den Mann, der dich vor fünf Jahren verlassen hat, weil er dich in Thailand endlich ohne ihn glücklich sehen wollte? Hast *du* ihm geschrieben?«

Ich sagte ja, dass ich auch eine gewisse Härte an den Tag legen konnte.

»Und übrigens: Ich habe deinen neuen Schwarm gefragt, ob er nicht das Palais kaufen könnte. Aber ihm ist das nicht genug Rendite. So viel mal dazu.«

»Echt, das hast du gemacht?«

»Ja, natürlich, schließlich ist er der Einzige, der es sich locker leisten könnte. Wenngleich ich die Bedingungen nicht lesen möchte, die er daran knüpfen würde. Aber das ist ja nun auch egal, weil er nicht will.«

»Hm. Okay. Ich habe verstanden.« Ella ging wieder zu unserem Bürgermeister. »Karl-Heinz, noch einen Schnaps?«

Der nickte nur.

Dann sah sie uns an. »Wir finden eine Lösung. Michael zahlt seine Schulden zurück und wird wieder Michael, und meine Tochter wird hier ihr Vertriebsbüro einrichten und endlich so für ihre Romy da sein, wie ich es nie für sie war.« Anstatt aufzustehen und mich in den Arm zu nehmen, stand meine über 70-jährige Mutter auf, strich sich durchs Haar und sagte: »Das Palais bleibt bei uns, und mir gefällt die Eins. Michael, möchtest du noch etwas sagen?«

Michael wirkte sichtlich erschöpft. Ich konnte mir kaum vorstellen, was alles in ihm vorging. Immerhin hatte er ein Drittel seines Lebens irgendwie verraten. Aber er hätte es nicht getan, wenn nicht auch Größe in ihm wohnte. Und Stärke.

»Ja, liebe Ella, ich möchte noch etwas sagen. Dein Engagement in Ehren. Ich finde es großartig, wie du dich hier einbringst. Sagte Annabel nicht neulich noch, dein Künstlername sei Ala? Flügel? Wunderbar. Aber die Einzige, die die Hoheit über dieses Haus verdient hat, ist deine Tochter. Ich habe keine Ahnung, wie wir es schaffen, aber im Palais Weitewelt ist Anna die Chefin.«

Michael nahm meine Hand. »Weißt du, Annabel, auch so ein Ding. Darf ich vorstellen: Michael!«

Ich spürte die Wärme und wusste, was er meinte.

Ella verstand es auch. Konnte man mit über siebzig noch lernen, was die eigene Sache war und was die von anderen? Ich musste es zumindest hoffen.

Es war gut, dass Mr. Big zurückkam, als der Kamin gerade verglomm und vor allem Karl-Heinz Höfer mit seiner Bekanntmachung dringend eine Fahrgelegenheit brauchte. Also fuhr Adam Fern noch mal los, und wir harrten der Dinge, die da kommen mochten.
Schlafen. Renovieren. Lösungen finden. Das Palais hatte seine eigenen Gesetze.

22

Der nächste Morgen, aber auch die nächsten Tage vergingen irgendwie gedämpft. Wäre Weihnachten gewesen, hätte man gedacht, es kehrte eine nach innen gewandte Besinnlichkeit ein. Aber es war ja nicht Weihnachten. Wir waren mitten im Frühling, und die Natur draußen explodierte. Überall an den Bäumen und Stauden sprossen die saftig frischen Triebe, die einem das Werden und Wachsen deutlich machten. Auch die Tage wurden nicht nur spürbar länger, sondern vor allem auch heller, weil das Hoch Iris prächtig dafür sorgte:

Klare blaue Luft mit Sonne am Himmel. Es war wunderschön, aber es passte nicht so ganz zu unserer Truppe. Das schmale Renovierungsgeld war genauso abgetaut wie die morgendliche Feuchtigkeit auf den Wiesen, und niemand wusste so recht, was er tun sollte. Für größere Arbeiten wie das Dach hatten wir kein Geld. Böden und Wände waren mehr oder weniger gemacht. Kurt und Knut waren Meister im Entrümpeln, aber mehr als das, was jetzt weg war, durfte auch nicht verschwinden, denn wir hatten kein Geld für mein Liebstes: für Sofas, Tische, Schränke – alles, was das Leben schöner gemacht hätte.

Ich selbst war auch in mich gekehrt, aber fühlte mich insgesamt besser als vorher. Davids Geschichte – und wir nannten ihn weiter David, weil einschließlich Romy ja niemand wissen durfte, dass er es nicht war – hatte mich auf unbestimmte Art beruhigt. Ich glaubte sie ihm. Ich fand sie zutiefst menschlich, wenn auch nicht rechtens, sie

nahm mir die Unsicherheit, aber zeigte mir auch, dass Romy, dass ich mich nicht in ihm getäuscht hatte. Und das war mir wichtig.
Da eine Lösung für das Palais überhaupt nicht planbar war, tat ich einfach so, als würde alles gut gehen: Ich meldete Romy in der Kita in Seedorf an, damit sie Kontakte knüpfen konnte und gar nicht erst auf die Idee kam, nach dem Wort »Kommune« zu fragen. Ich wollte Normalität für sie und für mich. In meine Hamburger Wohnung zog vorübergehend Guy ein, der sich das alles auch anders vorgestellt hatte und gern in dem letzten Zimmer Quartier genommen hätte, der Fünf, was ich aber nicht wollte. Und Mr. Big schon gar nicht. Ein Chef wohnte nicht im selben Hotel wie seine Angestellten. Aber ein subordinierter Angestellter wohnte auch nicht im selben Hotel wie seine führenden Mitarbeiter. So musste Guy eben viel fahren, aber dafür wurde er ja auch bezahlt.
Ich selbst strich mein immer schöner werdendes Büro lavendelfarben, weil ich Lavendel in all seinen Darreichungsformen einfach liebte: als Pflanze, als Duftöl und als Wandfarbe. Zudem begann ich früher als geplant, erste Telefonate mit Großhändlern und vor allem digitalen Vertriebsplattformen zu führen. Ich war überrascht, wie angesagt überflüssiger Küchen-Tinnef offenbar war. Bevor ich Auftragsformulare und eine eigene Domain hatte, die mir Knut übrigens einrichtete, hatte ich Bestellungen im Wert von immerhin 14000 Euro brutto auf dem Tisch. Mr. Big hatte demnach auch ein bisschen mehr zu tun, und ich hoffte nur, meine Mutter hielt dicht und erzählte ihm nichts über Davids Vergangenheit. Ich glaube, das hätte unser Amerikaner nicht so wirklich goutiert.
Wie auch immer, die Tage flossen ruhig dahin, und es war

an einem Samstagabend, als ich extrem schweigsam einen Rucksack für Romy packte. Neben dem Haus und David gab es ja noch etwas anderes … Ich hatte es bislang noch nicht über mich gebracht, ihr zu erzählen, dass sie am Sonntag tatsächlich endlich ihren Vater kennenlernen sollte, und wenn ich an den gelackten Thomas und die rasselnde Russin dachte, wurde mir jetzt schon schlecht. Aber Gesetz ist Gesetz, und sie hatte ja wirklich dieses Recht.

Ich packte ihre Unterhose ein und wusste, wann ich sie gekauft hatte. Ich nahm ein paar Ersatzsocken und sah die dünne Naht am großen Zeh, der bei Romy echt groß war. Ich nahm ihr Pferdeshirt, das sie so liebte und ich hasste. Ich nahm ihren Plüschglubschi, den sie Magic nannte und der sie von allen Kuscheltieren am meisten zu beschützen schien. Neben Billy, dem Sorgenfresser. Ich packte alles in ihren blau-weiß gestreiften Rucksack, den sie sich im Streit von ihrem Geld hatte kaufen wollen. Ich fand ihn hübsch, aber wahnsinnig unpraktisch: zu dünne Träger, kein Hüftgurt, nicht wasserabweisend. Sie fand ihn einfach toll.

»Hey.«

»Hey.« Ich musste mich nicht umdrehen. Ich wusste, dass es David war.

»Schlimm?«

»Weiß nicht.« Ich schluckte. »Ja, glaub schon.«

Er trat leise von hinten an mich heran und umschlang mich.

»Weißt du, Anna, was ich in all den Jahren wirklich gelernt habe?«

Ich zuckte nur mit den Achseln. Eigentlich zuckte mein Kinn.

»Die Sache mit der Liebe und der Verantwortung: All das ist eine Verhaltensweise.«

Ich verstand nicht. »Was meinst du?«
»Menschen spüren, wo sie geliebt werden und wem sie vertrauen dürfen, weil die anderen sich so verhalten.
Romy hat vier Jahre lang gespürt, dass du für sie da warst, dass du wirklich für sie da *bist.* Vergiss die Streitereien und all die *Nööös.* Sie vertraut dir. Und sie hatte Zeit, ein Gespür dafür zu entwickeln, was es heißt, wirklich gut zu ihr zu sein. Vertrau ihr. Wenn das mit Thomas scheiße läuft, wird sie es dir sagen. Und dann werden wir dafür sorgen, dass es nie wieder passiert.«
Er küsste mich auf den Kopf. Ich musste ans Yoga denken. Kopfkrone aufrichten. Und ich musste an eine Postkarte denken: Hinfallen, aufstehen, Krone richten, weitergehen. Ich musste an vieles denken, nur nicht an Davids Lippen auf meinem Kopf.
Ich glaube, ich weinte und drehte mich trotzdem um.
»Ich hab so Angst, dass es ihr schlecht geht bei Thomas.«
David umschlang mich wieder. Diesmal von vorne. Und er küsste mich noch mal auf den Kopf. »Ich weiß. Aber da musst du jetzt durch.«
Ich weinte und ich lachte. Und jetzt küsste ich ihn auf den Mund. Verschnoddert und schüchtern. Ich war echt aus der Übung. So stellte man sich das nach Jahren ja auch nicht vor.
Plus:
»Ihhh, was macht ihr denn da? Ist ja eklig. Mama, warum packst du denn Magic in den Rucksack? Verreisen wir schon wieder? Weinst du?«
Besorgt kam Romy auf mich zu.
»Nein, mein Schatz, wir verreisen nicht, aber du lernst morgen deinen Papa kennen.«
Verständnislos sah sie mich an.

»Meinen Papa?«
»Ja.«
»Der, der mich aus der Kita abholt?«
»Ich weiß nicht, der echte.«
»Aber den kenn ich doch gar nicht.«
»Na, darum lernst du ihn ja auch kennen.«
»Och nö. Den will ich nicht. Ich kenn ihn ja gar nicht. Und warum küsst du dann David?«
»Das war ein Freundschaftskuss.«
»So was gibt's?«
David und ich sahen uns an. »Manchmal.«
»Aha. Na toll. Spielt der mit mir?«
»Wir werden sehen, okay?«
»Hm.«
Romy trollte sich, und wir zwei standen uns weiter gegenüber. »Das wird schon«, sagte David. »Ich lass dich jetzt mal allein.«
Mit klopfendem Herzen, ein bisschen leichter im Kopf und mit Prickeln im Bauch packte ich weiter. Die alte Unterhose nahm ich wieder raus und gab ihr eine, die sie noch nie anhatte. Zu viel Geschichte musste echt nicht rein.

Den restlichen Abend verbrachten wir alle gemeinsam im Wohnzimmer. Wir spielten *Uno* und *Mensch ärger dich nicht* mit Romy. Mr. Big, der diesen Abend doch hier übernachten wollte, »weil die Arbeitswoche ja jetzt beendet ist und man sich privat auch mit *employees* durchaus mal unter einem gemeinsamen Dach treffen darf«, und der morgen persönlich dabei sein wollte, um Thomas zu erklären, »wie das in den USA mit der Todesstrafe gehalten wird«, lief zur Höchstform auf, als er Romy zu erklären versuchte, wie man in den USA Kälber einfing, um ihnen ein Brandzeichen zu verpassen. Während Romy immer wieder jammerte, dass das dem Kälbchen doch fürchterlich wehtun müsse, konnten wir dieses großartige Schauspiel mit Hetzjagd durch den Raum, Lasso schwingen und einem dramatisch niederfahrenden Schürhaken (wozu der doch alles gut war!) einfach nicht unterbrechen. Wir lachten Tränen. Auch David, der neben mir saß und seinen Sessel immer näher an meinen heranrückte. Das entging meiner Mutter nicht, die wiederum wenig sagen konnte, weil ihrer immer näher an den Adams rutschte. Der Einzige, der nicht ganz bei der Sache schien, war Knut. Als Romy längst im Bett war, sprach ich ihn darauf an.

»Ich möchte gern wieder eine Aufgabe haben«, sagte er vorsichtig. »Mir gefällt es bei euch. Ich habe das Gefühl, ich kann endlich mal richtig nützlich sein. Es macht mir Spaß, zum Friseur zu gehen und meine Haare kurz schneiden zu lassen. Es hat mir Spaß gemacht zu sehen, wie dieses Haus sich verändert. Schau dir doch mal die Böden an, wie sie glänzen, wie eben das Holz ist. Und jetzt haben wir kein Geld mehr, die Zukunft ist unbestimmt, und diese Vorstellung macht mich traurig.«

»Knuti, wie redest du denn?«, fragte Kurt etwas hilflos. »Ich verstehe dich ja kaumi.«

Knut streichelte Kurt über den Arm. »Weißt du, Kurt, ich glaube, wir brauchen das ›i‹ nicht mehr. Wir sind keine Dummies. Ich nicht. Und du auch nicht.«

»Ichi?«

Knut lachte. »Ja, du-i.«

Es schien, als hätte Knut sich wirklich ein Stück emanzipiert. Die Veränderung war nicht zu übersehen. Zu überhören sowieso nicht.

Ich dachte daran zurück, wie ich diese planlosen, freund-

lichen Hausierer einfach hier aufgenommen hatte. Karl-Heinz Höfer hatte schon recht: Das Palais war jetzt schon eine Begegnungsstätte!
Und es stimmte, dass wir es nicht verlieren durften. Das wäre für uns alle schlimm.
»Knut«, sagte ich. »Ich verstehe deinen Kummer. Ich denke, im Moment solltest du einfach mal so tun, als hättest du Urlaub. Oder wir versuchen, euch als Handwerker im Ort zu vermitteln. Wir haben ja schon eine Menge Kontakte. Dann habt ihr was zu tun und könnt euch an den Kosten hier beteiligen. Und alles Weitere sehen wir nach dem siebzehnten August. Macht euch deswegen nicht zu viele Sorgen. Ich verdiene ja auch Geld. Womöglich können wir das Dach noch im Sommer decken lassen. Das wird schon.« Ich drückte seine Hand.
Knut nickte und drückte zurück. »Irgendwie sind Sie echt 'ne Granate, Miss Annabel.«
Nein, dachte ich. Ihr seid die Granaten. Ihr seid das, was in meiner Geschichte zum Thema gemacht worden wäre: die Freunde und die Familie, die ich nie hatte. Was war ich dankbar für alles, was mich an diesem entlegensten Winkel der Welt erwartet hatte. Mensch, Tante Gretchen. Wenn du das noch erleben könntest!

Thomas und seine blonde Russin klingelten fast pünktlich um kurz nach zehn in Weitewelt.
Ich hatte mit Romy beim Frühstück alles Wesentliche besprochen und erklärte ihr noch mal mein Handy: »Wenn du dich unwohl fühlst, rufst du mich sofort an. Wenn sie Sachen machen, die du nicht willst, rufst du mich sofort an. Wenn die Russin, Entschuldigung, Natascha, dich mit Süßigkeiten vollstopft, rufst du mich sofort an. Guck mal, Romy,

das hier ist mein Handy. Du gehst nur auf Mama, hier, das Symbol mit der Sonnenblume, und drückst auf die grüne Taste. Guck. Dann klingelt Davids Telefon.«

»Aber Mama ist doch nicht Davids Telefon.«

»Ja, aber so ist es leichter für dich.«

»Aber das ist doch total unlogisch. Verstehe ich nicht.«

Ich nahm ihr das Telefon aus der Hand und programmierte Mama in David um. Die Sonnenblume ließ ich. So weit war es schon gekommen!

»So, wenn sie also irgendwie komisch zu dir sind, rufst du sofort David an, okay?«

»Mama, du machst mir Angst. Wenn das mein Papa ist, warum soll ich denn dann dauernd bei jemandem anrufen?«

Oh, sie hatte ja so recht. Wie war das mit den eigenen Ängsten, die man nicht auf seine Kinder übertragen sollte? Ich kannte tatsächlich eine Mutter aus der alten Kita, die hatte Angst vor *Äpfeln!* Hatte man so was schon erlebt? Ihre beste Therapie bestand darin, sie ihrem Sohn nicht nur schmackhaft zu machen, sondern sie tatsächlich jeden Morgen brav in die Brotdose zu vierteln. Und ich gab Romy gerade zu verstehen, dass sie offenbar in den Krieg zog. Nicht gut. Gar nicht gut.

»Ja, Schatz, du musst natürlich überhaupt nicht bei mir anrufen. Thomas und Natascha sind wunderbar. Sie werden dich bestimmt fantastisch verwöhnen. Das Handy steckst du einfach ein. Nur für alle Fälle, okay? Ich meine, wir hatten so was ja noch nicht.«

»Ich war doch schon allein bei Phoebe und bei Oma auch. Du erzählst echt komisches Zeug.«

Ich drückte sie und gab ihr einen Kuss. »Ja, du hast recht. Ich erzähle echt komisches Zeug!«

»Aber es stimmt natürlich, dass ich Phoebe und Oma schon kannte. Das mit Papa ist wirklich neu. Ich nehm das Handy mit.«
Na bitte. Ging doch. Erleichterung an der Annabel Mutterfront!

Als sich nach dem Klingeln die Tür öffnete, hätte man von den Gestalten vor und hinter der Eingangstür dringend ein Foto machen sollen. Ich bin mir sicher, es hätte es bis in die World-Press-Ausstellung, Kategorie *Daily life, stories,* geschafft.
Vor der Tür, als sie denn offen war, stand eine schlanke, aufgepumpte, blonde Natascha mit Minirock, lackroten zehn Zentimeter hohen High Heels, die um die Ränder so mit braunem Matsch beschmiert waren, dass man durchaus an die amerikanischen Bomber mit dem aufgemalten Haifischmaul denken konnte. In der Hand hielt sie noch immer ihre Rassel, und ich fragte mich, ob sie quasi zu ihr gehörte. Vielleicht dachte sie gar nicht an ein Fußballspiel. Vielleicht war sie einfach so zurückgeblieben kindlich und deswegen offen für Romy. Am Ende wollte Natascha eine Spielgefährtin und gar nicht Thomas' Kind beziehungsweise mein Geld. So hatte ich das noch nie betrachtet. Natascha stand zudem recht gebückt vor der Tür, gerade so, als hätte sie sich lange darauf vorbereitet, sich zu einem kleineren Menschen hinabzubeugen. Das hatte schon was. Thomas dagegen, einen halben Meter hinter ihr, wieder gechintzter Anzug, Hand in der Hosentasche. Ich hörte ihn förmlich: »Taschenbillard, HAHA.«
Auf der anderen Seite der Tür stand zunächst mal ich. Ganz normal so weit. Hinter meinem rechten Bein und Rücken: Romy, vorsichtig um die Ecke lugend. David neben ihr,

Hand auf Schulter. Meine Mutter mit aufgeblähter Brust noch eine Reihe weiter, eingekeilt von Kurt und Knut. Swantje und Mr. Big in Reihe vier. Sie aufmerksam, er lauernd wie ein Bussard.

»Hallo, Püppiiiii«, rief Natascha zur Begrüßung und rasselte. »Wie heißt du denn?«

Kurt war ganz selig. Nach dem gestrigen Abend, als er über sein i nachdenken sollte, zog nun jemand diesen Buchstaben so wunderbar bekannt in die Länge und fragte so was Schönes: »Romyyy«, antwortete er also erfreut.

»Natascha, nun lass das doch. Wir wissen, dass meine Tochter Romy heißt«, schritt Thomas ein. »Hallo, Annabel. Schön, dass das so spontan geklappt hat.«

Ich schüttelte innerlich den Kopf. Was waren denn das für Texte? Wie spontan konnten viereinhalb Jahre und eine Gerichtsverhandlung wohl sein?

»Mama«, ruckelte es an meinem Bein. »Wer ist die Frau?«

Bevor ich antworten konnte, fühlte Natascha sich offenbar angesprochen. »Ach, конфетка, Schätzchen. Ich bin Natascha Popow.« Sie drehte sich um und klopfte sich auf den Hintern. »Wie der Popo.« Sie strahlte uns an.

Kurt strahlte zurück.

Der Rest schwieg betreten.

»Thomas, vielleicht sagst du deiner Tochter auch mal hallo ...!?«

Thomas überging mich, wie er das am besten konnte, und kniete sich in seinem Chintz zu Romy herunter. »Na, Prinzessin. Bereit für ein Abenteuer? Ich bin dein Papa.«

Romy lugte immer noch hinter meinem Bein hervor.

»Wo warst du so lange? Warum bist du nicht eher gekommen?«

Seine Augen strahlten. Er konnte die Sonne machen, wenn

er wollte. »Kennst du den?« Er reichte ihr die flache Hand, und sie sollte einschlagen. Er reichte ihr die Faust, und sie sollte einschlagen. Machte sie. Und dann öffnete er die Hand und machte: »Pffff, Sternenstaub. Da war ich.«
Romy funkelte mit. Scheiß Männerbild. Musste ich ihr austreiben. »Im Himmel?«, fragte sie geködert.
»Überall«, sagte er nur und strahlte weiter. »Und wir drei haben was ganz Schönes vor. Wir gucken den Terminator zusammen. Dann weißt du genau, wer Papa ist!«
Ich wollte langsam durchdrehen und konnte diesen Mann gar nicht genug hassen. Den *Terminator* gucken? Der war ab achtzehn!! David, der meine Anspannung spürte, fuhr mit dem Daumen meine Wirbelsäule entlang. Ja, ja, ich war ja ganz ruhig – und wahnsinnig dankbar, als sich Mr. Big seinen Weg durch unsere kleine Menge bahnte.
»Mister«, sagte er streng und sehr amerikanisch und sehr professionell. Ich packte Daniels Daumen an meinem Rücken. »Ich bin nicht nur amerikanischer Staatsbürger und erfolgreicher Unternehmer. Ich darf mich durchaus auch Lobbyist und Politiker nennen. Und zufällig zählt unser geschätzter Ex-Gouverneur Arnold Schwarzenegger, wenn Sie denn einer Vierjährigen schon den Terminator nahe bringen wollen, auch zum engeren Kreis meiner Freunde. Nicht ganz so zufällig sind wir beide auch erklärte Befürworter der Todesstrafe und des freien Tragens von Schusswaffen, was in fast allen Bundesstaaten der USA noch das ist, was wir jetzt freundlich ein *pending issue* nennen. Was Sie sicher nicht wissen, ist, dass die höchste Zahl der Inhaftierten, die auf ihre Hinrichtung warten, gar nicht in Texas einsitzt, sondern zuvorderst in Kalifornien: 743 Todeskandidaten. Gefolgt vom Sonnenstaat Florida: 403 gemeine Mörder und Kinderschänder.

Erst dann folgt Texas mit immerhin 276 vorwiegend männlichen befristeten Leben.
Wussten Sie das?«
Thomas stellte sich hin. Er wirkte ein bisschen nervös. »Na ja, glaub nie einer Statistik, die du nicht selbst gefälscht hast, ne?« Wieder dieses blöde Lachen.
»Nein, Mister. Ich glaube, Sie verstehen mich nicht: Ich verspreche Ihnen hier und jetzt in die Hand – und glauben Sie mir, meine Versprechen sind es wert –, dass Sie ein toter Mann sind, wenn unserer Romy auch nur ein Haar gekrümmt wird bei Ihnen. Sie sind ein toter Mann, wenn dieses Mädchen morgen auch nur mit einer verklebten Träne auf ihrer Wange nach Hause kommt. Sie sind tot, wenn auch nur das kleinste Alarmsignal leuchtet. Haben Sie das verstanden, Mister? Did you get it?«
Thomas nickte trocken, und Natascha steckte ihre Rassel ein. Was auch immer sie verstanden hatte. Oh, noch viel böser als ich konnte Mr. Big sein. Ich freute mich und war froh, Romy die ganze Zeit meine Hände auf die Ohren gepresst zu haben. Das musste sie wirklich nicht hören. Und Ella war stolz, endlich mal einen echten Kapitalisten zum Lover zu haben. Das war neu und schön!
»Mama, soll ich jetzt schon David anrufen?«, fragte nun Romy besorgt, die die Anspannung natürlich trotzdem spürte.
»Nein, mein Schatz«, beruhigte ich meine Tochter und nahm meine Hände von ihren Ohren. »Ich habe das Gefühl, dass alles echt super wird.«
Und so zogen die drei nach ziemlich vielen Küssen und Umarmungen davon, und mir zerriss es das Herz.
Ich brauchte einen Spaziergang.
Was ich erst wusste, als David ihn mir vorschlug.

Es ist schwer, eine Landschaft zu beschreiben, oder besser, die Gefühle, die diese Landschaft in einem wachruft, wenn sie nichts weiter hat außer Feldern, ein paar Bäumen und einer gewissen Weite. Die Holsteinische Schweiz war auf ihre Art vollkommen unspektakulär, aber dann eben doch von einer Friedfertigkeit, die mich unendlich beruhigte. Wahrscheinlich hatte ich wirklich zu lange in Hamburg gewohnt. Oder zu lange gar nicht gelebt. Oder beides.
So gingen wir beide eine ganze Weile schweigend nebeneinanderher. Was schön war: vertraut, ruhig. Es gab eigentlich nichts zu sagen. Aber ohne Worte konnte ich es auch nicht lange aushalten.
»Wie war das für dich eigentlich?«, fragte ich, als unser Weg uns in ein kleines Wäldchen führte.
Ich wunderte mich ein bisschen, dass ich auch hier keine Geräusche wahrnahm. Kein harter Aufschlag wie im Winter und kein weiches Knirschen wie im Sommer. Das lag wohl am Frühling: noch halb erstarrt und auf dem Weg zum Wachwerden.
»Was meinst du? Das Leben mit einer falschen Identität?«
Ich trat stärker auf. Irgendwas musste doch zu hören sein.
»Ja, so alles. Mit neuem Pass durch die Gegend zu laufen, sich immer an die neue Geschichte zu erinnern. Hierherzukommen und sich zu verstecken. Der Tod deiner Eltern. Da ist ja schon ungewöhnlich viel passiert.«
David überlegte. »Ich weiß gar nicht, ob bei mir so viel mehr passiert ist als bei dir. Bei mir ist es vielleicht faktischer. Meine Eltern sind gestorben, als ich in Romys Alter war. Damit musste man umgehen. Deine Mutter ist heute noch da und war es doch nie. Ich weiß nicht, was besser ist.«
Er unterbrach sich selbst. »Was machst du denn da mit deinem Fuß?«

»Ich versuche, dem Wald ein Geräusch abzuringen! Hörst du nicht: Es ist so leise.«
David blieb stehen, und sofort wurde mir doch etwas mulmig. Kam jetzt was für Erwachsene?
»Du bist echt die erstaunlichste Frau, dir mir je über den Weg gelaufen ist, Annabel Wiesengrund. Du willst, dass der Wald Geräusche macht?«
»Ich wunder mich, dass er so leise ist.«
»Na, dann hör jetzt mal genau hin.«
Und dann nahm er meinen Kopf in seine Hand, streichelte mir den Nacken und küsste mich: vertraut, ruhig, liebevoll.
Und ich hörte ganz viel: Rauschen in meinen Ohren wie von einem Blätterwald im Spätsommer, Klopfen im Herzen wie von einem Specht im Frühling. Knacken in meiner Seele, als würde sich ein Fuchs aus seinem Bau herausschleichen. Es war herrlich.
»Hast du es gehört?«, fragte er schließlich.
Ich nickte, und wir gingen weiter, Hand in Hand. Das reichte ja wohl für den Anfang …
»In den USA war es nicht so schlimm, mit der Lüge zu leben«, fuhr er dann einfach fort. »In der Fremde bist und bleibst du fremd. Man achtet anders auf sich, und sind die Formalitäten einmal erledigt, fragt auch niemand mehr. Ich wurde in Sachen Musik so etwas wie Michaels Nachlassverwalter und knüpfte einfach gut daran an.
Hier war das schon anders. Hier holt die Geschichte dich anders ein. Aber irgendwie lebte ich auch auf den Tag hin, wo ich diese Schuld loswerden konnte. Ich habe wirklich viel Geld gespart, um es der Versicherung zu geben. Deswegen kann ich auch nicht viel tun in Weitewelt. Das mit dem Termin ist wirklich vertrackt.«

Ja, das war es.
»Und wenn ich einen Kredit aufnehme?«, fragte ich halbherzig.
»Du kennst die Antwort: Existenzgründerin und dann hunderttausend Euro – vergiss es.«
»Und wenn du einfach David bleibst?«
»Darüber habe ich zuletzt auch schon nachgedacht, aber weißt du, nach Walters Tod war für mich alles darauf ausgerichtet, die Schulden zu bezahlen und wieder Michael zu werden. Wenn ich das jetzt nicht tue, bleibe ich ein Betrüger. Das kann ich nicht.«
Ich nickte wieder.
»Und wenn dann doch der dicke Frankfurter kommt?«
David blieb stehen und meinte: »Ich möchte jetzt auch was hören. Küssen wir uns bitte noch mal?«
Das fiel mir grad nicht schwer.
»Sehr gut«, sagte er gefühlte zehn Minuten später. »Wenn wirklich der dicke Frankfurter kommt, dann finden wir ein neues Wir. Kannst du damit leben?«
In dem Moment konnte ich mit allem leben.
Den Rest des Weges legten wir erneut relativ einsilbig zurück. Mal fragte mich David nach meinem Vater, den ich so lange nicht gesprochen hatte. Mal fragte ich ihn nach seinen Eltern, an die er sich kaum erinnern konnte.
Aber das war auch gut so. Wir lernten uns ja gerade erst kennen.

Als wir mehr als drei Stunden später redlich erschöpft in Weitewelt ankamen, schien sich dort überhaupt nichts verändert zu haben. Was mir in meiner Unsicherheit mit Romy ein sehr gutes Gefühl gab. Aus dem oberen Stockwerk hörte ich meine Mutter laut zu *Mamma Mia* singen und Mr. Big

komische Geräusche als … *Irgendwas* … machen. Unten saß Knut am Computer und recherchierte potenzielle Aufträge über *myhammer,* und Swantje las ein Buch.
Erst als ich Natascha und Kurt beim Mikado am Wohnzimmertisch entdeckte, wurde ich skeptisch. Und gleich auch panisch.
»Natascha, *Konfekta,* Schätzchen, was machst *du* denn hier? Und wo ist Romy?«
Die Russin sah auf, ohne Rassel und diesmal mit Bärchenpuschen an den Füßen. »Wir sind wieder da!«, antwortete sie strahlend.
Ja, das sah ich.
»Thomas hatte zu tun, und hier war es so nett mit all den люди, *Ludje,* tollen Menschen. Da dachte ich, ich komme schnell zurück. Überhaupt war Thomas gar nicht lieb zu mir da am Gericht. Aber ihr seid hier alle so lieb.«
»Wo ist Romy?«, fragte ich so zurückgenommen, knapp und süß, wie ich konnte.
»Ich glaube, sie sieht den *Terminator* auf iPad zu Ende. Musst mal gucki …« Sie kicherte und sah Kurt verliebt an. Der mochte gar kein Stäbchen mehr berühren, so fasziniert war er. Dabei lag das schwarz-gelbe direkt zum Wegrollen vor seiner Nase.
Na, das hatte ja gut geklappt mit dem ersten Sonntag.
Ich ging in unser Zimmer, halb besorgt und halb erleichtert, um mit Romy über den Tag zu sprechen, aber die war voll im Terminator-Fieber.
»Chill mal, Mama. Natascha ist super. Aber der Mann ist nicht mein Papa. Den will ich nicht.«
Aha. »Warum?«
Es dauerte eine Weile mit der Antwort, schließlich gab es wieder einen entscheidenden Nahkampf. »Darum. Wird

schnell laut. Und sagt, Natascha ist bescheuert. Dabei stimmt das gar nicht.«
Sie krümelte die letzten Chips aus einer mir fremden Tüte, und ich dachte nur, dass es Schlimmeres geben konnte.
Ich würde einen Bericht an Frau Dr. Barrett schreiben und hoffen, dass das Thema sich damit erledigte. Weg mit Thomas aus meinem Leben. Und aus dem Leben Romys. Endgültig.
Nur eins wusste ich genau: Egal, was passierte, Natascha bekam nicht das letzte freie Zimmer. Die 5 war für jemand anderen reserviert. Sollte sie sich mit Kurt und Knut einig werden.

23

Irgendwie wurde das Palais über den Sommer immer voller. Keiner von denen, die einmal hier Fuß gefasst hatten, wollte wieder abreisen, und die Leute aus dem Dorf trafen sich weiter gern bei uns. Allen voran Karl-Heinz Höfer, der zwar noch immer Probleme damit hatte, dass er sich offiziell mit einem Verbrecher und vielleicht einer eventuellen Erbschleicherin einließ, aber wie das so ist beim Stockholm-Syndrom: Das Böse bleibt weit weg, und das, was nah ist, ist freundlich. Ich löste eine Menge Computerprobleme bei unserem Bürgermeister, und ich musste zugeben, dass er wirklich Fortschritte machte. Zum Dank versicherte er uns Woche um Woche, dass der Termin zwar immer noch nicht zu verschieben sei, dass sich aber auch weiterhin kein Interessent bei der Gemeinde gemeldet habe. »Zur Not machen wir eben so weiter«, schlug er vor, und steckte damit den Kopf genauso in den Sand wie wir alle.

Ich hatte mit meiner Mutter gesprochen, aber die hatte ohnehin noch nie Geld besessen. Und auch wenn sie nicht mehr ganz so karmisch als Ala unterwegs war, wiegelte auch sie nur ab. »Da wird sich schon was finden.«

Obwohl alle sehr an diesem Haus hingen, schien ich dennoch die Einzige zu sein, die sich wirklich sorgte. Musste daran liegen, dass zur Not alle in ihre alten Leben zurückkehren konnten, wie unbequem sie auch immer sein mochten. Ich konnte das nicht.

Und da gab es noch etwas anderes: Ich wollte die Verantwortung nicht mehr abgeben, die ich übernommen hatte. Für

mich. Bestimmt. Aber vor allem auch für diese bizarren, wunderbaren Menschen.
Der Einzige, der für meinen Geschmack ähnlich viel zu verlieren hatte, war David.
Und trotzdem blieb er ruhig. War wohl so 'ne Männernummer … Aber er hatte ja auch gesagt, dass wir etwas Neues fänden, wenn der dicke Frankfurter käme. Ich hoffte, er käme nicht. Aber ich hoffte trotzdem auf das Wir. Ich glaube, ich hatte mich verliebt.
Knut und Kurt hatten beide alle Hände voll zu tun mit Handwerkerarbeiten im Umkreis von 50 Kilometern, was sogar so weit führte, dass Knut einen VW Caddy leaste, den er von den Einnahmen bestreiten konnte. Romy lernte neue Kinder kennen, sodass neben all den Erwachsenen auch immer mehr Kinder durch das Gebäude und vor allem durch den Garten tobten. Meine Auftragslage führte dazu, dass ich mehr unterwegs als in Weitewelt war. Insofern war der Caddy als zweites Auto wirklich hilfreich. Natürlich hatte auch Mr. Big immer noch seine diplomatische Kutsche zur Verfügung, aber so schwer er sich von meiner Mutter trennen konnte – der einzige Grund, warum er nicht längst wieder in Kentucky war –, so wenig behaglich war ihm dann doch dieses Durcheinander. Außerdem fror er ständig und stellte seine Flaggen an immer neuen Orten auf. Auch Mr. Big hatte einen Tick.
Und ob man es glauben wollte oder nicht, Konfekta-Schätzchen-Natascha war in Weitewelt inzwischen mehr zu Hause als Swantje, die ihre Wohnung, ihren Job und überhaupt alles in Seedorf gar nicht aufgeben wollte. Dass sie unverzichtbar zu uns gehörte, verstand sich. Und ich fragte mich seit Wochen, ob ich ihr zu Weihnachten einen Hund schenken sollte oder nicht. Vorausgesetzt, wir wären Weihnachten alle noch hier.

Der 17. August begann wie jeder andere Tag in diesem Jahr. Zunächst unschuldig. Aber da wichtige Termine immer montags liegen mussten und Montage grau waren im Gemüt und in echt, tat auch dieser Tag uns diesen Gefallen. Wenn man mir gesagt hätte, ich würde zu meiner eigenen Hinrichtung gehen, hätte ich es geglaubt.
Weder von Arnd Schmarjens noch von Karl-Heinz Höfer hatten wir irgendetwas gehört, was uns in Alarmbereitschaft hätte versetzen müssen. Kein Interessent. Keine Nachfrage im Versteigerungsanzeiger. Niemand schien sich für diesen abgelegenen Ort in Mittel-Schleswig-Holstein zu interessieren. Niemand spürte die Wärme, die nicht nur der Sommer, sondern vor allem die Menschen in dieses Haus gebracht hatten. Unser Palais.
Meine Mutter hatte beschlossen, den Vormittag mit Yoga-Übungen und Meditation zu verbringen, weswegen sie nicht mitkommen wollte. Kurt und Knut hatten ihre Jobs – derzeit bauten sie in der Bäckerei neue Fenster ein. Ich hätte es lustig gefunden, wenn sie die Einrüstung mit »RETTET DIE WEITEWELT«-Plakaten verkleidet hätten. Aber sie waren zu seriös, um sich so einen Spaß zu leisten.
Mr. Big war unterwegs, Swantje arbeitete, Romy war in der Kita. Natascha war ebenfalls ausgebucht. Sie hatte sich selbstständig gemacht: Konfekta: Pediküre / Maniküre, und obwohl sie sich arg behelfsweise im Hauswirtschaftsraum eingerichtet hatte, kamen die Leute. Es war erstaunlich, aber ihre kindliche Art schien die Menschen regelrecht anzuziehen.
Na, so kam es jedenfalls, dass David und ich allein ins Amtsgericht trabten, in dem unser Palais Weitewelt zum ersten Mal zur Disposition stand. Ich kam mir ein bisschen vor wie vor drei Monaten, als es um das Sorgerecht für Romy gegan-

gen war: Hier wurde etwas verhandelt, das uns lieb und teuer war, über unsere Köpfe und unsere Geschichten hinweg. Warum überließ man es uns nicht einfach?
Der Gerichtsvollzieher war sehr korrekt. Mit Inbrunst trug er alles vor, was es formaljuristisch über Weitewelt zu sagen gab: Flurstück, Gemarkung, Grundbucheintragungen, Sachwertermittlungsverfahren, auszuschließende und nicht auszuschließende Mängel … Ich kam mir vor wie auf dem Basar, wo man einem Kamel das Maul aufriss, um anhand der Zähne seinen Wert zu ermitteln. Scheußlich! Auch die Eigentumsverhältnisse referierte er wunderbar präzise. Die gewesenen und die möglichen kommenden.
Ein bisschen enttäuscht darüber, dass außer David und mir niemand zur Versteigerung gekommen war, schweifte sein Blick dennoch suchend durch den Raum. Mich hingegen stimmte diese Leere eher froh. Weniger froh war ich über das Bieterkärtchen, das einer der Gerichtsdiener oder wie man solche Adjutanten nennt, mir in die Hand drückte, weil ich leider wusste, dass wir es nie benutzen würden.
Und so eröffnete der Gerichtsvollzieher Wolfgang B. Müller nach einer kurzen offiziellen Begrüßung die Verhandlung, indem er betonte, dass zum Vollzug des Erwerbs des genannten Objektes ein Mindestangebot in Höhe von 70 Prozent des Verkehrswertes, in diesem Fall also mindestens 100 000 Euro, abgegeben werden müsste. Eindringlich sah er uns an.
David und ich lächelten und schwiegen. Wie gern hätte ich einfach den Finger gehoben. Einfach so. War doch egal, was das für Folgen hätte. Einfach nur mal Finger heben, und *schwups!* wäre Weitewelt meine gewesen. Zumindest für eine kleine Weile. Stattdessen schwiegen wir weiter.
»Ich darf feststellen, dass unter den hier Anwesenden niemand ein Gebot auf das Objekt WW3, amtl. Kennz. SH0081,

abgeben möchte, weswegen ich jetzt das anonyme schriftliche Angebot, eingegangen unter der Referenznummer: 07 / 11 / 2015 / WW3, amtlich ziehen möchte und das Gebot von, ich verlese unter Protokoll: 101 000 Euro entgegennehmen und den hier Anwesenden zur Kenntnis offerieren werde.«

David und ich lächelten nicht mehr. Was hatte Herr B. Müller gerade gesagt? Ein anonymes Angebot?

»Entschuldigung«, sagte ich nun doch laut. »Können Sie das noch mal vorlesen?«

»Was jetzt genau?«, fragte Herr Müller, sehr glücklich, endlich in Kontakt mit einem Menschen zu treten.

»Na, das mit dem Angebot.«

»Uns liegt ein schriftliches, anonymes Angebot in Höhe von einhunderteintausend Euro vor. Den Bieter darf ich nicht nennen. Deswegen ist es ja anonym.«

David und ich starrten uns fassungslos an.

Das war das Ende.

Das war jetzt einfach nur das Ende.

Wir standen auf.

Der Auktionator wandte sich verwundert an uns. »Möchten Sie dieses Gebot überbieten?« Der hatte ja echt keine Ahnung, mit wem er sprach.

Er war noch nicht fertig, da hatten wir ihm – Hand in Hand – schon den Rücken zugekehrt.

»Nun gut, so geht das Objekt … für einhunderteintausend Euro an die Referenznummer …« Bla, bla, bla.

Wir waren raus.

Das Palais war weg. Die Zukunft offen.

Schöne Scheiße.

Draußen wartete Karl-Heinz Höfer auf uns, seine Augen noch einen Moment ganz wach und hoffnungsfroh. Das änderte sich jedoch, sobald er unsere Gesichter sah.

»Schief gelaufen?«, fragte er nur.
David und ich sahen uns an. »Super-GAU passt besser.« David sagte das. Und ich mochte es. Er hätte mitbieten können. Er hätte seine 150 000 Euro einsetzen können. Aber er hatte seine Gründe, es nicht zu tun. So war es dann wohl.
In Gedanken packte ich schon meine Koffer, als wir uns auf den Weg nach Weitewelt machten.
Die ganze Zeit fragte ich mich, wer wohl dieser ominöse Bieter sein mochte. »Glaubst du echt, es war so ein reicher Banker aus Frankfurt?«
David zuckte mit den Schultern. »Keine Ahnung. Einer von hier war es bestimmt nicht. Das glaube ich nicht. Das wäre irgendwie durchgesickert.«
»Und meldet der sich jetzt bei uns? Wird der uns kündigen?«
»Ich weiß es nicht, Annabel. Ich habe wirklich keinen Schimmer.«
Den Rest der Fahrt verbrachten wir schweigend. Ich dachte nur darüber nach, wie ich diese Nachricht wohl unserer Mannschaft beibringen sollte.
Diese Frage allerdings rückte in den Hintergrund, als wir in Weitewelt eintrafen und unser Parkplatz von einem Pferdeanhänger mit geöffneter Rampe versperrt wurde. Mit verschränkten Armen und einem unterschiedlich beglückten Lächeln auf den Lippen beobachteten Guy, meine Mutter und Mr. Big Romy dabei, wie sie ein kleines, schmutziges, weißes Pony mit einem lahmen Bein am Strick im Kreis führte. David und ich hielten am Rand der Rhododendren und stiegen aus.
»Was, bitte schön, ist das denn?«
»Das ist ein Pony«, antwortete meine Mutter weise.
»Kein Mustang«, ergänzte Mr. Big verschmitzt, »aber für den Anfang reicht es.«

»Das ist Kyra, Mama«, sagte nun Romy sichtlich stolz. »Guck mal, sie vertraut mir. Kyra wohnt jetzt auch bei uns. Sie hat es ja auch nicht so leicht.«

Ich nickte, aber nur, um irgendwas zu tun, und bückte mich unter den Bauch des Pferdes. »Romy, Kyra ist ein Wallach.«

»Nein, Mama«, korrigierte mich Romy. »Kyra ist ein Pony. Und jetzt *Terrab,* ckl-ckl«, schnalzte sie und verschwand mitsamt dem Pferd hinter dem Haus.

»Kann mir irgendjemand erklären, was hier eigentlich los ist?«, fragte ich in die Runde. »Euch ist schon klar, dass wir gerade vom Gericht kommen und das Haus nicht uns gehört?«

»Wissen Sie was, Miss Annabel«, sagte Mr. Big einlenkend und entschieden zugleich. »Ich schlage vor, wir gehen jetzt alle mal rein, trinken einen guten Whisky, und dann wird sich der Rest schon finden.«

Ella kam auf mich zu und gab mir einen Kuss auf die Stirn. »Komm, Schatz, du siehst furchtbar aus. So ein Drink wird dir guttun.«

Ich nahm Davids Hand. Fürwahr, ich konnte einen kräftigen Schluck gebrauchen. Und David ganz offensichtlich auch.

Als wir alle saßen und unser Getränk vor uns hatten – außer Romy, die draußen noch Kyra spazieren führte –, erhob sich Mr. Big mit hinter dem Rücken verschränkten Händen. Leicht nach vorne gebeugt, wanderte er bedeutsam schweigend durch den Raum.

»Nun mach doch schon, Adam«, drängelte Ella, die unsere Erschöpfung und Enttäuschung offenbar nicht gut ertrug.

»Just a second, my dear.«

Alles hatte seine Zeit. Auch Adam Fern mit seinen Auftritten.

»Also …«, hob er dann doch langsam an, nur um sogleich wieder von Natascha unterbrochen zu werden. »дравствуйте, hallo allerseits«, rief sie munter. »Ich habe gerade mal eine halbe Stunde Pause und dachte, ich hole mir was Kühles …« Sie hörte auf zu reden. »Ist alles in Ordnung? Ihr guckt so komisch.«

Niemand antwortete.

»Setzen Sie sich, Natascha. Das geht auch Sie etwas an.«

»Was trinken Sie denn da?«

»American Whiskey!«

»Gibt's hier nicht wenigstens russischen Wodka?«

»Nein!«, rief die sitzende Truppe nur, und David drückte Natascha etwas unhöflich auf das Sofa.

»Ej«, maulte sie kurz, um dann eine Feile aus ihrem um die Hüfte gebundenen Kosmetikmäppchen zu holen und ihre Nägel damit leise kratzend zu bearbeiten.

»Natascha!«, donnerte Adam Fern streng.

»Ist ja schon gut«, sagte sie und stand auf. »Ich kann meine Pause auch woanders verbringen.«

Womit wir wieder unter uns waren.

»Also«, hob Mr. Big ein zweites Mal an, und ich blickte vorsichtig zu allen Türen, ob nicht gleich noch jemand hier reinplatzte.

»Ich habe das Palais heute rechtsgültig ersteigert.« Bevor irgendjemand etwas sagen konnte, gab Mr. Big ein keckerndes Glucksen von sich. Es klang bedenklich, wenn Menschen beim Einatmen lachen wollten. Aber ich hätte sowieso nichts sagen können.

»Wie bitte?«, fuhr David in seinem Sessel hoch. »Sie? Wollen Sie sich bereichern an uns? Sie gemeiner amerikanischer …«

»Nun mal halblang, junger Mann.« Guy war auch schon ein paar Schritte gefährlich aufgerückt. Er durfte zur Feier des

Tages ebenfalls Whiskey trinken. »Noch schwebt über Ihnen, wenn ich recht informiert bin, das Schwert von mindestens zehn Jahren *prison.* Sie sollten mal als Letzter den Mund aufmachen.« Mr. Big wandte sich mir zu. »Dieses Palais war ein echtes Schnäppchen, Miss Annabel. Einhunderteintausend Euro für so viel Grund und Boden bei all dem, was wir hier aufbauen können und schon getan haben. Das haben Sie gut gefunden. Es unterstreicht Ihre unternehmerische Kompetenz. Das muss ich zugeben.«

Er machte eine Pause, und ich war nicht sicher, ob das ein Kompliment oder eine Ohrfeige war. Vielleicht beides. Je nach Perspektive. »Und als meine Mitarbeiterin halte ich hohe Stücke auf Sie.« Wieder ein Keckern. »Aber Sie neigen doch auch zu einer gewissen Sprunghaftigkeit und – sagen wir – Emotionalität.«

Ich sah zu Ella hinüber und dachte nur: »Dann schau dir doch mal deine neue Freundin an, Witzbold.«

»Das könnte aus Versehen nicht gut ausgehen für Ihre bezaubernde Tochter.« Ha, Mr. Big, der Viehzüchter, sprach mal wieder über Kindererziehung. Großartig! »Deswegen war ich so frei, ihr das Palais zu überschreiben.«

Ich sprang auf: »Romy?«, schrie ich.

»Ja, Mama, was ist denn? Warum brüllst du denn so? Ich bin doch da.«

Vor Schreck hatte ich Romy gar nicht kommen sehen.

»Mama, Kyra braucht was zu essen. Und wo schläft sie eigentlich?«

»Gib ihr 'ne Pizza. Und ich schlafe heute auf der Couch«, sagte ich geistesabwesend.

»Mama. Was redest du? Pferde essen keine Pizza, und sie schlafen im Stall.«

Nun ergriff endlich auch mal Guy, der sonst ja nur zum Einschüchtern da war, das Wort: »Come on, Lady. Es ist warm, und das Pony kann auf der Weide schlafen, aber wir haben Futter im Hänger. Kommst du mit?« Er streckte seine Pranke aus.

Fragend sah Romy mich an. Ich nickte der neuen Großgrundbesitzerin zu. Ja, wollte ich sagen, du kannst ihm trauen, und dass er nicht Papa ist, weißt du ja jetzt.

Als die beiden aus dem Raum waren, fuhr Mr. Big fort: »Romy ist also die im Grundbuch eingetragene Eigentümerin. Es gibt eine Ausschlussklausel, die verbietet, das Palais zu verkaufen, bis sie achtzehn Jahre alt ist. Es sei denn, ich stimme dem Verkauf zu. Man weiß ja nie, wie sich alles so entwickelt.

Ferner hat unsere liebe Ella«, hier nun strich er meiner Mutter überflüssigerweise über den Nacken, »lebenslanges Wohnrecht im Cottage. Unabhängig von etwaigen Verkäufen.«

Mr. Big wanderte noch eine weitere Runde durch den Raum, ließ sich dann nieder und meinte: »Und der Rest ist up to you. Macht was draus!«

Zufrieden lächelte er uns an, hob das Glas und sagte: »Cheers! Auf die Weitewelt und ihre Bewohner! Ich hätte nicht gedacht, dass es noch mal was Besseres geben würde als Kentucky.«

Epilog

Lieber Papa,

schon lange hatte ich dir diesen Brief schreiben wollen, mein Leben lang vielleicht, na ja, zumindest, seit ich wirklich schreiben konnte ;-) …, und immer kam irgendetwas dazwischen. Etwas, das mir wichtiger schien, als dich an meinem Leben teilhaben zu lassen oder nach deinem zu fragen. Heute weiß ich, dass es schlichtweg der bequemste Weg war, den ich gewählt habe. Aber keine Sorge, von dem bin ich abgekommen. Obwohl, wenn du das nach all den Jahren liest – wie viele waren es genau, wo wir außer einsilbigen Geburtstags- und Weihnachtsgrüßen nichts voneinander hörten? Fünf? Ich meine, ich wäre gerade schwanger gewesen, als du und Ella euch endgültig getrennt hattet –, denkst du jetzt ja vielleicht erst recht, ich würde nun endlich in Mamas unstete Fußstapfen treten.

Ich kann dich beruhigen: Dem ist nicht so.

Heute ist der 23. September, der Tag, an dem das Palais Weitewelt, ein Gründerzeitanwesen mit 1,5 Hektar Land, eigentlich hätte versteigert werden sollen. Unglücklicherweise wurde der Termin knapp einen Monat vorgezogen, was sich letztlich als gar nicht so unglücklich, aber doch folgenreich erwies. Mr. Big, ein amerikanischer Investor und heute mein Boss, zudem auch Mamas neuer Freund, hat es auf Romys Namen gekauft. Nicht ohne Bedingungen, versteht sich.

Aber dazu musst du wissen, dass ich bereits im März das erste Mal meinen Fuß über die Schwelle dieses Hauses gesetzt hatte.

Ich hatte beruflich eine ziemliche Panne hinter mir und musste einfach mal raus. Ich dachte, ich tue Gutes und besuche das Tante Gretchen, die Frau, weißt du, die auf dem Treck im 2. Weltkrieg damals Ella und ihren Bruder … Ich glaube, die Geschichte kennst du. Was du nicht weißt: Sie starb leider, als ich die Blumen noch nicht mal im Wasser hatte. So ungefähr jedenfalls.

Das klingt jetzt wirr, aber nimm es mal so hin.

Jedenfalls hat es sich so ergeben, dass Romy und ich irgendwie ein bisschen hier kleben blieben: in einem kleinen Flecken namens Weitewelt in der Holsteinischen Schweiz. Ich fühlte mich an diesem Ort zum ersten Mal wirklich zu Hause. Wir beide taten das.

Und dann tauchte David auf. David ist auch so ein Kapitel für sich, und ich glaube, ich kann sagen, dass wir ein Paar sind.

Romy, die eigentlich immer zu allen Papa gesagt hat, bis sie kürzlich Thomas kennenlernte, ihren leiblichen Vater, nennt ihn auch nur David. Ich nehme das als ernsthafte Ehrung! Die beiden lieben sich: Wenn ich jetzt aus dem Fenster sehe, dann hat David Kyra, das ist ein lahmes, aber freundliches Pony, an der Longe, und Romy nimmt ihre ersten Reitstunden auf ihm. Angeleitet von David.

Ich denke, ich liebe sie beide nicht minder.

David ist auch ein Betrüger, so wie wir alle irgendwie auf unsere Art es sind, oder? Er ist eigentlich Tante Gretchens angeblich toter Enkel. Für seinen (getürkten) Tod in den USA wurde mal eine Versicherung kassiert; die Schuld daraus verjährte jetzt am 1. September. David hat das Palais im August nicht ersteigert, weil er dann noch in den Knast gegangen wäre – er durfte seine Identität ja nicht preisgeben. Aber er hatte sich auch in den Kopf gesetzt, das Geld am 1. September der Versi-

cherung zurückzuzahlen. Weil er ja ein Ehrenmann bleiben wollte. (Darüber haben wir durchaus gestritten, aber sei's drum.)

Und jetzt stell dir vor, lieber Paps, was die Versicherung sagte, als er mit seinen 150 000 Euro Versicherungsgeld quasi als Barscheck bei der Gesellschaft stand und es ihr geben wollte? Bis hin zum Oberabteilungsleiter wurde ihm doch tatsächlich gesagt, man könne das Geld nicht verbuchen! Hat man so was schon erlebt? Ein Versicherungsbetrüger stellt sich nach der Verjährung, und die Versicherung sagt mit hochrotem Kopf: »Sorry, das ist schon abgeschrieben! Wir können das nicht mehr verbuchen. Dafür gibt es kein Konto!«

Wir haben uns totgelacht, viel Moët & Chandon getrunken und den Ausbau der Nebengebäude beschlossen: einen tollen Stall für Kyra und wahrscheinlich auch noch für mindestens ein zweites Pferd, ein Pinto, denke ich, ein echtes Nagelstudio für Natascha, einen Yoga- und Meditationsraum für Ella. Und Kurt und Knut werden das Dach noch vor dem Winter decken.

Kurt, Knut und auch Natascha waren meine beruflichen Akquisen des Jahres. Du müsstest sie kennenlernen. Mit Worten kann man die drei kaum beschreiben. Sie sind auf ihre Art, nun ja, sie sind, wie sie sind. Und machen alle einen super Job!

David wurde mein Partner und Swantje meine beste Freundin. Ich glaube, man sollte ihr doch mal einen Hund schenken. Einen kleinen Münsterländer. Du verstehst doch eine ganze Menge von Hunden?

Ich habe gehört, es geht dir ganz gut seit eurer Trennung? Mama glaubt, du lebst allein in dem schönen Haus in Bad Homburg, aber ich bin sicher, einsam bist du nicht.

Ich war auch nicht einsam, bevor ich im Palais landete. Und trotzdem ist das Leben hier so viel reicher. Alle gehen sie mir zuweilen auf die Nerven, allen vorweg deine Ex-Frau. Aber missen möchte ich keinen von ihnen.

Ach so, ich habe diesem Brief ein Foto von uns beigelegt. Und einen Zimmerschlüssel. Die Fünf ist noch frei. Und Romy hat noch nie zu jemandem Opa gesagt.

Liebe Grüße,
Annabel

Danksagung

Bevor ich zu den eigentlichen Danksagungen komme, die oftmals bedeutsamer sind als das Buch selbst, möchte ich gern kurz auf die Entstehungsgeschichte von *Weitewelt* eingehen, denn wenn ein Buch persönlich sein kann, ohne dass damit autobiografisch gemeint, dann dieses.

Die Idee und erste Entwürfe zu der Geschichte trug ich bestimmt zehn Jahre mit mir herum. Ich schrieb und kritzelte so manches auf, bat Freunde um Meinungen, aber die Reaktion war eher verhalten: *Nö, nicht klar, deine Heldin ist undefiniert, unlogisch.*

Kurzum: Jeder fand die Ansätze mäßig, und so begrub ich das Projekt in der imaginären Schublade.

Bis ich, sieben Jahre später, durch einen ganz und gar zufälligen Zufall plötzlich das Wendland für mich entdeckte – diesen öden und menschenleeren Landstrich im ehemaligen Zonenrandgebiet an der Grenze von Niedersachsen zu dem, was heute Sachsen-Anhalt und so ziemlich das Schönste ist, was ich seither in Deutschland finden konnte. Im Gegensatz zur Holsteinischen Schweiz kommt mir diese Gegend noch ehrlicher vor, rauer und zum Glück auch etwas verrückt.

Ohne nur eine Sekunde an das Buch zu denken, vielmehr auf der Suche nach einem neuen sinnstiftenden Projekt, verbrachte ich den Sommer 2015 damit, mir praktisch jedes Wochenende neue Immobilien anzuschauen, da ich der Meinung war, das Vier-Ständer-Fachwerkhaus, völlig intakt und kaum renovierungsbedürftig, würde nur darauf warten, von mir gefunden zu werden.

Nun, ich lernte, dass diese Idee fleißige Menschen bereits dreißig Jahre vor mir hatten und ich bei meinem nicht vorhandenen handwerklichen Talent und dem Vollzeitjob in Hamburg vielleicht auch besser auf zehn Hektar Nutzfläche mit unverbaubarer Aussicht plus marodem Bauernhaus mit renovierungsbedürftigen Pferdeställen verzichten sollte.
Aber am Ende dieses wunderschönen, wenn auch immobilientechnisch erfolglosen Sommers fiel mir plötzlich die *Weitewelt* wieder ein und dass ich, ohne es zu ahnen, etwas gelebt hatte, was ich sieben Jahre zuvor ähnlich hatte aufschreiben wollen. Insofern war der erste Ansatz von *Weitewelt* vielleicht ein für mich prophetischer.
Ich holte das alte Manuskript also wieder hervor, fing noch mal komplett von vorne an und schrieb von da an täglich zwei bis drei Stunden. Sechs Monate lang.
Danach war ich fix und fertig. Das Buch aber auch.
Und dann fing der Teil an, für den ich so dankbar bin: Ich gab es wieder meinen Vertrauten zu lesen, diesmal ein paar Menschen weniger und etwas demütiger in der Erwartung: Tania, du warst die Erste, und wie immer war deine Meinung unterstützend, positiv, motivierend und mit der nötigen sanftmütigen Kritik versehen: »Vielleicht würde ich hier und da ein wenig mildern.« Moah!
Silvie danke ich, der erfahrensten und großartigsten Verlagsfrau, die ich kenne. Deine WhatsApps zum Thema waren der größte Mutmacher überhaupt.
Leonie Schöbel danke ich ebenfalls. Sie war die Agentin meines Herzens, und sie hat den Text angenommen und danach zweimal komplett mit mir durchgearbeitet. Zum Glück waren auch viele Smileys am Rand.
Christine Steffen-Reimann, die wunderbare Lektorin von Droemer Knaur. Dass gerade SIE, ein Mensch mit ihrer

Erfahrung und ihrer Liebe für Zwischentöne, diesen Text für sich entdeckte, macht mich glücklich!
Anne danke ich. Ich glaube immer noch, sie mag den Text nicht, so wenig wie Äpfel …
Meiner Mutter kann ich nicht mehr danken, denn sie hat dieses Projekt leider nicht mehr miterleben können. Aber es hat viel mit ihr zu tun. Tante Gretchens Geschichte geht über weite Strecken auf sie zurück. Insofern ist *Weitewelt* auch ihr gewidmet.
Und um das abzuschließen: Wenn das Wetter es zulässt, verbringen wir unsere Wochenenden inzwischen im Wendland. Denn irgendwie wollte es das Schicksal, dass wir doch noch zu unserer Immobile kamen: so etwas wie eine Ex-DDR-Feriendatsche von 48 Quadratmeter. Und immerhin am See. Schöner geht nicht.